只要你还在，

我就不会输。

匹萨娘子

魅丽文化

迎风咳血

匹萨娘子 著

江苏凤凰文艺出版社
JIANGSU PHOENIX LITERATURE AND
ART PUBLISHING

图书在版编目（CIP）数据

迎风咳血 / 匹萨娘子著 . -- 南京 : 江苏凤凰文艺出版社, 2023.11
ISBN 978-7-5594-7525-1

Ⅰ . ①迎… Ⅱ . ①匹… Ⅲ . ①长篇小说 - 中国 - 当代 Ⅳ . ① I247.5

中国国家版本馆 CIP 数据核字 (2023) 第 019009 号

迎风咳血

匹萨娘子 著

责任编辑 张 倩
出版统筹 曾英姿
特约编辑 周 晶
封面绘制 荀白茶司
封面设计 白砚川
出版发行 江苏凤凰文艺出版社
南京市中央路 165 号，邮编： 210009
网 址 http://www.jswenyi.com
印 刷 湖南天闻新华印务有限公司
开 本 880mm × 1230mm 1/32
印 张 11
字 数 359 千字
版 次 2023 年 11 月第 1 版
印 次 2023 年 11 月第 1 次印刷
书 号 ISBN 978-7-5594-7525-1
定 价 46.80 元

目录

目录

第一章
噩梦

除夕之夜，月坠星灭。

翻滚奔腾的乌云后，万条电光蜿蜒而出，齐奔苍穹下的巍峨宫殿。

“轰！”

虹映宫中亮如白昼，一枝血梅开在仓皇跪拜的宫女衣袖之上，随着金丝帐上的垂珠悬玉一同颤抖。

“如何？”太子问。

“长公主……长公主不肯更衣……”

宫女颤如抖筛。

太子挥退众人，踌躇半晌后，看向身旁的人道：“衮衣和冕还未销毁，不如……”

虹映宫中静默无声，风撞纱灯，疏影绰绰。

“陆首辅？”太子又道。

陆雍和刚从往日烟云中回神，转眼又被灿灿的金丝帐刺痛双目。

他低眉敛目，缓缓地开口：“衮冕乃帝王之服，长公主临朝称制已是前所未有，若以帝王之礼下葬，便要进宗庙，入史书，名留朔史本纪。殿下可曾想过，史书会如何书写？”

“阿姊虽离经叛道，然功劳甚多。功过相抵，想来史官亦不会过于苛刻……”

“岂止功过相抵？”陆雍和轻笑道，“自天寿之变以来，玉京沦陷，国祚倾危，太子携群臣定都南景。长公主虽为女主，然机变如神，功盖四海。其心其性，其行其果，可比太祖。

“臣想问，此丰功懿德的女帝若入史书，殿下作为继位之君，史书会如何着墨，着墨多少？”

窗外电光千里，窗内静若坟茔。

“长公主若以帝王之礼下葬，作为继位之君的殿下，按理应守孝三年。臣孤陋寡闻，只听闻为父母守孝三年者，而未曾有过为姊妹者。更何况，长公主违背先帝遗愿，屡次三番推拒殿下的登基大典，以致大朔无君多年，世人多知摄政长公主，却不知监国太子。在臣看来，公主只有始终为公主，殿下才有拨乱反正的机会。

“明日就是殿下的登基大典，殿下又何必为一时仁慈，冒天下之大不韪，乱男女之别呢？”

陆雍和最后一个字说完，太子的脸色已恢复如常。

“可她毕竟是本宫双生的阿姊，父皇在世时，爱她如珠如宝，本宫又怎么能让她以薄衣下葬？”

“殿下重情重义，却也要顾及自己的身体，眼下登基大典是重中之重，殿下不妨先回去养精蓄锐，这里就交给微臣看顾。”

太子叹了口气，说：“强敌环伺，阿姊又重病不起，本宫如何睡得安稳……”

“殿下如果是在为北边的大元忧心，微臣倒是有一计，可助殿下除去元王本人。”

“此话当真？快说来听听！”

“元王伏罗对长公主觊觎已久，殿下登基以后，以秦晋之好请他入瓮，他必中计。只要除了伏罗，大元就是一盘散沙，殿下不费吹灰之力便可拿下。”

“好！好！本宫立即修书一封，命人快马加鞭送往大元！”

轰隆一声，瓢泼大雨终至，淹没太子轻快的脚步声。

冰冷刺骨的风雨从大门的缝隙灌入，当朝首辅的大袖猎猎作响。

紫袍上一只白鹤栩栩如生，展翅欲飞。

陆雍和屏退宫人，关闭大门，一步步走向寝殿中央的金丝帐。

灿灿金丝后影影绰绰的身影，让他恍若回到初见那天。

他于漆黑嵌螺的钿花蝶纹床前蹲下，小心地捧起垂落在外的手。她虚弱地挣扎，被他轻易地镇压。

这只苍白消瘦的手，曾于山河棋盘，破千军万马，这一刻却只能任他握在手心。

“你想替天行道，天却不容你，你想亲人平安，亲人却不容你，你想男女平权，男女都将你视为倒行逆施的异类……为这样的世间呕心沥血，你……可曾后悔？”

回答他的，是一抹凌厉的刀光。

她和他平生所见的女人都不一样，和芸芸众生都不一样。

什么虚弱挣扎，什么轻易镇压，都不过是麻痹他的诱饵。即使只剩一口气，她也要机关算计，用这一口气来反败为胜。

鲜血从掌心淅淅沥沥地流下，他强压杀意，从她手中夺刀扔出。

冰冷的刀锋在地上旋转，甩出几条血线。

女子重重地倒回床上，金纱重新掩映住她纤弱的身影。强弩之末，一击已是极限。

“你就这么恨我？”

帐后没有传来回答，可他知道答案。

哪怕疾不能言，哪怕病不能起，也要以身为饵，置他于死地。

因为他是害她国破家亡之人。

阳春三月，大元军帐中却是一片肃杀。

“拖下去。”

伏罗的话音刚落地，帐外就有两个小兵冲入，一左一右将男子拖走。

男子拼命地挣扎，冲着王座上的男人声嘶力竭地喊：“王上！大朔长公主阴险狡诈、不择手段，此次借联姻之名，折损我大元三名虎将，二十六万狼兵，只有杀她祭天，才能慰藉我军亡——”

众人眼前一花，回过神时，男人已倒飞至大帐门口，胸口立着一把黑色长枪。

血迹，渐渐洇开。

原本架着他的二人，一个两股战战，跌倒在地；一个呆若木鸡地站在原地，双手还保持拉扯的姿势。

伏罗缓缓地走下台阶，所到之处，如秋风过境。

赐了座的十六个开国功臣，不约而同或垂目，或瑟缩，而他们身后的亲随，更是流着冷汗，默默祈祷地上的巍巍人影快些走过。

伏罗来到尸体跟前，一脚踩着他的胸口，一只手握住黑亮的枪杆，轻轻一抽。

黑红的枪身重见天日，一串血珠从枪头甩出，溅上尸体怒瞪的双眼。

就在一炷香前，他还是十六个开国功臣之一，这一刻，他的座位坐着取走他性命之人。

伏罗斜靠着扶手，单手支头，半湿的墨发滑落宽肩，漆黑的大袖中，露出一段修长的手腕。长枪静静地靠着木几，枪头还沾着点点红白。

帐内鸦雀无声，只有长缨泣血。帐外，忽然响起一声惊雷。

“谁还有话要说？”

帐内死寂无声，一颗圆滚滚的血珠缀在长缨上，将落不落。

“敢问王上……”一名坐着的瘦长男子问，“我们何时入城？”

伏罗沉默不语。

瘦长男子讨好地说道：“臣听说朔女皆是娇弱，长公主又是朔之明珠，恐怕更是如此。如今夜色已深，王上不若等到明日入城，也好让长公主好生歇息。”

伏罗锐利的目光扫过帐内众人。

“既如此，那便传令全军，明日入城后，烧杀掳掠者，偷鸡摸狗者，惊扰摄政长公主者——杀无赦。”

…………

陆雍和捡起地上的九翚四凤冠，轻轻地拭去金凤沾染的尘埃，一条浅粉色的伤疤在手心若隐若现。

“你唾弃这凤冠，就像你唾弃我一样，可是你再怎么唾弃，它还是戴在了你的头上。”

陆雍和动作轻柔地为她戴上凤冠。

朝凤云鬓，美人如霞，满室珠光，不敌帐中华光。

他俯身在她唇上印下轻轻一吻，离去时，看到她带笑的嘴角。

陆雍和如遭雷击，连指尖都微微颤抖起来。

他已经记不得，上一次她对他笑，是在什么时候。

“你再等我几日，等此间事了，我就带你回大梁，为你遍寻天下神医……”

他情难自已，猛地抓住她的手。

他絮絮叨叨地说了很多，说到她都睡了，才意犹未尽地停下。

他带着满足的微笑，正要把她的手放下，却在触及手腕内侧时，脸色大变。

天边一道闷雷压过，大地震颤。

狂风撞开殿门，殿内的烛火眨眼灭了一半。

陆雍和后退一步，再后退一步，他一退再退，直到撞上门槛，一下子瘫倒在地。

天地间，静如初开。

风卷冰雨，书桌上镇纸的翡翠手链摔得粉碎，罗纹洒金纸漫天飞舞。

未画完的楼船图被翻腾的金丝帐卷入，黑漆蝴蝶翩飞于床畔，萦绕着沉睡之人。

一只纤长而消瘦的手静静地垂在风中。

皑皑如新雪，纤尘亦不染。

…………

“不要白的，丧气重。”

伏罗说完，托着第三十二套衣装的侍女立即从他眼前走过，顶上来的，是托着第三十三套衣装的侍女。

侍立在旁的蓝衣青年是伏罗麾下唯一一个朔人谋士，此前他从未想过，平生最大的难题，是为君主挑选一套合宜的衣装。

“王上此去是为受降，以威严为宜，但不可过于庄重，以臣愚见，玄衣即可。”

“杀气重。”

“那这件绛色暗花缎长袍如何？”

“老气重。”

“这件月白色的云龙纹长袍呢？”

“稚气重。”

眼见入宫受降的时辰将过，帐外三请四求，伏罗依然四平八稳，蓝衣青年胸中越来越沉。

是故意戏耍，还是卸磨杀驴的前兆？军中不乏出身名门的风流贵族，让他们出谋划策岂不更好？为何要让他一个朔人……朔人？

他茅塞顿开。

“朔国尚艳色，重奢华，臣有幸听闻，朔国长公主尤爱紫色，虹映宫聚天下异宝。这件玄色行服袍，以金线织绣云龙日月等七章纹样，缉绣工整，纹样生动。日光下，金线熠熠生辉，再配以大夏前些时日进贡的龙纹紫珠玉腰带，辉煌大气，高贵威严。

“王上以为如何？”

他鞠躬许久，帐内才响起虎狼之主不辨喜怒的声音。

“可。”

雨后的天空，万里无云。

三千铁骑刚入正门，大朔新皇就率领稀稀落落的官员迎了上来。

不知是谁喊了一声“恭迎元王”，为数不多的官员便接二连三地叩拜起来。

登基不过数月就成了亡国之君的朔皇，开始还硬着头皮站着，却在迎上伏罗的视线后，不由自主地跪了下去。

马上的伏罗扫了战战兢兢的人群一眼，没有发现应有的人，原本已经离开马鞍的身体，又稳稳地坐下去。

“摄政长公主何在？”

只是一个寻常至极的问题，竟让马下的朔人不约而同地颤抖起来。

朔皇看向身后：“人来了吗？”

伏罗下意识地确认腰带上的紫珠还在不在。

还在，甚好。

他翻身下马，走出骏马投下的阴影，力求身上的每条金线都沐浴在阳光之下。

他做好万千准备，却没有料到出现在他面前的，是大朔的前任首辅。

曾经的风流人物，此刻躺在一块破木板上，口鼻歪斜，舌蹇不语，晶亮的水渍从嘴角一直蜿蜒至下颌。

“昨夜……阿姊薨矣……”

朔皇感受到骤降的温度，结巴数次，好不容易才接上前言。

“阿姊薨逝时，殿内只他一人——全因他只手遮天，赶走了殿中宫人！”朔皇语气加速，口齿焕然一新，“联姻之信也是如此！全是他这罪人擅作主张，亡我河山！阿姊骤然薨逝，定然和他脱不了关系！若非如此，我阿姊又怎会拼着最后一口气毒他狗命！”

朔皇话已说完。

偌大的广场，只剩死寂。

不仅大朔之人胆战心惊，就连伏罗自己的人，同样不敢抬目，提议隔日入城的瘦长男子，更是已瘫软在地。

蓝衣青年闭上眼，不忍再看之后的画面。

许久，久到日头都开始倾斜，伏罗终于开口：“把他带下去，打断四肢，挖眼、割耳鼻、制成人彘，好好照料。皇室诸人，夷三族，鸡犬不留。”

庆祝大元征战胜利的庆功宴开了整整一日。

曾经的大朔国都玉京，如今已是大元的国都。

无独有偶，让大元吃了不少大亏的那位长公主，封号恰好也是“玉京”。

蓝衣青年借口不胜酒力，早早地离开了金碧辉煌的大殿，漫无目的地走着，不知不觉，来到一座石桥。

伏罗坐在石桥扶手上，借着月光，痴痴地望着手中一物。桥下的湖面，起起伏伏着无数酒壶。

蓝衣青年踌躇片刻，终于还是走了过去。

他什么都没有说，因为他知道，说什么都没有用。他只是静静地站着，和伏罗一起看他手中的旧香囊。

“好看吗？”伏罗忽然开口。

他犹豫许久：“有些别致。”

他以为伏罗会暴怒，没想到他却笑了。

投靠大元以来，他第一次看到暴戾恣睢的伏罗在杀人以外的时候笑。

和杀人时残酷嗜血的笑容不同，这一次，蓝衣青年竟在这个被称为“人屠”的暴君脸上，看到了温柔。

“这是朕的毕生所求。”他轻声说，“朕贵为天子如何，富有四海又如何，辗转一生，终究求而不得……”

不待蓝衣青年开口，伏罗已翻身回到桥上。

他的背影和往常一样高大，只是在走下石阶时，踉跄了一下。

然后，隐入沉沉夜色。

第二章
长公主

烟笼青山，孤亭无声，冰凉石桌上摆着一盘残局。

“你输了。”布衣老僧冷冷地说道。

“棋盘还未一色，输赢又从何谈起？”白皙的纤手从石瓮中取出漆黑一子，轻轻地放下。

“冥顽不灵。”老僧落下一枚白子，取走一串黑子。

寒山深处传来阵阵钟声，回荡于青山万壑。

“公主能否解贫僧一惑？”

“请说。”

“上好的雨前龙井，公主为什么要往里泡枸杞？”

“养身保健，延年益寿。”

“如果贫僧记得没错，公主的及笄礼才刚过不久。如此年轻，就需要养身保健，延年益寿了吗？”

“养身越早，效果越好。”

“谁说的？”

“我说的。”

老僧片刻无言，嘴边扯出一抹嘲讽的笑：“公主如此乐天豁达，看来平日也不受世事困扰。”

秦秾华抬起头来，微微一笑，说：“实不相瞒，我已被一个问题困扰多日。”

“哦？是什么问题让你也觉得棘手？”

“阁下既然心中无佛，又何苦用袈裟困住自己？”

老僧神色一沉，白子重重地落下，撞动周身黑子，说：“公主是在说笑吧？”

秦秾华不慌不忙，从乌黑石瓮中取出一枚黑子放入棋盘。

“我曾听闻一个故事——”她说，“一个富家千金和穷书生的故事。”

老僧冷笑道：“太俗。这样的故事，天底下没有一万也有八千。”

“富家千金及笄那年，于溪边踏春，对玉树临风的穷书生一见钟情。自此以后，二人在上天的安排下频频偶遇，直至两情相悦。”

“然后书生高中皇榜，衣锦还乡，用八抬大轿相迎？有情人终成眷属？天真！”老僧接道。

任他如何抬杠，清澈低柔的声音始终自寒桌残棋缓缓地淌过，如春溪叮咚：“富家千金是家中嗣女，书生却向往庙堂之高。两年的锦书传情和月下对影，在春闱面前都注定成为过往烟云。”

“早晚如此！”

“富家千金不愿束缚书生脚步，书生却不愿就此缘尽。富家千金和赘婿成亲前夕，书生夜闯香闺，结下生死之约。”

老僧取子的右手僵在石瓮上方，干瘪的嘴唇抿成一条直线。

黑子静静地落下。

“书生走了，富家千金在家中痴痴地等待。”

“够了。”老僧死死地攥着白子，长有黑斑的手背上青筋毕露。

“春闱结束了，书生没有回来；冬天了，书生没有回来；直到富家千金难产而亡，一尸两命，书生仍未回来。”

老僧闭上眼，浑身震颤，干瘪的薄唇上血色尽失。

黑子不为悲欢所动，再次落下。

“徒留老父一人，散尽万贯家财，遁入空门，画地为牢。望山不是山，见佛不是佛。”

孤亭中半晌静默无声，老僧颤动的眼皮下隐有水光生辉。

“我赢了。”她说。

山穷水尽处，已变柳暗花明。

老僧睁开泅润的双眼，冷冷的寒光刺向棋盘对面。

“玉京公主真是好兴致！湖广大旱，哀鸿遍野，你不待在宫中享福，却跑到深山野林消遣小老儿来了！”

秦秾华笑道：“我是来祈雨的。”

“公主认为，一个不信神佛，不拜鬼神的人，也能祈来救命之雨？”

“不如我们打一个赌，酉时之前，雨来了，我就取走此处一物。”秦秾华道。

“雨没来呢？”

“雨没来，我就皈依佛门。”

老僧拍腿冷笑：“好！我倒要看看，到时你会如何诡辩。”

“离酉时还有一段时间，不如再来两局？”

“来！”

黑白棋子你来我往，低沉的疏钟停了又响，不知过了多久，天边外传来一声孤鹤清鸣。

一滴雨砸进枯黄草丛，如蟋蟀于叶间弹跃。

老僧握着白子的枯手悬停半空，怔怔地望向亭外万壑空暝。

秋雨如注，从青檐绿瓦飞泻而下，砸入干燥的土地。雨气扑鼻，带来幽幽草叶芳香。

天地，转瞬变了颜色。

“我又赢了。”秦秾华放下一子，将棋盘上的白子又一次温柔地绞杀。

老僧推开价值千金的天地棋盘，颓然道：“你拿走吧。”

“我要的不是此物。”

秦秾华看着老僧的一双精明鹰眼，缓缓地说道：“我要的，是从白丁之身起家，聚天下财富，数渡西洋，剿水寇平海波的海商郑松川。”

老僧沉默良久，说道：“小老儿痛失爱女，寻仇多年却一无所获，如今早已心如死灰。一往无前的郑松川再也不会回来了……公主还是另寻他人吧。”

“心中有仇，却无人可报，所以心如死灰。如果我告诉你，当年的穷书生已高官厚禄、封妻荫子呢？”

棋盘突然翻转，黑白棋子飞弹，浸润在无边的秋雨中。

“你知道他是谁？！”

秦秾华起身，拿起石桌旁竖立的长伞道：“想知道答案，就让名震四海的郑松川来玉京见我。”

老僧神思恍惚，直到一抹淡紫在眼前铺开，他才如梦初醒，急忙上前一步道：“殿下不如等雨停再走！”

秦秾华在檐下停了停，望着茫茫雨幕，轻声说：“不必了……我走过更大的雨。”

风雨飘摇，秦秾华刚迈出亭子，一只精瘦有力的大手就接过了手中纸伞，内侍醴泉恭敬地低着头，皮革眼罩覆着右边盲眼，沉默如山峦投影。

二人沿着小径走出竹林，一辆平平无奇的马车停在路边，探头探脑的宫女结绿一见他们就奔了过来，双手交叠在秦秾华耳上，为她挡去一边风雨。

她上了车，车内空间宽敞，床桌俱全，湖绿色掐丝珐琅火盆烧得正旺，温暖如春。

冷暖交替，她忍不住咳了咳。

醴泉在外驾车，结绿为她换下沾了冷雨的衣裳鞋袜。她以手支头，闭眼侧躺在紫檀床上，任结绿为她梳理着一头青丝。

“东西都备好了吗？”她问。

“都备好啦。陛下的万寿无疆，舒太后的佛经，舒德妃的诗作，穆皇后的安眠香，还有周嫔的杏酪粥，也提前交代了，自会有人送进宫……”

她睁开眼，朝结绿招了招手。结绿疑惑地靠近，她抚上结绿刚刚还在叽叽喳喳的喉咙。

“公主，你怎么啦……”结绿红了脸。

结绿长得高大，像个男儿，声音却比平常的女儿家还要娇俏甜腻。

秦秾华很爱听她说话。

梦中的她也曾如此。

直到梦中的结绿被一壶开水灌进喉咙，伤了她的脸，也毁了她黄莺般的喉咙。

那是很久以前的一个梦了，人活久了，记忆就会模糊，更何况是多年前的一个梦。

可是，不是每一个梦，都能一步步验证真实。

她忘不掉梦中结绿皮开肉绽的脸庞，粗粝泣血的嗓子；不会忘记双眼被掏，暴尸荒野的醴泉；不会忘记天寿之变中，满城的飞散鲜血和凄厉的哭喊声，不会忘记悬梁上吊的母妃和以身殉国的父皇。

这些血与痛，太过真实，她一点一滴都记着。

她收回手，忽然笑了。火光隐约的车内，灿若晚霞漫天。

“回宫吧。”她道。

天寿十八年，深秋，阴雨。

玉京，万人空巷。

嘈杂的人声在窗外忽高忽低，就是打坐的和尚也无法沉下心来，更别提备考的举人了。

这样的噪音，从三天前开始，在这一日达到巅峰。

“别挤，别推——啊！谁摸了老子的屁股！”陆雍和忍无可忍地放下书卷。

他走出驿馆，拦下一名布衣洗得发白的老人，拱手相问：“这位老伯，街上怎么如此热闹？”

老人上下看了他一眼，语气笃定：“你是进京赶考的举人？”

“正是。小生上个月刚刚进京，在驿馆住了也有些时日了，还是第一次见天门街如此拥挤。”陆雍和再次拱手问道，“可是帝王即将出行？”

“不是帝王出行，是……”

老人话音未落地，人群中忽然传出了阵阵惊呼。

只有天子祭天才会开启的毓光门，在绵绵细雨中发出阵阵轰鸣。

陆雍和回过头来，刚刚还在眼前的老人已经混入人群，成为无数努力向城门奔流的水滴之一。

他立于茫茫细雨之中，看着连绵数十丈的朱红色巨门缓缓地开启。

威风凛凛的黑甲卫卒从朱红中鱼贯而出，宛如泄洪的黑色洪流，顷刻之间就蓄满百米宽的天门街。

“是公主回来了！”

穿着布衣的男女老少在天门街道路两边欢天喜地，一边呼喊一边高举手中花束。

未见其人，先闻其声，轻盈悦耳的风铃声飘散于风雨中。

秋风，冷雨，将空灵铃声送上九天，送入天尽头的遥遥皇城。

道路两旁的酒馆茶坊，纷纷走出着长袍的书生和短打的武生临街观望。酒楼和客栈的二楼纷纷开窗，挤满粉团花红的纱衣和青蓝绿玄的箭袖。

毓光门下，黑色的奔流不断地向前，在万众期盼中，带出一辆精美绝伦的玉辂。

五彩华盖上，生满金枝玉叶，金丝银线下，风铃随风逐浪。

细雨中如云如雾，翻涌不断的白纱之后，倩影如梦似幻。

飘香的蜡梅，娇艳的山茶，不谢的绢花，无数繁花在欢呼声中，从四面八方涌向玉辂。

陆雍和着魔一般，不知不觉地跟着人流一起前进，目光寸步不离白浪后的窈窕倩影。

就像是上苍听见了他的心声，风起纱舞，风铃叮当，一张让他心旌摇曳的面容出现在轻纱曼舞中。他全身血液涌向头顶，四肢僵直如遭雷击，只能一动不动地立于原地，呆呆地看着玉京公主的玉辂从眼前穿过。

追上去！追——

他脑后忽然一痛，刚刚迈出的左脚就这么软了下去。

人流追随玉辂而去，无人注意，一个长身玉立的书生悄悄消失于暗巷。

宫人在梧桐宫中来来往往，流光溢彩的赏赐流水般地涌进玉京公主的私库。

秦秾华身子骨弱，全宫走动下来，累得腰酸腿软，一沾软榻就再不想动了。

“公主，喝口热茶暖暖身子吧。这是湖广新贡的珠兰茶，拢共没有多少，陛下说湖广今年有茶都是公主的功劳，几乎都送梧桐宫了。”

结绿呈上一碗热茶，茶里飘着五六颗红红的枸杞。

秦秾华喝了两口，问道：“其他几宫的礼都送去了吗？”

“送去了。”

秦秾华蹙着眉头：“总觉得漏了谁……”

“难道是五皇子？公主往年出宫，都会给五皇子带些宫外的稀奇玩意儿。”

对了，她还有个弟弟。

虽然梦中的数年后，他们会为了那把龙椅暗斗不止，但现在的他们，还是外人眼中亲密无间的双生子。

“今年就不必了，皇子不该玩物丧志，养身才是头等大事。”秦秾华说完又问，“乌宝呢？”

“奴婢在。”

一个内侍一瘸一拐地走进内室。

“用洗尿盆的水熬碗黄连汤，送去延瑞宫，看着五皇子喝下……就说是我从高僧处求来的黄金汤，可明目健体，有利于武学进益。”

“诺。”

这事儿简单，过了两炷香的时间，乌宝就回来向她禀报："奴婢是亲自看着五皇子喝完的，一滴不剩。"

"他怎么样？"秦秾华问。

"看着还好，就是口气不怎么好……"似乎那股气味近在鼻前，乌宝一张圆脸皱成方脸，"奴婢觉着，五皇子今晚怕是吃不下饭了。"

"不愧是立竿见影的排毒神方。"秦秾华说，"为巩固疗效，明早再给五皇子呈去一碗。"

"诺。"

秦秾华卧在软榻上，结绿托着她的手，力度适宜地揉捏起来。

"我不在的这段日子，宫里发生了什么？"

乌宝收起玩笑神情，言简意赅地向她汇报了宫中的近况。

"大抵是选秀将近，后宫嫔妃都盯着外面的人，宫里倒是风平浪静，无事发生。"

"瑞曦宫如何？"她问。

"陛下近身伺候的宫人里，十之有七都是别家眼线，其中两个是怜贵妃的人，一个是沈贤妃的人，其他诸人，虽然暂时没找到证据，但他们宫外的家人，都或多或少和前廷重臣有着干系。"

"岂有此理，堂堂帝王，一举一动竟全在各方势力的监控之下。我是大朔的公主，食君之禄，岂可坐视不管？"

秦秾华十分痛心地说道："我们也往瑞曦宫里加派人手，务必要使近身伺候的都是我们的人。"

"奴婢下去就办。"

"摘星宫的人手，安插好了吗？"秦秾华问。

乌宝面上一红，答道："没有……"

"怎么回事？"

秦秾华推开结绿，从软榻上坐起。乌宝一向得力，很少有这样疏忽的时候。

"奴婢……奴婢也不知道怎么回事，就觉得那摘星宫颇为邪门，明明是跟冷宫差不了多少的地儿，偏偏防成铜墙铁壁，里面的人不受收买，外面的人也没法儿进去。"乌宝一脸悔恨，跪倒在地，"乌宝办事不力，还请公主责罚！"

"无妨，你起来吧。"秦秾华说。

乌宝看她神色平静，遂从地上慢慢儿地起身，他右腿不便，走路时一瘸一拐的，下跪和起立时，更是吃力。

“公主为什么要查摘星宫？”结绿问。

为什么？

因为摘星宫的辉嫔会在这个冬天惨死，不光辉嫔，整个摘星宫的宫人都难逃一死。辉嫔原是乌孙国千娇万宠的公主，辉嫔之死，成了乌孙国日后倒戈相向的理由。

她要阻止摘星宫血案，就要先查明这究竟是辉嫔和乌孙联手的自导自演，还是辉嫔真的在朔明宫中遇到了凶残的歹人。

“我自有用意。”她说。

一宫女趋步走进内室，低头禀报：“玉京公主，摘星宫派人送来了扁豆面旗子和葡萄密瓜。”

秦秾华问：“人呢？”

“东西送到，人就回去了。”

“知道了。”她说，“像往常一样，大家分食了吧。”

不多一会儿，榻上的木几就多了碗扁豆面旗子和一盘琳琅满目的西域瓜果。

“没毒，公主放心吃吧。”结绿撤回银针。

“我吃不下了。”她摆摆头，说，“乌宝，把火盆挪近些。”

乌宝爽快地答应一声，连忙挪动火盆，结绿则瞪着眼睛看。

“哎！你笨手笨脚的，推那么近，烫着公主怎么办？”结绿看不下去，推开乌宝，呼哧呼哧地把火盆挪了个地儿。

乌宝站直身体，看向软榻上白玉般的少女。

“这摘星宫真执着，十年如一日地往梧桐宫里送吃食，公主不搭理也照送不误……”

秦秾华问：“我和辉嫔，以前当真亲近吗？”

“那当然啦！”结绿抢着回答，“公主小时候最喜欢往摘星宫跑，宫人们拦都拦不住，要不是公主后来落水忘了从前的事情，想必现在还很亲近辉嫔呢。”

乌宝问：“公主，奴婢还要接着往摘星宫安插人手吗？”

秦秾华问了个风马牛不相及的问题：“扁豆面旗子好吃吗？”

乌宝摸摸后脑勺儿，憨厚朴实的圆脸上绽出两个酒窝：“如果摘星宫没换厨子，那么应是好吃的。”

“既然好吃，明日，我们便登门道谢。”

摘星宫，是朔明宫中最豪奢的宫殿之一，仅次于天寿帝的瑞曦宫，穆皇后的益阳宫和怜贵妃的婠怜宫。

前朝狐胡灭亡不足百年，乌孙又曾是狐胡最忠心的附属国，大朔的皇帝迎娶乌孙公主，一是为安抚乌孙，二是为震慑残余的狐胡余孽。

既然是做给旁人看的，乌孙公主居住的摘星宫自然是金碧辉煌，耀目不可直视。除了大朔的绫罗字画，还有来自千里之外的多彩宝石和纯金器物，一同将摘星宫堆砌为地上天宫。

秦秾华的凤轿在摘星宫门前停下，受到预想之外的热情招待。

两个深眼高鼻的宫女说着蹩脚的大朔话，将她请到摘星宫前厅坐下，又是端奶茶又是送瓜果，还有一个鬈发的小内侍，一边往火盆里添着银炭，一边拿眼神偷偷看她。

除了外院里扫地浇花的几个朔人，几乎整个摘星宫的宫人都被惊动了。

秦秾华端着奶茶喝了一口，围观的宫人发出几声小小的轻叹，她再用银签叉起一块瓜，便有人双手合十，眼见就要拍巴掌。

她果断放下银叉，不顾人群中发出的遗憾叹息，问道：“辉嫔呢？”

说曹操曹操到，一个曼妙的身影伴随叮叮当当的铃声，从通向二楼的黄花梨木梯逐级而下。

辉嫔是个十足的美人，秦秾华在宫宴上看到穿朔人服装的她时，就这么想。再在摘星宫里看到穿胡服的她，更要在美人前面加上“极品”二字。

极品美人墨发如瀑，豪放不羁地散着，一袭绚丽锦衣，繁复裙摆在系着铃铛脚链的脚腕边如浪波动。不同于朔女的娇小，辉嫔腰细腿长，胸量也很惊人，若说宫殿，摘星宫只能在朔明宫中排第四。

若评头论足，辉嫔毫无疑问冠绝群芳。

单凭外表，没有人会相信这是一个年过三十的女人。

“朔人的发髻好难梳，宫人伺候半天也不见好，我又怕公主久等，只好就这么来了……公主不会见怪吧？”

秦秾华刚要起身行礼，辉嫔就捎着一阵香风，在她身旁坐下了。

不仅不给她行礼的机会，还不给她说话的机会。

“公主喝茶了吗？光有茶怎么行，快去叫厨房拿些瓜果点心……”

不一会儿，秦秾华面前就摆满了种类繁多的西域美食。

光是在瑞曦宫中以颗计算的大樱桃，辉嫔一出手就是一海碗，更别提其他有钱也买不到的各色瓜果。

秦秾华在辉嫔热切的注视下，吃吃喝喝，直到夕阳西下才扶墙走出摘星宫。

上轿没多久，轿外的乌宝忽然“咦”了一声：“那不是乌孙王吗？”

秦秾华撩开窗帘，看见乌孙王一行人步行而去，方向正是她刚离开的摘星宫。

“听说乌孙王这次不等除夕宫宴就要回去了……大概是去和辉嫔告别的吧？”结绿说。

乌孙王和辉嫔是同母所生，感情十分亲厚，若非当初大朔以势相压，乌孙也不会舍得送她联姻。

这也是大朔和乌孙联姻的第三个原因，迎的其实并非新娘，而是人质。

事实证明，这场联姻非常值，乌孙国不仅自此安安分分，就连每年朝贡都由乌孙国王亲自带队，只为看上妹妹几眼，顺带捎点儿吃的、用的。

辉嫔宫里的西域宝贝，不就是这么来的吗？

秦秾华刚要放下窗帘，忽然又想起一事。

“辉嫔和乌孙王，一母所生，为何相貌天差地别？”

结绿疑惑地歪着头：“有吗，不是挺像吗？”

“五官是不像，但肤色和轮廓还是像的。”乌宝说，“就算双生子也有不像的呢，更何况……”

乌宝话未说完，脸色已变。

秦秾华说：“别跪。”

乌宝弯了一半的双腿停住。

秦秾华说：“五皇子出生不久就过继给了舒德妃，我们长得不像，是好事。”

乌宝自知说错了话，讨好地说道：“是，公主和陛下长得像就行了，和五皇子长得像有什么用？”

这话并不好笑，因为秦秾华很清楚自己和天寿帝也长得不像。

结绿走到窗边，问道：“公主，你在摘星宫发现了什么吗？”

秦稌华摇了摇头。

辉嫔看着粗枝大叶，实则心思缜密，一问一答皆有章程。

她越是天衣无缝，秦稌华心中的疑虑就越深——摘星宫为何铜墙铁壁？

一生顺遂，千娇万宠长大的乌孙公主，为何有如此城府？

“乌宝、结绿——”她说，“我有事要交代你们。”

腊月初，寒风裹着看不见的冰碴子，一个劲儿地往衣襟里钻。

宽阔的宫道上，走着急匆匆的两个人。

上官景福埋头快走，却在步入梧桐宫的大门后停了下来。

“结绿姑娘……”

结绿一回头，见他愣在原地，扬声说道：“你快跟上呀！”

“结绿姑娘，我是受你所托，来给宫人看诊的，入后殿怕是不妥。是哪位宫人有疾，不如让他至偏殿来……”

“是我们公主有事问你，跟我来！”结绿不由分说地将他推进后殿。

上官景福听闻是公主召见，心里更是打起了响鼓。他只是太医院一个小小的吏目，连升任御医都不知要到何年何月，玉京公主金枝玉叶，平日都是由太医院院使亲自问诊，有什么事需要召见一个吏目？

上官景福怀着忐忑的心情，迈进公主的寝殿，不敢抬头，朝着余光里瞥到的一卷书，一盏灯，一个绛紫身影叩首。

“太医院吏目上官景福，见过玉京公主。”

片刻后，悦耳的声音响起：“吏目请起。”

上官景福谨慎地起身，垂眼看着小银螺丝桌的桌角。

“吏目心里有疑惑？”

说疑惑，就是僭越，说不疑惑，就是堵了公主的来意。

上官景福把尾音拖得很长：“卑职……”

“也不是什么大事。”秦稌华放下手中书卷，嘴角带笑道，“近日我有些乏力失眠，原本是不碍事的小毛病，可是若叫来院使，想必要吃上一个冬天的苦药。吏目能否为我看看，这乏力失眠究竟是何原因？”

“卑职自当竭尽全力。”上官景福行了一礼，在桌前坐下，从药箱中拿出白枕和绸布，“请。”

一只雪堆的手腕放了上去。

本是无瑕的白枕，却被肤如新落之雪的玉腕衬托得发黄发暗。上官吏目愣了一瞬，赶紧将绸布搭上，开始细细地号脉。

半晌后，他收回手，起身再次行了一礼。

“公主骨弱里虚，但脉象还算平和，想来是近期调养得当。卑职开一剂方子，公主命小厨房和酸枣同煮，每日暮食后服用即可，如此，应对公主的乏力失眠有所帮助。”

“苦吗？”秦秾华问。

“不苦。”

上官景福下意识地抬起头，一张灼灼脸庞映入眼帘，整个内室都为之一亮。

及笄之年的少女乌云为鬓，白雪为肤，眉眼还未完全长开，凤眼却已初现夺目惊心之姿。她嘴角带笑，却并未看他。

玉京公主的确有倾国之色，然而更令他心惊的是她的气质。几乎是本能使然，上官景福低下了头颅。

“听说上官吏目是太医院最年轻的吏目，少时更是游历云贵多地，想必识得许多疑难杂症。若我给你一张单子，你能倒推出此方主治何疾吗？”

“卑职惭愧，只敢说尽力一试。”

一张单子由结绿递到上官景福面前。他接过一看，发现竟是一张御药局的取用记录。

上面清清楚楚地记录了摘星宫在这一年来，陆续取用的药物。

寝殿内鸦雀无声，火盆里的炭在不远处烧着，上官景福的后背和手心都沁出了一层细汗。

他把方子来回看了几遍，说不清是松了一口气还是怎么，开口回复：“回禀公主，单子上的大多是补气和血类的药材，在进补类方子里比较常见。”

“辉嫔请过御医吗？”

“未曾听说。”

“那就再请吏目看第二张单子。”

结绿从柜中抽屉取出一张皱皱巴巴的残页，快步走回，递给上官景福。

上官景福只是扫了两眼，脸色已经大变。

“这是……”

“药食同源，这是摘星宫在司苑局的领用。若是把两单合在一起随意取用，除了补气和血，吏目还能开出什么方子？”

上官景福看了又看，小心翼翼地说：“若两单合用，还可化腐生新、消毒逐脓。”

“上官吏目果然见多识广。”公主笑道，“此事还请吏目不要对外多言。”

上官景福低头，恭敬地回道：“自然。卑职此次是受结绿姑娘所托，来为梧桐宫宫人看诊的。”

“劳烦上官吏目了，结绿，送吏目。”

结绿揣着沉沉的赏银去送客，门外侍立的乌宝看了一眼上官吏目的背影，一瘸一拐地走进殿内来。

“公主，此人信得过吗？太医院院使一直为公主看诊，我们为何不拜托院使？”

“院使虽好，但始终不是自己人。”

“那也还有御医呢。”

“御医？”她勾起嘴角，“太医院的御医，最年轻的也有不惑之年了，都是一群在官场浸淫多年的老油条，医术没突破多少，胃口倒是膨胀得很大。”

秦秾华刚走向火盆，乌宝就一个趋步踏来，抢在她前面开盖，取火箸轻刨。

火光舔舐银炭，乌宝的额头沁出细密的汗珠，寝殿里暖如四月。

她继续说：“上官景福背景简单，二十一岁就爬到吏目，说明这人聪明而有野心，可以培养看看。”

乌宝抬袖抹去额头的热汗，问：“摘星宫在御药房和司苑局领用药材不止一年，可是上官吏目又说，辉嫔并未请过御医。公主，你说奇不奇怪？”

“奇怪呀……奇怪的地方多了去了。”秦秾华走回软榻，抱着热乎乎的手炉坐下，“那日在摘星宫，你注意院中打扫的宫人了吗？”

“辉嫔只让乌孙带来的人近身，大朔的宫人不仅只能领些杂活，还会被宫里的乌孙人排挤。”

“不仅如此。”秦秾华说，“他们面色苍白，身形极瘦。眼神空洞……不似常人。”

乌宝琢磨了一会儿，说道：“确实如此……要不奴婢寻个由头，让慎刑司拿下一人，再行审问？”

“醴泉为我在宫外办事，宫中只你和结绿二人我信得过，若打草惊蛇，恐怕事态反而失去控制……此事，还是先按下吧。”

乌宝低头道：“诺。”

夜色深沉，星月隐在墨黑苍穹后，广阔无垠的宫殿群中，清亮的打更声随风荡远。

宽阔的梧桐宫主寝里，一束暗淡的月色透进窗纱。

小小的尘埃，在折叠的夜色中尽情飞舞。

“她若不在，朕再有百世轮回，又有何用？”

秦秾华猛地坐起，耳畔都是自己擂鼓般的心跳声。

夜还是夜，寝殿仍是自己的寝殿，并未有何人在她身边说话。

轰隆——

秦秾华心里一跳，下意识地抓紧锦被，死死地盯着木窗。

半晌后，窗外响起淅淅沥沥的落雨声，没再传来第二声响雷。

“结绿。”她开口，声音低哑。

在外间守夜的结绿一个激灵滚出被子，迷迷糊糊间一路小跑进内室，焦急道：“公主，怎么了？”

“让乌宝去摘星宫远远地看看……有没有事发生。”

结绿一愣，瞌睡醒了：“什么？”

片刻寂静，秦秾华望着锦被上的金鱼纹不发一语。

结绿变了神情，沉声说：“公主放心，奴婢这就去。”

关门声响起后，结绿的脚步声渐渐远了。

秦秾华没了睡意，干脆下了床，自己到桌前倒了杯冷水。

梦中，摘星宫血变发生得毫无预兆，她只记得是在除夕前的一个雷雨夜，雷声掩盖了所有的声响，等到第二天有人发现，摘星宫已成血海一片。

现实的摘星宫呢？也会在雷雨夜发生血变吗？

一盏茶的时间后，乌宝来到内殿。

“回禀公主，奴婢在摘星宫外绕了两圈儿，找到一个墙缝，趴着看了几眼。守夜的乌孙宫人在廊屋下打瞌睡，没什么特别的事情发生。”

秦秾华放下一口未喝的茶杯，悬着的心放了下来，身子骤轻。她扫过乌宝肩上被雨淋湿的水光，轻声说：“乌宝，劳烦你跑这一趟了，去火盆边烤烤吧，小心着凉。”

“奴婢为公主办事，刀山火海都去得！不劳烦，不劳烦！”

秦秾华对他笑了笑。乌宝的眼睛亮晶晶的，快活而心满意足地蹲去火盆边烤手了。

“乌宝。”她说。

“哎！”

“现在负责巡视禁宫的是哪路禁军？里面有用得上的人吗？”

“禀公主，从去岁起，负责巡视禁宫的就是金吾卫了。奴婢和武将没什么来往，他们最看不起的，就是奴婢这种阉人。”

一件外衣轻轻地披在秦秾华的身上。

结绿站在她身后，插话道：“奴婢知道一个人，金吾卫听他的话，而他听公主的话。”

秦秾华讶异道：“有这样的人？”

“公主的青梅竹马，九原郡王之子方正平呀！”结绿说，“他四年前进了金吾卫，如今已是金吾卫指挥佥事，公主要是有求于他，想必是有求必应。”

方正平……

秦秾华眼前浮现出梦中方正平留给她的最后一面，无畏的将军身中数箭，头也不回地带领残兵冲向凶残的梁军。

是他给她争取了逃出朔明宫的宝贵时间。

乌宝问：“公主要见方佥事吗？”

“明日再说吧。”

秦秾华要办的事情不一定要通过指挥佥事这个级别，然而世事就是这么巧，第二天傍晚，她和数月未见的方正平在御花园不期而遇。

“那不是方佥事吗？”结绿连连拉扯她的袖子。

“早看见了。”秦秾华无奈地说道。

锦衣佩剑的少年远远地就望见她了，秦秾华也一眼望着他。那袭鲜艳醒目的锦袍，让他像一片飘在萧瑟冬景中的红枫。

红枫被风儿裹挟，转眼就落到她的面前。

方正平红着脸，手足无措地盯着她看了一会儿，忽然行起大礼。

“玉京公主，卑职……”

秦秾华笑着扶起他：“这里没有旁人，你和我生分什么？”

方正平不敢看她，眼神乱晃道：“尊卑有别，卑职不敢僭越。”

“你来这里是……”

“陛下在御花园召我，大约是为了除夕宫宴的事宜。”方正平顿了顿，问，“公主呢？”

“我陪太后礼佛半日，现下出来四处走走，活动活动身体。”

方正平认真地听着，神色紧张，生怕错过她的一言一语。

他的羞赧，总算让秦秾华梦中的寡言青年和眼前的木讷少年重合了。

严格来说，方正平并不是她的青梅竹马，她落水失忆过一次，能够想起来的时候，他们早已过了两小无猜的年纪。她对方正平的了解，更多来自他人之口。

梦中，他是她名义上的青梅竹马，也是忠诚的太子党；他是她的政敌，也是最后以命相护的救命恩人。

方正平呆立着，面红耳赤地想要和她说些什么，最后还是她忍不住笑道：“你忘了，陛下还在等你吗？”

方正平的脸色更红：“没……没忘……我这就去。”

他行了一礼，毛毛躁躁地快步走了。秦秾华转身目送，恰好对上他的回头，他脚下一崴，险些平地绊倒。

“瞧这呆头鹅！”结绿扑哧一声笑了，笑过，她又懊恼地合掌一拍，“对了！公主不是有事要用金吾卫吗？刚刚方佥事在这儿，我忘记提醒公主了。”

“不必了。”秦秾华看着方正平的身影完全消失于回廊后，脸上的微笑敛去，“今日吩咐了他，明日五皇子就会知道我吩咐了什么。”

结绿愁眉苦脸地说道：“啊？那公主要怎么办？”

“此事不必用到他。”秦秾华说，“小厨房张姑姑的相好在金吾卫当差，你封个厚红包，让他巡查时多留意摘星宫的情况即可。”

“奴婢明白了。”

二人在这头慢慢儿地走远，另一头，方正平还未走出幽静的路径就看见了天寿帝的明黄仪仗。

方正平一个激灵，立即叩首：“微臣参见陛下！”

天寿帝说："起来吧。"

方正平不敢直视天颜，缓缓地起身，视线始终望着青石地面。

"朕看你刚刚和玉京公主在谈天，就没露面打扰。你们都聊了些什么呀？"

方正平心里一跳，绞尽脑汁地想着合适的回答："只是几句寻常问候，公主记挂着陛下，提醒臣不可让陛下久等……臣不敢耽搁，就赶紧走了。"

"你觉得朕这次叫你来是为了什么？"

方正平一愣，抬头看向天寿帝："臣以为，是除夕宫宴上的守备问题。"

"朕没记错的话，你明年就要加冠了吧？"天寿帝笑眯眯地说，"这加冠之后，就要成家。你父母可有中意的人家？"

这难道是……

方正平内心狂跳起来。

"回禀陛下，微臣父母并无决议。"

"那你呢？你可有中意的女子？"

"臣……微臣……"

方正平涨红了脸，天寿帝看着他窘迫的样子，大笑起来。

"行了，朕不逗你了！你的心思朕都知道。只是此事事关重大，还要等朕问过你父亲的意思再说。"

方正平激动地又是一个叩首："多谢陛下！"

天寿帝把他扶起，笑道："朕对除夕宫宴的守备不感兴趣，你们金吾卫看着办即可。你既然来了，就陪朕走走吧。"

"臣遵命！"

第三章
摘星宫

岁末的最后一天，宫内张灯结彩，铺设锦绣帷帐。

遥远的紫宸殿中，传来除夕宫宴幽幽的丝竹声，王公贵族的欢声笑语惊起亭下涟漪，几条鹅冠红锦鲤摆尾游走。

月色清清，石亭中却闪着火光。

“公主，茭白烤好了，快来吃点儿吧。”

结绿三催四请，倚在栏边的秦秾华才坐回石桌，炭火炉上烤着茭白，也烤着鲜切的牛羊肉，一把锋利的割肉刀放在烤网边，刀刃上染着血色。

红艳艳的肉片经络分明，结绿撒一把香料下去，凉亭里瞬间香气扑鼻。

秦秾华吃了一口，由衷地称赞：“结绿的手艺越来越好了。”

结绿一个劲儿地往她碟中夹菜：“公主近来又清减了，要多吃肉补补。”

“公主——”乌宝从亭外小跑而来说道，“还好你早早地走了，穆首辅果然在宫宴上向陛下提亲了！”

秦秾华不为所动，反倒是结绿反应激烈：“啊？他是为谁提的？”

“穆府长孙，穆阳逸！”

“我呸！”结绿大骂，“就那个十一岁钻了姨娘裙子的混账玩意儿？”

乌宝愁眉苦脸地说道：“我的姑奶奶，公主还在这儿呢，你说这些干什么呀？平白脏了公主耳朵……”

“我能不急吗？公主，你说——公主，你怎么还吃得下去呀？”结绿一阵风似的，扑回秦秾华身边。

秦秾华言简意赅：“成不了。”

“穆首辅权倾朝野，怎么成不了？”结绿满脸疑惑。

秦秾华放下银箸，拿起巾子慢条斯理地擦嘴。

“穆首辅向陛下提亲，但是舒阁老表示反对，是也不是？”

“是，是！”乌宝瞪大眼睛。

“恰好裴阁老此时也提出，想为族中子弟尚七公主，是也不是？”

“真神了！公主是怎么知道的？”

“朝廷上党争愈演愈烈，裴阁老不一定想求公主，但他一定不想让穆家求得公主。舒家是太后的娘家，虽然陛下并非太后亲生，但舒阁老是帝党，他的女儿舒德妃又过继了我的弟弟，只要父皇表露出一丝不愿，于情于理，舒阁老都会照拂我几分。”

“这么说，公主就安全了？不必担心被许给不喜欢的人？”乌宝问。

秦秾华垂眼望着冒红光的炭火炉，笑了笑：“至少两年内不用担心。”

“那两年后怎么办呀？”乌宝一脸焦虑。

桌下烧的小锅开了多时，结绿盛了半碗燕窝枸杞汤回到秦秾华面前，不以为意地说：“公主肯定自是有办法的，你愁有什么用？我们只要别给公主添麻烦，全听公主指挥就好了！”

“你说得也是。”乌宝赞同地点头，紧皱的眉心渐渐地舒展开了。

秦秾华喝下半碗燕窝，取净水漱口后起身。

“公主要回宫了？”乌宝问。

“你把这里收好，先回宫去。结绿带上食盒，陪我再去一个地方。”

结绿好奇道：“我们去哪儿？”

秦秾华一笑：“辉嫔不是称病没来吗？我们就去摘星宫探病。”

夜凉如洗，秦秾华和结绿二人走在冷冷清清的宫道上。人都去了紫宸宫的缘故，红墙两边的宫殿都紧闭着大门，墙内鸦雀无声。

唯一透着灯火的摘星宫，在寂静的宫殿群中非常醒目。

结绿提着食盒，上前叩响摘星宫的宫门。

咚咚咚——

万籁俱寂的夜幕下，三声叩门声像是石沉大海，换回的是无尽的寂静。

“摘星宫的人怎么回事……”结绿嘀咕着，更重地敲了几下。

门内依然没有回应。

空气沉闷，风好似静止了，一股让人不安的气味若有似无地萦绕在鼻尖。

结绿随手在门上一推，鲜红的门扉竟吱呀一声，开了条缝。

“公主……”结绿吃惊地说道。

在不同寻常的寂静下，一切感官都被放大了。无论是黑暗中的虫鸣，指缝里钻过的冷风，还是空气里的异味……夜色中，有什么危险的东西触动了秦秾华心中的警报线。

“公主？！”

她站到结绿身前，推开了门。

炽热的光瞬间扑到她的脸上，是热的、臭的、红艳艳的。

火光将整个摘星宫照得亮如白昼。

结绿手中的食盒落到地上，冒着热气的燕窝洒了一地。

咻——

无尽的欢呼声从遥远的宫殿群尽头传来，接二连三的烟火蹿上天际，大朵绽放。

一声接一声的轰鸣掩盖了其他声响。

摘星宫在秦秾华面前无声地燃烧着，炙热的风反而带走了她浑身的温度。

她终于辨认出空气里那股不安的气味是什么。是油脂滴落火中，是肉在火中炭化，是她前不久才在炭火炉上闻过的味道。她咬紧牙关，用理智生生地逼退几欲作呕的生理反应。

“公……公主……”结绿结结巴巴地说道。

“结绿，你拿上我的令牌，去找巡夜的金吾卫，命他们立即封锁摘星宫，救人救火。再通知太医院值班的御医，立即进宫待命。”

“可是公主……”

“还不快去！”

秦秾华一声呵斥，结绿跺了跺脚，无可奈何地跑出了宫门。

她望着熊熊燃烧的宫殿，仿佛见到了梦中焦黑的废土。

凉风从耳后袭来，夹杂着一缕铁锈的腥臭，秦秾华全身血液冲向头顶，下意识地朝前扑倒。

柴刀从她头顶掠过，面色惨白的宫女用涣散呆滞的双眼盯着她。

“你是摘星宫的宫人？”

秦秾华瘫坐在地上，白狐裘从身上滑落，露出一袭菖蒲红蝶纹大袖裙襦。

“金吾卫马上就来人了，还有其他幸存者吗？你……”她试图安抚宫女的情绪，双手却用力撑在干燥的地面，身体肌肉紧绷成一条直线。

宫女双眼无神，朝她高举起柴刀——

跑！她的心里只剩这一个念头。

秦秾华咬牙爬了起来，朝燃烧的摘星宫奔去。

跑，跑，跑！她必须跑！

丧失理智的宫女挥舞柴刀追逐在后，腥风一次次地扑来。

秦秾华头也不回地撞开摘星宫大门，一只悬空的布鞋险些打上她的鼻梁。她顾不上吊在横梁的内侍，踉跄地跑向离得最近的黄花梨木梯。

大摊的血迹从第一级木梯延续到最后一级，像是有什么重物被拖动过。

提着柴刀的宫女摇摇晃晃地走上楼梯，呆滞的眼神在地上扫了两眼，跟着新踩出的血脚印，走进一间耳房。

她跨过地上的尸体，停在血脚印消失的衣柜前。

柴刀高高地举起，尖刀处还在往下淌血。

宫女打开柜门，高举的柴刀却慢慢儿地落下了。

衣柜中，只有一双染血的绣花鞋。

这是地狱。

火焰在尸海上燃烧，空气里飘散的异味是尸体被烧焦的臭味。

秦秾华松开床单系成的布条，一下子摔到地上。

她的左手边就是一具死不瞑目的尸体。鬈发、褐眼，少年模样，身上布满血洞，手里还握着一把碧玉裁纸刀，头顶裂开一半，红白之物流了一地。

就在一周前，鬈发的小内侍还悄悄地看过她。

秦秾华难以相信，这就是梦里演变为茶余饭后的谈资，从旁人口中轻飘飘说出的摘星宫血变。

如此惊心动魄，如此触目惊心，梦里留下的却只有大火后沉默的灰烬。

这里究竟发生了什么？这里的宫人身上发生了什么？辉嫔又在何处？

一个鲜血淋漓的胡人内侍提着菜刀走出转角，视线落到刚刚从地上爬起的秦秾华身上。

秦秾华不顾脚腕传来的疼痛，猛地转身——

逃！

逃！

逃到无路可逃！

秦秾华背靠墙角，整个人颤抖得宛如菖蒲红蝶在急剧起伏的雪山上展翅欲飞。

胡人内侍逐渐逼近，鲜血染红的菜刀在昏暗的月色下折射出一抹寒光。秦秾华握紧大袖中被汗浸湿的碧玉裁纸刀，一动不动地盯着对方。

染血的菜刀朝她砍来。

胡人内侍忽地一颤，狂态毕露的头颅向上飞起。

躲过菜刀的秦秾华失去平衡，跌坐在地，眼睁睁地看着胡人内侍身首分离，脖颈断口处喷射出大股鲜血。

无头尸体摔倒在地，滚烫的血液溅上她的手指，如针刺一般。

一个只有胡人内侍一半高的少年，站在他原本的位置。

血迹斑斑的纱布缠满少年全身，一把似曾相识的柴刀被他握在手中，血珠正顺着刀尖往下滴落。

血水浸透的玄衣深浅不一，大敞的衣襟内露出被鲜血染红的纱布。

凌乱打结的黑发垂在少年黑得妖异的瞳孔前，灼灼有辉的目光，眨也不眨地落在秦秾华身上。

而秦秾华眼中，右手臂被整个砍断的宫女正从少年身后扑来！

“小心！”她下意识地喊道。

秦秾华话音未落地，玄衣少年已被宫女扑倒。

宫女举起锋利的匕首，朝着他的脖子狠狠地刺了下去。

匕首穿透少年的右手手掌，刺目的鲜血淅淅沥沥地落下，转瞬就染红了地面。

少年左手掐着宫女的脖子，和她陷入僵持。秦秾华犹豫片刻，攥紧了湿润的碧玉裁纸刀，刚要起身，少年青筋毕露的手掌下忽然传出咔嚓一声。

宫女的身体软绵绵地倒了下去。

秦秾华僵在原地，看着满身鲜血的少年撑着膝盖缓缓地站起来，一步一步地走到她面前，俯视着她。然后，他无力地跌倒。

她来不及细想，已经接住少年。

他身上比火中吹来的热风还要炙热，虚掩的迷蒙瞳孔中，映着冲天火光，宛如热风里的红蝶，还映着她愣怔的面孔。

她被一种似曾相识的古怪情绪给捉住了，无法自拔地陷在那双并不纯粹的黑眸里。

“公主！”

“玉京公主！”

无数穿甲佩剑的金吾卫冲进后院，方正平身先士卒，第一个赶到秦秾华面前。

秦秾华心里一松，强撑的力气消失，少年的重量压着她整个人往后倒去。

“公主！”

红蝶飞散，弦月高挂。

红裙黑衣，绞作一处。

人群喧嚣和火焰噼里啪啦的声音渐渐远了，秦秾华用最后的力气，捉住身边最近一人的手腕：“带他回梧桐宫……”

这一夜注定是个不眠之夜。

朔明宫的一半人力都集中在摘星宫灭火，另一半则在梧桐宫忙里忙外。

太医院院使号脉的时候，寝殿里鸦雀无声，秦秾华的生母周嫔立于天寿帝身后，神色忧虑，双手不停地绞着绣帕。天寿帝本人更是坐立不安，眼睛一直盯着院使号脉的手指。

“回禀陛下，公主只是受了些挫伤，用药贴敷上几日便好了，不碍事。”白发苍苍的周院使起身对天寿帝揖手道。

“当真不碍事？”天寿帝神色焦急道，“公主的面色这般苍白，你可看仔细了？”

“玉京公主受了些惊，微臣开些静心的汤剂，服下后，睡一晚就无事了。公主福慧双修，陛下和娘娘大可放心。”

院使将药方和药贴交给结绿后，正要行礼告退，靠在软枕上的秦秾华开口：“周院使，和我一同回来的少年在侧殿，他伤得更重，劳烦你看顾一些。”

院使揖手道：“公主放心，老臣这便去。”

周院使提着药箱离开后，天寿帝在床边坐下，担忧道：“秾华，感觉怎么样，脚还疼吗？”

秦秾华安抚地覆上天寿帝的手，笑道：“父皇，院使也说了，只是小小挫伤。敷上药贴后，秾华真的不疼了。”

“你呀，就是在安慰父皇，没说实话。”

眼见天寿帝语带颤音，眼眶泛红，秦秾华连忙问：“摘星宫可还有人生还吗？”

天寿帝叹了口气，摇头。

“可查清宫里少了什么人？”

周嫔说道：“在我宫里打扫的宫女春莺不见了，韩嫔也说她宫里少了位内侍，我们都已禀告皇后，想必明天就会有更确切的消息。”

她顿了顿，还是忍不住问道：“你救出来的少年究竟是什么身份？听说他模样古怪，浑身缠满纱布，穿的也不是内侍的衣裳，你把他留在梧桐宫……怕是不妥。”

天寿帝点头：“朕也不放心，还是让人把他带走吧。”

“父皇，他从歹人刀下救了我，又是此案唯一幸存者。”秦秾华从靠枕上坐直身体，说道，“至少等他醒来后，再定夺吧。”

“也罢，那就……”

门外忽然一阵喧哗，珠光宝气的怜贵妃带着十几名宫人大张旗鼓地进了寝殿。

梧桐宫的宫女碧琳追在后面：“怜贵妃，您不能……”

啪！

怜贵妃柳眉一竖，一巴掌扇歪碧琳的脸。

“陛下还未发话呢，这儿有你说话的地方吗？本宫能去哪里，不能去哪里，岂是你一个贱婢能够置喙的？”怜贵妃特意瞥了一眼床上的秦秾华，阴阳怪气地说道，“别仗着一时得宠，就忘了自己的身份！”

碧琳脸色惨白：“奴婢不敢……”

怜贵妃趾高气扬地走来，说道：“七公主宫里的宫人也太大胆了些，竟然连贵妃都敢拦，假以时日，岂不是连陛下都敢拦了？”

“行了！先前院使问诊，需要安静的环境，是朕叫她拦的。”天寿帝看不下去了，“朕不是叫你回去先歇着了吗，你来做什么？”

“陛下答应今晚要陪臣妾守岁，臣妾见陛下久久不来，担心陛下累坏了身子，这才赶来看看。”怜贵妃看向秦秾华，似笑非笑道：“对了，七公主伤得如何？”

秦秾华刚要起身行礼，怜贵妃又说：“礼就不用行了，免得陛下见了心疼，到时反是我的罪过。”

秦秾华顺势只行了手上的礼节，笑道：“谢贵妃娘娘挂念，院使说了，只需敷几日药贴便好了。”

“七公主果然福大命大，听灭火的金吾卫说，摘星宫里死了几十号人，公主在里面走了一遭，居然只受了小小的挫伤。”

“都是父皇洪福齐天，上天看在父皇的面上，也要多少照应我两分。”

怜贵妃哼了一声，刚刚张口，殿外又是一阵喧哗，中间还夹杂着几声惊叫。

乌宝跌跌撞撞地跑进来跪倒：“公主，公主……东侧殿的少年醒了，打伤了院使，还不让任何人靠近……”

怜贵妃神色不耐，冷声说：“这等小事还需劳烦公主？宫女和内侍呢？还不去镇压——是都死了吗？！”

“贵妃娘娘恕罪！奴婢们都去了……压不住他呀……”

“一群废物！”怜贵妃拂袖而去，“本宫倒要亲眼看看，是什么妖魔鬼怪让你们一宫的人都束手无策！”

怜贵妃带来的宫人匆匆地向天寿帝行了礼，追随主子离去。

满室压抑，天寿帝的脸色难看至极。

“父皇……”秦秾华担忧地看着他。

“莫怕……没事。”天寿帝拍了拍她的手，“贵妃一直是这性子，朕知道你护短，朕得跟过去瞧瞧……免得她借题发挥，打坏你的宫人。”

天寿帝起身离开后，秦秾华看向拿手绢抹眼泪的周嫔，笑着朝她伸手道：“母妃再擦，眼睛可就又要红肿了。”

周嫔牵着她的手坐到床边，不住地垂泪。

“若不是我挡了贵妃的路，她也不会如此针对你……秾华，是母妃对不起你，都是母妃的错。”

“母亲说的是什么话？”秦秾华敛了笑意，郑重地说道，“你本是父亲明媒正娶的正室，若非父亲突然登基，穆氏以势相逼，鸠占鹊巢，母亲如今就是名正言顺的中宫皇后。小人一时嚣张，绝非母亲的错。”

这样的话，秦秾华已说过多次，但周嫔始终觉得，若没有她，一双儿女的日子会好过许多。

周嫔性子软弱，却绝不是愚钝之人。

在后宫中人人都盼着获得宠爱，提升品阶时，只有她对天寿帝避之不及。当初生下龙凤胎，她自知保不住孩子，当机立断将五皇子送去延瑞宫，求一直无子的舒德妃收养。

她并不愚钝，只是世间最常见的女人，不争不抢，在命运的压迫前逆来顺受。

"母妃，你忘了我说过的话吗？这样的日子是不会持续下去的。"

怜贵妃气焰嚣张，喧宾夺主，只因为她有嚣张的本钱。

当朝首辅是她的祖父，户部侍郎是她的父亲，皇后娘娘是她的姑姑，她自己又是四妃之首，膝下有一对儿女。

怜贵妃想做后宫之主，执掌凤印的却是她的姑姑，她斗不了自己的姑姑，只有迁怒于无辜的周嫔。

世家累世荣华，而大朔开国不过百年，皇帝已暴毙数任。

这天下到底是姓秦还是姓穆，很不好说。

秦秾华说："我们要等。"

周嫔抹着眼泪，问："等什么？"

等她找到棋盘上遗落的那枚棋子。秦秾华心道。

"女主天下"这条路她已在梦中试过，她没有那么多时间去颠覆乾坤。

五皇子狼子野心并不可靠，剩下的选择寥寥无几，无论哪个，都是绝路一条。

"你在这里鬼鬼祟祟做什么？！"

门外忽然传来乌宝的呵斥声，周嫔急忙擦了眼泪，平复声音，问道："是谁在外喧哗？"

片刻安静后，一个声音响起："太医院吏目上官景福，有要事禀报玉京公主。"

周嫔疑惑地看向秦秾华，她点了点头。

"进来吧。"周嫔说。

上官景福趋步而入，低头跪拜："卑职上官景福，见过玉京公主，见过周嫔娘娘。"

"吏目请起，不知有何要事？"周嫔问。

上官景福看向秦秾华，欲言又止。

周嫔不愿让二人独处，但在秦秾华的坚持下，还是以煎药为由，离开了寝殿。

“说吧。”秦秾华轻声道。

“公主此前让卑职阅览的单子，卑职遗漏了一项功用，思前想后，觉得还是该来告知公主……”

“遗漏了什么？”秦秾华敛眉问道。

“通草和漏芦，都是针对产后气脉瘀堵、乳汁不通的药物……在摘星宫十年前的取用单中，通草和漏芦都曾频繁出现过一年之久。”

秦秾华的脑海中如有一道电光闪过。

平地惊雷，震碎眼前的所有迷雾。

她倏地朝上官景福看去，他如惊弓之鸟，低眉敛目避开她锐利的目光。

漫长的缄默中，寝殿一派死寂，如同无人之地。

秦秾华忽然笑了。

“既然本宫未曾发觉，你权当不知便好了……就像此前一样。是什么让上官吏目改变了主意，匆匆来报？”

“公主此言何意……”

秦秾华起身下床，挪动伤脚，慢慢儿地走到上官景福面前，问：“你见到了东侧殿的少年，对吗？”

“卑职……”

“年纪正好，外貌也符合……你看到他，想到了什么？”

“卑职……卑职不敢说……”

秦秾华厉声道：“说！”

上官景福扑通一声跪下：“卑职怀疑少年是辉嫔之子！”

果然。

果然如此！

须臾，秦秾华脑海中已转过千百念头。

“乌宝。”

“奴婢在。”

“我让你查的事情查得如何了？”

“回禀公主——”乌宝行了一礼，道，“奴婢七岁后一直在宫里伺候，别说宫里的人，便是宫里的阿猫阿狗，奴婢也个个认得。这名少年，奴婢确实不曾在宫中见过，也敢用奴婢的项上人头担保，此人不在宫人名册中，更不曾进出宫门。”

“上官吏目，你听明白了吗？”

“卑职明白，卑职一定守口如瓶，把这件事情烂在……”

“你不明白！”

秦秾华一声怒喝，让上官景福本能地抬起眼。

他对上公主的视线，便觉永远不能忘怀这一眼。

少女眉眼如画，苍白如雪，唇上的血色好似一吹就散，像一幅与世无争的风景画，唯独那双盛满欲望的眼睛，在明亮烛火中闪着夺目光辉。

“上官吏目进入太医院已有四年，离最年老的陈御医致仕起码还有三年，而像上官吏目这样，等着御医空出名额才能升迁的，太医院中还有二十一名。本宫听闻上官吏目是岭南人，家中只有一母，像这么轮，何时才能轮到吏目给老夫人挣回一个诰命之身？”

不知不觉，上官景福已忘了自己原来的目的。

他深埋在心的野心，被那双同样野心勃勃的眼睛点燃。

“公主……何意？”

少女居高临下，扬唇微笑：“上官景福，你想成为人上人吗？”

“卑职……”

“你愿意为此，赌上你的身家性命吗？”

“卑职……”

“此后余生，你是想蹉跎度日，还是激流勇进？回答本宫！”

冥冥之中，有一种奇异的情感冲击了上官景福的理智。

他在心神激荡中，重重叩首下去：“卑职愿做人上人！请公主指点！”

乱成一片的东侧殿外，忽然响起一声大喝：“所有人都住手！”

怜贵妃转身，看到乌宝搀扶着玉京公主缓缓而来，讥笑道：“七公主伤了脚，不好好歇着，怎么到这儿来了？”

天寿帝也上前一步，关心道：“你不躺着休息，怎么来了？”

秦秾华的视线越过怜贵妃，落在一片狼藉的殿内。

香炉架倒在地上，炉灰撒了一地，染血的纱布一半挂在床沿，一半落在地上。

怜贵妃带来的奴仆见了她跪在门边，少年不见踪影。

“贵妃娘娘息怒。”

秦秾华迈着一高一低的步伐来到怜贵妃面前，补完了此前的全礼。

“此人乃摘星宫一案唯一的活口，遭此大变，情绪激动也是情理之中，再加上他身受重伤，贸然移动恐有生命危险。届时没了人证，摘星宫一案的真相难以查清是小，协理后宫的贵妃娘娘受到牵连是大……”

闻言，贵妃变了脸色说道：“宫宴是皇后举办的，和我有什么干系？”

“我和陛下当然相信娘娘的清白，但宫外乃至京外的百姓明白这个道理吗？他们只知道一笔写不出两个‘穆’字，到时不仅皇后娘娘受牵连，贵妃娘娘和穆首辅的名声也会受损，此事事关重大，还望娘娘三思。”

贵妃神色不善道：“照你所说，难道就要任他发疯？”

秦秾华头也不抬，保持着恭敬的行礼姿势，说：“人既然是我带回来的，我自然会想办法让他安静。”

怜贵妃盯着她，狐疑地看了半晌道：“一个身份不明的少年罢了，七公主为何如此执着？”

秦秾华不发一语。

怜贵妃又笑道：“七公主不说，难道是有不可告人的隐情吗？”

“秾华，到底有什么事情？”天寿帝皱着眉询问。

秦秾华挥开搀扶着自己的乌宝，朝天寿帝跪了下去。

“秾华？你这是做什么？！”

“父皇，此人身俱乌孙皇室特征，恐是父皇与辉嫔之子。儿臣斗胆，请父皇明察少年身份！”

“你……你可知自己在说什么？混淆皇家血统为十恶之罪，七公主是想做那大逆不道之人吗？！”怜贵妃厉声质问。

满殿寂静，自秦秾华话音落地后接连跪倒的宫人匍匐在地，大气也不敢喘上一口。

天寿帝满脸错愕地看着跪地的秦秾华，连说话都忘记了。

“儿臣本想等事情调查清楚后，再私下禀告父皇，可是儿臣若再沉默下去，此人怕是活不到身份明了的那一天。便是旁人，儿臣也做不到见死不救，更何况，此人可能是父皇的龙子，儿臣的血亲弟弟。”

秦秾华叩首："请父皇彻查少年身份！"

"你且起来再说。"天寿帝神色复杂，亲自把人扶起，"你的脚，可还站得住吗？"

"父皇无须担心，周院使妙手回春，儿臣已好多了。"

眼见话题偏斜，怜贵妃冷声打断："七公主可要为自己的一言一行负责，你是皇室之人，即便是平民也知道混淆皇室血统是死罪，你不可能不知道吧？"

"自然知道。"

"那你还敢胡言乱语？！此人若是陛下的龙子，那是何等尊贵的身份？后宫诸人谁不做梦都想生下一个龙子，辉嫔有此殊荣，难道还会秘而不发吗？"

"因为辉嫔并非普通嫔妃，她是乌孙的公主。"秦秾华说。

"是公主又如何？！"

"父皇明鉴，乌孙自建国，一直是前朝狐胡的忠实拥趸，乌孙公主远嫁大朔也是迫不得已，心有不甘实乃人之常情。在父皇和辉嫔的相处中，应该也能感知一二。"

天寿帝点头："辉嫔在朕面前确是心不在焉的时候多，朕看她宫里近身伺候的都是胡人，朕待得不自在，所以摘星宫也去得少。"

"如此，辉嫔若是记恨覆灭狐胡的大朔，跟着记恨秦氏皇族也说得通了。儿臣在十几日前曾拜访摘星宫，宫中的胡人衣着华丽，神情天真，可见辉嫔一向待他们不薄，反而是我们大朔的宫人，精神萎靡，消瘦苍白，想来没少受磋磨。辉嫔既然憎恨朔人，又怎会善待流有秦氏血脉的龙子？少年身上伤痕累累，皆是辉嫔对大朔皇室的恨意所致。"

眼见天寿帝神色动摇，怜贵妃眉间闪过一抹狠厉之色。

"大胆！皇室血统岂是你三两句就能动摇的？我看七公主是受了惊吓，魇着了！你们还不带七公主下去！"

"陛下还未发话，谁敢动我？！"秦秾华掷地有声，怜贵妃的手下犹疑地停下动作。

怜贵妃急了："陛下，难道您就由着七公主在这儿动摇人心？"

天寿帝一脸疲惫地揉了揉眉心，说："你说他身上有乌孙皇室的特征，是何特征？"

"此人并非纯正的黑眸。"

怜贵妃不遗余力，驳斥道："塞外胡人多的是绿眸蓝眸，异色又能说明什么？！"

秦秾华看也不看怜贵妃，她越跳脚，越证明踩了她的痛处。

天寿帝子嗣不丰，中宫多年无子，有资格夺嫡的皇子仅有沈贤妃所出的大皇子，郑嫔所出四皇子，舒德妃过继的五皇子以及怜贵妃膝下十四岁的六皇子四人。

其余的四名皇子，不是因丑闻闻名全朝，就是身有残疾，有碍观瞻。

还未来得及序齿就夭折的龙子更是数不胜数。

这究竟是天意如此，还是人祸所致，谁也不敢说。

唯有一点很明了，朔明宫若是一夜之间多出个十岁的健全皇子，怜贵妃这痛，可就要长久地痛下去了。

秦秾华说："他的瞳仁黑中带紫，这分明是乌孙皇室的特征。"

"紫又……"怜贵妃顿时愣住。

乌孙皇室和狐胡皇室同出一源，狐胡皇室中人多为紫眸，所以举国尚紫，而乌孙皇室经过多年混血，已不见紫眸，只有极少数后代拥有偏紫的黑眸。

除了狐胡皇室和乌孙皇室，天下再没有人拥有紫眸。

狐胡皇室早被大朔屠得干干净净，除了辉嫔所生，摘星宫如何能够多出一个异眸的少年？

"仅凭你的几句推测就想令宫中多出一个皇子，简直荒谬！"怜贵妃怒形于色。

秦秾华神色淡然，微微笑道："当然不能是我的几句推测，所以儿臣才在此处请求父皇明察。若此子真是辉嫔所生，必定会留下蛛丝马迹，父皇可令高公公调查当年的敬事房档案，摘星宫药食取用记录以及太医院……"

"照你这么查要查到何时？"怜贵妃冷笑，"我倒是有更方便快捷的方法。"

"娘娘有何高见？"

"正好人都在，不妨现在就滴血验亲。"

秦秾华敛了笑，皱眉道："父皇龙体贵重，岂可受伤流血？"

"当然不能叫陛下龙体受损，七公主是陛下的女儿，由七公主和此人验也是一样的。"怜贵妃笑道，"这样既可以解决公主心中的疑惑，也可以破了宫中的谣言……"

天寿帝脸色一变。

“什么谣言！难道你贵为贵妃，还要相信无知奴婢间的胡说八道吗？！”从后殿匆匆赶来的周嫔害怕地护住秦秾华。

满殿压抑的空气，宫人和太医院御医们跪在地上，恨不得将自己的存在感降低为空气。

七公主的身世，一直是宫中疑云之一。

明明是龙凤胎，七公主和五皇子却丝毫不像，小的时候还能糊弄着说眉眼神似，可越是长大，七公主就越是像开在月季丛里的蔷薇，细微之处，处处透着不同。

“贵妃这话，是在质疑什么？”秦秾华缓缓地开口。

“七公主不要多想，只是代劳一二罢了。”怜贵妃虎视眈眈地盯着她，“七公主如果推拒，是不相信殿内的少年，还是不相信自己？”

“贵妃，此话过了！”天寿帝怒道。

“陛下，臣妾也不过是实话实说罢了，要是哪里说得不妥，陛下大可指出，臣妾一定心服口服！”

“你——”

“父皇息怒。”秦秾华退后一步，慢慢地行礼。

她行动不便，行礼的姿势并不标准。云墨般的乌发在少女还未长开的肩背上如瀑倾泻，更衬得她脸色苍白如雪。在雍容华贵的怜贵妃面前，白裙素钗的她就像是一片随时会融化的雪花，纤弱可怜，任谁看了也不能无动于衷。

“儿臣德薄，所以才致贵妃疑忌，为还朔明宫一片清平，儿臣愿意滴血验亲，只愿怜贵妃心中安定，父皇也能过个好年。”

天寿帝断然拒绝道：“不可！如果因为几句流言，朕的女儿就要滴血验亲自证清白，这样的事情岂不是没完没了？后宫之中，岂不是永无宁日了？！”

“父皇说得有理。”秦秾华看向怜贵妃，“如果怜贵妃坚持，我可以滴血验亲，但怜贵妃需向父皇承诺，此类事情不会再出现第二次，宫中一应谣言，也应随此平息。”

“秾华……我的秾华……”周嫔眼含热泪，神色痛苦又无可奈何。

太医院的御医和梧桐宫宫人心中不平，面上也可见一二。

怜贵妃居高临下，优势占尽，却没有一个人站在她这边，枕边人的怒目而视，更是让她心头刺痛。

她气急反笑，怒声说道：“好！只要你敢验，本宫就答应你，若你证实了清白，谁再传播流言，用公主的身世做文章，就是和本宫过不去！本宫第一个不饶他！”

话已至此，太医院的人很快端了碗清水来。

“等等！”

怜贵妃走到端碗之人面前，眯眼打量碗中清水片刻，又叫自己的太监德荣用手指沾了尝味，确实是清水无误才道：“去吧。”

端水之人恭敬地行礼：“诺。”

周院使走进殿中，从地上捡起一片碎瓷片，颤颤巍巍地回来。

“这是少年打破瓷碗所流的血，老臣亲眼所见，可直接用于验亲。”

天寿帝点头后，周院使提起瓷片，两滴血珠落进水里。

所有人的目光都集中到了秦秾华身上，周嫔屏息凝神，以绣帕掩嘴，泪珠在眼中摇摇欲坠。

秦秾华神色平静，取银针刺破手指，挤出一滴鲜血滴入碗中。

两股鲜血接触，迅速融为一体。

秦秾华和端碗的上官景福目光相交，转瞬错开。

天寿帝面上一松，接着怒起：“怜贵妃，如今真相大白，朕看你现在还有什么话说？”

“陛下！臣妾也是为了陛下好！”

“够了！朕乏了，今日不想见你。回你的妩怜宫去！”

“陛下——”

“还不快走？！”

怜贵妃面色铁青，愤愤地瞪了众人一眼，被迫离去。

天寿帝将目光落在秦秾华身上：“委屈你了。”

秦秾华低头行礼：“儿臣不委屈，一切皆是为了大朔的安定。”

“朕知你心善……他，就交给你安排了。今日发生太多意外，朕现在乏得很。高大全——”

“奴婢在。”

“起驾回瑞曦宫。”天寿帝顿了顿，说，“周嫔，你随我一道走走。”

周嫔规规矩矩地行礼：“臣妾遵旨。”

高大全朝秦秾华行了个礼，匆匆随二人离去。

早已如芒在背的太医院诸人，由周院使带了个头，纷纷朝秦秾华行礼告退。

“周院使，可否留下一人为皇子看诊？”秦秾华道。

“这……”

周院使一愣，身后的御医和吏目皆回避秦秾华的视线。

为了一个流有异族血脉的皇子得罪怜贵妃，实在不是明智之举。

周院使看了一眼身后，说：“一事不烦二主，上官吏目……你留下吧。”

上官景福后退一步，不卑不亢地说道：“卑职领命。”

天寿帝走了，太医院的人也走了，梧桐宫整个都空了下来。

“公主，您等等，奴婢这就去把皇子找出来……”

乌宝话没说完，秦秾华已经目不斜视地迈进侧殿门槛。

“公主！”结绿立即追上。

上官景福犹豫片刻，才随梧桐宫的宫人一起步入宫殿。

殿内安静得落针可闻，秦秾华镇定自若，身后的乌宝和结绿却如临大敌。

她沿着地上的血迹，一路走向角落，最后停在描花点蝶的紫檀边座嵌玉石宝座屏风前。

结绿看见屏风后面的人，急忙上前道：“公主小心！”

秦秾华抬起手阻止：“别过来。”

“可是……”

“没有我的命令，谁都不许过来。”她对宫人发号施令，目光却始终和屏风后的少年相接。

少年侧靠在墙上，勉强保持着站立。他身上的纱布拆了大半，玄色衣襟大敞，触目惊心的伤痕布满苍白的胸口。被匕首贯穿的那只手用干净的纱布缠了几圈儿，这一刻鲜血已经将其完全浸红，刺目的鲜血顺着指尖不断地滴落。

少年浑身是伤，就连脸上也尽是细碎的伤口。

她和怜贵妃斡旋两炷香的时间，他始终一言不发，一动不动，直到她走到屏风前，他才朝她露出牙齿，喉咙里发出野兽般的声音。

“你懂朔语吗？”秦秾华对他微笑。

他像一头走投无路的幼兽，用凶狠的目光和紧绷的肌肉线条来警告她不要靠近。那些黑的红的血痂，让她心中一软。

墙上血迹斑斑，他靠的地方已完全变了颜色。

秦秾华笑着朝他伸出手，温和道："你已经安全了，这里没有人会伤害你。"

少年动也不动。

她伸出的手，到了他的脸颊边。

"公主！"结绿发出一声惊叫。

少年狠狠地一口咬在秦秾华的虎口处，侧殿里的宫人都变了脸色，唯有当事人面不改色。

"你看，我很弱。"她的微笑纹丝不动，"根本伤不了你。"

少年目不转睛地盯着她，每当烛火闪烁，那双乌黑眼眸就会透出晶石般的暗紫。

她凝视它，如同凝视权利的旋涡。

因为危险，所以迷人。

若眼前所有的路都是绝路，她就自己开凿一条通天路。

只要她愿意，便是贩夫走卒，也能成为天潢贵胄。

不论他身体里流的是谁的血，只要他一日有用，她就能让他做一日龙子。

她从少年松懈的牙关中退出，轻轻地抚上少年眼睑下的细小伤痕。

秦秾华迎着少年视线，莞尔，华光潋滟。

"莫怕。今后阿姊与你同甘共苦，便是豁出性命，也不让你受一丁点儿伤害。"

第四章 阿姊

更深露重，银蟾高悬。

梧桐宫的西侧殿往外冒着阵阵暖烟，宽阔清澈的寒酥池中，白雾缭绕，药香四溢。

乌宝在捉捕时不慎滑到，哎哟一声摔倒在地。

他龇牙咧嘴，还未来得及揉揉摔疼的屁股，先看见一袭白色的身影，急忙爬起来行礼。

“公主……”

秦秾华在结绿的搀扶下，扫视着寒酥池内狼狈的宫人。

摔倒的摔倒，落水的落水，罪魁祸首依然好好地站在岸边，不躲不避，直视她的目光。

结绿气呼呼地说：“乌宝，你在做什么呢？公主都沐浴完了，怎么他连衣服都没换？”

乌宝委屈地快哭了：“公主，奴婢已经尽力了，他就是不愿下水，奴婢也没法儿子呀……”

“可是这池水太烫？”秦秾华问。

“不烫，绝对不烫，奴婢已经试过了！上官吏目也说过，这药浴温和，不会刺激伤口发疼，但皇子不知怎么回事，就是不愿下水……”

秦秾华走向少年，在离他还有几步的时候，他看着秦秾华身边的结绿开始后退。

“你在这等着。”秦秾华放开结绿的搀扶。

“公主！”

秦秾华慢慢儿地走向少年，问：“为什么不愿下水？”

“……”

“我知道你听得懂朔语。”她柔声说，“池子里撒了有助于消炎止血、生肌愈合的药粉，你受了重伤，需要治疗。”

秦秾华伸出手，少年的身体瞬间紧绷。

她的手在空中顿了顿，然后牵起少年冰冷的左手，缓缓地走向热气腾腾的寒酥池。

少女赤脚踏入荡着水波的白玉台阶，纤巧白皙的脚踝踏破月白色池水，白色中衣的裙摆在池面上漾开，如雪上开出的莲花。

身后的力量扯得她走不动了，她回头一看，他恰好停在水波的边缘，定定地看着她。

他不发一语，手上的力量却很坚定。

若真如上官景福猜测一般，少年和摘星宫十年前取用的通草和漏芦有关，那他这一年就该已十岁。

不过幼学之年，已比同龄人高出一个脑袋，假以时日，追上她更是指日可待。

“跟我来。”她的声音温柔如春风拂过的风铃，微笑如初升晚霞，映得满室生辉。

少年盯着她看，脚下不知不觉地动了。

月白色的涟漪一次次荡开，二人逐渐走到池中央。

池水覆盖了秦秾华的胸口，也淹过少年的肩头，雾气缭绕间，彼此的脸都看不真切。

她拾起飘在水面的木瓢，舀起温热的池水浇向他的肩膀。

少年的身体在热水淋上的瞬间瑟缩了一下。湿透的玄衣向下坠着，露出半边瘦而锐利的肩线。

岸上发出一声压抑的惊呼。

结绿掩住嘴，神色惊讶而心疼，连一旁见过不少类似画面的乌宝也忍不住侧开目光。

秦秾华直直地看着少年，看着他胸口上紫红色的瘀青和长短不一的伤口。

黑的痂，红的疤，一道又一道，如跗骨之疽，牢牢地攀附在少年身上。

“你叫什么名字？”她舀起池水，轻轻地浇在少年的脖颈，轻声问。

水流顺着少年的锁骨，冲过一条横亘在胸口中央，足有食指长短，还未结痂的伤口。

少年开始颤抖。

“疼吗？”她柔声问。

他咬紧牙关，双拳紧握在身侧，沉默得像是梧桐宫前院里的那棵百年梧桐。

血丝在池中一圈圈地荡开，如雪中红梅初放。

一个暗淡的丝织物忽然浮出水面，她刚拿起，手腕被一直安静的少年握住。

秦秾华抬眼，静静地看着他，片刻后，慢慢儿地抽出。

她的手里，是一个已经看不出原本颜色的旧香囊，锦缎上绣着歪歪扭扭的五彩祥云和锦鲤。香囊中原本放了石菖蒲、丁香、藿香等药草，但时间一久，早已失去原本的香气。

秦秾华记得它，这是她第一次刺绣的成品。

这香囊明明送给了五皇子，为何会出现在少年的手中？

她抬头，少年立即避开她的视线。

手中的旧香囊，从指缝中淅淅沥沥地往下滴水。她牵起他的左手，将香囊放入掌心，他随即紧紧地攥住。

“以前的事情，你不说我便不问。你只需记住一点——”

她舀水，从他头顶浇落。少年重新抬眼看她，水流冲过他因血污而打结的黑发，淌过清晰的眉骨，从鸦羽般的睫毛上接二连三地滚落。

她微笑着说道：“我是你的阿姊，今后万事，有我。”

梧桐宫温暖如春的寝殿里，飘着一股淡淡的茶香和药香，两者交织，难以分别。

一盏烛火，亮在紫檀卷云纹炕桌上。

少女倚着桌边，神情慵懒，手中握着一卷书册。

“如何？”

上官景福行了一礼：“回公主，皇子身上大多是外伤，有的已经溃烂，但好在没有伤及根本。药浴十日后，再内服外用一段时日的药物，即可康复。”

“明日有人问起皇子的伤势，你便反着说。”

“反着说？”

“伤筋动骨……即便痊愈，也无法习武。”

"卑职明白。"

秦秾华看了他一眼，嘴角扬起一丝笑意："上官吏目是个聪明人，等此事过了，就把老夫人接进京城享福吧。"

"谢公主。"

上官景福从袖中掏出一物，想要走近，却被结绿中途拦截。

他只得将手中药膏交给结绿，后退一步，恭敬地说道："这是卑职自己研制的玉肌膏，因用料珍贵，卑职暂只有这一盒。公主可用于虎口上的伤，避免留下疤痕。"

"吏目有心了，我会用的。"秦秾华笑道。

"若公主无事，卑职便回官署了。"

"乌宝，送吏目一程。"

"诺。上官吏目，这边请——"

乌宝领着上官景福离开后，秦秾华将目光重新落向手中书卷。

"谁去给皇子上药？"

"碧琳心细，动作又轻，不如让她去吧。公主要是不放心，奴婢去也是一样的。"

"让碧芳去。"

结绿一愣，疑惑道："可是碧芳粗手粗脚不说，还是怜贵妃的人……"

秦秾华头也不抬，仿佛没有听到她的疑问。

不知何处吹来的风，烛火摇曳，为少女楚楚动人的面容蒙上一层薄纱。

"诺。"

结绿退去后，半炷香不到，殿外又嘈杂起来，结绿匆匆迈进殿门。

"公主……碧芳被皇子打伤了！"她打量着秦秾华的神色，不确定地问，"公主要去看看吗？"

"去，为什么不去？"她放下书卷，说道，"把东侧的房间收拾出来，今后皇子就住在东侧房。"

结绿睁大眼，惊骇道："公主已经十五岁了，这样会不会有风言风语……"

秦秾华漫不经心地笑了："不过同殿罢了。一个伤了筋骨的皇子，比起他以后能不能痊愈，会不会成为废人，谁又会在意这个皇子睡在何处？"

结绿虽没大听懂，但一直以来养成的盲目信任还是让她被说服了。

她搀扶着秦秾华来到紧闭房门的偏殿，碧芳在门前哭哭啼啼，一见了她就扑来哭诉。

秦秾华安慰了几句，赏了她一包碎银，她才含着眼泪去了，只是不知那流血的脑袋几时能好，会不会留下伤疤。

秦秾华敲响门，门内无人回应。推开门扉，屋子里空荡荡的，床上空无一人。她转过眼，在窗边发现一声不吭的少年。

他浑身肌肉紧绷，本已不再流血的右手紧握在身旁，鲜血又一次打湿纱布。

“怎么片刻不见，你就又让自己受伤了？你这样，让阿姊如何放心？”

她走上前，为他整理好松松垮垮的衣裳，将散落的腰带重新打了个结。

他的身体在她伸手触碰时有刹那颤抖，是长久以来遭受伤害的本能，颤抖转瞬又平息，是她正在培养的本能。

他会逐渐发现，世界上所有人都可能带给他疼痛，唯有她这个阿姊不会。

“若不想别人近身，就要学会自己做这些事。”她牵起少年的手，说道，“走吧。”

少年消极地跟在她的身后，既不反抗，也看不出高兴，幽深的眼眸在暗淡的室内光线里隐去了异色，只剩下晶石般的冷淡光泽。

这抹光泽，始终落在她的身上。

二人回到梧桐宫正殿，偏房的罗汉床已经收拾出来，秦秾华在床上坐下，拆开他右手的纱布，重新为他换药。

秦秾华挖出一点儿药膏，轻轻地点按在少年被匕首贯穿的右手，他颤了一下，但没有闪躲。

“这里就是你今后住的地方，阿姊在隔壁寝殿，若有事情，可随时来寻我。”

昏黄的烛火照着少女柔美的侧脸，殿内静谧安宁，她的声音仿佛挟带春意，让殿内的空气也如四月春回。

秦秾华用干净纱布缠好少年的右手，起身说道：“若要如厕，或是有别的需要，就告诉守夜的宫人。阿姊走了，你好生歇息。”

带着药香的手指扶过少年的面颊，她微微一笑，转身走了。

回到一厅之隔的主殿后，秦秾华坐回炕桌边，不知何时回到梧桐宫的醴泉默默地向她行礼。

秦秾华拿起桌上新出现的账本翻阅，醴泉低声开口：“西郊的荒地已经开始改建，预计一年半即可完工。从各地收购的米粮也备妥，商队已出发向北齐。北地富商李氏进献一座紫水晶树……”

结绿悄悄地送上茶水，清澈芬芳的小种花香茶随鲜艳的枸杞，在玛瑙茶盏中一起浮沉。

熬夜和枸杞总是特别般配。

一盏茶喝完，秦秾华终于合上账本。

“给常管事递个话，来年蜀地的丝绸贱价，不足平日三分之一，可大量买入。”

“诺。”醴泉不需要问结论的推理依据何在，因事实证明，公主总是对的。

“去吧。”

像来时一样，醴泉悄然无息地离开了。

“明日不用早起问安，公主总算可以睡个懒觉了。”结绿露出喜色。

秦秾华望着窗外漫漫夜色，笑了笑。

“明日，才是硬仗呢。”

大年初一，遵循往年的传统，六宫都免了一日的晨昏定省。

全宫都在甜睡时，梧桐宫已经开始忙碌。

端水送衣的宫人陆续出入正殿寝宫，秦秾华从碧琳端的头饰盘里取了一支串珠花枝簪斜插入发髻。

结绿忍不住说：“今日是新年第一天，公主不如选些华丽贵气的头面，免得被四公主她们小看，又说些难听话。”

“不必了。她们要说便说吧，碍不着我。”秦秾华不以为意，理了理大袖纱罗衫上的石榴红霞帔，“皇子起了吗？”

“还睡着呢，看来是累着了。”

“还睡着？”秦秾华看了结绿一眼，“你去看看。”

结绿“诺”了一声，退出寝殿，没过一会儿，光是听见门外慌里慌张的脚步声，秦秾华就知道出事了。

“乌宝，你带一队人立即去找，不要惊动他人。”

“诺。”乌宝匆匆离去，和神色焦急的结绿擦肩而过。

“公主……公主不好了！皇子他不见了！”结绿急急道。

“知道了。”秦秾华转身走向殿外。

“公主不去向太后请安了吗？”结绿紧跟在后。

“去。”

“可皇子……”

“乌宝已带人去寻，想必不久就会有消息。要是他去了什么不该去的地方……自己的选择，自己要承担结果。”

结绿看着公主决绝的背影，只能咽下剩余的担忧。

公主最不喜欢的就是不听话的人，皇子夜半偷溜，公主虽面上不说，但心中已有不悦。

要是皇子被怜贵妃的人捉住……也只能自求多福了。

天色微明，夜露还未来得及消失，秦秾华一行人是高高宫墙下唯一的人气。

她没有乘轿，一路走到舒太后所住的寿康宫。

守门的太监见了她，神色惊讶，忙趋步而来：“奴婢见过玉京公主，不知这是……”

结绿说：“公主是来向太后问安的，太后可起了？”

“太后昨日睡得迟，现下还未起，是否要奴婢……”

“不必。”秦秾华说，“不是急事，公公不必通传。”

“诺。”太监一鞠躬，说道，“如此便请公主随奴婢至偏殿等候。”

“多谢公公。”秦秾华笑道。

“公主折煞奴婢了，这边请。”

元旦，原本该是百官大朝，群臣向皇帝道喜祝贺的日子，这年的大朝却充满硝烟味。

官员们彼此针锋相对，泾渭分明。

无一例外，为的全是昨夜宫宴上发生的摘星宫惨案一事。

“皇宫之中竟然发生如此骇人听闻的惨案，此时再来追究昨日的守备安排又有何用？失职的金吾卫当然要追究，但当务之急，还是找出摘星宫一案的真凶才是！”

“陛下，微臣听说宫中一夜之间多出一名皇子，事关皇室血脉，怎可如此轻率？”

“是呀，陛下，此事重大，皇室血脉若遭混淆，动摇的是国之根基，朔之命脉哪！”

“臣听说那少年还未入牒，此时将其交于大理寺还来得及，摘星宫仅有此子生还，嫌疑最重……”

“辉嫔是乌孙王最宠爱的妹妹，如若得知辉嫔暴毙，乌孙岂会善罢甘休？届时两国交战，生灵涂炭，受苦的还是天下百姓。以微臣之见，还是应当封锁消息……”

“荒谬！一个大活人死了，你要如何封锁消息？乌孙王朝觐时，我们上哪儿去找个辉嫔交差？”

“先瞒上一年半载，再说她病逝不就好了？天命无常，难道辉嫔病死了，那乌孙王也要找大朔讨个说法？”

“你去说！到时候穿帮，你就是大朔的千古罪人！”

“那你去告诉乌孙王他妹妹烧成焦炭了！我倒要看看你会不会成为大朔的千古罪人！”

“你……陛下，您怎么看？！”

打着瞌睡的天寿帝猛地惊醒，条件反射地说道：“内阁决定吧。”

殿内渐渐安静下来，首辅穆世章上前一步，行礼说道：“陛下，此事关乎两国国运，乌孙王目光短浅，独断专行，如果叫他知道辉嫔在大朔皇宫内惨死，难保他不会一怒起兵。大朔建国不到百年，冥顽不灵的狐胡余孽和虎视眈眈的塞外诸国都在伺机而动，此时实在不宜掀起战事。所以，老臣以为此事应秘而不发。”

穆世章说完，朝中立即响起一片附和之声。

“不妥。”次辅裴回开口，“即便秘而不发，乌孙王朝觐时要见辉嫔，我们又该如何交代？辉嫔之子，又该如何自处？”

“一个附庸王，原本就不该靠近后宫！”

穆世章之子，户部侍郎穆得和出列，说道：“之前是陛下宽宏大量，体谅他们兄妹情深，现在陛下一视同仁，我们凭什么给他交代？更何况，就像张大人说的，天命无常，每年冬天因病去世的人不计其数，辉嫔因病去世，又有何不妥？至于辉嫔之子，既然要隐瞒此事，当然是一并隐瞒了……虽然委屈了些，但大朔疆域辽阔，难道还找不到他的一席之地吗？”

“穆侍郎是把国家大事当儿戏了吗？那乌孙王岂会有这般好哄？”兵部尚书李舜年说道，“陛下，臣听说辉嫔之子一直遭受苛待，若是因此杀人泄愤，也可解释昨日种种疑点。如果辉嫔是自食恶果，乌孙王又有何颜面质问大朔？”

“如果他就是质问了呢？！”

“皇子犯法与庶民同罪，我们按朔律追究辉嫔之子，也按朔律追究辉嫔戕害皇嗣的罪过！”

“人都死了，你鞭尸又有什么用？”

眼见朝堂上又要吵起来，天寿帝头疼地按住太阳穴，对一旁的高大全低声说：“朕饿了，你那里有吃的吗？”

“陛下，再忍忍吧。”

“还要忍到什么时候……反正朕的话也做不了主，为何要叫朕坐在这里看他们一个个地浪费时间吵架？还不如你在这里坐着，让朕先去用个早膳。”

“哎哟，陛下，可别这么说……”

殿后忽然匆匆地走出一名内侍，高大全听他耳语几句，立即变了脸色，急忙来到天寿帝耳旁复述。

天寿帝听完，重重地咳了几声。

针锋相对的朝臣没人理他。

天寿帝喊了几声“安静”，朝堂上的噪音却一点儿也没变小。一怒之下喊道：“穆世章！”

大殿立即鸦雀无声。

穆世章上前一步，回话道：“老臣在。”

“太后刚刚传来懿旨。”天寿帝不自然地咳了一声，继续道，“辉嫔之子已上玉牒，序齿九。不论是秘而不发还是交给大理寺，都不成了。你们内阁再议吧……下朝！”

不等穆世章阻拦，高大全已经拖长声音喊道：“下——朝——”

“回禀太后，陛下下朝了！”

“知道了。”舒太后挥退禀报的内侍，平淡的目光落到坐在下首的秦秾华身上，“如何，满意了吗？”

秦秾华立即起身行礼：“秾华多谢皇祖母出手相助。”

“不必了……就像你说的一样，助他也是在助己。”舒太后缓缓地说道，“穆氏势大，安儿的确独木难支，乌孙也是一笔不可多得的助力。你既然肯为那孩子担保，哀家就信你能笼络住他。”

“秾华谢皇祖母信任，九皇子也定会将今日的恩情铭记在心。”

“只是一母同胞也可能有兄弟阋墙的一天，你可曾想过，此子要是狼子野心怎么办？”

秦秾华低着头，神色恭敬顺从：“九皇子母妃已逝，又有外族血统，断无继承大统的可能。若是知恩图报，便是不可多得的助力，若是狼子野心，也能做一块上好的磨刀石。无论九皇子日后长的是人心还是狼肺，对安儿来说，都利大于弊。”

“如果这块磨刀石，磨成了利器伤到自己呢？”

“秾华会在那之前，亲手毁了它。”

“哀家知道你一向想得周到。你要记住今日所说的话……日后若有万一，别叫皇祖母失望。”

“孙女记住了。”

秦秾华走出寿康宫时，殿外天色已大亮。

经过两个时辰一板一眼地端坐，她终于等到舒太后消气，出面问她一句“为何”。

这既是对她的赦免，也是少年避免成为替罪羔羊的唯一希望。

如今舒太后出面，做主让少年入了玉牒，她也总算可以歇半口气。

秦秾华问：“人在哪儿？”

结绿回话：“摘星宫。”

“走吧。”

剩下的半口气，在秦秾华见到焦黑大树下的少年后，终于呼了出来。

摘星宫经过一夜大火，早已变成废墟，只有保留了轮廓的残垣断壁能依稀看出曾经那个梦幻如仙宫的宫殿影子。

少年蹲在摘星宫前院的死树下，神色平静，如无其事。看见秦秾华，也只是抬了抬眼，再无更多变化。

乌宝等梧桐宫的宫人隔着十几步的距离，远远地围着少年，生怕他又伺机乱跑。

“他回摘星宫做什么？”秦秾华开口。

乌宝一脸纠结道：“奴婢发现他的时候，他就在树上，一直望着金銮殿的方向……奴婢喊他下来，他不听，奴婢怕伤着他，也不敢叫人爬树。”

“那他是怎么下来的？”

“他是自己下来的……奴婢也不知怎么回事，突然就自己下来了。后来奴婢才听说，是金銮殿那边下朝了。”

秦秾华看向少年，他拿着一根枯树枝，面无波澜地在地上扒拉。

她走了过去，发现地上有只仰面朝上的甲虫，一列井然有序的蚂蚁。

“阿姊早上不见你，心里很担心。下次你要去哪儿，至少留一句话，让阿姊知道去何处寻你。”她半蹲下身，轻声说。

少年头也不抬，只是树枝扒拉的对象从甲虫变成黄土地。

“我们走吧。”秦秾华伸出手，柔声说道。

扒拉的树枝停了，少年的动作也停了。

宫人们屏息凝神，面面相觑，而秦秾华依然保持着微笑，伸出的手也稳稳地停在半空。

半晌后，树枝无声地落下。少年拿过树枝的左手伸了一半，忽然一顿，秦秾华和他的视线都集中在染着黑灰的指腹一处。

在他缩回左手之前，她先握住了退缩的那只手。

“回家吧。”她笑道。

天空阴沉数日后，总算在一日午后，露出些微阳光。

御花园冷冷清清，遇仙池水榭中，白纱在徐徐微风中轻轻地摇曳。

水榭中火盆、小桌、茶点一应俱全，秦秾华怀里揣着一个手炉，面前一个烧得正旺的火炉。

她刚咳了一声，结绿就急忙给她拢紧了身上的白貂裘。

“公主，池边风大，要不我们回去吧？”

“不妨事。冬日难得一见阳光，再不晒晒太阳，我也要发霉了。”秦秾华放下手中书卷，说道，“宫中近来很安宁，这样的日子也不多见。”

“大家都在过新春呢，谁会在这时候闹事？依奴婢看呀，现在后宫里最不安宁的地方就是我们梧桐宫了。”

“何出此言？”

结绿噘起嘴：“宫里突然多了个皇子，能安宁下来吗？”

秦秾华笑道：“他并不闹事，也算安宁。”

她看向蹲在水榭边的少年，他伸着没受伤的左手，在冰冷的池水里划来划去。乌宝站在一旁，小心翼翼地守着。

“是不闹事……可是每天天不亮就往摘星宫跑算什么事呀？也不知道朝会有什么好看的，陛下不休他不休，真是个怪人……”

“这就让你觉得难伺候了？”秦秾华玩笑道，“要是把你调去妧怜宫，伺候怜贵妃和六皇子……”

“公主！”结绿惊恐地瞪大双眼，“奴婢死都不去！”

“傻姑娘，不许说什么死不死的。”

秦秾华拿起桌上一块阿胶糕塞进结绿嘴里，她一脸委屈地“啊呜”两声。

一人在此时匆匆地走进水榭，原来是穆皇后身边的心腹女官竹青。

竹青走到面前，恭恭敬敬地行礼：“奴婢竹青，见过玉京公主。”

“姑姑请起。”秦秾华坐直了身体，“可是母后有话交代？”

“皇后娘娘请您到长乐宫说话。”

“姑姑可知所为何事？”

竹青往水榭边看了一眼，撞上少年冷漠的目光，急忙垂眼道：“奴婢只知和九皇子有关。”

“知道了，我这就随姑姑去。结绿，你和乌宝留在此处。”

结绿急了：“不行，公主身边怎么能没人照料？奴婢要和公主一起去！”

“也罢，那就乌宝留下。”秦秾华看向乌宝，“若是我耽搁久了，你便带九皇子回宫，莫去其他地方了。”

“诺。”

她从软榻上起身，视线无意间和少年相触。他不玩水了，定定地盯着她。

秦秾华朝他一笑：“阿姊离开一会儿，如果久未回来，你就随乌宝回宫。”

他一言不发，秦秾华也不以为意，转头对竹青笑道：“劳烦姑姑带路。”

“公主请。”

秦秾华乘轿离开，一路上没遇什么人就到了长乐宫。

长乐宫作为狐胡和大朔两朝的中宫所在，自然富丽大气，和绮丽奢华的摘星宫又有种不同的华美。

穆皇后正在前厅同一面生的大太监交谈，见到门外竹青和秦秾华的身影，远远就露出和气的笑容。

秦秾华快步上前行礼："秾华给母后请安。"

"七公主来了，快起来。这是宗人府的管事公公。"穆皇后笑道。

"奴婢黄康俊，见过玉京公主。"黄公公满面笑容地行礼。

"公公请起。"

"陛下诸事繁忙，把给九皇子选字的事情交给了我。"穆皇后神色和气，说起话来也没有丝毫架子，"我想着，九皇子的身份是你发现的，如今陛下又将他交于你照顾。选字一事，还是你来。"

秦秾华推拒两次，见她果真心意如此，便接过黄康俊递来的单子扫了起来。

她心中早已有意，此刻不过是在名单中寻找那个字的影子罢了。

半晌，她的目光停了下来，笑道："母后，您看'渊'字如何？"

"曜渊……秦曜渊。"穆皇后低声自语两遍，笑道，"是个好寓意，九皇子命途多舛，希望这个名字能为他带来曙光。"

"母后宽厚，有您的福泽庇佑，九皇子定然能否极泰来。"

黄康俊记了名字，递上第二张单子。

"按照祖制，所有皇子六岁后都要入上书房学习，九皇子可养好伤再去上书房，但伴读人选还需先定下来。根据九皇子的年龄，礼部出具了这份可供挑选的人选名单，不知公主属意何人？"

秦秾华仔细地看完整份名单，名单上的人虽尽是歪瓜裂枣，但也不至于是斯文败类。

礼部尚书是阁老舒遇曦，舒穆两党不和，有他的干涉，穆世章无法让京中的垃圾败类出现在这张名单上，但九皇子身具外族血统，无缘大统，所以也没有出身高贵的人家愿意送儿子来当伴读。

因此，这张单子上的名字都是些出身还过得去，品德和才能不是低空飞过及格线，就是及格线上触礁的歪瓜和裂枣。

其中也有例外。

有的歪瓜，内里比外表齐齐整整的良瓜还要甘甜清脆。

"武岳，这个名字好。"秦秾华笑道，"原来是广威将军府的四公子，那便选他吧。”

“诺。奴婢这就回宗人府去，一会儿着下人把九皇子的月例送去梧桐宫中。”

黄康俊离开后，穆皇后温和地问道：“近来身体如何，梧桐宫中炭火可够？”

“谢母后挂念，梧桐宫的炭火一直够。”秦秾华笑道，“秾华身子虽不争气，但因母后时时问询，恐怕它也怕母后担心，今冬一次都未病过呢。母后的失眠症如何了？”

“用上你的安眠香后，好多了。你是个有心的孩子，远在千里之外，还记挂着我。”穆皇后神色一黯，苦笑道，“除了你……这宫里也没有第二个人会对我如此了。”

“母后……”

穆皇后柔声说：“我知道你心善，但是对九皇子也需多一个心眼。毕竟他是摘星宫一事的唯一生还者。虽说只是个十岁的孩子，但万一那些人真是他……你心思细腻，一定明白母后的顾虑。”

“秾华明白，一定谨记在心。”

“这就好。”穆皇后笑着说，“我吩咐小厨房炖了燕窝，放了你爱的枸杞。竹青，去端上来。”

“诺。”

“燕窝都冷了，公主怕是一时回不来了。”

乌宝望着食盒里的燕窝八宝汤，一脸可惜。

他抬头看向在池边玩水的九皇子，扬声道：“九皇子，风有些大了，奴婢带您回宫怎么样？”

九皇子对他的话充耳不闻，一门心思拨弄池水。

乌宝叹了口气，正要收拾食盒，一名衣着精致胜过许多低等嫔妃的粉衣宫女走进水榭。

“乌宝公公，找了半天，原来你在御花园躲懒呀！”

“这不是贵妃娘娘身边的红人，鹤舞姐姐吗？”乌宝满面笑容地朝她行了个礼，“姐姐可别打趣我了，都是伺候主子，怎么叫躲懒呢？”

鹤舞神色高傲，说道：“我们贵妃娘娘说，七公主大公无私，多方斡旋，让陛下复得一子，理应嘉奖。娘娘为七公主准备了一套波斯进贡的宝石头面，你随我来取吧。”

乌宝一愣，为难道：“可是奴婢还要陪着九皇子，鹤舞姐姐不如让人送回梧桐宫……”

“你们梧桐宫连个主事的人都没有，要是把我们娘娘的赏赐弄丢弄坏，谁能负这个责？”

“可是奴婢……”

“九皇子这么大的人了，难道还会走丢不成？你推三阻四，是你看不上我们娘娘的赏赐，还是你们家公主看不上我们娘娘的赏赐？”

乌宝连忙低头道：“奴婢不敢！鹤舞姐姐别吓奴婢……”

“哼！跟我走吧！”

“这……姐姐请稍等，容我和九皇子交代几句。”

乌宝快步走到水榭尽头，弯着腰，对蹲在池边玩水的九皇子说：“九皇子，奴婢要随贵妃宫中的人去拿东西，您是跟奴婢一起，还是在这里等公主回来？”

少年面无表情，仅有微微一动的耳朵对“公主”二字产生了回应。

“那您就在这里等着？奴婢走了，您一定要在这里等公主回来呀，奴婢也会尽快赶回来，您千万别乱走……”

“你还要说多久啊？！”鹤舞不耐烦地喊道。

“来了，来了！”

乌宝对少年一鞠躬，虽然不放心，但是没办法，只能急急忙忙地去了。

“快点，耽搁了贵妃娘娘的要事谁也救不了你！”

“鹤舞姐姐，来了……”

乌宝一瘸一拐的身影匆匆消失于小径尽头。

翠绿树林后，两个衣着不凡的身影缓缓地走出，其中一人，赫然是盛气凌人的怜贵妃。

“娘娘当真要把波斯进贡的那套头面赏给七公主？”方嫔问。

“给就给了，那套头面太小家子气，我本来也不喜欢。”怜贵妃不以为意。

方嫔又艳羡又嫉妒，说：“那七公主惯会装好人，连皇后娘娘都被她骗了去，这次又多管闲事，让宫里多出一个什么九皇子……嫔妾愚钝，不知娘娘为何还要赏她？”

怜贵妃冷笑道：“你以为我当真是奖励她让陛下喜得龙子？”

“那娘娘为什么赏她？”

怜贵妃避而不答，直接叫出一个名字：“周贵。”

“奴婢在。”一个高大的内侍从身后走出。

“知道该做什么吗？”

“奴婢知道，一定做得干干净净的。”

“去吧。”怜贵妃意味深长地笑了。

“诺。”

周贵走向水榭，怜贵妃转身就走。

此时才隐约猜到怜贵妃要做什么的方嫔慌忙追上：“贵妃娘娘，您这就走了吗？”

“风大，本宫今日头风发作，一日都见不了客了。”

怜贵妃扔下轻飘飘的一句，上了凤轿，一大堆人浩浩荡荡地走了。

“娘娘，我们也走吗？”方嫔的宫女问。

方嫔看了一眼水榭方向，咬牙道：“不走等着被人看见吗？！快走！”

两只山雀在屋檐上追逐互啄，扑腾着小小的翅膀势要争个雌雄，忽然，屋檐下扑通一声，溅起无数水花。

受惊的山雀展翅而飞，飞快地掠向远处的晴空。

屋檐下，一顶三山帽在水波中慢慢儿飘远，红白锦鲤甩尾上浮，翕动的鱼嘴不断吞吐着水中红线。

一只瘦削的手破开水面，干脆利落地捉出一只红色锦鲤。

锦鲤在手中拼命地摆尾，滑溜溜的触感像是打湿的丝绸。

半晌后，锦鲤漂亮的尾巴渐渐不动了，只剩苍白的鱼嘴在无力地开合。

少年在池水上空松手，锦鲤落回水里，甩着尾巴快速游走，剩下的同类还聚在水榭边，贪婪地啄食着涟漪中飘散的血丝。

逐渐恢复平静的水面上，映出一张异族人的脸。

无论轮廓再怎么像朔人，一双不纯粹的黑眸依然暴露了他是个异类的事实。

他不属于这四四方方的围城。

少年再一次看向水榭外空荡荡的小路。不论看得再远，心再静，也看不到归来的人影，听不到抬轿的脚步声。

他起身，面无波澜地跨过一动不动的内侍。

消失在小路尽头。

第五章
上元

秦秾华往遇仙池水榭走了一半时，忽然听到结绿在轿外喊了一声："乌宝！"

她撩起轿窗的帘子，看见乌宝一路小跑而来。

"公主！"乌宝匆匆地行了个礼。

结绿往他身后探头探脑问："怎么就你一个人？九皇子呢？"

"九皇子还在水榭那儿呢！"乌宝一瘸一拐地努力紧跟凤轿。

"抬轿的慢些。"秦秾华说。

"谢公主。"乌宝说，"公主走后，风大了，奴婢本打算收拾东西带九皇子回去，没想到怜贵妃身边的鹤舞来了。"

"她来做什么？怜贵妃也在吗？"结绿问。

"她说怜贵妃有套头面要赏给公主，为了奖励公主寻回龙嗣。鹤舞又不肯把东西直接送回梧桐宫，说留在宫里都是低等宫人，笨手笨脚会磕坏怜贵妃的赏赐，还威胁奴婢要是不去，不是奴婢看不起怜贵妃，就是公主看不起怜贵妃……"乌宝一张脸皱得苦兮兮的，"奴婢实在没有办法，这才跟着鹤舞去了。"

结绿气得在凤轿边跺脚："怜贵妃真是欺人太甚！仗着娘家有势，老是跟我们公主过不去！"

"你去妩怜宫，他们刁难你了吗？"秦秾华问。

"就是脸色臭了点儿，说了些阴阳怪气的话，别的倒……"乌宝忽然变了脸色，"难道……"

秦秾华低声说道："出事了。"

静谧水榭，火盆依然在默默地燃烧，桌上的茶水已完全冰冷。

乌宝把内侍的尸体从水里拖出，池水在石砖上漫开，他推翻面朝下的内侍，一幅冲击性的血腥画面映入众人眼中。

结绿忍不住捂嘴干呕了一声。

“这是怜贵妃身边的周贵。”乌宝蹲下身查看尸体的伤口，继续道，“应该是被什么锐物捅的，大概银箸粗细……”

“是烛台。”秦秾华扶起石桌上倒下的蜡烛，轻声开口，“这里的烛台不见了。”

只剩下半根熄灭的蜡烛。

少年就是用取了蜡烛的烛台，将高他几头的内侍捅成蜂窝。

“结绿先回宫，组织宫人立即搜寻后宫。”秦秾华说，“乌宝——”

“奴婢在。”

“周贵跟了怜贵妃二十几年，感情非比寻常。你寻个机会，把人送回妩怜宫吧。”

“诺。”

秦秾华吩咐完任务，第一时间赶往摘星宫。

前院焦黑的死树上空无一人，秦秾华派人搜了一遍化为废墟的摘星宫，仍一无所获。

“公主……里里外外都找过了，九皇子不在这里。”内侍喜宝说：“我们还去别的地……公主？”

秦秾华将手中的暖炉递给他。

喜宝下意识地接住手炉，还没弄懂公主要做什么，下一幕马上让他变了脸色。

“公主不可！太危险了！”

秦秾华抓住焦黑的树枝，金线织绣的云锦珠履踩上发脆的树枝，手上一个用力，在喜宝的惊呼声中爬上了树。

“公主——”宫人在树下惊慌失措。

秦秾华攀着树干，踩着树枝，很快就爬上了这棵有六七米高的死树。

她突发奇想，既想验证自己这具孱弱的身体能否爬树，也想顺便看看，少年每天爬上这棵树，映入眼帘的是什么景色。

清冷的微风拂过少女耳畔落下的碎发，绛紫色的纱衣在风中摇曳，少女宛若天人的面容和柔弱的身影捏住所有人的心神，树下的宫人不由自主地屏住呼吸，生怕一个不小心令她坠落。

琉璃瓦蔓延整座朔明宫，其中最大最辉煌的那座，就是朔明宫的中心——金銮殿，也是少年每日观看的地方。

秦秾华站在树上，不仅能看到金銮殿，也能看到金銮殿后面的瑞曦宫，从瑞曦宫之后的宫道，可以一路望到梧桐宫的宫门入口。

那条道，她走过千万回。

只要她人在宫中，就会走那条宫道去给瑞曦宫上完早朝的天寿帝请安，风雨无阻。

除了金銮殿和后面的瑞曦宫，她再也找不到第三个值得关注的目标。

少年每日守在树上，究竟在看什么？

“公主！快下来吧！树上风大，要是被别人看见了可就糟了……”喜宝轻声说。

秦秾华达到目的，不再留恋，抓着树干小心地下了树，喜宝等宫人七手八脚地扶着她落地。

“公主……您是什么时候学的爬树呀？”喜宝问。

“会走路自然就会爬树。”秦秾华神色淡然，将擦过手的手帕扔给喜宝，“走吧。”

“我们还要去哪儿找九皇子？”

“不找了，回宫。”

喜宝一愣，还未来得及问，公主已走向摘星宫大门。

他只能低头道：“诺。”

凤轿停在梧桐宫门前，秦秾华走进空无一人的正殿。

宫人们都被发动去找人了，宫里冷冷清清的，喜宝一脸尴尬地盖上茶壶的壶盖，说：“公主，您等等，奴婢去烧点儿热水。”

“不必了，你在门外守着，找到人再来禀报。”

喜宝行礼离开后，秦秾华随手拿了一册书，靠在炕桌上看了起来。

偶然翻开的一页，恰好是《庄子·应帝王》篇。

“鲵桓之审为渊，止水之审为渊，流水之审为渊……渊有九名，此处三焉。”

渊有九名，而天道以九制。

她为少年起名为“渊”，期望颇厚。即使他是一匹孤狼，她也有信心把他驯服。

她会养狗，所以也能养狼。

只要她愿意，她既能将狼养成人，也能将人养成狗。

秦秾华将整册《庄子》看完，窗外天色已蒙上一层灰黑，正打算点上灯，结绿忽然急急忙忙地跑进来。

“公主！找到了！”

秦秾华神色平静，不慌不忙地点上灯火，又将翠鸟衔花纹灯罩盖回灯台。

回过头时，乌宝和喜宝已一左一右架着少年走了进来。

他依然穿着白日的锦衣华服，只是锦衣已有多处被划破，从头至脚灰扑扑一身，也不知道从哪儿摸爬打滚回来，肩膀上还沾着一片枯黄树叶。

“回禀公主，我们在康穆门找到了九皇子！他一直藏在尚衣监出宫的马车下，差点儿就出去了……”乌宝说。

“知道了，你们出去吧。”

“可是……”

乌宝和结绿都担忧地看向面无表情的少年。

“出去吧。”秦秾华说。

“诺。”

二人离开后，秦秾华向少年招手：“过来。”

少年在原地站了片刻，迟疑地挪着脚步走过来。

秦秾华轻轻地牵起他裹着纱布的右手：“伤口裂了，不疼吗？”

她抬眼，凝视他沉静的黑紫色眼眸。

“你想出宫？等上元节，阿姊带你出宫。”

她起身，牵着少年往殿外走去，他的脚步只在一开始有少许凝滞，之后一路顺畅。

秦秾华将他带到寒酥池，在池边守着他泡药浴。

药浴更衣后，她把人重新带回寝殿，结绿托着盛有长巾的木盘走来。

“公主——”

“你下去吧。”

结绿欲言又止，看了少年一眼，端着托盘下去了。

秦秾华让少年坐在自己的梳妆镜前，手拿长巾，轻轻地擦拭少年的一头湿发。

铜镜中的少年面色白皙，脸上细碎的伤口已经愈合，只剩下浅粉色的痕迹。他安静地坐着，湿淋淋的乌黑碎发后，一双清澈发亮的眼眸定定地看着她。

“大朔国姓‘秦’，皇子字辈是‘曜’，今日皇后叫我去参考你的择字名单，我选了‘渊’字。从今往后，你就是九皇子秦曜渊。”

少年没有反应，但是她知道他在竖着耳朵认真听。

“你还记得我的名字吗？”她弯下腰，扶着他猛然绷紧的肩膀，对镜中的他笑道，“秦，秾，华。你要永远记住这个名字。”

秦秾华打开梳妆柜，挑了一条发带给他系上。

墨紫色的发带，很配他的眼睛。

她系好发带，朝殿外喊了一声：“结绿。”

结绿立即从门外快步走进来：“奴婢在。”

“九皇子的月例送来了吗？”

“送来了。”

“把它拿来。”

结绿应道，不一会儿就带着银子回来了。

秦秾华拿起桌上的祥云纹妆奁木盒，倾倒出里面的发钗发钿，将月例放在木盒里，一并交给少年。

“你的月例，今后由你自己管理。你的东西，你的过去，阿姊不会刨根儿问底儿。”

她望着少年沉静专注的眼眸，柔声说道：“我希望有一天，你能自己明白，‘阿姊’这个词的意义。”

梧桐宫后院的一间耳房开着门，一个一瘸一拐的身影拖着沉重的麻袋走出。

身材高大的醴泉站在屋檐阴影下一话不发，黑色的眼罩遮着右边盲眼。

乌宝抱怨道：“这宫里的刀一点儿都不好使，我托你给我从宫外定制的刀什么时候才能拿到？”

醴泉言简意赅：“下个月。”

“劳烦醴泉哥哥催他快点儿，一把杀猪刀罢了，不用磨成尚方宝剑。我这儿还等着用呢。”

醴泉接过乌宝手中的麻袋，面无表情地说道：“知道了。”

乌宝摸了摸后脑勺儿，露出朴实憨厚的笑容道："那就拜托醴泉哥哥了，我还要擦地洗桌子，便不送了。"

醴泉扛起麻袋，消失于夜色，仿佛从未出现。

乌宝转过身，一瘸一拐地走进烛火昏黄的耳房。

他哼着轻松愉悦的小调，提起水桶冲洗石砖铺就的地面。

水流一股股地流向门外，汇聚在狭窄的水沟中，流向乌宝在后院开辟的一小块菜地。

月光下，水流潺潺，染着鲜红。

月亮始终在天上，有时却要扯过乌云作面纱，让天地一切都变得黑黝黝，雾蒙蒙。

深夜的朔明宫，宫人们各自回到自己的住处，只剩值守站在门口吹冷风，遇上个好主子的，还有一袭薄被可以御寒。

后宫之中最为奢华的妧怜宫依然灯火通明，为了随时响应宫殿主人的要求，妧怜宫一天十二时辰永不落灯，光是每月灯油的花费就令人瞠目结舌。

怜贵妃在心腹宫女墨书的搀扶下，打着哈欠步入金碧辉煌的寝殿。

"娘娘既然困了便早些睡了吧。"墨书说。

怜贵妃懒洋洋地说道："现在什么时辰了，周贵回来了吗？"

"回娘娘，现在子时了。周贵还未回来。"

"哼……事情没有办成，还敢在外耽搁这么久，他若回来，就让他在院前跪着。"

"诺。"

"泰儿睡了吗？"怜贵妃问。

"六皇子睡下了。"

"嗯……近来天寒地冻，让泰儿身边的人多注意些，别由着皇子贪凉贪玩。泰儿若是着凉生病，他们一个个都脱不了干系。"

"娘娘放心吧，六皇子是陛下最宠爱的皇子，身边的宫人都尽心着呢。"

墨书服侍怜贵妃在床上睡下，吹了灯，悄然地退去。

怜贵妃合上眼，睡意渐渐袭来。

没有视觉干扰，其他的感官便灵敏数倍。黑暗中，一股难以形容的气味若有似无地萦绕在空气中。

像是……铁锈的气味。

一滴冰冷的水落在怜贵妃脸上，令她忽然清醒。

她皱着眉头，下意识地伸手摸了摸脸颊，擦过脸颊的指腹拿到眼前，多了一块令她怀疑自己眼睛出错的颜色。

怜贵妃身体僵硬，慢慢儿地抬起眼皮，往床顶看去。

面目全非的头颅盯着她。

头颅断裂处，又一滴黑血落下。

滴答。

怜贵妃的嘴唇抖动半晌，终于——

一声凄厉的尖叫响彻整座妩怜宫。

散乱的云朵中，一抹血色夕阳正徐徐下沉。

一辆外表低调平凡的马车，缓缓地驶出戒备森严的宫门。

少年坐在窗边，打扮得像个寻常富贵人家的公子。秦秾华也舍弃宫中繁丽的裙装，换上了粉团花红的襦裙。二人白龙鱼服，只因秦秾华一句“上元节阿姊带你出宫”的承诺。

火盆烧得正旺，车内暖意盎然。

少年上车后就一直盯着车外，透过薄如蝉翼的一片窗纱，外面的一切都使他目不转睛。

窗纱随风摇晃，少年一头长发束在脑后，偶有几根顽皮的乌黑发丝随风飞舞，追逐飘飞的墨紫色发带。

秦秾华半躺在软榻上，手执一册书本，结绿轻重适中地给她揉捏着半边肩膀和手臂。

她头也不抬，轻声询问：“结绿，近来宫里可有什么事情发生？”

“自怜贵妃病倒，宫里没人再搞幺蛾子，都安分着呢，就是……”

结绿欲言又止，看了一眼秦秾华的脸色，又不由自主地瞥向坐在窗边的冷面少年。

“就是什么？”秦秾华问。

结绿凑近秦秾华，在她耳边低语：“宫人们传起了流言，说九皇子是个哑巴……”

秦秾华抬眼看向少年，他无动于衷地望着窗外，仿佛毫无所察。

自除夕夜相遇，他始终不发一语。宫中有此流言，也算意料之中。

“闲言碎语罢了，不必在意。”

“可……”

“不必在意。”

“结绿知道了。”

周府大门，府中诸人皆立于朱红大门外。

众人以身着常服的正五品刑部郎中周肇珂为首，神色各异，目光不住地望着青石砖路的尽头。

终于，马蹄声出现了，众人引颈翘望，一辆通体乌黑的宽阔马车在两匹骏马的牵引下缓缓而来。驾车的其中一人戴着眼罩，另一人长着一张稚嫩的娃娃脸，隔着老远就露出朴实憨厚的笑容，二人正是玉京公主身边的醴泉和乌宝。

周肇珂认出来人，连忙带领府中亲属走下石阶。

在众人的注视中，沉稳大气的马车在两座石狮子中渐渐停下。

醴泉跳下马车，放好脚凳，乌宝转身打开车门。

玉京公主身边的心腹宫女结绿跳下车来，向车内伸长手臂。众人不由自主地屏息凝神。片刻后，一只玉白的纤手轻轻地搭上松绿色的衣袖，像松顶堆叠的一簇新雪。

披着银狐斗篷的玉京公主踩着脚凳下到地面，朝众人微微一笑，艳丽的晚霞如蔷薇色的锦缎，铺满少女身后整个天空。

在她身后，一个穿着鱼尾灰色暗花狮纹绸皮圆领袍的瘦高少年跳下车来。

周肇珂最先回过神来，上前一步率先行起大礼。

“微臣周肇珂，参见九皇子，参见玉京公主——”

有一就有二，周肇珂身后的周家人陆续跪下行起大礼。

“参见九皇子，参见玉京公主——”

秦秾华笑着亲自扶起周肇珂和其夫人：“外祖父、外祖母请起，诸位请起。”

周肇珂起身后，神态恭敬，低着头说：“府外风大，微臣已在家中设好清茶薄宴，请九皇子和玉京公主随微臣入内一叙。”

在周肇珂的带领下，一行人步入周府前院，院子面积不大，布置却颇费心。

假山石桥，回廊红梅，不知何处，传来幽幽的溪水声。

秦秾华配合外祖父母的脚步，特意放慢步速。少年跟在她身旁，神色漠然地看着廊外景色。

周老夫人几次用手肘撺掇，周肇珂终于咳了一声，不自然地问："微臣听说周嫔娘娘前些时日染了风寒，不知现在可好些了吗？"

"御医看过后，服了几日汤药，已经痊愈了。"秦秾华笑道。

"那便好，那便好……"

"母妃在宫中时常挂念外祖父母，此次也特意托我带来几棵北地进贡的百年老参。现在正是严寒的时候，你们二老保重身体，母妃才能安枕而卧。"

"微臣和老妇谢过周嫔娘娘……"

一群人中，自然是地位和辈分高的走前面，地位低和辈分低的落后面。

周府几个庶出的小辈挤不上前排，只能远远地落在后面观看。

两个看上去只有八九岁的双生子袖手走在最后，表情幸灾乐祸。

"二哥这是白打扮喽，公主来了以后看都没看他一眼，亏他还穿上了陈记绸庄的新衣……"

"他还真以为自己算公主的表哥呢，也不撒泡尿照照自己……一个姨娘生的，再受宠还不是和我们一样走在后面。"

"说惨还是我们五小姐惨，不知道听她娘说了什么鬼话，你看她脸上的胭脂都要比上猴子屁股了！"

"你看见九皇子的眼睛了吗？听说那是乌孙皇室的象征……"

"西市卖葡萄酒的胡娘也和我们的眼睛不一样……看久了还怪好看的……"

"哎，你说……怎么每次都是玉京公主来，她不是有个双生弟弟吗？"

"嘘！我听说过继给别人了，当周家的外孙哪有当舒家……"

…………

身后的议论声断断续续传来，秦秾华尚能做到面不改色，周肇珂的脸色却已经青了。周家二公子的笑容挂不住了，五小姐直接掩面跑走。

周肇珂忍无可忍，拐杖在地上用力一戳，厉声说道："周荼、周锦！"

两个小孩儿一哆嗦："哎！"

"你们简直无法无天，竟敢妄议皇家，还不跪过来向九皇子和玉京公主请罪！”

两个粉雕玉琢的小男孩儿战战兢兢地走来，垂着脑袋不敢看人，膝盖一弯正要跪下，秦秾华笑道：“童言无忌，不必了。若我没记错，这是小叔叔的儿子吧？”

“正是，正是……”一个穿得花里胡哨，像只花孔雀的锦衣男人挤出人群，殷勤地拱手，“这两个小子调皮惯了，一向口无遮拦，还要多谢公主宽宏大量不予计较……周荼、周锦，还不快来给你们秾华表姐问好！”

两个小孩儿互相看了一眼，行礼道：“公主表姐好……”

周肇珂的幼子，周嫔的弟弟周莫待急了：“嗐！你们这是……”

秦秾华笑了：“表姐从宫中带了两顶一样的玛瑙冠出来，一会儿就让结绿姐姐拿给你们，好不好？”

双生子绽开惊喜的笑容：“好！”

秦秾华伸手，摸了摸他们的头顶，收回手时，视线毫无预兆地和少年的目光撞上了。

乌黑眼眸流动着晶石般冷锐的光泽，仅仅一刹那，眨眼后，他若无其事地撇开眼。

入席时，一大家子分成几桌，有资格和秦秾华二人坐一桌的只有周肇珂夫妇和周嫔一辈的嫡子以及几个专门赶回来做陪客的已婚嫡女。

家宴上，周肇珂几次欲言又止，秦秾华知道他想问什么，却始终不提。

周肇珂忽然看到已经放下木箸的秦曜渊，眉头一皱，关切道：“九皇子怎么放箸了？可是吃食不合胃口？”

“他在宫中吃得也少，外祖父不必介怀。”秦秾华笑道。

“那他……至今未发一语，可是府中谁人惹他不快？若是老臣有何招待不周，还请九皇子指正，老臣才好改过自新……”

“九皇子不善言辞，在宫中也是如此，外祖父实在不必自责，五皇子这般年纪时，也是一样面冷心热。”

周肇珂神色一轻：“哦？五皇子幼时也是如此？”

“确实。”秦秾华笑道，“就连现在，五皇子也常常生小孩子气呢。”

周肇珂和周老夫人都不由得笑了，周老夫人忍不住插嘴道：“五皇子近来可好吗？”

“五皇子……”秦秾华微微一笑，“除夕宫宴上见过一面，远远见着，一切都好。”

“阿嚏！”

五皇子一个喷嚏，打醒了站着犯困的内侍冯东。

冯东趋步上前，弯腰问道:“主子,可要加衣？还是奴婢把这火盆挪近些？”

“不用。”五皇子揉揉鼻子，打了个哈欠，“这圣人之说不只看得人瞌睡，还看得人鼻子痒痒——今日就这样吧，不看了。”

“可是德妃娘娘……”

“今日是上元节，本就该休沐，我偷偷懒，母妃不会说什么的……走，跟我出去走走。”

五皇子想起一出是一出，放下手中经书，起身往外走去。

冯东急忙跟上：“主子好歹披件厚的，您要是着凉了，奴婢要被剥一层皮哪！”

一阵鸡飞狗跳后，五皇子穿着厚厚的妆花缎貂皮行袍出门了。

他避开舒德妃歇息的正殿后，悠然自得地走在挂满明亮灯笼的宫道上。

“主子，咱们是去哪儿呀？”冯东问。

“既是上元节，便去春回殿看看吧。”

“可……”冯东想了想，咽下舒德妃不希望他和春回殿那位走得太近的劝告。

主子说得对，今日是上元节，想必舒德妃知道了，也会睁一只眼闭一只眼吧。

更何况，主子哪里是去看周嫔的呢，他分明是……

五皇子来到春回殿，周嫔的宫人见了他，分外高兴地去报，没过一会儿，满面喜色的周嫔就迎了出来。

“安儿来了，快坐，快坐……”

五皇子故作自然地瞥了几眼，没见到意料之中的身影。

“儿臣给周嫔娘娘请安……今日是上元佳节，周嫔娘娘一个人吗？”

“五皇子快起。这儿没有旁人，不必讲那些虚礼。”周嫔急忙扶起五皇子，拉着他到桌前坐下。

周嫔的心腹宫女留下沏茶，其余闲杂人等都被屏退。

她又满足又欣慰地看着五皇子端起茶杯抿了一口，一时忘了他先前的问话，直到五皇子又问一遍，她才如梦初醒，连忙道："是只我一人，先前你父皇来看过了，留了些宫外的花灯……五皇子可要看看？"

五皇子装作不经意地问："七姐没来？"

周嫔笑道："下午便来过了，带着九皇子一起来的。现下已经出宫了。"

"出宫了？"他顿了顿，脸色已不如先前明朗，"和那人一起？他不是受了重伤吗？"

"听御医说，日常行动没有问题，只是难以习武，具体如何，现在还无法断言。"周嫔没看出端倪，笑着说，"今夜玉京灯会，我……"

周嫔还说了些什么，五皇子已无心去听。

他又待了一会儿，心里烦得慌，不想面对浑然不觉的周嫔，寻了个借口便早早离开了。

他怀着郁气，脸色自走出春回殿就一直阴着。冯东不敢劝，小心翼翼地跟在身后。

他走到一处空无一人的回廊时，停下脚步，神色郁闷地看着廊外无波的池面。

他低声道："往年的上元节，阿姊都会送来亲手做的八宝糯米饭……今年，没有。"

"主子，许是去年您说不爱甜食，七公主记在心里，便停了——"冯东说。

"我是不爱甜食，可……"五皇子抬起脚尖踢了踢一旁的石柱，一肚子闷气让他的声音越来越小，"可是阿姊送的，我哪次没吃完……"

"主子……"

"自从多了个九皇子，阿姊便鲜少再来看我……现在更好，竟带着那什么九皇子出宫看灯去了！"他越说越气，拳头在长袖里攥得紧紧的，"她怕是忘了谁才是她真正的弟弟！"

"主子，七公主前几日派人来问过您要不要看灯呀……"冯东看着五皇子脸色，试探地说，"那时……"

"她又没有亲自来！况且——只问过一次罢了！"

五皇子怒声道："她莫名其妙弄出一个九皇子，我还没有消气，她竟然还敢带他出宫看灯——我还没有和阿姊出宫看过灯会呢！他凭什么？凭什么？！”

冯东看他火气甚大，怕引火烧身，遂低头丧气不敢再劝。

主子的脾气他也了解，不似六皇子那般丧心病狂，也就是嘴上说说，等七公主从宫外回来，服个软道个歉，几句软话后，姐弟俩就又同从前一般亲密了。

要是此时说几句公主的不好，事后落个不好的只有他这个外人。

五皇子站在四面透风的廊下，被冷风吹了一会儿，气才消了一半。心里却还是沉甸甸的，填满泄去那一半的，是委屈。

他觉得，阿姊不似从前宠他了。

是新冒出的九皇子的缘故吗？

宫里空殿那么多，为何父皇偏偏要让他和阿姊住在一宫呢？

他闷头走着，忽然被一声阴阳怪气的招呼叫停：“哟，这不是五哥吗？”

回廊前方，六皇子被众人簇拥着，如众星捧月般缓缓地走来。

五皇子自觉晦气，却不得不挤出笑脸相迎：“六弟，真是好巧。”

“是，好巧——上元节，五哥不在延瑞宫陪德妃聊天儿，怎么还在外面吹冷风？”

五皇子勉强笑道：“随意走走，六弟不是也在外面散步吗？”

“是，我刚从瑞曦宫出来——”六皇子拖长声音，得意地说道，“父皇那里的炭烧得太热了，我也不想打扰父皇和母妃说话，这不，找个借口出来溜达，就正好碰上五哥你了。”

“那便不打扰六弟了，我先走一步……”

“哎，等等！”六皇子伸手截住他，笑道，“你可见过九皇子了？你那位好阿姊把他藏得甚严，我至今还一面未见，不知是否和传言一样，重伤难愈，落下了残疾？”

“我也不知，六弟若有兴趣，去梧桐宫探望一二便知了……”

“七姐的癖好果然奇特，梧桐宫里不仅有瞎子、瘸子、女生男相者，如今又多了个残废皇子，实在是我朔明宫一大奇观……”

六皇子故意嘲讽，他身后的宫人纷纷配合地大笑起来。

“主子……”冯东担忧地拉住面色铁青的五皇子袖子，生怕他一个冲动，说出什么节外生枝的话。

六皇子身后站着整个穆氏，就连陛下也要避其锋芒，哪里是他们如此能惹的呢？

“五哥也要小心，别让这残废皇子抢了亲阿姊才好……”

“多谢六弟忠告。”五皇子挣开冯东，朝笑得不怀好意的六皇子一拱手道，“我阿姊收留九皇子也是陛下的旨意，陛下知我阿姊心善，所以才将九皇子托她照料。比起阿姊，我看陛下对九皇子关心更多，许是因为，九皇子那双眼睛会让他想起辉嫔娘娘从前的风采吧……”

六皇子脸上的笑意渐渐收敛。

“五哥还有事，先行一步。祝六弟上元祥瑞……告辞。”

五皇子带着冯东离开后，六皇子依然沉着脸站在原地。

在他身后的数十名宫人，大气都不敢出。忽然，六皇子转身一脚踹向站在背后的圆脸内侍。

“殿下饶命！殿下饶命……”

宫人们悉数跪倒，面色惨白。

六皇子一直踹，踹到脚下的内侍面目全非，出气比进气多，他才气喘吁吁地收了脚。

“没用的东西，滚！”

一旁的宫人立时七手八脚把差点儿没命的内侍拉开。

六皇子厌恶地看着溅上血迹的玄云缎勾藤米珠靴，说：“这脏人坏了我一双好靴，我不想再看见他。”

宫人们噤若寒蝉，无人敢出言求情。离他最近的方脸近侍连忙走出，点头哈腰，堆着满是褶子的笑脸道：“奴婢明白，一定不让这脏人再污殿下的眼睛。”

六皇子哼了一声，若无其事地往前走去。

九皇子？

不过是个玷污皇室血脉的杂种，也配做他兄弟？

要不了多久他就会知道，这宫里谁才算是真龙之子。

上元之夜，西市灯火通明，热闹的舞狮在远处翻腾跳跃，锣鼓喧天。

各式各样的彩灯挂满枝头，两层楼高的灯塔比比皆是，不同光源交相辉映，悄悄掩去月色光辉。隔着十几米的地方，一座三四层楼高的金鱼灯塔马上就要搭好。

金鱼灯塔下，极天商会的牌匾醒目亮堂，周家小辈们齐聚一堂。

小姐们用挑剔的眼光评判新进的衣装饰品，公子们则围在单独圈出的书架前，对既明书坊新出的演义小说聊得热火朝天。

戴着帷帽的秦秾华从街边的小贩处买回一串糖葫芦，回来时，少年依然目不转睛地看着前方，在他所望的方向，几个花脸的戏子边演边唱，声音高亢而清亮，围观的人群不时爆发出叫好声和掌声。

隔得老远，秦秾华只依稀听出“曹操”“董卓”等词。

她见他看得起劲，怀着恶作剧的心思，故意把最顶端只裹了薄薄一层糖浆的糖果子递到少年嘴边。

少年下意识地避开，拒绝之意不言而喻。

秦秾华举着糖葫芦递近了些，笑道：“阿姊把第一口留给你，你若不吃，我可要伤心了。”

趁他一愣的时候，她将糖果子不由分说地送进少年嘴里。

少年勉为其难嚼了几下，在秦秾华期待的目光下，变了脸色。

扑哧——

她被少年的模样逗乐儿，情不自禁地笑了出来。

片刻后，帷帽里的轻笑停了。

少年还停留在直冲大脑的酸涩里，眯着眼睨她，她的嘴角却慢慢儿垂了下来。

隔着一层洁白的薄纱，她不笑的时候，影影绰绰的面容透出一丝寂寞。

“什么时候，你才愿意对阿姊开口？”

少年乌黑的眸子看着她，嘴唇动了动，几乎都让秦秾华以为他要开口了。

可是下一秒，他又紧紧地抿唇，不发一言。

“你不想开口，那便不开。”秦秾华收起失望的心情，笑道。

少年犹豫着，尝试着，刚刚艰难地张开两片嘴唇，她忽然把糖葫芦塞过来。

她匆匆一笑，说道：“你等我一会儿。”

他来不及反应，奔流的人群已经分开了彼此。

他看着少女加快步伐，走到对面灯笼照不到的阴暗小巷，笑着蹲在几个衣衫褴褛的小乞丐面前。

小乞丐中个子最小的只有六七岁大，分不出是男是女，一双脏兮兮的小手捧着半个灰不溜秋的馒头，正以啃牛皮筋的架势，努力地啃着冷馒头。

在哈气成雾的冬夜，少女毫不犹豫地解开温暖的斗篷，披上女娃的肩膀。

女娃吓得馒头都掉了，而她身旁的乞丐少年情绪激动地说话，似乎是在强烈推拒。

少女揭起遮面的白纱，对他们轻声说了什么。

金鱼灯塔突然被点亮，欢呼声中，洒满金子光辉般的小巷焕然一新，穿着粉团花红襦裙的少女和一张张孩童的面颊，像是从眨眼那一刹那的黑暗里，诞生出的圣洁无瑕的新世界。

他一动不动地看着，忘记自己上一瞬想说什么，也忘了自己下一秒要做什么。

人群来去匆匆，无人注意到狭窄的巷角，有一位少女伸出如雪的纤手，笑着擦去女童嘴角的馒头屑。

她轻扬的嘴角，如春日飞花，如夏夜弯月，如这街道上的万盏明灯，如他竭尽全力所能想象的，世间所有的温柔。

戏台方向，锣鼓倏地一敲，围观的人群中嘘声一片，惋惜不绝于耳——

“汉献帝若生对时代便是明主，只可惜，遇到了曹操！”

“天下人都说曹操是枭雄，老夫却说他是乱臣贼子！不讲忠义，再是雄才大略又如何？一样是乱臣贼子！”

“你这老头不讲道理……要不是遇到曹操，汉献帝哪有可能活到寿终正寝？古往今来，除了汉献帝，还有哪个傀儡皇帝能得善终？单容人之心这一点，俺就钦佩曹操！”

“做傀儡皇帝，不怕你蠢，就怕你聪明！你聪明了，要权臣何用？！”

“献帝那般的皇帝易有，曹操这般的权臣却难得啰……”

“唱戏的！下一场戏来点高兴的，有没有皆大欢喜的？”

“本公子加钱，让后台那娘子唱一曲《西厢记》……”

第六章
验亲

锣鼓声又一次响了起来，灯火辉煌的街道已经走了好几批人，可是这一刻的金鱼灯下和一炷香前的金鱼灯下，似乎没什么区别。

他只是世间一粒尘埃，他们也是。

唯有她不是。

如果她对他好，只因为他是那个让她可以逐鹿天下的倒霉蛋，那么她对路边的小乞儿好，又是为了什么？

他不明白。

世间有太多的不明白。

他不必样样都明白。

温暖的华灯映入少年沉沉的眼眸，如雪水冲过晶石，留一抹冰冷光泽。

他转过身，趁无人注意，悄无声息地消失于人海。

繁华喧嚣的街道没了少年，就像海水里少了一滴水珠，这一刻和上一刻，同样没有区别。

“你们说的事情我记下了，日后有消息叫醴泉通报即可。天气严寒，切勿这般了。”

伪装成小乞儿的义庄孤儿纷纷点头。

秦秾华望向金鱼灯下，唇畔的微笑僵住。

人来人往，少年已不见踪影。

无灯，无光，夜色深重的街道上空无一人。

稀薄的月色蒙在朱红色巨门，少年孤身一人立于街角，同深檐洒下的阴影融为一体。他一动不动，野兽一般的目光接连扫荡着城门和城墙上的毓光门守卫。

他只知沿着大街即可来到城门，却不知随意选的一条大路便通往“天子之门”。

若非帝王出行，毓光门轻易不开。

守备薄弱又如何，数丈高的城门对他来说已是天险。

他逃不了，至少现在还逃不了。

鞋底擦过地面砂石，簌簌作响，少年踩下台阶，拖着脚步往来时的路走。

转过紫薇大街的转角，灯会的喧嚣又一次近在耳畔，少年望着灯火通明的前方，渐渐地停了脚步。

万盏灯笼延绵不断，绚丽斑斓的光点漂浮在夜空之中，蓄成光的海洋。

光影重重，夜风袅袅。

飞鸟和繁花在灯上相遇，相聚，相依，相离。

万花相连，让冷冽的空气也带上了花香。

少女坐在青石台上，头顶便是一盏盛开的牡丹花灯。她手执一只狼毫，寥寥数笔，便在一盏白灯笼上变出一只展翅欲飞的蝴蝶。

她每画完一盏灯笼，身边内侍就接去一盏，灯笼连成的山脉也会又长一点儿。夜风吹拂着她如瀑的长发，飘逸的大袖飞舞若蝶，更显她纤弱梦幻，似乎一个眨眼，少女就会于夜色中消散。

少年不知不觉就走到了她身前。

她头也不抬，狼毫在灯笼上点出一只幼兽的眼睛。

幼兽的吻部尖长，狭长的眼角微微上挑，一双尖尖的耳朵又挺又直，像野狼，尾巴却又向上卷曲，像家犬。

似狼，非狼。

似犬，非犬。

这只狼非狼犬非犬的东西，定定地和他对视，就像铜镜中的投影。

“我和自己打了个赌。”她轻声开口，“你猜是什么赌？

“在我画完第一百盏灯笼前，你能否走回我面前。

“这刚好是第九十九盏。”她提起灯笼，交给身后的醴泉。

宽大的粉袖微微滑落，露出一段凝白皓腕，几乎被灯芒耀透，如雪苍白，如水无骨。

醴泉接过这盏灯笼，没有将它挂入灯山，而是挂在了停在路旁的马车头上。

“如果你没有回来，我便自己回宫，权当是一场自作多情的梦。”

她放下狼毫，抬眼看向少年。

夜空晦暗，少女眼中却如有星光万丈。

“如果你回来了，我便还是你的阿姊……阿姊对你的承诺，就依然作数。

“你记得阿姊对你说过什么吗？

“阿姊说过要与你同甘共苦。”

温柔夜色中，少女望着他笑了。

她的微笑带着一丝苦涩。

“这次上元灯会，阿姊带你出宫，不仅仅是为了看灯。

“阿姊知道你想离开，阿姊也很想陪你看大千世界……可是阿姊没有翅膀，飞不出这红墙绿瓦，竭尽全力，也只能将你一人送出牢笼之外。”

她轻声说：“渊儿……今夜之后的灯，阿姊没法儿陪你了。”

她起身离开，走向对面的另一辆马车，结绿在车旁等候，乌宝抱起地上的纸墨，追着而去。

醴泉往前走了两步，目光在少年紧握的糖葫芦上一扫而过，沉声道：“少爷，请上马车，小的带您出城。”

直到醴泉催促第二声，他才转身上了马车。

那盏狼非狼犬非犬的花灯，就在车头摇曳，墨黑的眼睛嘲讽般地看着他。

马车里，衣物和盘缠一应俱全，就像她说的一样，放他出城，是早有的计划。

他想不明白。

她费尽心力地让他成为皇子，又轻易放他离开，自相矛盾的行为就像她于灯火阑珊中的身影，让人如坠迷雾，如梦似幻。

直到糖果子磕上矮桌，他才发现手中依然攥着近乎完整的糖串。

这红彤彤的果子，酸得崩牙，她却说是“糖葫芦”。

女骗子。

少年把酸葫芦扔在矮桌上，随手打开了桌上的木盒。

他原以为里面是衣物，没想到却是几十个惟妙惟肖的彩色泥人。

驾车的醴泉听到开箱的声音，回头看了一眼，说道：“公主说你爱听《三国演义》，这是她亲自选的泥人。说是……做个纪念。”他顿了顿，说道，“出城后，会有专人接你。公主给你准备的盘缠，够你一生天高海阔，生活无忧。”

那她呢？

“可是阿姊没有翅膀，飞不出这红墙绿瓦，竭尽全力，也只能将你一人送出牢笼之外。”

女骗子。

马车突然一轻，少年跳下马车，在地上翻了几滚。

醴泉急忙勒马，马嘶声响彻夜空。

“九……少爷！”

马蹄声声，回响在寂寥的夜幕之下。

结绿忍了又忍，终于还是忍不住开口说道：“公主……您真的打算回宫吗？”

少女斜倚在软榻上，单手支头，另一只手拿着一卷薄书，头也不抬轻轻地应了一声。

“公主，我们在城外没有安排人手，他要是出了城，就真的找不回来了……您真的不担心吗？”

“能做的都做了，他要是真的不回来，那便算了。”

“弄丢一个皇子，宫里要是怪罪下来……”

昏黄的烛火在车窗里摇曳，少女神色平静，低垂的长睫毛掩盖了算计的冷芒，粉饰出柔情的光辉。

“圣人千虑，仍有一失，更何况是蚍蜉一般渺小的我呢？”她轻声说，“我能做的，只有尽我所能，赌一线希望。”

除了马蹄声，夜色里还响起了另一种声音，越来越近，越来越明显。

她放下书卷，唇畔微笑绽放。

“我敢赌，所以我总是赢。”

车外的乌宝勒紧缰绳，急忙道：“吁——”

马车渐渐地停下。

秦秾华下了马车，看着上气不接下气停在数米之外，双手扶着膝盖，拼命喘气的少年。

少年站直了身体，慢慢儿走到她面前，眸子里像是有火燃烧。

“我……想去……塞外……”他艰难地翕动嘴唇，从嗓子里发出沙哑粗粝的声音。

“我走不了。”秦秾华说。

“我……等你。”他一字一板地说，“等你……能走的那天……我们……一起走……”

她看着少年乌黑透紫的眼眸，笑了。

“好。等到那天，我们一起走。”

“是针伤。”

上官景福收回探入秦曜渊口中的银箸，朝桌前的秦秾华行了一礼。

“有人用银针一类的锐物，在唇舌处反复扎刺，故此九皇子难以发声。此外九皇子咽喉处有程度不一的发炎溃烂现象，难以吞咽，所以造成食欲不振。好在这些都是外伤，假以时日就能调养好。”

“知道了，你开药吧，此事勿对他人提起。”

“诺。”

上官景福退下后，结绿端上两碗冒着热气的药，少年一碗，秦秾华一碗。

她端起瓷碗，看着一旁用左手端起碗来的少年，不禁笑道：“如今，我们还真是同甘共苦了……”

结绿噘着嘴唇，抱怨道：“公主还说呢，要不是您把斗篷给了别人，怎么会需要吃药？”

“吃便吃了，反正我也吃习惯了。”秦秾华笑道，“渊儿定然没吃习惯，快去小厨房拿些糖果子来。”

“是公主您想吃吧？”结绿不上当，毫不留情地戳破她的借口，“张院使特意嘱咐奴婢不能惯着您，您喝的药呀，和什么蜜饯、蜂蜜、糖果子都相冲，不能吃，吃了就影响药效啦！”

“好结绿，我不吃，只看着渊儿吃。”秦秾华说，“快去拿一碟来，你若走慢了，渊儿的口水就要流出来了。”

秦曜渊：“啊？”

他刚想开口拒绝，一只手已经堵了他的嘴。

秦秾华笑眯眯地说道：“不，你想吃。”

一股冰雪融化后的冷香直往鼻子里钻，他一时怔住，也就忘了要说什么。

结绿很快拿回一碟糖核桃仁，个个又大又饱满，颜色如焦糖一样，也散发着焦糖一样的甜香。

秦秾华贪婪地吸了一口空气里的香味，恋恋不舍地推到少年面前，说：“吃吧。”

秦曜渊开口：“我不……”

这句话大概和梧桐宫天生犯冲，这一次，他依然没来得及说出来，就被糖核桃仁堵上了嘴。

少年的喉头咽了一下，秦秾华趁机把糖核桃送进他半推半就的牙关里。

“甜吗？”她问。

“甜。”少年答道。

她像是自己吃到这枚糖核桃似的，心满意足地笑了。

结绿把端着瓷碗的手往上送了送，严肃地说道：“公主该喝药了。”

秦秾华苦着脸喝完药，立即沐浴更衣，以彻底洗去苦涩的药味。

再回到寝殿时，少年也药浴过了，披着湿湿漉漉的头发坐在桌前，洗后微鬈的长发打湿了白色中衣，发尾还在往下滴着水珠子。

“怎么不把头发擦擦？”秦秾华问。

乌宝弯着腰，一脸委屈地抖了抖手里干净的长巾，回道：“九皇子不许奴婢近身，奴婢擦不了。”

秦秾华接过他手里的长巾，走到少年身后，轻轻地擦拭他脑后的湿发。

他一动不动，背影像只温顺的小狗，桌上的铜盘却映出一双半掩在浓黑墨发后，锋芒毕露的眼睛。

她故意使坏，长巾在他头上揉来搓去，水珠四溅，长巾和乱发不住地扫着眼睛，侍立在旁的乌宝一脸惊恐，生怕这位脾气不好的九皇子跳起来就把铜盘砸在公主脸上。

不承想，公主都欺负累了，九皇子依然稳稳地坐着，任她戏弄。

秦秾华手酸了，他的头发也半干了，她把湿润的长巾抛给呆住的乌宝，神色遗憾道：“不好玩。”

乌宝疑惑：“啊？”

——碧芳的脸现在还没好呢！公主，咱们能玩点儿安全的吗？

秦秾华开完玩笑，敛了笑意，在少年面前坐下，提了他的右手，端详当日被一刀贯穿的掌心。

黑红皆有的伤口触目惊心，再加上新长出来的粉色嫩肉，这只手掌足以让绝大多数人避而远之，秦秾华却看得目不斜视。

乌宝和结绿悄悄地退了，寝殿内的空气静谧安宁。

“我们来玩一个游戏好吗？你我各问一个问题，谁要是回答不出了，谁就输了，输的人要接受惩罚。”

少年抬眼看她。

秦秾华微微一笑，低头取过上官景福留给自己的玉肌膏打开。

“你多少岁了？”她问。

他迟疑了一会儿，似乎在回忆，片刻后，说：“十……”

“该你问我了。”

她握着银质小刀，从玉肌膏里挖出一点儿抹在手背，以指尖蘸取，轻轻点按在少年脸上的细碎伤痕上。

“五……皇子……”他沙哑着说。

“五皇子是我的双生弟弟。”秦秾华说，“出生不久就过继给了舒德妃。这宫里有许多你不能惹的人，舒德妃和她身后的舒家……至少不算敌人。”

她冲他温柔一笑，神情平淡地补充道：“暂时不算。”

“你和他……”

“该我了。”她微凉的指尖抚上截断他左眉的一条黑豆般长短的伤痕，问，“这是什么时候弄的？”

“不记得。”

对上秦秾华怀疑的视线，他急忙再次开口：“是真的……不记得……以前的事……”

“阿姊信你。”秦秾华笑道，“你问吧。”

少年沉默片刻，没有再问五皇子，而是问：“我……真的……是九……”

他的话没有说完整，秦秾华依然能猜出他想说的是什么。

“我说你是，你就是。”

少年不说话了。

秦秾华轻声说：“对你做下这些事的人……你恨她吗？”

这一次的缄默时间格外漫长。

秦曜渊别过脸，避开她的手指。

“惩罚……”他说。

秦秾华刚一抬手，他的身体就明显紧绷起来。

她抬起的手落到少年发顶，轻轻地揉了揉。

“好呀，惩罚就是……叫我‘阿姊’吧。”她笑道。

“我想听你叫我一声‘阿姊’，你不愿吗？”她眼神真挚地看着他。

秦秾华耐心地等待着。

“阿……”少年张开嘴唇，神色纠结，好像即将说出的是什么奥妙词汇，“阿……阿姊……”

她诱骗的小狼，终于对她摇起了尾巴。

秦秾华嫣然一笑：“嗯，阿姊在。”

夜已深沉，连暗红宫墙下的虫吟都消失无踪，一阵匆匆忙忙的脚步声响彻寂静的夜里。

碧芳抱着一个布包，鬼鬼祟祟地走出梧桐宫。她一边疾走一边回头观望，鬼祟之处不言而喻。

无人的冷宫前，她将布包塞给一名侍卫装束的人。

“大人要的东西都在里面吗？”侍卫压低声音问。

“都在。”碧芳同样低声回答。

“行……你走吧。”

碧芳接过侍卫递来的赏钱，掂了掂重量，满意地揣进兜里，笑道：“明年我就到出宫的年纪了，还望哥哥帮我向大人说几句好话，若是能进穆府伺候，碧芳一定不会忘记的哥哥大恩大德。”

侍卫敷衍地点点头，转身离去。

碧芳堆着讨好的笑，直到侍卫走得看不见了，才垮下脸往回走去。

“哼……不就是穆家的一条狗吗，有什么神气的？”

等她进了穆府，想办法爬上穆家哪位老爷的床榻，这些人见了她还不是要跪下喊姑奶奶？

碧芳悄悄地推开梧桐宫后门，见无人发觉，心里松一口气，转身把后门重新锁上。

再转身，廊下坐着一个面带微笑的人。

她双腿一软，扑通一声瘫坐在地上。

乌宝从木台上跳下，冰冷发白的月光照在他笑眯眯的圆脸上，无端瘆人。

碧芳蹬着双脚后退，转过身，拼命地伸长双手去够后门的门把。

一只手按上后门。

碧芳颤抖地抬起头来，乌宝堆满笑容的圆脸近在咫尺。

“别走了，和我聊聊吧。”他道。

惨白的月光铺满玉京，肃穆气派的穆府大门前，忽然发出吱呀一声。

原来是正门旁的偏门在夜色中开了一小条缝，门房和侍卫装束的男人耳语几句后，退居一边，男人往后看了两眼，小心翼翼地钻入偏门。

男人一路疾行，来到还亮着灯的正院书房外，刚要迈进门槛，门前守卫的一名亲随伸手把他拦下。

“东西拿到了吗？”亲随问。

“拿到了，正要禀告大人。”侍卫点头哈腰道。

“那物污秽，别带进去脏了大人的书房，你就在这打开我看看。”

侍卫应了一声，当即解开布包袱。

里面的东西让二人都变了脸色。

“这……”亲随说。

侍卫立即跪倒：“我不知道。我不知道！碧芳拿给我的时候就是这样的，小的绝对不知情！”

书房里透出的烛火忽然一暗，一个白发苍苍、衣着华丽的老者拄着手杖走到门前。

“首辅大人——”亲随急忙行礼。

穆世章冷眼看着地上十根发黑的手指，半晌后，缓缓地开口：“好……好哇……”

亲随不敢抬头，跪在地上的侍卫更是冷汗直流。

“前几日才给贵妃娘娘送了人头，今日就给我送了十指，这是在警告我不要把手伸得太长哪……”

“大人，我们该如何是好？”亲随问。

“把东西拿去埋了，叫人把地上冲一冲。”穆世章看了一眼跪在地上的侍卫，“这事不怪你，回去吧。”

“诺。”

侍卫如获大赦，连忙退走了。

穆世章走回书房，他的长子穆得和站在门内，早已将包袱里抖出的东西看了个一清二楚，没有公主的月事带，没有九皇子的血衣，只有十根已经发黑的手指。

“父亲，七公主如此恶毒，我们还要继续忍下去吗？”

穆世章坐回桌前，端起还冒着热气的茶杯抿了一口，缓缓地说道：“你呀，要是有她一半忍性，我也不必担心我百年以后，我们穆氏一族的未来。”

“父亲！”

“你不想忍，又想怎么办？她是公主，是陛下的女儿，你无凭无据，要怎么扳倒她？靠妧怜宫的人头，还是靠这门前的十根手指头？”

穆得和沉着脸坐下，说：“难不成我们就要一直退让？七公主去年才刚及笄——一个刚及笄的小姑娘，就可以左右陛下的心思，掌控后宫诸人，甚至影响朝堂……父亲，难道你不觉得可怕吗？她如今就可和我穆氏作对，日后岂不是还能扳倒穆氏，扶持她那双生弟弟上位？”

“可怕……当然可怕。”穆世章说，“五皇子隐忍有余，聪明不足……不过是庸人一个，不足为惧。七公主城府颇深，看似淡泊名利，实际欲壑难填，她有野心，也有相应的能力，好在，她只是一个女子。女子，再怎么聪明，也翻不起大浪。贩夫走卒或许愿意听命于女人，士大夫却绝不会心甘情愿为一个女子效力。”

他停了下来，轻轻地吹走水面上的茶叶，说：“这是她的不幸，却是我们的幸。她若为男子，这天下无论如何也轮不到泰儿。”

“要是早知她会成为我们的心头大患，当日父亲就该听我的斩草除根。如今这中宫皇后虽是我穆家的人，陛下却依然心系周氏，六皇子虽流着穆氏的血，却不是中宫嫡出。我们忙活这么多，最后两头不着好！”

相比怒形于色的穆得和，穆世章神色平静：“路要一步步地走，事要一点儿一点儿地做，你想一口吃成个胖子，最后只会噎死你自己。”

“那父亲说要怎么办？！”

“你不是已经找到可以推翻滴血法的人了吗？这便是扳倒七公主的第一步。”

穆世章放下茶杯，白色的须发在烛火下闪着银光。他耷拉的眼皮下，一双锐利的鹰眼也闪着精光。

“想扳倒公主，难，想扳倒一个血统不明的孽种，却有上千种方法。”

穆得和面上一喜，情不自禁地站起来：“父亲，你终于同意了？！”

“原本我还犹豫，可是看到今晚这一幕，却不敢犹豫了。”穆世章沉声说道，“年仅十五就如此狠辣狡诈，等她成长起来，泰儿焉有活路？”

“父亲说得是！”

“七公主调换了包袱，一定以为已经阻挠了我们验亲的计划，现在正是她最松懈的时候。既然你对那李仁如此有信心，试试也无妨……让他明日一早便来见我吧。”

穆得和激动地应声：“是，父亲！”

天色微明，穆世章闭着眼站在瑞曦宫紧闭的殿门前，神色平静，仿佛睡着了一般。一名布衣男子缩着肩膀站在穆世章和太医院刘院判身后，大气不敢喘，一看就是平民出身。

门前侍立的太监堆出笑容，上前一步，笑道：“穆首辅可累了？奴婢给您拿把椅子坐坐可好？”

穆世章闭着眼，干瘪的两片薄嘴唇里平静地吐出两个字：“不用。”

太监自讨没趣，笑了笑，退到一旁。

朱红的殿门忽然打开，高大全笑着走出，弯腰道：“穆首辅、刘院判，请吧。”

刘院判连忙先行一步，在前做出打帘的动作。穆世章走进殿内，刘院判才跟着跨进殿门，只剩下布衣男子拘谨地站在门口继续候着。

“老臣穆世章参见陛下……”

“微臣刘光参加陛下……”

天寿帝坐在紫檀长桌前，身后一座金漆点翠珐琅屏风。他朝高大全使了一个眼色，后者手疾眼快地扶起颤巍巍跪到一半的穆世章。

天寿帝乐呵呵地说道：“今日内阁休沐，穆老怎么没在家休息？”

刘院判早有准备，不消穆世章授意便已利落地跪下去。

“陛下，此事还和微臣有关。”刘院判低着头跪在地上，神色恭敬，“是微臣辗转不眠数夜，不得已才于昨日夜访穆府，请穆大人替我引见陛下！”

“哦？是何事让你此般烦恼？”天寿帝问。

“微臣有一同乡，名李仁，以擅判亲缘闻名。他听闻陛下通过滴血验亲寻回亲子后，特意千里迢迢赶来玉京。此人经过多年钻研，勘破自古流传的滴血法和滴骨法，二者皆是伪法。微臣初时也不相信，可是多番试验后，微臣确实他所说不假。因事关皇嗣，国之根本，故此不敢隐瞒！此人如今就在殿外，还望陛下召见！”

天寿帝皱眉，在椅子上改变了坐姿说道：“滴血验亲已流传多年，你当真试验了不准？”

“微臣已用十五对亲缘和十五对非亲缘验过，敢用性命担保，滴血验亲只是无稽之谈！”

天寿帝揉了揉纠结的眉心：“召吧。”

高大全昂起头，扬声说道：“召——李仁——”

一个布衣男子弯腰驼背跨进殿里，还险些摔了一跤。走到殿中后，他手忙脚乱地朝长桌方向行了个大礼，结结巴巴地说道：“草民李仁，叩见陛下，陛下万岁万岁万……”

“行了。”天寿帝不耐烦地说，“就是你说滴血法不可信？你可知欺君是诛九族的大罪？”

“草民不敢欺君！滴血法和滴骨法确实不可信，草民自发现此乃伪法以来，已在数百人身上验过，更有刘院判相助，反复试验两法三十次，具体经过由刘院判整理在册，望陛下明察！”

李仁一口气背完要说的话，一拜到底，刘院判适时递上整理成册的记录。

天寿帝大概翻了翻，上面每家每户的姓名、籍贯都记得清清楚楚，显然不怕复验。

刘院判开口：“陛下若是心有疑虑，可以让人从宫人里寻些亲眷，当场复验。”

“既然你敢用性命担保，朕暂且信你。”天寿帝放了册子，问那李仁，“院判说你擅判亲缘，你又是如何判的？”

“回禀陛下，草民有一家传秘方，只要取一根银针在秘方中炮制三十八日，此针即可明判亲缘。”

“一根针，如何来判？”天寿帝又问。

“用针尖轻轻刺破验亲的二人皮肤即可，若变色，二人即无血缘关系；若没有变色，便是三代内的直系及旁系血亲。因为此针和慈母一般，从不会认错亲缘，故此家祖将此针命名为‘慈母针’。”

“就算滴血法有其漏洞，但能流传千年，必定有它的道理，若半分不准，早该遭人舍弃，何故流传至今？用滴血法验过的皇子，玉牒也上了，普天也告了，如今要重验一次——”天寿帝看向两位大臣，“莫非你们是从何处听了什么风言风语，觉得朕头上有些颜色？”

“老臣不敢……”

“微臣不敢！”

两名大臣都口称“不敢”，李仁更是又磕了一个响亮的头，跟着喊：“草民不敢……”

“陛下，请听老臣一言。”穆世章揖手道。

天寿帝神色无奈地一摆手道：“爱卿且说。”

“老臣听说，滴血验亲当日，验的是九皇子和玉京公主，若是九皇子身世有疑，世人难免会联想到玉京公主身上。玉京公主素来受陛下爱重，若能未雨绸缪验个明白，也能解陛下和公主以后的烦忧。”

“这……简直荒谬！”天寿帝勃然变色，“怜贵妃受谣言影响就罢了，难道一国首辅也会相信这不着边际的谣言吗？”

穆世章低垂着视线，因为年纪而松弛的眼皮堆在眼球上，像没睡醒似的半睁着：“老臣自是不信。”

“那你还跟着那些嚼舌根的妇人凑什么热闹？！”

刘院判适时揖手，开口说道：“陛下，微臣相信穆首辅能明察秋毫，微臣也相信这朝中真正的栋梁能够明辨是非，可这天下人大多愚钝，轻易就会受到蒙骗。滴血法和滴骨法流传已久，不知错断多少亲缘，微臣是不愿此类悲剧发生在皇家之中，才冒着性命之忧，向陛下进言！”

天寿帝越听越气，压着怒气看向穆世章：“穆首辅，你也和他看法一样？”

穆世章恭恭敬敬地说道：“陛下的看法，就是老臣的看法——验与不验，全在陛下一念之间，老臣只是做个中间人罢了。只是陛下在此时退缩，恐会被不明内情的人多加揣测，引发不利流言。”

等穆世章说完，刘院判又加一把火："陛下，穆大人所言甚是。确实九皇子身份，便是确实玉京公主身份。玉京公主身份一日不正，便会连带着影响和她同胞的五皇子，此事关乎三个皇嗣，已不仅是后宫之事，还望陛下千万慎重！"

"你——"天寿帝强压怒气，神色难看至极。

"如此说来，两位大人真是用心良苦。"一声清洌低沉的女声，从绘满折枝漆花的点翠珐琅屏风后传出。

清丽少女自屏风后缓缓地走出，鸠羽灰色的大袖衫垂在月白色襦裙外，一步一行间，如脚边盛开的灰色浪花。

不同于京中其他珠光宝气的贵女，她不施粉黛，浑身上下只有鬓发两侧别着一对珍珠栀子对夹，以珍珠为蕾，水晶为骨，琉璃为坠，巧夺天工，栩栩如生。白花和珍珠暗自流光，与少女清透雪白的肤色交相辉映。

她扬唇微笑，殿内若弦月初升，流光相随。

穆世章最先回过神来，他一时难以自控，怒声道："陛下怎可让公主藏于屏风后偷听？后宫干政，这是历来大忌！"

秦秾华不慌不忙地说道："穆首辅好大的威风，不知道的人看了，还以为这是穆首辅的瑞曦宫呢。"

"公主莫要转移话题，身为后宫女眷，为何会出现在此处？"

"瑞曦宫是天子起居之处，而非上朝议政的金銮殿。我身为父皇的女儿，在父皇的起居之处晨昏定省又有何不可？反倒是穆首辅，进了别人的寝宫，指责主人家不该出现在这里……本宫听了不打紧，就怕有心人听了去——"

秦秾华笑眯眯地说："就像刘院判说的，天下人易受蒙骗。搞不好呀……他们会以为是穆首辅自己想要住进来呢。"

"你——"穆世章气血上涌，瞪着秦秾华说不出话。

秦秾华敛了嘴角的笑，缓缓地走到天寿帝身旁站定。

"滴血认亲当那日，怜贵妃步步紧逼，说的也是为我好，为父皇好，还当众承诺，滴血认亲后，谁再用我的身世做文章，就是和她过不去，她决不轻饶。如今看来，贵妃娘娘的话并不管用，验过一次，就会有第二次，谁又知道验过这次，会不会有第三次？"她的语速低缓，沉着而平静。

她的右手在明黄肩膀上轻轻地按了按，似安抚，似鼓励，天寿帝脸上的焦躁明显缓和了，她才收回手，走到紫檀长桌前，对完全睁开了眼睛的穆世章缓慢地说道："我验第三次不甚紧要，就怕有些人，人心不足蛇吞象。验公主，验皇子，最后，验起了皇帝——"

少女神色温和，说出的话却锋利异常，字字见血。

"公主何必危言耸听？陛下登基，是老臣亲迎，天寿八年，前废太子引发的宫变危机，是老臣一手化解——陛下比任何人都清楚臣的忠心！"穆世章说完，朝天寿帝一揖手，继续道，"事关皇嗣，国之根本。老臣知道这些话只会惹人生厌，但不得不做这个恶人——只为报答陛下对老臣多年的皇恩！至于验或不验，自然是陛下做主，老臣绝无二话。"

姜还是老的辣。

秦秾华必须承认，比起目光短浅的穆氏兄妹，生出那两个草包的穆老头要难缠十倍。

穆世章这一番漂亮话说下来，天寿帝若是不验，可以想见不出一日，流言蜚语就会传遍整座玉京城，再从玉京辐射向大朔各地。

眼下这情形，要破局就只能验。

而她，身边却没有第二个上官景福能助她一臂之力。

"秾华，你说呢？"天寿帝看向秦秾华。

"父皇，儿臣觉得不妥。"

天寿帝刚张开口，穆世章的声音就已在殿内响起："公主觉得有何不妥？"

秦秾华说："且不说滴血法流传千年，世人皆知，只说穆氏一而再、再而三地要求皇族验亲一事，穆大人真觉得没有任何不妥？滴血法验了，穆大人说不准，又从民间找出一个'慈母针法'来验，若这次再验出血亲，是不是还会有'严父针法''指鹿为马法'相继出炉，直到穆大人得到自己满意的结果？"

"你这是……"

"穆大人大可猜猜，此事若是流传出去，人们究竟是猜疑本宫姓不姓秦，还是猜疑你穆大人心里装的天下，究竟姓秦，还是姓穆？"

穆世章尽力掩饰自己失去的从容，颤抖的长须却暴露了真实心境，一双耷拉的眼皮完全睁开，浑浊的眼珠子也因愤怒而迸出精光。

"公主何须如此诛心？老臣一生为大朔，为陛下鞠躬尽瘁，死而后已，绝无公主所言的狼子野心！公主仅凭猜测就散播诛心之言，如此肆意——未免寒了天下忠臣的心！"

面对激动的一国首辅，少女的神情和刚刚步出屏风时没什么两样，依然淡然而沉着。

她直视穆世章愤怒的双眼，平静地说道："穆大人尚且知道无凭无据的猜测是寒了忠臣的心，又为何不知，自己正在用同样的方式践踏皇家威严？"

"老臣绝无此意，陛下明鉴！"

穆世章悲声高呼，当即跪地叩首。刘院判和平民李仁哆嗦一下，赶忙跟着跪了。

天寿帝头疼地按住太阳穴，不知该如何调停，正僵持时，一个太监趋步走入。

"陛下，四皇子在殿外求见。"

天寿帝往龙椅上一靠，神情疲惫："宣……你们也都起来吧。"

穆世章在高大全的搀扶下，颤巍巍地站起。刘院判和李仁也相继起了身，低着头不敢随意开口。

在内侍的引路下，一名锦衣少年低头步入殿内。

四皇子已年过十七，不仅长得平凡，穿的石青色暗花长袍也极为平凡，唯一可取之处在于他同样中规中矩的神情，没有亮点，也挑不出差错。

他规规矩矩地跪下，神色谨慎："儿臣给父皇请安——"

"起来吧。"天寿帝摆摆手，"你怎么来了？"

四皇子一愣，起身的动作在空中滞了一刹："不是父皇……"

"四皇子误会了。"穆世章打断他的话，揖手道，"是老臣托人请您来此。"

秦秾华似笑非笑，用玩笑般的口吻说道："穆大人这是假传圣旨？"

"七公主慎言！"穆世章说，"老臣是托了宫中内侍去请四皇子至瑞曦宫，却从未假传过什么圣旨！"

全场的目光都落在四皇子身上。他神色尴尬，朝天寿帝拱手道："父皇，的确没有公公说是父皇传召，只是儿臣听说在瑞曦宫，所以想岔了……父皇既是在和穆首辅议事，儿臣不便打扰，这就……"

"四皇子，我们所议之事，恰好和你有关。"穆世章说。

"我的事？父皇和穆首辅全权决定就好，我忽然腹痛难忍，首辅不如之后再转告我议事结果……"四皇子笑得勉强，脚尖已经挪向殿门方向，"父皇，请恕儿臣先行告退……"

"正巧，这位李仁便是民间不可多得的良医，不如让他为四皇子看诊一番。"

李仁忽然被穆世章点名，一脸呆愣：“可草民……”

天寿帝叹气：“你就听听穆首辅要说什么吧。”

四皇子不情不愿地摆正脚尖。他平凡的脸并不平凡了，挂着如丧考妣的表情。

穆世章给了刘院判一个眼神，刘院判立即将李仁和慈母针重新介绍了一遍。

刘院判从怀中取出一块插有银针的绸布，双手递出，扬声道：“此事关乎国本，微臣恳求四皇子从大局出发，为皇室之表率！”

“这……”四皇子进退不得，一脸为难地看向秦秾华。

少女站在天寿帝身旁，神色如常，对他投来的目光求救视而不见。

“我……”四皇子依旧为难不已。

一个盛气凌人的少年声音把吞吞吐吐的四皇子打断：“这有何难？！四哥不敢，我来！”

一位华服少年快步走入殿内，他先得意地看了一眼旁边的秦秾华，再朝着桌前的天寿帝跪下去。

“儿臣向父皇请安！”

华服少年神采飞扬，姿态威风，正是只比秦秾华小上一岁的贵妃之子，首辅的曾外孙，含着金汤匙出生的六皇子。

身为贵妃之子，他穿着一件亮眼的草黄色寸蟒妆花缎圆领袍，一头长发由鹅冠红色的玛瑙发扣高高地束在脑后，显得意气风发，贵气逼人，而他旁边高出一头不止的四皇子，则在他的衬托下，不像皇兄，倒像乱入瑞曦宫的一个富家公子。

得了天寿帝示意，六皇子从地上起身，接过刘院判手中的绸布，说道：“七姐勿怪，是我在门外等候父皇接见，把事情听了个七七八八，眼见事情总解决不了，心里一急，才忍不住毛遂自荐。这闭眼一刺马上就能了结的事情，我却不知七姐为何总是推脱？究竟是怕疼，还是……心虚不敢？”

秦秾华淡淡一笑：“六弟真是消息灵通，若朝廷诸人都如六弟一样耳聪目明，闻风而动，我大朔何愁没有连绵盛世？”

“论耳聪目明，闻风而动，我可不敢与七姐相比。要是我有七姐那般手段，今日站在屏风后的，就该是弟弟我了。”

“若是弟弟想和七姐一样，平日多来瑞曦宫问安即可，指不定就能碰巧听见谁在混淆是非、挑拨离间……”秦秾华轻轻巧巧几句话，便含沙射影两个人。

六皇子面色转青，咬牙说道：“七姐，你不要太过分了。”

秦秾华笑道：“我在说那些搬弄是非的人，六弟怎么还生气了？七姐嘴笨，要是说错了什么，你可千万别往心里去……”

六皇子气急，狠狠地瞪了她片刻，忽然一笑道：“你我是打断骨头连着筋的亲人，别说七姐没有说错，便是说错了，我也不会真的往心里去……还望，七姐对我也是。”

他当着众人忽然拔出银针，往四皇子手上一刺。

四皇子被扎了个措手不及，满脸茫然——说好的毛遂自荐呢？

六皇子冷笑着看向秦秾华：“七姐——伸手吧！”

秦秾华敛了笑：“非是七姐不愿，而是七姐不能。”

“为何不能？难道你心里有鬼？”

六皇子步步紧逼，气氛剑拔弩张，在场之人虽多，此时还能插话的却所剩无几。

秦秾华从容地说道：“此人说是有一祖传秘药可炮制银针，你我却都不知里面秘了什么。若是被针上的药伤了身体，便是将他千刀万剐又有何用？更何况，验亲之事便是放在民间，也是万般无奈之举，你盲信他人挑拨，再三地验亲，可想过父皇是何心情？又置皇家威严于何地？”

秦秾华所说，每一句都温和沉稳，每一句又都压得六皇子抬不起头来。

六皇子假笑崩坏，刀子般的目光恨不得在秦秾华脸上戳出十七八个血洞，才能一解心头之恨。

“七姐舌灿莲花，我说不过你。”六皇子冷笑道，“但是，我劝七姐以大局为重。自七姐出生以来，宫中流言不断，乃至无知百姓对其他皇嗣的猜测也甚嚣尘上。”

秦秾华神色平静地看着他。

六皇子笑着：“有一句话，七姐说得对，验亲是万般无奈之举，而此时，正是万般无奈之时！为正皇家威严——七姐，今日只得委屈你了！”

说时迟，那时快，六皇子手握银针扑向秦秾华。

刘院判下意识地后退，李仁直接吓得一屁股坐到地上。

穆世章瞪大双眼，脱口而出：“泰儿不可！”

宫人惊叫，贵人无措，四皇子则趁机躲至殿内一角。

瑞曦宫内，霎时乱作一团。

“秾华！”天寿帝从龙椅上惊起，面色发白。

六皇子满脸得意，看着手中染上一抹薄红的银针，笑道：“七姐是否清白，即刻便知。”

天寿帝一个箭步走到被推倒的秦秾华面前，连忙将人扶起：“秾华，你怎么样？可有受伤？”

少女借势慢慢儿地站起，本就苍白的脸色此刻更是毫无血色。她强装镇定，反过来安慰天寿帝：“父皇，儿臣无碍，只是没站稳摔了一跤。”

“这何止是摔了一跤？！”天寿帝看着秦秾华满手的鲜血，想碰又不敢碰，转头又惊又怒地大喊道，“来人！快宣御医！立即宣御医！”

刺目的鲜血从秦秾华掌心流出，顺着五根苍白纤细的手指一直往下。

滴答，滴答。

在她脚边迅速点出一朵触目惊心的梅花。

六皇子脸上的得意凝固，短短片刻内转为惊慌。

“不……怎么会……”他词不达意地试图辩解，然而就连一直站在他这边的外曾祖父也朝他投来失望的目光。

“我明明——”六皇子气急，举到半空的银针折射着冷冽寒芒。

怎么会？

怎么可能？

不是应该……

六皇子喃喃自语：“不是应该变色吗？”

他完全惊呆了，怀疑这银针根本就不会变色，等回过神来，已经往自己手指上刺了一下。

等等，他扎自己有什么用？

就算想验，也该找个没血缘的来验，扎自己又不会变……

六皇子的脸在刹那间没了血色，眼中浮出震惊至极的神色。那震惊在片刻内变成恐惧，像是有谁将沉重的水银灌入了他的体内，使他的身体肉眼可见地发硬、发直，几乎站立不住。

“六皇子！”穆世章一声怒吼让他回过神来，然而为时已晚，天寿帝已清楚见到变色的银针。

天子勃然大怒："穆世章！"

"老臣在！"穆世章当即跪下。

天子震怒，瑞曦宫顷刻间便跪了一地。

秦秾华跪在天寿帝脚边，右手掌心流出的鲜血不知何时已染红了鸠羽灰色的大袖。

"父皇！父皇！这针一定出了什么问题……一定有人动了手脚！对！一定是有人在针上面动了手脚，儿臣是您的亲儿子！父皇，您一定要相信儿臣！"

六皇子锐气尽失，膝行至天寿帝面前，抱着天寿帝的右腿，不住地哀求着。

"陛下！此事蹊跷，老臣提议再……"

"够了！"天寿帝怒瞪双目，气得浑身发抖，"看来这滴血法、慈母针都是伪法，不知穆首辅又要去哪儿找别的法子，验第三次第四次第五次？你是想逼死公主，还是想逼死朕？！"

"陛下息怒！老臣万万不敢！"

宫中响起接连不断的"陛下息怒"。

"这个叫李仁的，给朕拉出去立即砍了！就在这瑞曦宫的门前砍！让所有人看见，妖言惑众是个什么下场！"

任李仁如何哭天喊地，如何抱着穆世章的大腿不放，瑞曦宫的侍卫依然把他拖出了宫殿。

惨叫声在离开殿门不久，戛然而止。

剩下喧嚣过后，诡谲的寂静。

天寿帝面沉如水："来人！"

"奴婢在。"高大全上前一步。

"太医院刘光，即日起革职查办，其子孙后代，大朔永不录用。"

高大全恭敬地低头："诺。"

转瞬就成了草民，还连累子孙后代的刘光哆嗦着瘫倒在地。高大全一个眼神示意，守在殿前的两名内侍就客气地"请"走了刘光。

出了这道宫门，等待他的就是大理寺狱。

"陛下，微臣来迟……不知是……"

以太医院周院使为首，几乎整个太医院都倾巢而出，一大群戴着官帽，穿着官服的御医匆匆进殿，刚刚升为正八品御医的上官景福也在其中。

他看见跪在地上的穆世章和六皇子，短暂一愣，紧接着立即低下头来。

一炷香后，结绿扶着右手裹成粽子的秦秾华步出殿门，乌宝紧跟在二人身后。

日上三竿，瑞曦宫门前，洒着一摊还未凝固的鲜血，李仁死不瞑目的头颅就倒在身体一旁，没有天寿帝的授意，谁也不敢来为他收尸。

空气中，飘着一股淡淡的血腥味。

结绿扶着秦秾华就想绕路而行，她拦住结绿，轻声说：“那是何物？”

耀眼的阳光中，一抹银光在碎花绸布上闪闪发光。

“我去看看。”

乌宝快去快回，捧着碎花绸布回到秦秾华面前。那布上扎着一根银针，应是李仁挣扎时掉落。

秦秾华接过，指腹在擦过针尖时一痛。

她看着指腹，好一会儿都没有血珠子冒出。

“公主看什么呢？”结绿一脸疑惑。

“没什么，把它收好。”秦秾华把绸布递给她，“回吧。”

主仆三人一边交谈一边慢慢儿地走远。

“那上官景福怕不是个傻子？公主没伤他也绑这么紧，我们公主的手都要勒青了……”结绿愤愤道。

“那么多人看着，他也是不想让公主露馅吧……”乌宝道。

“办得不错，回去一定重赏。”秦秾华则十分满意。

“奴婢能为公主办事就是上辈子修来的福气……”

“那鸡血甚好……”

“奴婢从碧芳那……借了点儿血……”

“有借无还，就会落人口舌。”

“这……”

“午食给她加一碗毛血旺……”

“诺——”

第七章
曜渊

一场险些动摇大朔宫廷的风雨，在众人知晓时就已尘埃落定。

妖言惑众的李仁遭斩，听信谗言的刘光当场被革职查办。玉京公主回宫后，一病不起，六皇子无限期禁足，什么时候能出，要看玉京公主什么时候痊愈。

一批接一批的御医被派往梧桐宫，一碗又一碗的汤药送进梧桐宫寝殿。天寿帝天天问询，却不见丝毫好消息传出，考虑到她往年就大病小病不断的孱弱身体，宫中甚至有流言说她难以熬过这个冬天。

玉京公主在民间素有声望，此次因人祸一病不起，许多受过公主救济的贫苦百姓纷纷为公主诵经祈福。茶馆里最受欢迎的说书先生，也罢讲了三国，转而讲起玉京公主从前的嘉言懿行。

外人都指望着梧桐宫里透出关于玉京公主的最新消息，然而事实上，梧桐宫中绝大部分人和外人一样，都对公主的近况一无所知。

梧桐宫后院的廊下，两名小宫女正在忧心忡忡地低声交谈，小炉子上熬着药，橘红的火舌不断舔舐着小沸的乌黑砂锅，夜风吹淡了锅中飘出的中药气味，也掩饰了二人不可宣扬的秘密谈话。

“这药熬了十几日了，怎么里面还一点儿消息也没有？”

“听说这次病得挺严重……太医院换了好几个御医都没成效，眼下这位上官御医，倒像是有点儿法子。”

“是呀，这药闻着也不那么难闻了。”

“这话你别和别人说……昨夜我做噩梦，梦见公主去了！”

“哎呀！呸呸呸，你怎么能做这样的梦呢？！”

“你说……这会不会是预兆？若是真有这么一天，你想过之后的去处吗？”

“我们这样的小宫女，还不是主子要我们去哪儿就去哪儿，难道还能由着你来选吗？我只希望，不要分我去阮怜宫……若是要我去伺候怜贵妃，我还不如死了算了！”

“对了，你见着我们宫里的九皇子了吗？我怎么觉得好久没见着他了？”

“自从公主闭门不出，九皇子也不露面了，要不是你说起……我都快忘记我们宫里还有这么一位主子了。”

“对了，这药还剩多长时间？”

“我看看……还要再等一炷香。”

“不行了，我忍不住了，你陪我去出恭吧！”

“不行！我陪你去了这药怎么办！”

“好妹妹，你就陪陪我吧！这大半夜的，我哪敢一个人去那黑漆漆的地方呀！你陪陪我，下次我也陪你！”

年纪小一些的宫女经不住劝说，只好放下小扇跟着一起去了，边走边嘱咐道：“那你可要快一些呀，要是被乌宝公公发现了，我们都吃不了兜着走……”

“好，好，好！我知道啦……”

谈话声越来越远，最终完全消失。

袅袅夜风吹过后院，树木沙沙作响。廊下的热气仿佛越来越多了，黑色浪子在砂锅里拍打壁缘，浪花一次赛一次多，咕噜噜，咕噜噜，浪花里翻涌的药材发出疼痛般的呻吟。

一个影子忽然从梧桐树上落下。

少年的衣衫有些凌乱，肩上还沾着一片树叶。他轻巧落地后，慢慢儿地走向轻声咕噜的砂锅。

月光在他身后，拖出一条瘦削颀长的影子，这条影子，停在宫女留下的小板凳前。

少年看看砂锅，又看看板凳上留的小扇，犹豫片刻，拿了起来。

他端详着手中小扇，像是第一次见到。

布满细碎伤痕的左手笨拙地握着小扇，模仿着宫女的姿势，轻轻地扇起微风。

夜色寒凉，湛蓝夜幕中嵌着鱼鳞似的碎云，风止了，树木静了，皎洁的月光倾洒在光洁的青石地面上，一切都像睡着了。

在陷入睡梦的世间，少年笨拙而认真地守着一炉苦药。

不知过了多久，两名宫女的脚步声从远到近。

年纪小些的宫女第一个走出影壁，当她看见依然好好的砂锅，明显松了一口气，而她身旁的宫女得意地说道："看吧，我就说只是一会儿的时间，不会有事发生的。"

"没事发生就好，要是有什么事，乌宝公公可饶不了你我！"

"是，是，是……你呀，胆子和兔子一样小！"

两名宫女重新坐回小凳子，砂锅在，药在，扇子也在，她们一无所知地拿着小扇继续看守汤药。

没过多时，又一阵脚步声从影壁后传出，两名正在交谈的小宫女立即收声，装作认真的样子摇着手中小扇。

"公主的药熬好了吗？"身着绿色衣裳的结绿快步走来。

"回结绿姑姑，药已好了，我这就盛出来。"小宫女忙起身回道。

黑色的药汁倒入青色瓷碗，烫得碗底滚烫。结绿拿小扇摇了一会儿，等温度稍降，才转移至一张木托盘上。

她端着药，匆匆地走过幽暗的廊下，轻手轻脚地踏入公主寝殿。

殿内悄无声息，少女倚着炕桌似已睡着，灯下放着一本翻了一半的书。结绿将托盘轻轻地放至圆桌，正打算为公主找张薄被，身后传来少女低柔的声音："结绿，什么时辰了？"

"回公主，子时三刻了。"

结绿把瓷碗放到炕桌上，腾出手探了探她手上的体温。

寝殿内燃着好几个火盆，结绿进殿不过一会儿，额角就冒出一层细密的汗珠，而公主的软榻离火盆不远，手背却依然冷得沁人。

"公主，把药喝了，早些歇息吧。"

"苦。"

结绿像是哄小孩子似的，柔声说道："公主喝吧，喝了才不会生病……喝完了，结绿给您倒水净口。"

听着熟悉的语气，刚从梦中醒来的秦秾华百感交集。

无论是现在，还是梦里的国破以后，直到身死那天，大她十岁的结绿依然在无微不至地照料着她。

像姐姐，像母亲。

最后却死得那么凄惨。

她哑声说：“若是有人害你丢了性命，如今你有了报仇的机会，你会怎么做？”

结绿习惯了她心血来潮的各种问题，回答得毫不犹豫：“结绿什么也不做。”

“为什么？”

结绿坦然地笑道：“因为，我知道公主会为我报仇！”

秦秾华怔怔地看了她半晌，终于，神色一轻，嘴角有了笑意。

她轻声道：“是……我一定会为你报仇，所以，你什么也不必做。”

秦秾华端起瓷碗，一饮而尽。

药喝了多年，还是那么苦，再怎么清水净口，那股味道依然在喉咙里萦绕不去。

那是“病”的味道，无限接近于“死”。

无论多久，她也习惯不了。

结绿收了空碗，后知后觉地露出疑惑的神情：“可是……公主怎么突然问这个问题？”

秦秾华漱了口，重新倚回软榻。

“我做了一个梦。”她道。

“是噩梦吗？”

“嗯。”

“公主不用忧心，梦和现实都是反的。”结绿柔声说，“更何况，公主控制不了梦里的事情，结绿却相信公主能控制梦外的。”

迎着她的视线，结绿露出毫无保留的真诚笑容。

秦秾华也不禁笑了。

结绿服侍着她在床上睡下，取下遮挡的丝帐，柔声说道：“公主早些歇息吧，结绿在外间守夜，公主有什么事，吩咐就行。”

蚕丝帐后传来轻轻的一声应答。

结绿吹灭了殿内所有灯火，端着空碗正要走出寝殿，帐后忽然传出一声问句：“九皇子这几日如何了？”

“应该还好……”结绿神色尴尬，“送进房里的吃喝都有减少，寒酥池每夜过后都有使用痕迹，就是没见过人。”

“他还去摘星宫吗？”

“灯会之后，他已不去摘星宫了。”

帐中沉默一会儿，她再次开口：“那便随他去吧。”

“是……公主歇息吧，结绿退下了。”

吱呀一声后，殿内又回归静谧。

红色火星在掐丝珐琅火盆中跳跃，松枝的香味混杂一丝还未完全消散的药味弥漫空中。

秦秾华睡得并不安稳，她因慈母针一病不起是假的，病却是真的，每个冬天，对她而言都是一场硬仗。

窗外时不时地响起风声，后院想必又落了不少枯叶。

她不由得想起梦中的最后一夜，想起那天的寒风，那天的冰雨，还有那无孔不入、深入骨髓的冷。

火盆里的炭还在烧，烧了一天又一天，究竟什么时候才能迎来春天？

她压抑着喉咙里蠢蠢欲动的闷痒，辗转反侧后，穿着单薄的中衣下床，想为自己倒一杯清水。

秦秾华走到桌前，向着水壶伸去的手却在途中停下。

她疑心自己听错，却还是在片刻犹豫后，走到门前，推开了房门。

湛蓝的天上挂着一颗寂寥的星芒，像是特意为陪伴月亮而留下。

清冷的地上也有两颗孤独的星芒，乌黑透紫，清清月光下，流动着晶石般的光泽。

少年背靠门扉而坐，因开门的声音抬头，一言不发地和她对视。

秦秾华愣了半晌，直到他从地上站起身来，她才回过神。

“你……为什么在这里？”

话音刚落地，喉咙里堵塞的那股闷痒就再也压抑不住。她偏着头，以手捂嘴，剧烈地咳了起来。

吱呀一声，风停了。

她回过头时，少年已站到紧闭的门内。

他盯着她，艰涩地说：“你……生……病了。他们……说……是六皇子……害你……”

因为牵动口舌上的伤口，他的每个字都说得很慢，而她不曾心烦，更不曾催促。

她轻声道："若我说是呢？"

"我……杀了他。"

"要是我想害人呢？"

他想了想，说道："我……帮你杀。"

夜色静谧，寝殿内闪着火盆幽暗的红光。

秦秾华走回床边，拿起锦被里的手炉放进少年冰冷的手中，又把自己的双手覆在他的手背，用掌心的温度来温暖他。

"杀人，方法万千，但本质上只有两种——夺命和诛心。"她轻声说，"只夺命的是人屠，只诛心的是小人，有的人杀了一劳永逸，有的人杀了后患无穷。你能确保自己永远做出正确的判断吗？"

"阿姊也不能。"秦秾华笑道，"所以，人需要朋友。需要一个可以理解自己，劝诫自己，关键时刻支持自己的朋友。阿姊想做你的朋友，不论大事小事，阿姊都想听你说。"

她垂眼看着手炉上重叠的两只手，再抬起眼时，桃花般的双眸化作弯弯月牙。

"好吗？"秦秾华柔声道。

迟疑许久，少年的下巴微不可察地点了点。

秦秾华嘴角的笑意加深。

几分真意不重要，她要的不是承诺，而是态度。

这只小狼，已经愿意为她压抑真实的自己。

"是……他吗？"他执着地追问。

"和他无关，这是阿姊的老毛病。"她笑着说，"阿姊这些天没有见你，也是怕过了病气给你……你手上的伤如何了？可有按时换药？"

少年点点头，伸出裹着层层纱布的右手。

秦秾华小心地拆开，纱布下露出的手心远比她想象中的要好，当日遭匕首贯穿的伤口已经愈合，只剩一片粉红。

是因为年轻的关系吗？他的伤，似乎好得太快了。

毫不夸张地说，他身上的伤，随便放几个到秦秾华身上就能拖死她。

"伤口已经大好，切勿沾水，平日里有什么事，吩咐宫里的宫人去办即可。"

她一圈圈地缠好少年手上的纱布，最后还恶趣味地打了个蝴蝶结。少年无动于衷地看着，似乎不能理解她的打结方式有什么特殊之处。

“等你手上的伤好全，就要去上书房听课了，那里有文武师傅教你读书写字、骑马射箭……”注意到少年眼中的茫然，她停下来，问，“你会读书写字、骑马射箭吗？”

“我会……杀人。”他说。

“光会杀人还不够。”她笑道，“想在世间生存，你不能只会杀人。”

少年脸上浮出一丝迷茫。

“你不懂没关系，阿姊会慢慢儿教你。”

“为……什么？”

“因为我是你的阿姊。”秦秾华说，“是你在世间唯一可以信赖的人。”

玫瑰色的曙光照亮梧桐宫正殿的地砖，安静的寝殿内，茶香袅袅，一缕酒醉似的绯红，蒙满书桌上的宣纸。

他们坐于同一张桌前，相依的身影镀着一圈儿晨曦的光辉。

桌上两杯热茶，枸杞在其中浮沉，金丝嵌珠的水晶笔架挂着一排尺寸不一的玳瑁管紫毫笔，少女取下其中一支，伏案执笔。

她嘴角带笑，轻声念诵：“秦——曜——渊——”

蘸了墨的玳瑁管紫毫笔在纸上轻轻写下笔力飘逸，如烟似雾的三个字。

秦秾华抬起眼眸，笑道：“这就是你的名字。”

少年盯着纸上的三个字看，仿佛是第一次看到这么新奇的东西。

“等你右手的伤完全好了，就可以拿笔写字了，到时……”

少年把左手放上桌面，视线从纸上移到她的双眼：“我……左……可以……”

“好，那便先用左手。”

秦秾华将笔放进他的手里，调整他的手指，亲力亲为地教他握笔。

和她预料的不同，少年很快就掌握了左手拿笔的姿势，丝毫没感到不便。

这意味着他是左撇子，或者是没有天生倾向的不严格右撇子。

如果是后者，那他就是天生的战士。

“不……写？”

秦秾华回过神来，握着他的手，一笔一画地重新写下他的名字。

“不……”他说，“你的……名字……”

“我的名字，你还记得吗？”她问。

“秦……秾华……”

“对，秦秾华。”她握着他的手，慢慢儿地写下自己的名字。

“你的名字……什么……意思……”

“秦，是我们的姓，代表我们家族的名字，姓氏之后的字，代表我们个人的名字。秾华，繁花之意，也可代称公主。”

少年似懂非懂地看着她的名字。

“你的名字是秦曜渊，你知道‘渊’的意思吗？”

出乎她的预料，少年抬头看着她，给出了一个不算正确，也不算错误的答案：“地……狱……”

秦秾华笑了，伸手抚上他的面颊：“‘渊’有许多种解释，但在你的名字里，只有一种。”

“是……什么？”

她笑道：“渊，乃龙潜之地。”

穆府书房，穆世章拄着手杖缓缓走进。

坐立不安的穆得和立即从椅子上站了起来：“父亲！陛下如何说？！”

穆世章摇了摇头。

穆得和脸上浮出怒色：“小惩大诫便算了，陛下如今是什么意思？若是七公主真不好了，陛下难不成还要让泰儿一起殉葬吗？！”

“不至于此。”穆世章的神色古井无波。

他走到长桌前，准备提起茶壶为自己倒茶，穆得和连忙抢先拿起。

见他开始倒了，穆世章挪动衰老的身体，在黄花梨椅前慢慢儿地坐下。

“你和泰儿一样，性子太急，难成大事。”他说。

穆得和把茶杯放到他面前，抱怨道：“父亲，都这时候了，您就别埋怨儿子了，还是想想怎么救泰儿和若菱吧！”

“六皇子和贵妃娘娘都不需要你救，陛下只是气穆家算计五皇子和七公主，用七公主一事警告我们，等七公主好了，一切还和以前一样。”

他端起茶杯，轻轻地抿了一口，说道：“陛下离不得穆家，也不敢离了穆家。”

“可是泰儿他……”

“让他反省一下也好。”穆世章打断他的话，“此事落到这个地步，还不是他太过毛躁。现在好了，搬起石头砸自己的脚，反而让陛下对贵妃娘娘和他起了猜疑……”

穆得和沉着脸在书房里徘徊两圈儿，实在气不过，猛地抬起头来，怒声说：“若菱是骄纵了些，但她是什么性子，难道陛下作为枕边人还不清楚？若菱为陛下辛苦诞下皇子，陛下怎可轻易就因他人挑拨而起了疑心？”

他越说越气，怒瞪的眼珠子似在冒火。

“说来说去，还是那七公主！要不是泰儿中了七公主的诡计，泰儿如何会出现在那日的瑞曦宫，又怎会误碰那做了手脚的慈母针？那七公主，真是心机深沉，可怕至极！五皇子有她相助，日后必会成为泰儿登极路上的一大阻碍，父亲，我们应先下手为强！”

“胡说八道！我看你也该像泰儿那样关个一月两月！”穆世章动怒，扬声道，“那是什么人？你就敢先下手为强？你就不怕连累我穆氏一族数百口人的性命？！”

“这……当然不是了！可我们也不能就这么光看着吧……”

“你就是心急！太急！我们优势占尽，他五皇子有什么？有钱还是有人？该急的是他们，不是我们！”穆世章一口气说完，胸口急促地起伏着。

穆得和赶紧上前赔罪：“父亲，儿子知道错了！您别气，别气……”

“我们忌惮五皇子，还不是因为严格说来，他是中宫嫡子——可是，”穆世章重声说，“只要我们穆氏还在一天，就没有人敢到我们面前来‘严格说’！所以，只要我们自己不倒，五皇子永远也不会有成为中宫嫡子的一天。得和，你明白了吗？事情的关键，还是在我们自身！只要我们不出错，泰儿坐上那个位置就是板上钉钉的事情，此次出师不利，对我们也是一个教训，莫要再节外生枝了！”

穆得和神色羞愧：“父亲教训得是……儿子知错，今后一定更加谨慎。”

“至于七公主，此女城府之深，目光之远，让人防不胜防。和她相争，得不偿失，穆氏若伤了元气，裴回那只老狐狸就会趁病要命。”穆世章沉吟片刻，说，“若她只要名和利，我们便睁一只眼闭一只眼——随她去吧。”

“如果她还想要权呢？”

穆得和话音落下后，好半晌，书房里静得只剩火盆燃烧的声音。

“那就举全族之力，斩草除根！”穆世章沉沉道。

淡白微青的天空中，镶着几颗夜色留下的白星，晨风拂过，天边外传来几声辽远的鸟鸣。

红墙绿瓦，还沉睡在湿润的晓雾里，梧桐宫中，却已响起轻柔悦耳的读书声。

“帝发崩，子帝履癸立，是为桀。帝桀之时，自孔甲以来而诸侯多畔夏，桀不务德而武伤百姓，百姓弗堪。乃召汤而囚之夏台，已而释之。汤修德，诸侯皆归汤，汤遂率兵伐夏桀。桀走鸣条，遂放而死……”

秦秾华读完一段，刚想问问有没有人知道这“修德”的意思，抬起眼，却见面前的三人早已双眼无神，不知神智飞到了天外何处。

秦秾华翻到封面看了一眼，这并非《迷魂大法》呀。

“你听见我说什么了吗？”秦秾华在面无表情的少年眼前打了个响指。

少年依旧平静，反倒是一边旁听的乌宝从瞌睡里惊醒，撞翻凳子，一屁股弹了起来。

“公……公主！奴婢在！”

“乌宝，我刚刚讲了什么？”秦秾华问。

乌宝措手不及，下意识地回答：“热汤……耳……耳屎？”

秦秾华叹了口气。

学完《千字文》后，她的启蒙工作遇上了最大的拦路虎。

用太史公的书来开蒙似乎不可行。

结绿轻轻地咳了一声，问：“公主为何不用民间常见的启蒙读物来为九皇子开蒙？”

“也只有如此了。”原本还想偷个懒的秦秾华叹气，“你给醴泉带个话，让他送些启蒙读物进来。”

“不用从宫外带，公主自己就有！”结绿说，“您小时候开蒙用的那些书，结绿都留着呢。您等等，结绿这就去拿来！”

结绿取来旧书后，堆在最上的就是一本《女论语》。秦秾华拿了起来，直接丢进烧得正旺的火盆里。

火舌舔红了书页，一本薄薄的册子就这么化为灰烬。

结绿笑道：“公主虽长大了，性子却和小时候一模一样。”

秦秾华翻着手中《鹿园策》，随口问道：“我小时候什么样？”

“看着温柔听话，实际脾气可倔了。”结绿笑着说，“周嫔娘娘要你看《女戒》，你答应得乖巧，转头就把书给撕了。”

秦秾华头也不抬地道：“前人写书也很辛苦，还是让它进火盆，温暖你我。”

乌宝和结绿都笑了起来，唯有少年面不改色，丝毫不受旁人情绪感染，乌黑透紫的眼眸定定地看着她。

秦秾华快速翻完了手中的几本书。

看得出失忆前的她也是个爱惜书本的主，这几册虽说是旧书，但每本都干干净净，就是拿去书坊充新也没问题。

她把看不上眼的糟粕都送进了火盆，剩下的还有四本，足够为少年开蒙。

碧琳这时走进殿内，恭谨地禀告：“公主，凤轿已在宫门准备好了。”

秦秾华放下书册，在结绿的搀扶下站起来。

站好后，她向少年伸出没有绑纱布的那只手，笑道：“走吧。”

少年盯着她的手看了一会儿，把手放了上去。

康穆门前，秦秾华和少年下了轿子，转乘一辆深黑色的宽阔马车出宫。

离康穆门不远的芷阳宫前，一辆多人簇拥的凤轿停了许久，直到马车完全驶出宫门，凤轿帘子才被揭开，一名明媚张扬的少女从轿子里探出头来。

“问到了？”

从宫门处气喘吁吁跑回的内侍点头哈腰道：“问到了！问到了！七公主他们是去北郊施粥了——”

“施粥？”少女皱眉道，“她是嫌自己病得不够重吗，去西郊施哪门子粥？”

“奴婢也不知道，可能是想为自己祈福吧？毕竟药吃了那么多，也没什么……”

少女冷声说道：“你这是在质疑太医院的水平？”

“八公主恕罪，奴婢不敢！”

“哼，下次再让我听到这种话，我就把你送去慎刑司，让那些拿鞭子的人好好教训你！”

“奴婢知错了……”内侍缩着肩膀退到一旁。

站在轿旁的大宫女轻声问：“八公主，我们是回懿丽宫，还是……”

少女想了想，坐回凤轿里。

黄色轿帘落下，少女娇俏干脆的声音从幕后传来：“去北郊！”

“八公主！裴淑妃特意嘱咐奴婢……”

“闭嘴！你是公主还是我是公主？！她秦秾华能出去，为什么我不能出去？”

“八公主……”

“出宫！谁敢向母妃告密，我扒了他的皮！”

一辆周身漆黑，毫无纹饰装饰的宽阔马车稳稳地走在北郊土路上，拉车的两匹骏马高大威猛，毛发乌黑光亮，一看就是西域良马。

光是这两匹马的身价，便把玉京城中许多鲜衣怒马、自命非凡的纨绔子弟甩出十条街。

驾车的是个独眼男人，黑色的皮革眼罩挡在右眼上，警觉而冷静的左眼不时地扫过道路两旁劳作的农民。

马车的格栅窗户向外开了半扇，秦秾华拂开窗纱，嘴角带着笑意，示意少年去看田坎边歇息的一个老农。

“你看见了什么？”

“人……草……”

“你呢？”秦秾华看向结绿。

结绿瞥了一眼窗外，随口说道：“种韭菜的农民。”

“都对。”秦秾华笑道。

兽金炭在火盆里闪着红光，淡淡的松枝清香萦绕在空中。

结绿突发奇想，停下手中火箸，问道：“公主又看见了什么？”

韭菜和老农已落到马车之后，窗外又是一片新的天地。

少女目光望着窗外，纤长苍白的五指抚上温热手炉，乳白窗纱重新落下，为她高挺秀美的鼻梁笼上一层柔和的阴影。

她缓缓地说道：“韭菜在方圆之内，韭农，在方圆之外。”

“哎哟！”秦辉仙屁股腾空，一头撞到车厢边上。

“公主！”两个宫女魂飞魄散，连忙扶住倾倒的主子。

秦辉仙气急败坏地说道："外面是怎么驾车的？！你信不信我剥了你的皮！"

宫女小锦安慰道："八公……小姐，现在上了土路，地面不平，您就忍忍吧。"

秦辉仙推开车窗，只看了一眼，就一脸嫌弃地砸上窗门。

"这什么鬼地方，路上都是牛屎！"她揉着撞疼的脑袋，怨声说道，"世上竟然还有一路屎臭的地方，秦秾华居然到这种地方来施粥？！她什么毛病？别人都在玉京城里施粥，她偏要跑这鸟不拉屎的地方来——我看她不是身体不好，是身体太好！"

"北郊是玉京城最穷的地方，七小姐也是为了方便接济穷人吧……"宫女小萝说。

秦辉仙皱眉，目光不善道："你在给她说好话？"

"不，不……小姐误会了。"小萝忙笑着补救，"奴婢的意思是，七小姐性格软弱，说不定是那些穷人这么要求的……"

秦辉仙更怒了，一巴掌拍到软垫上："什么刁民给吃的还要蹬鼻子上脸？我定要扒了这群无耻小人的皮！"

驾车的内侍小碗用一句话中止了她越浇越旺的怒火："八小姐，我看到七小姐的马车了，我们要过去吗？"

"过你个头！"秦辉仙在车厢里焦急斥道，"还不快找个隐蔽的地方停下，要是被发现了，我——"

小碗扯动缰绳，引驾车的黑马往粥棚的反方向走去，低声说："就扒了奴婢的皮……"

马蹄声踢踢踏踏，还有田野间的风为他遮掩，小内侍借着难得的机会，一个人对背对他抖耳朵的黑马嘀嘀咕咕："我这身臭皮一天不蜕个十几次，根本不够公主扒的……"

马车停在一处人烟稀少的开阔处后，小碗拉着缰绳"吁"了一声，跳下马车，道："八小姐，咱们到了。"

片刻后，车窗从里谨慎地慢慢儿推开。

秦辉仙捂着一头的发饰，一边谨防宝钗金簪被窗框撞落，一边瞅着远处人流稠密的地方。

小萝下了车，踮脚望着远方，一脸疑惑："这么多人，七小姐在哪儿呢……"

“粥棚里呢。”秦辉仙毫不犹豫地说道，“那么明显，你居然没看见。”

小萝茫然，遥望着挤满人头的粥棚，不知道八公主怎么会有那么好的眼力把人一眼找出。

留在马车里的小锦羡慕地说道：“八小姐眼神真好，学女红，没有一双好眼睛可不行。”

“我才不学女红。”秦辉仙说。

她趴在窗边，眼睛直勾勾地盯着粥棚里亲自给穷人们施粥的秦秾华。那些人那么脏，那么难看，端碗的手又黑又枯，跟臭鸡爪似的，她却像是看不见一样，脸上始终挂着温柔的微笑。

毛病。

好好的宫里不待，跑到这种地方来受罪。

“女子都是要学女红的，您虽然不像民间女子，需要用绣工来填补家用，但女子不会女红是要遭外人耻笑的，您……”

“谁敢笑我？”秦辉仙勃然大怒，“看我不扒了他的皮！”

“就是，谁活腻了敢来耻笑我们小姐？陛……那位的女儿，不学女红又怎么了？”小萝堆上讨好的笑容，“更何况，我们小姐的女红好着呢，年前我见小姐绣的那幅葡萄小鸡……”

秦辉仙怒道：“那是紫藤鸳鸯！你哪只眼睛看见葡萄小鸡了？！那分明是风中的紫藤枝和嬉戏的鸳鸯！”

马车旁热闹非凡，小碗叼着一根捡的麦秆，蹲在田坎边一脸凝重地望着天空。

紫藤枝？

鸳鸯？

小碗不由想起公主那幅让他私下里称赞了几句的绣作。

“竟然不是桃花深处见鹿……”

虽说是施粥，但善良的穷人每次都不会让秦秾华空手而归。

几个歪瓜裂枣还算好打理，洗干净吃了便是，偶尔她也会收到让人啼笑皆非的礼物。

比方说，一只脾气暴躁的战斗小鹅。

“公主……这鹅要怎么办……这鹅也太……呸……太活泼了……”前来康穆门迎接的乌宝怀抱一只两个月大的小白鹅，一句话没说完，脸上已挨了十几个连环巴掌，打得他一嘴鹅毛，愁眉苦脸。

从马车上走下的秦秾华来到乌宝身前，轻轻地抚摸小鹅光滑的羽毛。

原本暴躁的小鹅在少女的抚摸下，不再扑腾，反而颇为享受地发出鹅叫。

结绿瞠目结舌地说道：“公主是会什么仙法吧？！”

她微微一笑：“许多事情都变了，它却没有变。”

结绿不明所以：“啊？”

秦秾华没有解释，转而乘上凤轿，从帘子里说道：“八公主稍后会从康穆门进宫，你把小鹅给她，就说——”

“七姐谢妹妹一路护送，百姓的感谢里，八妹也有一份功劳。”乌宝垂着头，双手递上在他手里挣扎不已的小白鹅，“七公主就是这么说的。”

黑色的骏马不耐烦地磨着蹄子，响亮地朝着小白鹅喷了一声。

“鹅鹅鹅——”

小白鹅在乌宝手中挣扎，抻长了脖子想要和黑马搏斗。乌宝拼命抓着它，终于等到马车里传出八公主的声音：

“和她同一天出宫就是护送？她也太自恋了！你回去告诉你的主子，她说什么，我听不懂！”

“诺。奴婢一定把话带到。”

乌宝把小白鹅不由分说地塞给了一旁拉着缰绳的内侍小碗，如释重负地离开了康穆门。

片刻后，小萝推开车门，往外看了几眼。

“八公主，人走了。”小萝回头说道，“把鹅留下了。”

小碗说：“这鹅怎么办……公主要带回懿丽宫吗？裴淑妃……”

“你好没眼力见儿！”小萝呵斥道，“公主最讨厌这些臭烘烘的玩意儿了，还不快拿去丢……”

“我说话了吗？”秦辉仙朝她投去冷冷的目光。

小萝又一次把马屁拍上马腿，讪讪地笑道：“公主不是最讨厌这些东西的味道吗？奴婢以为……”

“那也轮不到别人为我做主。”

秦辉仙扶着小锦的手下了马车，朝捧着鹅的小碗漫不经心地说道：“拿来我瞧瞧。”

“诺。”

小碗捧着鹅靠近。

小鹅只有一两个月大，小小的一只，洁白的羽毛光鲜亮丽，像绸子一样，黑葡萄似的一对眼珠滴溜溜地和她对望，不再如刚刚那般扑腾。

秦辉仙弯起嘴角，伸手想要接过白鹅。

小锦神色担忧道：“这鹅烈性，万一伤了您……”

“我是堂堂公主，金枝玉叶，难道还怕这么大点儿的鹅？”秦辉仙不以为意，接过小碗抓着的鹅。

扑腾不已的鹅到了她的手上，不仅没有不适应，反而颇为舒服地抖了抖毛茸茸的一身羽毛。

“算你还识相。”秦辉仙抬着下巴，神色傲慢地盯着小鹅，“实话告诉你吧，跟着我——比跟着她好多了，我们懿丽宫要什么有什么，只要你听话，本公主保管你成为天下最幸福的鹅……”

小白鹅似乎也被她的承诺感动，撅起圆滚滚的鹅屁股，噗——

一摊黑青色不明物质从白屁股底下掉落，一部分掉在地上，一部分沾在了秦辉仙的手指上。

空气突然寂静。

小萝瞪大眼睛，不敢相信眼前的画面，小锦急忙找东西想给公主擦手。小碗呢？已经第一时间溜到了马车身后。

一声撕心裂肺的怒吼响彻皇城：“不活扒了你的皮，我秦辉仙三个字以后倒过来写！”

第八章
曙光

梧桐宫中，一只麻雀从光秃秃的泡桐树上起飞，拍翅掠向蓝天。

结绿停下擦拭书柜的动作，抬头朝外看去。

“公主，您听见什么声音了吗？”她问。

秦秾华只顾着浏览手中信件，头也不抬道：“听见了，今天的风有些大。”

结绿一头雾水。

有风吗？

乌宝跛着腿走入殿内，说：“公主，上书房的公公来了，问九皇子何时可以上学。有了准信儿，他们也好着人通知广威将军府开始准备。”

“上官景福的意思呢？”

“上官御医说，九皇子的右手已经大好，上文师傅的课无碍，上武师傅的课却要再养一段时日。”

“你去回了上书房，就说九皇子下月起开始上学。”

“诺。”乌宝低头退下。

“公主已看了多时，歇会儿吧。”结绿放下抹布，劝道，“窗外的泡桐已经长出了嫩芽，您不妨看看，也好换换眼睛。”

秦秾华正好感觉眼睛有些酸疼，遂采纳她的意见，将手中信件放下，缓步走到窗前。

雕花木窗外，尖顶凉亭空无一人。

冷冰冰的石桌上停着一片枯黄的树叶，几棵光秃秃的紫花泡桐在亭子外张牙舞爪，丝毫不见春夏之际的温婉。

风起，叶动。

她跟着那片回旋的枯叶看向天空，和一双乌黑透紫的眼眸不期而遇。

少年高高坐于泡桐枝头，和她的视线撞了个正着。

他撑在树枝上的双手紧攥起来，浑身肌肉紧绷，像是做了错事被发现的孩子，神色局促，有些不安。

“再过两月，春天就来了，到时候泡桐花一开，窗外的风景便好看了。上官御医说泡桐果实有止咳平喘的功效，奴婢现在天天就盼着它结果子，到时候叫宫人们打下来，奴婢给公主泡水喝……”结绿擦着桌子，一边说，一边高兴地抬头看向公主。

少女站在窗前，绛紫色大袖在风中轻舞。

太阳的余晖给她的侧影描上一层温柔金边，三月未到，和煦春色却出现在她勾起的半边嘴角。

她望着窗外某处，微笑道：“我也期待……他开花结果的那一天。”

十几日后，少年的伤已大好，可以上书房蒙学了。

秦秾华特意起了个大早，陪着他用完早膳，又亲自送他出发。

二月的天还亮得较迟，寅正已过，一台二人座的步舆在黑灰色天幕下摇晃着前进。

“还记得阿姊昨日叮嘱你的话吗？”

“好好学习……天天向上……”

秦秾华笑着伸手，轻轻抚平少年的衣领，补完他漏掉的一点：“还有，不要欺负你的伴读。”

他漫不经心地应了一声，毫不在意。

“无视也不行。”秦秾华补充。

他立即看过来。

“武岳是你的伴读，是读书生涯里最亲近的同窗，说不定，还能成为你的第一个朋友。”秦秾华笑道，“渊儿，阿姊希望你能走出去，看看这广阔的世界……那一定比树上见到的皇城更辽阔。”

“……”

“好吗？”秦秾华柔声道。

少年迟疑了好一会儿，总算点头。

“多听，多看，少和别人起争斗，这些话阿姊在宫里已经说过，便不再多说了。上书房里读书的都是皇子，他们的伴读也都出身簪缨世家，你初来乍到，他们或许会故意刁难，你能忍就忍。你是皇子，他们不敢真的对你做什么。”

少年沉默地听着，不知听进了多少。

步舆在上书房外停下，一个局促不安的身影走出殿檐，冲秦秾华二人不自然地行礼问安。

来人浓眉大眼，五官稚嫩。年纪虽小，却自有一股少年英气，此人正是秦秾华钦点的伴读，广威将军的第四子武岳。

“武岳见过九皇子、玉京公主……”

秦秾华亲自扶起武岳，笑道：“武四公子既然做了渊儿的伴读，日后见面的机会就还多着。渊儿涉世未深，很多地方还要靠你点醒，要是有何难处，不必见外，自可来寻我。”

武岳脸上一红，眉飞色舞刚要张口，却像是想起什么，无精打采地垂下眉毛。

“谢玉京公主赏识，武岳不敢放肆……一定以勤补拙，慎始慎终，绝不辜负天家的期待……”

愣头青干巴巴地背着一看就是家里要求的稿子，秦秾华也不打断，笑着听他说完后，温柔地看向身旁的少年：“记住阿姊和你说的话……去吧。”

她对他微微一笑，转身上了步舆。

直到玉京公主的步舆消失在宫道尽头，武岳才收回巴巴的眼神，他看向旁边，九皇子依然盯着宫道，好像下一秒玉京公主又会从那里出现似的。

那双黑紫色的眼眸，武岳每看一次都心塞一次。

听说和实际见到是不一样的，此刻他才无比清醒地认识到，自己在给一个流有异族皇室血统的皇子做伴读。

武家打了一辈子的异族，他一个如假包换的武家人，怎么就给一个混血皇子当伴读了呢？

他给自己做了好一会儿心理建设，总算逼着自己递出友善的话头：“九皇子，我们进去吧，快卯初了，师傅也该来了。”

九皇子瞥了他一眼，面无表情，那双像蛇一样冰冷的眸子无端让他感到一阵心慌。

就在武岳以为自己热脸贴了个冷屁股时，一声含混不清的“嗯”从九皇子喉咙里发出。

这是热脸贴了个温屁股吗？

武岳忐忑地跟上九皇子走向上书房的脚步。

因火盆而显得有些闷热的上书房里，少年们正聚在一堆，说得热火朝天。

秦曜渊踏入房门后，高涨的气氛瞬间跌入冰点，全场有两个焦点，一个是秦曜渊，一个则是默默坐在座位上的秦曜安。

一个接一个的少年离开原本的位置，他们各自散去后，被簇拥的六皇子从人群后显露出来。

六皇子穿着一件香色的纱绣圆领袍，胸口处一只金线织绣的四趾团蟒，和他本人一样威风凛凛。

他吊儿郎当地坐在椅子上，右手把玩着一个玉狮镇纸，不怀好意的眼睛把秦曜渊上下打量了个遍。

“哟，这不是我们深居简出的九弟吗？今儿怎么舍得露面了？”

六皇子的嘲讽落下许久，上书房里依然没有任何回声，秦曜渊视他如无物，冷漠的眸子扫过书房各个角落，像头正在审视新领地的野兽。

受到如此明目张胆的无视，六皇子面上的嘲笑凝结。他推开书桌，双手背在身后，踱步过来，挡住二人面前的路。

“九弟，哥哥跟你说话呢，怎么回事，没听见？”他拖长了声音，阴阳怪气地说道。

秦曜渊终于正视他，只是，一分疑惑九分冷漠的目光像是在说“你是什么东西”。

眼见六皇子的脸肉眼可见地青了，武岳连忙站到二人之间，好心想要缓和气氛：“我……”

六皇子可不买账。

他一个眼刀就朝武岳扔过来，脸上露着赤裸裸的鄙夷。

“这里有你说话的地方吗？”六皇子说，“你是谁？”

武岳忍着气朝他揖手：“武岳见过殿下，家父为广威将军武……”

“哦，是武如一的儿子。”六皇子扯着薄薄两片嘴唇笑起来，“武如一的儿子太多了，我记不大住，你妹妹我倒是印象深刻，令妹五岁时就能把隔壁的小侯爷揍掉牙齿，如今功夫精进，想必可以上山打虎了吧？”

六皇子的党羽适时爆发出一阵哄笑，有人扬声喊道：“将军府不缺老虎，缺打虎人！”

涉及家人，又是未嫁的妹妹，武岳再好的脾气也忍不住了。

他怒声道：“那是谣传！家妹不曾动手打人，小侯爷那是自己摔的！”

六皇子看了一眼武岳紧握在身侧的两只拳头，嗤笑道：“将门之子果然胆量不同，怎么着，拳头握这么紧，你是对本宫有意见，还是对天家有意见？我听父皇说，你们武氏一族为安定大朔、驱除鞑虏立下了汗马功劳，如今看来——”

他瞥了一眼面无波澜的秦曜渊，说：“说不准未来会出个私通外番、吃里爬外的东西呢。”

武岳满脸涨红，竭尽全力才忍住失控。

他强压着怒火，重声说道：“我父亲，我兄长，还有我武氏一族，都对陛下忠心耿耿，绝不可能背叛大朔！”

“呵呵。”六皇子扯了扯嘴角，“话说得漂亮有什么用，多杀几个异族才能证明你们武氏一族的忠心。你说是不是，九弟？”

秦曜渊神游太虚，直到六皇子问第二遍才将目光投向他。

“你在说话？”

言简意赅的四个字，打散了他的冷笑，打青了他的面色。

“你——”

六皇子刚上前一步，一声严厉的责问在门口突兀地响起：“你们都聚在一起做什么，还快不回去读书？”

身穿官服的文师傅从殿外走进，板着脸扫过站在门口的几人，沉声说道：“温故才能知新，圣人的话，你们都忘记了？”

皇子和伴读如鸟兽散，唯有六皇子和他的伴读站着不动。

堵着路的六皇子不动，秦曜渊和武岳二人也不能动。

武岳瞪着六皇子的伴读，简直要气到升天。他不敢和六皇子正面杠上，难道还会怕了一个不学无术的三世祖吗？

“穆阳逸，你究竟想做什么？！”武岳问。

穆家的嫡长孙一副死猪不怕开水烫的模样，嬉皮笑脸地看着武岳：“你这话问得奇怪，我可什么都没做。”

文师傅拿起讲台上的教尺，拍着桌面，皱眉催促剩下的人速回座位。

六皇子阴鸷的目光在秦曜渊身上转了一圈儿，又对站在桌旁，神色不善的武岳挑唇冷笑，而后转身走回他的座位。穆阳逸如影随形，也跟着走了。

武岳松了口气，小声地对秦曜渊说：“九皇子，我们也走吧……”

他们的座位在所有少年坐下后，变得十分醒目。

一张长桌拼一张短桌是上书房的标准配置，现在这间书房里，只有最后一排的角落有着唯二两个座位。

武岳随九皇子坐下后，文师傅在台上开始讲话，要大家拿出书本。

武岳一边拿，一边瞅着书房里的其他人。他按捺不住说话的欲望，侧身靠近九皇子，低声说：“九皇子……”

秦曜渊抬头瞥了他一眼，对方神色诚恳，一只手伸进衣服里鬼鬼祟祟地摸着什么，与此同时，还在不断用眼神示意他离近一些。

似乎有极机密的大事要讲。

秦曜渊想起阿姊离开前的叮嘱，耳朵勉为其难地向他偏移了一些——这点儿距离，从肉眼上可以忽略不计。

“九皇子……”武岳附耳私语，“吃烧饼吗？”

秦曜渊一时无言。

武岳拿出他一直藏在衣服里的烧饼，挡在一沓书本背后，不遗余力地向他推销着：“这是西市最出名的二郎烧饼，每天只做三百个，天不亮就卖完了。我吃了好几年，还是第一次自己排队买到！上书房上学的时间太早，我都来不及用朝食，还好买到了烧饼……我一直揣怀里，现在还热着呢，你……”

“吃吗”两个字还没出口，武岳抬头对上秦曜渊那双异族人的眼眸，瞬间清醒。

武岳讪讪地笑了笑，遗憾地把烧饼重新塞回衣服。

“嗯。”

武岳突然抬头，诧异地看向身旁目不斜视的九皇子。

这平平淡淡的一声应——难道是代表“我知道了”？

这一声回应，极大地鼓舞了武岳说话的热情。

“刚刚的话……你别往心里去。”他说，“你既然上了皇室玉牒，就是我们大朔人，不要听他胡言乱语。”

话音刚落地，武岳就想一巴掌扇死自己。

九皇子再不济也是陛下的儿子，哪用得着他来安慰？他这自来熟的性格，总有一天要因尊卑不分而害死全家。

好在九皇子面无波澜，也不知是没听进去，还是不以为意。

武岳不敢再放任自己这张惹祸的嘴自由发挥，只好坐在座位上，一个人胡思乱想。

武氏祖上是军户，他父亲用实打实的军功换来如今的地位，除了父亲偶尔入宫面圣，武氏其他人都和皇族八竿子打不着，就这进宫的礼仪，还是他娘重金请来一个宫里出来的老姑姑，拿棍棒逼他记下的。

不学不知道，一学吓一跳，皇宫里的规矩可真多呀……

在老姑姑的口中，这宫里就是个吃人不吐骨头的地方，不管说话还是做事，都得小心小心再小心……一个不慎，赔上的就是他武氏全族的性命。

武岳进宫前就被吓怕了，不然，以他自来熟的性子，还真想和玉京公主多唠嗑几句，他的几位兄长，可都是玉京公主的铁杆拥趸。

他本人当然也是玉京公主的推崇者之一，玉京公主站在他面前的时候，天色好像都亮了起来，而且，玉京公主还像传闻中那么温柔、善良，没有一点儿公主架子。

等他回家后，一定要给兄长们写信，他们要是知道他这天的境遇，一定会羡慕得眼珠子都掉出来。

武岳的思绪渐渐离开上书房，飞向了遥远的天边。

不知公主回没回宫，此刻又在做什么呢？

白雾萦绕的浴池里，混合着花香的热气在池面上翻腾。

雾气之中，秦秾华慵懒地趴在池边，荡出的水波来回亲吻着她的下巴和手臂。结绿挽着裙子蹲在池边，轻轻地按摩着她的肩颈。

“公主的皮肤真漂亮，又白又嫩，一点儿瑕疵都没有。”结绿说。

“还是我们结绿的手好，好看又有用。”秦秾华握住她的手，抬高了在雾蒙蒙的热气里看着，笑道，“宜室宜家，灼灼其华——就不知，以后会便宜了哪家公子？”

结绿红了脸，一下子收回手。

“公主惯会打趣人！结绿才不便宜别人呢，结绿这辈子都要做个老姑姑，一辈子跟着公主，死也不离开！”

“你想得美！你还要给我生个小娃娃，让你的小娃娃来陪我的小娃娃玩呢。”

“好哇！原来是公主思春了，却反过来打趣结绿！”

原本是女孩儿间的说笑，秦秾华的脸上还带着笑意，结绿的笑却黯淡下来。

她拾起浮在水面的一束乌黑秀发，一脸心事重重，低声说道：“结绿不求别的，只求公主能幸福安康，长命百岁……为此，结绿连命都可以不要。”

秦秾华轻声说：“你也会的。”

结绿重新露出笑脸：“是呢！我还要给公主带小娃娃呢！”

秦秾华享受着结绿技术高超的按摩，舒服得昏昏欲睡。

“结绿，你这一手是哪儿学的，以前怎不见用过？”

“结绿最近认识了宫里一个老公公，用两个荷包从他手里学了这一招。结绿不聪明，帮不了公主大忙，可是公主肩酸腰疼，奴婢却能帮着按按，让公主多少舒服一点儿！“

“你有心了。”秦秾华说，“那老师傅是谁？我让乌宝给他提些好酒，让他把压箱底的本事都教给你。”

“老公公是御膳房杀猪的！”结绿神色快活，“听说杀猪前这么按按捏捏，猪肉怎么也不会僵呢！”

秦秾华忽然感觉脖子一凉，好像有凉飕飕的风在往切开的血管里灌。

她忍不住咳了一声。

“哎呀！”结绿急急忙忙地撤手，“可是水冷了？奴婢马上就加热水！”

“泡够了，还是扶我起来吧。”

秦秾华更衣后，坐在寝殿的妆台前，趁着结绿给她擦拭长发的时候，争分夺秒地批阅底下传回的各种消息。

结绿开玩笑说她自有一个“小朝堂”，这话不算错，只不过她的小朝堂里没有高官达贵，只有三教九流。

“公主……”结绿在她身后迟疑地开口，“九皇子去上书房，您担心吗？”

秦秾华头也不抬地问：“担心什么？”

“九皇子他……”结绿停顿了好一会儿，似乎也不知道该怎么说，懊恼道，“我也不知道是该担心别人欺负九皇子，还是九皇子欺负别人。总之，我就是有点儿担心以后会出事……”

秦秾华依然低着头，嘴角却微微扬了起来。

“往好的方向想。”

“怎么想？”

“比方说——”她笑道，“已经出事了。”

文师傅在台上高谈阔论，激昂顿挫，武岳在台下眼皮打架，魂魄出窍。

当他一点一啄的额头快撞上桌面的时候，文师傅在台上拍了拍戒尺，环视台下众人。

“张公曾言，君子不患位之不尊，而患德之不崇；不耻禄之不伙，而耻智之不博。谁能解释这句话的意思？”

六皇子弯起嘴角，右手轻轻拨动金银缠枝菊花笔架上金光闪闪的一排狼毫，似不经意间开口：“九弟新来，李师傅不如把这个回答的机会给他，也好考察他从前自学的进度。”

文师傅看了过来：“九皇子，你怎么解释这句话的意思？”

武岳自启蒙以来，看得最多的是兵书，文师傅说的这句话他一点儿印象都没有，更别说什么张公李公，他有心帮忙，却无力回答，只能提心吊胆地看着九皇子，希望他自己知道答案。

秦曜渊神色漠然，以无声回应。

六皇子笑道：“九弟之前养伤，落了课业也能理解，李师傅不如换个简单的问题再问？”

“圣人曰：五者备矣，然后能事亲。九皇子，你可知这五者是哪五者？”

武岳看九皇子依然没有答题的迹象，想为他解围，硬着头皮说道：“楚……楚国的舞者？”

上书房里哄堂大笑，尤以六皇子的笑声最为尖利刺耳。

秦曜渊面无表情，对书房夸张的大笑恍若未闻。

“这可是《孝经》里的篇章，九弟不会连《孝经》也没学过吧？”六皇子嘲笑道。

隔壁桌的七皇子为讨好他，大声附和：“就是！这可是八岁小儿都能回答的问题，九弟连这都回答不出，也别怪师傅铁面无私了。”

武岳蒙了：“什么铁面无私？”

“你以为上书房是什么地方？让你来打瞌睡的？”七皇子讽刺道，“师傅问的问题，凡是答不出来的，都要受戒尺责罚十下。”

听到要被戒尺打十下，武岳立即慌了。他着急地看向九皇子，他怎么还是一点儿不慌？

文师傅说：“念在九皇子今日是初犯，这次便算……”

“师傅教我们要言而有信，怎么今日就能随随便便算了？”六皇子沉下脸，说，“今日要是开了先例，以后这上书房里还有人把师傅的话当话吗？”

文师傅皱眉，刚要开口，六皇子已经在他前面说话：“李师傅，你可要想好了再说话，本宫的父皇和外曾祖父，一定不希望有个言而无信的师傅来教本宫如何读书。”

文师傅一脸为难，像他这种文师傅，翰林院一抓一大把，随时可换，和地位尊贵的太子太傅截然不同。

小小蚍蜉，焉有撼树之力？

在六皇子暗含威胁的话语下，文师傅无奈地叹气：“罢了。”

一看文师傅的表情，武岳就知道事情要糟。

武岳在心里默默地祈祷，希望文师傅看在九皇子天潢贵胄的分上，不要打他打得太狠。

文师傅说：“武岳，把手伸出来。”

正在为九皇子祈祷的武岳：“啊？”

武岳瞠目结舌，下意识地拿手指着自己：“我？”

“不是你是谁？”穆阳逸笑道，“难不成你还真以为戒尺会落在九皇子身上？皇子受过，当然是伴读受罚。”

武岳哑巴吃黄连，有苦说不出，垂头丧气地站起来。

文师傅手中的戒尺有两指宽，不知用什么木头制成，也不知打了多少个前人的手板，磨得光滑发亮，光是看了就让人心里发慌。

大多数人都一副看好戏的样子，幸灾乐祸地等着看他挨打，连武岳自己都放弃挣扎，朝走到面前的文师傅伸出了双手。

戒尺落下的时候，武岳不由自主地闭上了眼，然而想象中的钻心疼痛并没有发生。

书房里静得吓人。

他诧异地睁眼，打下的戒尺在半空就被迫停了，而握住戒尺的那个人，正是一直沉默的九皇子。

秦曜渊握着戒尺，迎着文师傅震惊的视线，不退不避。

和书房里其他花式震惊的面孔不同，时至此刻，那张冷漠的脸上依然没什么变化。

“不能……欺负他。”他说。

落针可闻的书房里，忽然传出一声嗤笑。

“九弟，这如何就是欺负呢？”六皇子笑道，“皇子答不出问题，自然是伴读没做好督促扶持的工作，你觉得他冤枉，难道是想要自己担起这十下责罚？如果是这样，当然无可无不可，就看九弟你是觉得这手掌是肿别人的好，还是肿自己的好……”

“那当然是肿在别人的手上最好了。”穆阳逸唯恐天下不乱，别有用心地说道，“九皇子也别担心，武家是将门，最讲忠义，你就让他替你受过吧，这是武家的家训，他乐意着呢！”

“穆阳逸！你少在那里煽风点火！”武岳怒道。

“哟，武四公子好大的威风，连别人说话都要管了？我要是不听，你那妹妹是不是今晚就要爬进我家院子，打掉我的牙齿？”

穆阳逸的话引起一阵哄笑，不仅武岳涨红了脸，文师傅的脸色也极其难看。他大声道：“所有人，安静！读书之地，休要进行口舌之争！九皇子，你还不放手？！”

“不能……欺负他。”他不为所动，又重复了一遍。

“李师傅，既然九弟想要以身作则，你就成全他吧。”六皇子起身走到文师傅身旁，“要是师傅担心引出风言风语，大可不必，先贤曾曰‘养不教，父之过。教不严，师之惰’，更何况本宫作为兄长，十分愿意为手足献一份力。师傅若有顾虑，学生愿意代劳。”

在又一次向五皇子使眼色求救失败后，武岳默默地把他骂了个狗血淋头。

什么双生子！玉京公主心慈人善，怎么五皇子这么薄情寡义？

靠别人不管用，武岳只能舍生取义，朝六皇子怒目而视道：“不就是打十下吗？打就打——我们武家没有一个软蛋！”

武岳抱着壮士断腕的悲壮心情说出这番话，本意是不让六皇子小看，不料对他的话反应最大的，竟然是一直面无表情的九皇子。

“你就是……六皇子？”

他丢了戒尺，像一只忽然发现猎物的野兽，身体紧绷，慢慢儿起身的同时，双眼紧锁秦曜泰的一举一动。

六皇子被他那双毫无温度的眼睛一看，一股寒意爬上脊梁，当他意识到自己被一个杂种唬住时，不禁恼羞成怒，毫不遮掩的鄙夷和厌恶盖过脸上的假笑。

“九弟，我真好奇辉嫔在摘星宫教了你什么，看起来你不仅圣贤书没读好，连长幼有序的道理也不懂。论辈分，你应该叫我一声六哥……”他神色阴冷，特意顿了顿，“如果你真和本宫同出一脉的话。”

秦曜渊没理他，伸出左手，对文师傅说：“打。”

武岳急了，急忙支着手往文师傅跟前凑：“我来！你打我吧！”

秦曜渊冷冷地看他一眼。

武岳像被掐住了脖子的鹌鹑——哑了。

“你可想好了？”文师傅说。

秦曜渊的手稳稳地悬在半空，答案不言而喻。

文师傅叹了口气，举起戒尺。

十下戒尺，有六皇子监督和指教，戒尺每次都准确地落到了手心，尺子实实在在地打在肉上的凌厉声响让旁观者都不由肉疼。

武岳快看不下去了，挨打的正主却面不改色。

十下打完，秦曜渊的手心已经红肿不堪。

文师傅收了戒尺，刚要说话，秦曜渊毫无预兆地开口：“打人……罚什么？”

文师傅的眉头皱成一个川字：“九皇子，上书房斗殴，先动手者罚八十戒尺。八十戒尺下去，你这双手就要一个月拿不住东西了，我劝你还是不要轻举妄动。”

武岳连忙拉他的袖子，从牙缝里挤出细若蚊蚋的声音：“别把事情闹大了……忍忍吧！”

文师傅见秦曜渊不再说话，觉得吓住了他，遂收起戒尺走向讲台。

在他转身后，六皇子幸灾乐祸地笑道：“九弟，不是哥哥不帮你，实在是爱之深，责之切……六哥也是为了你好呀。”

武岳气愤地质问：“六皇子！你和九皇子到底有什么过节，非要这么刁难手足兄弟？”

“过节？”六皇子笑了，眼里闪着纯粹的恶意，“他是本宫的兄弟，这就是我们最大的过节。”

这……这简直荒谬！

武岳出离地愤怒，在见到六皇子之前，还不知道世上能有如此阴险可恶之人。

和六皇子相比起来，就连穆阳逸都显得和蔼可亲。

六皇子呵呵一笑：“在这宫里，本宫想整谁就整谁，还需要什么理……”

六皇子脸上的冷笑还没完全绽开，整个人轰然倒地。

武岳目瞪口呆地看着撞倒的桌椅，飞了一地的笔墨纸砚以及忽然暴起的秦曜渊。

狂风暴雨似的拳脚落在六皇子身上，所有人都呆住了，武岳出身将门，可他平日只在广威将军府操练，最多也就是去玉京城外的京军营看看。

他还是第一次见到如此残暴凶狠的打法。

这不是斗殴，而是在杀人。

六皇子的反击只在开始片刻，几息之后，他已眼神涣散，毫无还手之力，就连抬手抵挡都无力做到。

秦曜渊抓着他脑后的宝石束发扣，把人狠狠地撞向石头地面。

“咚”的一声闷响后，六皇子起先还在微弱挣扎的双手不动了。

事情只发生在瞬息之间，等所有人回过神来，秦曜渊已经一脚踩上六皇子背上的四趾团蟒。

他拉着手中马尾，强迫神志不清的人抬起头来，露出一张亲娘都认不出来的惨容。

从六皇子鼻腔里流出的鲜血染红了他的大半张脸，鲜血淅淅沥沥地滴落，是死寂书房里唯一的声音。

秦曜渊丢了手，六皇子再次面朝下摔回地面，第二声响过后，六皇子一动不动地倒在地上。

武岳双腿发软，不知地上倒的究竟是昏迷的人还是死去的尸体。

他觉得，自己可能要被诛九族了。

书房里谁都没有说话，好像时间突然就静止了，所有人都在看着地上不动的六皇子，只有一人例外。

秦曜渊抬眼看向讲台前面的文师傅，乌黑透紫的眼眸像是无生命的宝石，流着冷淡寒光。

文师傅手中的戒尺掉到了地上，不由自主地后退一步，面色青白。

少年面无表情伸出手，上面还有六皇子的斑斑血迹。

“打吧。”他说。

太阳升起来了。

红霞、白云和连绵不断的绿瓦，钻出轻柔如纱的晨雾，红日自日升门爬起，照亮玉京全城。

明媚的初阳下，怜贵妃的妧怜宫中却弥漫着风雨欲来的气息。

六皇子居住的侧殿，宫人神色凝重，进进出出。身穿官服的御医尽数聚在六皇子的病榻前，为要用什么药方而争执不断。

侧殿喧闹，怜贵妃居住的主殿却噤若寒蝉。

昏迷不醒的六皇子横着抬进妧怜宫时，怜贵妃看了一眼就险些晕倒。

等她镇定下来，立即派了一队身强力壮的内侍去拦截九皇子，不论用什么办法也要把人带回妧怜宫。

一队内侍雄赳赳地出发，气恹恹地回来——

“一群废物！让你们抓个孩子都抓不回来！”

怜贵妃摔出茶盏，为首的内侍总管不敢躲，生生受了这一下。

茶盏在他脸上碎裂，鲜血跟着碎片一起落下。

他跪在地上，瑟瑟发抖。

怜贵妃也在发抖——气的。她唯一的儿子就在侧殿受苦，那群庸医还在往里往外，不知几时才能让泰儿苏醒，伤害他的凶手却依然逍遥法外。她不仅气得发抖，还想冲进梧桐宫强迫七公主交人。

七公主——七公主！

怜贵妃想起这三个字就气得牙痒难耐。

当她得知消息，立即就派人去拦截九皇子，不想却还是让七公主的人先一步接走了九皇子！

这奇耻大辱，如何能忍？！

怜贵妃在殿内来回走了几次，怒目横眉地说道：“给我梳妆！本宫要去请陛下为我儿做主！”

妧怜宫中冰火两重天，同一时间的梧桐宫却简单多了。

秦秾华放下手中狼毫，抬眼看向门口：“还不过来？”

慢腾腾的一个身影挪了过来，像极了犯下错误，知道要被责罚的小孩儿。

秦曜渊盯着地面，看哪儿都行，就是不敢看她。

“受伤了吗？”秦秾华问。

他摇了摇头。

“说谎。”秦秾华拉起他皮开肉绽的两只手，问，“还疼吗？”

他刚要摇头，就撞上少女清澈明亮的眼睛。

“不要对阿姊说谎。”

“只有……一点儿疼。”

她说：“只有一点儿不行。”

秦曜渊不解地看着她。

少女目光柔和，循循善诱道：“你要记得，你也受伤了，你也很疼。记住了吗？”

他似懂非懂地点了点头。

秦秾华扯乱他的衣衫，又看了一眼他衣角的血迹，只有一点儿，应该是不经意从手上蹭到的。

“血也不够。”她轻轻地叹了口气，“乌宝，碧芳这几日身体好些了吗？你送碗毛血旺过去吧。”

“诺！”乌宝眉飞色舞地退出寝殿。

“结绿，准备舆轿。”

“诺。”结绿领命，问道，“公主要去哪儿？”

秦秾华取下头上的宝石碧玺花簪，三千青丝如瀑泼下，窗外红霞轻吻她的弯弯明眸，清透雪肌。

“瑞曦宫。”她道。

不出一日，上书房之争就在几个皇子伴读你一言我一句的“透露”下，传遍整座玉京城。

宫里宫外，茶馆酒楼，人们说得最热闹的就是六皇子重伤不起，七公主脱簪请罪一事。

如果说穆阳逸是玉京城中头号纨绔，那么六皇子就是朔明宫中头号暴徒，宫人们平日没少遭他打骂，被他拿鞭子抽过的宫人能从紫薇门排到毓光门。此次上书房踢到铁板，宫中之人大多都在拍手称快，只恨没有亲眼见到这千载难逢的盛景。

宫外各种版本的传言都在流窜，所有人都很不淡定，只有脱簪请罪的当事人一如既往自在。

别人都在盯着梧桐宫，秦秾华却盯着小厨房端上的新小吃。

“按照公主的吩咐，奴婢去请教了上官御医，在他的建议下试做了五种口味的新糖。公主请看，这是龙眼糖，食用有补益心脾、养血安神的功效；这是梨糖，有清热化痰，润肺止咳的功效；这是今春刚开的头茬荼薇，可以通经活血、美容养颜……”

厨娘一一介绍托盘上缠着小木棒的麦芽糖，秦秾华趁结绿背对着拨弄火盆时，偷偷拿了一个包裹着许多荼薇花瓣的麦芽糖放进嘴里，还给厨娘打眼色。

麦芽糖慢慢儿地化开，纯粹的甜味在口中逐渐扩散，让秦秾华感觉仿佛置身天堂。

如果活在世上，她只能拥有两样东西，那么她希望是权和糖。

结绿刚转身就看见托盘上少了一个麦芽糖，气得一跺脚：“公主！”

秦秾华一脸无辜地看着她：“好结绿，我保证今晚不熬夜。”

“我不信！公主的保证每次都不算数！御医说了你要少吃这些助湿生热的东西，你就是不听！”结绿气鼓鼓的。

“那我……吃根党参吧。”秦秾华说，“我的碧螺春呢？碧螺春配党参，甚好。你去泡茶，补回来的气让我可以再吃一……”

秦秾华伸出的手落了个空，结绿无情地端走了面前的托盘。

“这糖我去分给宫里的小丫头们，她们一定喜欢。公主呢，就在这里等着，结绿泡了参茶马上就回。”

结绿和厨娘离开后，寝殿里只剩下秦秾华和少年二人。

她撑着下巴，单手支在炕桌上看着少年——严格来说，是看他嘴里含着的麦芽糖。

“年轻真好……想吃什么就吃什么，想蹦多高蹦多高。”她叹了口气，“不像阿姊，已经老了。”

秦曜渊不解：“啊？”

过了一会儿，结绿端着参茶回来了。她一边给公主倒茶，一边说：“我去小厨房的时候，听到小宫女们还在议论前几日的事情。别说她们觉得惊险，我现在回想起来也还在后怕呢！要是最后太后没出面，公主可想好了怎么收场？”

“她会出面的。”秦秾华笑道，“敌人的敌人就是朋友，保下朋友，既能削弱敌人的势力，又能给其他态度暧昧的人释放积极的信号，而这只需她三言两语打个圆场——送上门的好事，太后为什么不做？”

结绿恍然大悟，看向秦秾华的眼神又多了几分崇敬。

秦秾华忽然捏住少年叼着的小木棒，他不明所以，晶石般冰冷清透的眼眸定定地望着她。

她恶趣味地拉动小木棒，听着他齿缝中跑马一般咯噔咯噔的声音。振动从小木棒传到她的手上，自然也颤得他牙齿地震。

当他不悦地朝她投来谴责的目光时，她的恶作剧也就得到了满足。

她露出微笑，捏了捏他的脸颊。

“现在什么时辰了？”她问。

“亥时了。”结绿说，“公主要看信吗？”

“不了。”秦秾华将参茶一饮而尽，说，“陪我出去走走吧。”

夜色昏暗，宫道上空无一人，其他人都已换上初春的衣服，只有秦秾华还穿着冬天的大氅。

她抬手成圈，放在嘴角轻轻地咳了咳，并肩走在旁边的少年立即抬眼看来。

“公主，要回宫吗？”走在二人身后的结绿问道。

秦秾华摇头，走到雕龙刻凤的白玉半墙前，放眼远望着平台下的辽阔宫殿群。

红墙绿瓦，连绵如山。

一盏盏宫灯亮着火光，从夜色中勾勒出美轮美奂的盛大之景。

跟在身后的宫人都自觉停在数米外，唯有秦曜渊跟了过来，跟随她的目光，一同眺望夜色中的朔明宫。

秦秾华轻声说：“世人常说深宫残酷，我却觉得，这是世上最美的地方。”

少年侧头看她，眼中露出一丝不解。

她没有解释，继续望着宫殿群的中心：“看见那顶轿子了吗？”

秦曜渊随着她的目光望去，瑞曦宫的月台下，两个内侍从一顶红色花轿中抬出一条大红绣被，一前一后地走向灯火通明的瑞曦宫。

“你看他们抬的，像什么？”

“被子？”

秦秾华笑着不语。

“衣服？”

秦秾华依旧无言。

“帷幕？”

他说了好几样，绞尽脑汁也想不出新答案。

她凝视着吞噬了红绣被的殿门，自语般喃喃：“什么都像，就是不像个人。”

秦曜渊还在想她说的话，她已厌烦似的，转身往停着舆车的宫道走去。

二人上了舆车，几个宫人跟在车旁，慢慢儿地跟着同行。

车外的灯笼一盏接一盏缓缓后退，舒缓的夜风拂过二人的发丝。秦曜渊不由得看向身边的人，上车后她就一言不发，黑夜笼罩的虚空中似乎有什么他看不见的东西，吸走了她的全部注意力。

“阿姊。”他脱口而出。

秦秾华回过神来，转头看着他，露出微笑：“嗯？”

“不要……看别处。”

她短暂一愣，接着绽开笑颜道：“渊儿，阿姊看着别处，心却在你身上。”

秦曜渊看着她，悬在半空的心丝毫没有因此落下。

她太不真实了。

就像照亮宫道的宫灯，像穿破黑夜的曙光，像嘴里化开的龙眼糖。

太绚丽，像是随时都会烟消云散般梦幻。

因为完美而不真实。

第九章
杀意

乘着二人的舆轿在一个路口稳稳地停下，对面就是灯火辉煌、画栋雕梁的妩怜宫。两个守门的内侍神色凝重，沉默不语地站在屋檐的阴影下。高大的殿门内，隐隐约约传来六皇子的怒吼和东西砸碎的脆响。

“虽然舒太后出面保你，让你躲过了刑罚，但从今以后，上书房读书的皇子里不再有你的名字。你去不了上书房，就只能去宫外的太学或是民办书院，和翰林学士比起，他们的学问大多要略输一筹。跟着这些人读书，你在众位皇子眼中，自然也会低他们一等。”秦秾华问，“渊儿，你后悔当日的举动吗？”

“不悔。”

“你害怕吗？”

“不怕。”

“不怕就好。”秦秾华笑道，“塞翁失马，焉知非福？宫里这乌烟瘴气的上书房，不上也罢。只要你留心观察，身边的每个人都可以成为你的师傅。”

“就像你？”

“是。”她笑道，“就像我。”

秦秾华看向不断传出打砸声的妩怜宫，说：“六皇子今晚刚醒。御医说，没有伤及根本，疗养一两个月就能下地。你留了手，做得对。”

她看向秦曜渊：“知道我为什么说你做得对吗？”

“为什么？”

“对穆氏来说，六皇子就是那枚逆鳞。没了六皇子，穆氏就会变天，而没了穆氏——六皇子只是死物。”

“这是阿姊教你的第一个道理——给别人出路就是给自己活路。”秦秾华说，“做人留一线，日后好全歼。”

虽然秦曜渊没念过书，但总觉得有哪儿不对。

“走吧。”她说。

舆车再起，第二次停下时，对面不远就是舒太后的寿康宫。

寿康宫的宫门上没有挂灯笼，宫殿里面也是静悄悄的，如果不是知道这里白天时人来人往，秦曜渊都快以为这里是座无人的冷宫。

“加上这次，舒太后已经两次对你伸出援手。在你心里，她是能在这宫中说一不二的人吗？”秦秾华问。

秦曜渊想了想，回答：“是。”

秦秾华没有立即说他是对是错，而是慢条斯理地说：“玉京舒氏在狐胡朝时就是朝廷重臣，正因如此，舒家的女子只能是四妃之一，而看似风光的太后之位，不过是既得利益者扔出的一根鸡肋罢了。”

她说的这些都是宫中的禁忌，众人避讳之事，但她说这些的时候，神色一如既往平常。

“穆氏放你一马，不是给舒太后面子，而是给舒太后的胞兄舒遇曦面子。他给舒遇曦面子，只不过他以为舒遇曦和舒太后同党，惹怒一个，就会带上另外一个。”

“他们……不是吗？”

“这就要你自己去发现了。”少女的目光从漆黑的宫门里移向他，“威信和神秘是权威的本质。你想领导的人越多，就越需要威信和神秘。一旦失去其一，臣服于你的那些人就会知道你只是一个凡人……一个和他们一样的凡人。

“一旦他们认定你是凡人，你就迟早连人也做不成——”她用温柔的口吻说着截然相反的话语，“你会变成一只跳蚤……一只他们欲除之而后快的跳蚤。”

秦曜渊还在思考她说的话，她已转身往舆车走去：“走吧……再陪阿姊去一个地方。”

再次上车后，这次走了许久，舆车才缓缓停下。

秦曜渊先下车，学着从结绿那儿看来的样子，转身朝正要下来的少女递出一只手。

他伸出的手和结绿差点儿撞上，结绿反应迅速地缩了回去，对他欣慰一笑。缠着纱布的左手在暗淡的夜色下停留不过片刻，少女就笑着搭上，扶着他轻轻地落地。

秦曜渊向正前方的宫殿看去，感觉到一股不同寻常的肃穆。

一只五爪金龙腾飞于白玉丹陛，深而广的屋檐伸向沉静的夜空，绿瓦金砖在月光中闪耀。

远处传来树叶的沙沙声，穿过辽阔无边的夜，轻轻地响在耳畔。

他感觉周边陷入一种奇异的静谧。

仿佛世间只剩下他和身侧之人。

秦秾华忽然说："渊儿，你知道我们的父皇为何是天子吗？"

少年一愣。

秦秾华也没有想过能从他的口中得到答案，只是片刻停顿，便继续说下去："只因为我们的祖父，从前朝的亡国皇帝手中抢走了帝位。"

不知世事的人有一个坏处——无知，也有一个好处——无畏。

这番大逆不道的话若是让旁人听了，怕是当即就要双膝软倒。而秦曜渊的目光坦然而无畏，眨也不眨地看着她。

他几乎可以算是一张白纸，所以任她涂抹，对她的影响来者不拒。

她会抚育他、影响他，把自己的灵魂借给他。

直到他成为她的回音，她的影子，她在世间的另一个分身。

"皇权天授——是一个人对千万个人撒下的弥天大谎。可笑的是，许多个这种人到最后都相信了自己的谎言，认为自己是真龙之子，是上天钦定的皇帝。

"一旦他这么想，这个朝代就开始走上灭亡的道路。

"就像他的前人一样，有更优秀，更贤德，或者只是更狡诈的人，从他手中夺过皇权。直到这个时候，他才会发现，他和以前的那些亡国之君没什么两样。九五之尊之位，谁都坐得，唯有天真无畏之人，坐不得。

"渊儿，你要记住——

"从来就没有天，没有神，更没有什么生来注定……从来没有。"

秦曜渊第一次深刻地认识到，秦秾华心中没有敬畏，无论是对太后、皇后，还是那龙椅上的陛下。

甚至——

"你若不想被人踩在脚下，那就爬上去——"

她望着夜幕下神秘威严的宫殿，轻声说："成为他们的天。"

她也不曾敬畏于天。

瑞曦宫，莺歌袅袅。

天寿帝侧躺在紫檀嵌瓷心罗汉床上，以手掌撑头，心不在焉地看着昨日临幸的裴家新人。

人才十四岁，长得娇俏，歌儿唱得也好。

天寿帝说不出有哪儿不好，也说不出有哪儿好。

这孩子……在他看来，这小裴氏还只是个孩子，比秾华还小一岁呢。

没想到却被家里送来宫阙承欢。

天寿帝越想越心烦，连带着小裴氏的歌也越听越闹心。他眉头一皱，挥手说道："你唱了这么久，也累了。回去好好休息，朕空了再来看你——高大全，送裴美人回宫。"

"诺。"

一夜就从正五品才人升为正四品美人，小裴氏喜出望外，连忙起身行礼，娇声说："臣妾谢陛下隆恩！"

高大全送出小裴氏后，低着头快步走回，走到罗汉床前，小心地看了天寿帝一眼："陛下要看会儿折子吗？"

"不看。"天寿帝扯了扯嘴角，神色厌倦，"照内阁票拟字样批红吧。"

"诺。"高大全停顿一会儿，看了一眼天寿帝的脸色，说道，"陛下想去御花园走走吗？昨夜刚下了雨，今儿又出了点儿太阳，现在御花园的风景正好着呢。"

"去安排吧。"

"诺。"

皇帝专用的明黄舆轿缓缓行在御花园中，途经遇仙池的时候，天寿帝一时兴起，下了舆轿改为步行。

天寿帝背着手走在青石小路上，兴致勃勃地问："高大全，你还记得在王府的时候吗？那后花园假山上的迎春开得多好呀——"

"记得，记得！别人王府里都种些梅呀牡丹的，只有咱们王府，到处是小花小草，但开花时，咱们王府也是最热闹的，什么花都有！"

"父皇还说过我小家子气……他哪儿知道，我哪里有钱去种那劳什子牡丹呀。还是这迎春好，便宜，好养活，最重要的是，王妃喜欢……"

高大全一愣，天寿帝意识到自己说了什么，笑容也跟着黯淡了。

“算了……从前的事，不说也罢。”天寿帝说，“高大全，今年的迎春开得比往年好，这是个什么道理？”

“今年是暖春，花开得早些，御花园又换了新的司苑，伺候得好些，花也就开得多了。”高大全说。

天寿帝露出笑意：“此人做得好，应该赏赐。你看着办吧。”

“是，奴婢下去就办。”

天寿帝折下一支开得正盛，鹅黄花朵簇满枝条的迎春，转手递给高大全，说道：“送去春回殿……勿让旁人看见。”

“诺。”高大全习以为常，小心地接过帝王亲手折下的花枝。

“偌大的天下，朕也就只能决定御花园里开什么花了……”

“陛下……”

“别安慰，听腻了。”天寿帝叹了口气，说，“走吧，往前看看还有什么。”

世事就是如此凑巧，天寿帝刚忆起往昔，就在前方不远处碰见了梦中旧人。

一条小径，左右就那么宽，逼得人连转道都没有机会。

“见过陛下。”周嫔在身边大宫女的提醒下回过神来，对天寿帝屈膝行礼。

天寿帝也反应过来，忙抬了抬手：“你也出来走走？”

“听说这遇仙池的迎春开得甚好，臣妾闲着无事，索性出门走走，不想遇上陛下，打扰了陛下清净……”

“不打扰！不打扰！”天寿帝连忙说，“这高大全一路叽叽喳喳，还有什么清净能打扰？”

叽叽喳喳的高大全：“啊？”

周嫔笑了笑，那是心领神会的笑，只有最为亲近之人才能露出的神色。

天寿帝心里轻了轻，露出笑容：“既然碰上了，不如陪朕走走？”

周嫔脸上浮出一丝犹豫，天寿帝以为她会像往常那样找各种理由拒绝，不料她在犹豫过后，应下了这个提议：“臣妾不胜荣幸。”

二人顺着小路往前走去，一大群宫人自觉落后许多，给两位主子留出说体己话的空间。

“说吧，是遇上了什么难处要和我说？”天寿帝主动开口。

“陛下……”

“直说便是，这里只有你我，你还怕什么？”

“是……”周嫔迟疑片刻，说，“是秾华的婚事。”

天寿帝笑道：“怎么，秾华有喜欢的人了？”

“秾华不曾说过，但……她及笄礼一过，便已十五了，女子年华最是易逝，陛下需把此事放在心里才好。”

“我记着呢。”天寿帝说，“实际上，秾华的及笄礼刚过，就有人向我提亲了。”

“是谁？”周嫔双眼亮了，声音也飞扬起来。

“穆世章提了，说是家中未婚的子弟，任公主挑选，算他心没黑透，不曾提起他那个名声臭出玉京的嫡长孙；还有裴回，给他的嫡长孙提了，听说人品倒是端正。”

“除了这两家呢？”周嫔一脸期待。

天寿帝随手从路边伸出的枝条上扯下一朵鹅黄花朵，几下就在指尖碾碎了，染了两指的花汁。

他冷声说：“呵……这两家提了，还有谁家敢提？”

周嫔眼里的期待冻结。

“嬿嬿，你别怕。”天寿帝立时换了神色，柔声说道，“穆裴两家都不是好去处，我怎会把最疼爱的女儿往火坑里推？秾华的婚事，其实我心中已有计较，只是事情未定，所以一直不曾对你说过。”

周嫔升起一线希望，连忙追问：“陛下看中了何人？”

“九原郡王的嗣子，方正平。其人光明磊落，慷慨仗义，是个值得托付的人，我看他对公主也有此意，平日里和那群金吾卫们打成一片，无话不谈，一见公主就面红耳赤，支支吾吾半天放不出个屁来——”

“你怎么……”周嫔忍不住笑了，“已经是九五之尊的人了，怎么还像从前那样，出口不忌……”

天寿帝见她笑了，说得更为起劲：“这方正平已是十九的人了，还像愣头青一样，上次我瞧见他和我们秾华说话，那模样可不就是在憋屁——嗐！真是丢脸，我见了都替他着急！”

周嫔说：“不知陛下对他家中了解多少？”

“他父亲是九原郡王，挺安分的，不出头。嬿嬿为何有此一问？”

“臣妾是问……他有没有房中人……”

看得出周嫔问出这个问题是难为她了，她吞吞吐吐地说完，一张脸已通红。

天寿帝皱起眉头，想了想，说："高大全！"

"奴婢在！"叽叽喳喳的高大全响应召唤，几个大步来到天寿帝面前。

"朕叫你打听方家的事情，你可知那方正平房里的情况？"

不愧是伺候天寿帝几十年的老人了，高大全一听就知道天子关心的重点是什么，他恭敬地答道："方正平房中只两名通房丫头，这两个丫头都是郡王妃带来的陪嫁丫鬟所生。据奴婢所知，这二人都是郡王妃做主拨给他的。方正平去得少，对她们也无甚特别。"

天寿帝点点头："知道了，你退吧。"

"诺。"

高大全退开后，天寿帝看向周嫔："放心了吗？"

"让陛下见笑了……"周嫔红着脸说。

"我还能不知见的是谁的笑？"天寿帝假哼了一声，"计较这些的……普天之下就她一个女子！"

"陛下……"

"行啦！自己的女儿自己还不清楚吗？"天寿帝感叹似的说完后，忽然停下脚步。

"陛下？"

天寿帝看着回头的周嫔，神色诚恳地说道："你记住我这句话。我保证，一定会为我们的女儿找个可以依靠一生的良人。这不是秦恒懋的保证，是朕——是大朔的皇帝向你作出的保证……嬿嬿，我负了你，绝不会再负我们的女儿。"

周嫔回过神时，发现眼前已经模糊。

她强压泪水，怕有心人看见后告给怜贵妃。

"八郎，你没有负我，我也从来没有怪过你。"她慌忙抬手，以衣袖擦去眼泪后，笑道，"秾华的婚事，陛下心中既有定夺，臣妾也无甚异议。一切……皆由陛下做主。"

二人不知不觉已经走到大道，再往前去，就有被后宫嫔妃，甚至怜贵妃本人撞上的危险。

周嫔恢复平时的疏离表情，向天寿帝行了一礼，转身慢慢儿离去。

天寿帝在身后驻足看着，直到周嫔的身影完全消失在大路尽头。

"陛下……"叽叽喳喳的高大全重新站回天寿帝身旁，"这迎春，还要给娘娘送去吗？”

“插在瑞曦宫吧。”

“诺。”

天寿帝望着空无一人的前路，喃喃自语：“这陛下……做得当真无趣。”

高大全不敢回应，低眉敛目恍若未闻。

天寿帝叹了口气，满脸无奈：“回宫吧。”

“诺。”高大全高声道，“摆驾——回宫——”

“还有——”天寿帝说，“召那九原郡王午后进宫。”

“诺！”

妧怜宫正殿寝室内，怜贵妃屏退了旁人，只剩下她的心腹宫女红棉，低声禀报刚从瑞曦宫传出的热乎消息。

“陛下有意和九原郡王结亲？！”怜贵妃闻言一惊，手中的茶盏险些打翻。

她急匆匆地放了茶杯，问：“父亲可知道此事了？”

“老爷还不曾……”

“糊涂东西！”怜贵妃急得立即从罗汉床上站起，“这么大的事，你还不赶快去通知父亲，难道是想等圣旨颁下，无力回天的时候再说吗？！”

“娘娘别急。”红棉忙说，“此事压根儿没成。”

“没成？”怜贵妃一愣，“难道是七公主不愿意？”

“七公主现在还不知道自己被拒婚了呢！”红棉幸灾乐祸道，“当然——人家九原郡王也没明着说是不愿意，只说郡王妃此前就看中了自家一位侄女，两家名帖都交换过了，只差定下婚期就可成婚。”

“陛下怎么说？”怜贵妃追问。

“陛下没有强求，但是脸色很难看，九原郡王离开后，陛下气得晚饭都没吃呢。还有那方正平，原本以为此事十拿九稳，美滋滋地站在瑞曦宫外，等着第一时间听好消息。结果呢？”

红棉笑嘻嘻地说：“九原郡王不等出宫，在康穆门就扇了方正平一耳光。二人上车后，更是吵得不可开交，守门的侍卫都听见了呢！”

“可不是要吵得尽人皆知？”怜贵妃听完，悬起的心放回肚子，面露得意地说道，“天下有谁敢和我穆氏抢人？”

“正是这个道理。”红棉顺势恭维，“七公主必定是穆氏的人，等她嫁到穆家，娘娘还不是想怎么磋磨，就怎么磋磨？”

“本宫才懒得蹉跎她！”怜贵妃厌恶皱眉，“一肚子坏水的东西——也不知道祖父是怎么想的，宫里那么多公主，为何就是要七公主！让她嫁进穆家，家里还有一日安宁吗？！”

红棉不敢置喙穆世章的决定，但为了让主子宽心，还是说道：“娘娘放心，太爷既然有此决断，必然留着后手，况且娘娘有六皇子傍身，那七公主无论如何也威胁不到娘娘。”

红棉本意是拍马屁，谁知马屁拍到了马腿上，怜贵妃听她一说，勃然大怒道：“还威胁不到？！你看看本宫的泰儿！要不是她捡回来的那个杂种——本宫的泰儿会直到现在都没法儿下床吗？！”

红棉一下子跪在地上：“娘娘息怒，娘娘息怒……是奴婢不会说话！娘娘别气坏了自个儿……”

“罢了！”怜贵妃没好气道，“泰儿今日如何了？”

“太医院院判刚走，说是比前几日好多了。只是六皇子听说还有一段时间才能打马球，发了点儿火，不小心……”红棉小心地看着怜贵妃的脸色。

怜贵妃不耐烦地说道：“有什么就说！吞吞吐吐的做什么！”

“不小心……打死了一个小内侍。”

怜贵妃不以为意，重新拿起茶盏：“我还以为什么呢……这有什么大不了的？一个阉人罢了，进宫的时候，宫里就把卖身钱给齐了，难道他家里还要报官不成？”她漫不经心地说道，“这种小事，以后不必禀报了。”

红棉低下头去，应道：“诺。”

日升门，一辆低调朴素的马车停在下马牌前，驾车的是个戴着眼罩的人。

盲眼的人不多，宫中的盲眼更是只此一份。守门的侍卫一见他就知道是谁，招呼道：“身份就不用验了，把箱子打开便行。”

醴泉还未说话，乌宝已带着梧桐宫两个身强力壮的小内侍走了过来。

“还不是和以前一样，都是些既明书坊的新书罢了！你要是想看，我改日送你一箱！”他一瘸一拐地走来，熟稔地搭上侍卫的肩膀，不动声色地将一包银子塞进他手里，“我们公主要得急，你通融通融，简单看看就过了吧……”

侍卫刚要推拒，一掂荷包的重量，笑道："那我就简单看看？"

"您请、您请。"乌宝的娃娃脸上满是笑容，就像个初出茅庐，毫无城府的单纯小子。

侍卫绕着马车上搬下的箱子看了一圈儿，挥挥手说道："走吧。"

"劳烦啦！前几日公主赏了我一壶罗浮春，今晚我就给你提来！"

得了通行的许可，乌宝一脸快活地拍了拍他的肩，招呼着几个小内侍抬起箱子。

"我在宫外还有事，不随你进去了。"醴泉说，"替我向公主请安。"

"知道了——"乌宝头也不回地朝他挥挥手，跟着箱子一起去了。

醴泉站在原地看了一会儿，转身上了马车，离开皇城。

两个小内侍抬了没一会儿就气喘吁吁，其中一个抹了把汗，忍不住问道："乌宝公公，这箱子里到底是什么呀？怎么重得跟个大活人似的？"

"什么大活人能藏在箱子里？你也不怕憋死！"乌宝白了他一眼。

"到底装了什么呀？重得跟个大死人似的！"另一个改了话，玩笑地重新问了一遍。

"你还真猜对了，就是死人！"乌宝说。

"要真是死人，晚上会不会变成鬼来找我们呀？"

"怕什么？乌宝公公在呢！鬼要是来了，见了我们公公都要被吓走！"

两个小内侍神色开朗，嘻嘻哈哈地说开了。

乌宝也任他们玩笑，自己还参与了一句："若是漂亮的女鬼，也不必走了，本公公除了没那玩意，不比平常男人差，就连公主，也夸我是个善良可靠的好男人呢……"

"公主真这么说了？"

"那还有假？公主还说……"

一行人说说笑笑地走远了，城门恢复了平静。

守门的侍卫想着晚上的那壶好酒，心情愉快，哼着小曲走回站岗的地方。

他没有低头，也就没有看见——箱子落地的地方，留下了几条暗红色的红痕。

梧桐宫后院的僻静之处，乌宝从耳房中走出。

他提着一桶水，水里飘着一个起起伏伏的葫芦瓢，嘴里哼着不知哪儿学来的小曲，走到屋前的小小田地，一边哼歌一边浇灌土地。

公主的寝殿内，有人推开了窗，是个洒扫小宫女，手里还拿着一块湿润的巾子。

她见了对面的乌宝，远远地朝他喊道："乌宝公公，又在种你的韭菜呢？"

乌宝朝着田里泼出一瓢水，头也不抬地说："是哇，等过几日这茬儿韭菜收了，我请大家吃韭菜饺子！"

"真的吗？我这就去告诉其他人，乌宝公公可不能说话不算数！"

"当然算数。你要是光想着我的韭菜饺子，没有把公主的寝殿打扫干净，我就把你种到这地里——"乌宝直起背，笑着对小宫女说，"这话也一定算数。"

小宫女笑嘻嘻地朝他吐了吐舌头："哎哟！可吓得我不敢偷懒，我这就细细地打扫，公公要记得我的韭菜饺子！"

"记得！少谁都少不了你！"

乌宝说着，又从木桶中舀出一瓢水洒出。

淡红色的水片刻就被肥沃的黑土地吸收，一截断指落在地上。乌宝见了，走上去，一脚将它踩进地里。

过不了多久，它就会成为这片土地的一部分，成为作物们欣欣向荣的营养。

就像这土地下的其他东西一样。

乌宝一边浇灌小小的私田，一边在内心感慨，自己真是个多才多艺的勤劳人。

一日之计在于晨，勤劳而聪明的人总是擅于规划时间。

乌宝利用公主去瑞曦宫请安的时间，不仅把自己的田打理了一遍，还重新洗漱，换了一套衣服。

等公主回来时，他悠然地等在梧桐宫大门前，朝九皇子扶下的公主端端正正地行了个礼："奴婢恭迎公主回宫。"

秦秾华回了暖如夏日的寝殿，在结绿的服侍下脱下大氅，说："天气回暖，再过几日就把火盆撤了吧。"

乌宝一弯腰："诺。"

她坐到软榻上，从结绿手中接过玉肌膏，不消她说，少年已习以为常地伸出两只缠着纱布的手。

秦秾华给他换药的时候，他就一直盯着她看，直到把她盯笑。

“不累吗？”她问。

少年诚实地回答：“不累。”

秦秾华笑了笑，正要收起药膏，他忽然伸手，从小罐子里挖走一点儿。

等她反应过来时，药膏已抹在了她的右手虎口处。

“留疤了……”他语气微妙。

“这不是疤，是纪念。”秦秾华笑道，“纪念阿姊和你相遇的那一天。”

她笑着把右手举到自己眼前，饶有兴致地看着虎口留下的浅浅疤痕道：“像个月牙……还挺漂亮的。”

“你不……在意？”

她抬起头来，反问道：“为什么要在意？”

不仅如此，她还伸出手，在他下巴处挠了挠，笑道：“我的小狼……牙口真好。”

秦秾华在软榻这里玩笑，结绿蹲在火盆前，愤愤不平地戳着无辜的兽金炭。

“公主还笑得出来，结绿都要气死了！”

侍立一旁的乌宝好奇地问道：“你有什么可气的？”

“你是不知道！”结绿一问就炸，手里的火箸立时捅穿一块烧红的炭，气冲冲地说道，“那九原郡王，好不要脸！昨日陛下私下召他，有意出降公主，他居然还不知好歹，推三阻四——”

“太不要脸了。”乌宝附和，在心里默默地加了一句：这种人，就该种到地里。

“我听了都气死了，公主居然一点儿都不生气，还反过来开解陛下，要他别对九原郡王和方正平起了隔阂！”

“是该生气。”乌宝点头，“公主就是太和善了，所以总是被那些刁人欺负。咱们这些做奴婢的，就该把公主没生的气生起来。”

秦秾华听到这里，忍俊不禁道：“郡王没有实权，不想和穆裴两家作对，拒绝亲事也在情理之中。既然是情理之中的事情，又有什么好气的呢？”

“我就是气！公主这么好，他们凭什么拒绝？要拒绝——也该是我们公主拒绝！”结绿跺脚，人虽气鼓鼓的，但那黄莺般娇俏的声音实在没有丝毫威慑力。

乌宝帮腔：“就是！”

结绿又说：“一个小小郡王，手里又没实权，他儿子虽说在金吾卫当差，但也不过是正五品小官罢了，连后宫里一个美人都不如——宫里的美人见了我们公主，都要规规矩矩地行礼请安呢。他能尚到我们公主，分明是祖坟里冒出了青烟！”

“就是，就是！”乌宝说。

秦秾华朝横眉怒目的结绿招手。

结绿放下火箸朝她走来，嘴里还不忘继续声讨九原郡王和方正平。

直到走近软榻，她的视线才离开和她同仇敌忾的乌宝，移到秦秾华脸上。

“公……”结绿话没说完，嘴里就被塞了一个青枣。

“好了，回来路上就在念，念到现在还不消停，方家祖宗没被你吵醒，我也要被你吵病了。”秦秾华说。

结绿气弱地哼了一声，用力咬碎口中青枣。看她的神情，好像此刻粉身碎骨的不是青枣，而是那可恶的九原郡王。

“乌宝，交给你的事办得如何了？”秦秾华问。

“哎——”总算有表现机会了，乌宝上前一步，条理清晰地说出打好的腹稿，“妧怜宫死的是一个叫小平的内侍，虽然他身上伤势极重，但奴婢观他口鼻有土，所以埋进乱葬岗时，应该还是活着的。”

结绿看了一眼支着耳朵听的少年，忍不住说：“公主，奴婢带九皇子去小厨房吃点儿东西吧。”

秦秾华含笑看着面无波澜的少年，问：“你怕吗？”

少年面露不屑，答案不言而喻。

秦秾华笑道：“说吧。”

“小平的尸身上有鞭伤、刀伤、脖子上有绳索勒过的痕迹。”乌宝看了看九皇子，不知道接下来的话还要不要说出来。

“直说吧。”秦秾华端起面前的枸杞茶。

“除了身上一些明显的外伤，小平的后庭也受了重伤，应是生前被人强行走过‘旱路’，而且……奴婢还在他的直肠里发现了一个未取出的玉势。”

手里的枸杞茶瞬间就不香了。

秦秾华干咳一声，把手中的茶盏放了下来。

“乌宝，我再吩咐你一件事情。”

“公主请说！”

秦秾华交代他几句，乌宝立即明白了她的意思：“公主放心，奴婢一定办妥！”

“公主——”碧琳神色匆匆，抱着一只狮子猫走入殿内。那猫的四肢和身体都是雪白的，唯有一条蓬松的尾巴，通体乌黑，像一把拖在雪地里的长枪。

“怎么慌慌张张的，这猫是哪里来的？”结绿迎了上去。

“奴婢刚刚回来，在前院看见大家围着这只猫，一问才知道……是辉嫔的猫。”

碧琳下意识地看了一眼不说话的九皇子。

秦秾华一愣：“辉嫔养了猫？”

“猫房的公公来看过了，说确实是辉嫔的猫。”

秦秾华觉得有些意思，之前在那梦中没有什么猫出现在宫中，现在被她一掺和，不仅狼有了，猫也有了。

碧琳把狮子猫放到地上。它毫不犹豫，冲着秦曜渊径直走过来，走到软榻前，它看着少年，不敢贸然跳上，一边蹭着他的脚，一边抬头喵喵叫。

而少年既不伸手，也不呵斥，面无表情地看着它。

秦秾华看它可怜，伸手把它抱起来。狮子猫温顺地趴在她怀里，任她抚摸，碧蓝的眼睛好奇地盯着她看。它模样乖巧，脾气温顺，只是毛发有些干枯打结，瘦得也只有毛发蓬松，看得出来有一段时间没吃到饱饭。

梦里的它逃出宫了吗？

还有秦曜渊，梦里没有被她带离摘星宫的他，最后又去了哪里？

她隐约有一种感觉，经过她的屡次插手，事情已因她而发生了很大的改变。

“它叫什么名字？”

没有人回答，直到她抬头看向少年，他才开口说道：“昆汐奴。”

秦秾华一时没听清，又问了一遍。

“昆汐奴。”他看着她，一字一板地说道。

秦秾华跟着念了一遍，不知所以，便问：“这是什么意思？”

他摇了摇头：“不知道……”

虽然不知意思，但任谁听也知道这是一个异族名。

摘星宫血变后，宫中已没有外族人，再叫这个名字未免有些引人注目，秦秾华笑道：“它也怪可怜的，既然找来了这里，收留它也无妨，不如你给它取个新名字，给它一个新的生活。”

“我？”

“从今天起，它就是你的猫，我会叫宫人们不许插手。你要学着自己照顾它。取一个名字，就是你照顾它的第一步。”

少年和猫对视了好一会儿。

“小……秾华。”他抬起眼来，和她直视，“小秾华。”

“你……”

结绿刚要发言，秦秾华已经将她的话打断。

她笑着把猫递给少年：“这是你的‘小秾华’，要照顾好它。”

少年伸出手，生疏地接住了她递出的狮子猫。

“带它去小厨房吃点儿肉吧。”秦秾华说。

少年点点头，僵硬地抱着猫站起来。

秦秾华给了乌宝一个眼色，后者自觉地跟过去，笑眯眯地为少年推开房门：“九皇子，奴婢跟您一起去，这照顾猫呀，马虎不得，奴婢慢慢儿跟您说……”

二人离开后，结绿走上前为她轻轻捏肩捶背，不解地问：“公主为什么不让宫人们帮把手？九皇子那样，一看就是没养过猫的。”

秦秾华抿唇笑着，端起枸杞茶缓缓地喝了一口。

“只有在它身上投入时间和精力，这猫才会是他的猫。”她道，“否则……就是你结绿或乌宝的猫。”

结绿还是有些疑惑：“公主为何执着于此？”

“我不知道辉嫔对他的打算，但我不需要一个纯粹的杀人工具。”

少女漫不经心，微微笑道：“辉嫔既已教会他如何掠夺，我便教他如何奉献。”

惊蛰之后，宫里供应给梧桐宫的兽金炭终于停了。

而此时，旁的人已经穿上单薄的春装。

秦秾华昨日磨了结绿好久，终于获准吃上一小碟糖糕。又正好难得出了艳阳，她干脆把罗汉床搬到后院冒出嫩绿新芽的泡桐树下，边晒太阳边品糖糕。

少年拿着一根绑了小鱼干的柳树枝，坐在罗汉床另一边，漫不经心地逗着脚下抓挠的狮子猫。

秦秾华拈起一块洒着桂花碎的糖糕递给他，少年习惯性地张嘴，看也不看地吃下她递来的糖糕。

他停下来吃糕，脚下的小秾华趁机一口咬住小鱼干，连着柳枝一起嚼着。

少年和猫都在咀嚼，少女在一旁笑看着。

“糖糕上洒的花是桂花，花开时香飘十里，白色的霜是碎砂糖，糕是用藕粉做的，只有用冬天的老藕，捣汁澄粉后才能制成洁白如鹤羽的糖糕。”她柔声说道，“别看这小小一块糖糕，厨娘在里面花的心思多着呢。”

少年看着她，不论她说什么都听。

春日和煦，娇嫩的泡桐新叶在风中跳舞，后院风景如画。

一个内侍忽然从殿中走出，到罗汉床前行了一礼。

他刚要说话，一个熟悉的声音先一步响起：“我自会去向阿姊解释，用不着你跟来！”

小秾华被吓了一跳，闪电般地钻入罗汉床下。

眉间聚着怒气的五皇子大步走出，身后跟着左右为难的碧琳。

五皇子见了坐在一起的秦秾华和秦曜渊，脚步一顿，接着更快走来，眉头紧皱。

“这是怎么了，谁让你发这么大的火气？”秦秾华坐直身体，笑着说。

“往日我来都不用通报，怎么今日就要拦我，说要通报了公主才能进来？”五皇子强忍怒意，目光刻意地回避着一旁的秦曜渊。

“今日用过午食后，我有些乏，是我说的谁也不见。碧琳定是想到你我关系不同，才会破例进来禀报我。”她不紧不慢地笑道，“她也是一片好心，你何必动怒呢？”

少女温柔的微笑让人如沐春风，再加上她熨帖的解释，五皇子的怒气越来越弱。

他看了一眼旁边手拿柳枝的秦曜渊，没好气地问：“阿姊有时间怎么不来找我？”

五皇子说完“阿姊”两字，这次轮到秦曜渊的眉头皱起来。

秦秾华笑道：“我听说你近来被贤妃锢着学史论，怎么敢打扰你？”

“阿姊，你帮我和母妃说说好话吧，每天都是读书读书读书，我……”

五皇子话刚说到一半，小秾华从罗汉床下钻出，忽然冲他张开嘴：“喵——”

说时迟那时快，五皇子像一道闪电，登时飞退了数米。

“你……你怎么养猫？！”五皇子又惊又怒，难以置信地看着秦秾华。

“这是辉嫔的猫，没人照顾，怪可怜的。”秦秾华抱起小秾华，朝五皇子走了一步，“你想……”

五皇子又飞退了数米。

秦秾华笑道：“我猜你也不想摸。”

“我不喜欢猫！”五皇子怒道，“你不许养它！”

秦秾华把小秾华递给秦曜渊，说：“我没养，现在它的主人是渊儿。”

秦曜渊眉头舒展，听话地抱住小秾华，而五皇子则气血上头。

“渊儿？你——”

“怎么了？”秦秾华笑了，一无所知似的，“你不也是安儿吗？”

好了，这下秦曜渊的眼神也冷了。

“我和他怎么能一样？！”

秦曜渊抱着猫站起来，五皇子话音未落地就被吓得后退一步。

猫吓人。

抱猫的人也吓人。

上一个挨了对方拳头的人还躺在床上，他丝毫不想步前车之鉴。

秦秾华一脸疑惑，反问他：“你们都是兄弟，如何不一样了？”

五皇子气得不想解释。

她如何能懂？

她就是心太好了，看没主的流浪猫可怜，喝不上水的百姓可怜，这莫名其妙冒出的九皇子也可怜——她看什么不可怜？

可能就是看他这个亲人俱在，喝得上水，又没被虐打的弟弟不可怜吧？

尽管他是她的双生弟弟。

有她的衬托，他自私的心里话怎么说得出口？

“瞧我——你来了这么久，我都忘了请你坐下。结绿，去把陛下赏的好茶……”

“不必了！”五皇子压着怒气，拂袖而去。

碧琳站在门口，想拦又不敢拦，手足无措地看着秦秾华：“公主，要把五皇子追回来吗？”

秦秾华说："你去吧。"

碧琳立即往殿外跑去。

"公主真要把他追回来？"乌宝问。

"她追不回来的。"秦秾华语气笃定。

果不其然，一炷香的时间后，碧琳失望地回来了。

"他去哪儿了？"秦秾华问。

"回禀公主……五皇子去春回殿了。"

秦秾华挥挥手："知道了，你下去吧。"

碧琳退下后，秦秾华看着小碟里剩下的桂花糖糕，嘴角扬起淡淡的嘲笑。

"无事延瑞宫，有事春回殿。果然，你还是和梦里一样……"

"公主……"乌宝说，"那碧琳，您还要留着吗？"

结绿收回投给碧琳的鄙夷目光，说："公主不如把这丫头早些打发了吧，我看她一颗心劈成两半，一半在太后那儿，一半在五皇子那儿，反正横竖不在公主身上，这样的人要她何用？"

"碧琳上次挨了怜贵妃一巴掌，都没等天亮就把状告到了太后那儿。"秦秾华笑道，"这样的人还不算有用吗？"

结绿刚要说话，一名小宫女端着玉盒走进后院："公主，金吾卫指挥佥事方正平送来了一盒枇杷。"

乌宝检查过后，把玉盒拿到秦秾华面前。

造型精美的玉盒里盛着几十个嫩黄色椭圆大果，凑近一些，还能闻到成熟果子上的淡淡枇杷香。

秦秾华问："他留话了吗？"

"没有。"小宫女犹豫片刻，补上一句，"但是，奴婢走了以后，方佥事也没离开。"

这个方正平。

秦秾华拿起一个形状饱满的枇杷端详。

现在离枇杷结果的季节还有一两个月，虽不知他是从哪儿搞来的枇杷，但显然花费了一番力气。

她抬眼，看见秦曜渊直直地盯着自己手里的果子，扬唇道："这是枇杷，吃过吗？"

他动作轻微地摇了摇头，怀里的小秾华仰起头，黑溜溜的一双眼睛跟着他的下巴转。

秦秾华拿起一个枇杷，亲自剥给他看，剥完以后，问："学会怎么吃了吗？"

他点点头。

秦秾华捏着湿润的枇杷朝他递去，少年对这套流程已十分熟悉，乖乖地张嘴，任她投喂。

枇杷进了少年嘴里，秦秾华笑道："既然学会了，阿姊今后要吃的枇杷、葡萄、猕猴桃、杧果……就都拜托你了。"

秦曜渊："啊？"

旁观的乌宝不由得暗中为公主竖起大拇指：授人以鱼，不如授人以渔。

不愧是公主！

他又学到一招！

秦秾华笑眯眯地看着刚任职"铲屎官"不久，就又上任首席水果剥皮师的少年，说："枇杷虽然有润肺、止咳的药效，但果核和新叶带有轻微的毒性，要记得吐……"

她刚说到这里，就见少年的喉咙大幅度地滚了一下。

二人都愣住了，一动不动地对视着。

终于，秦秾华回过神来。

她神色诚恳地安慰着脸色发青的少年："少量误食，不妨事，往好的方面想，还可疏肝行气、利水消肿……"

少年不买账，用谴责的目光看着她。

她忍笑说道："是阿姊的错……重要的事情，下次一定先说。"

秦秾华合上玉盒，递给一旁的结绿，笑道："母妃爱吃枇杷，三日后母妃造访，届时拿出来招待。"

"公主怎知娘娘三日后要来？"结绿好奇道。

"五皇子去回春殿诉苦，以母妃的本心，怕是想明日一早便来。"秦秾华淡淡地笑着，脸上说不出是讽刺还是自嘲，"可是母妃又知道我想得多，怕我因此和五皇子生了龃龉。一天，太急躁，两天，太明显，三天，正好。三天后，以母妃的性子，她舍不得再看五皇子烦闷。"

秦秾华说完，顿了顿，对乌宝说："你去看看方正平走没走。"

乌宝领命，不一会儿就跑了回来，说道：“没呢，还在宫道上站着。”

秦秾华起身，秦曜渊也跟着站起。她回头对他笑道：“我过会儿就回，你要乖乖等我。”

少年停下脚步，一动不动地看着她渐渐远去，直至消失不见。

小秾华扒拉着他的裤腿，一边喵喵撒娇一边往上爬，想要他的关注或是拥抱。

两样，一样都没有。

等秦秾华的身影消失不见，他立即迈出脚步，跟了上去。

跟着他移动的不仅是裤腿上的猫，还有想要拦下他的结绿和乌宝。

“九……”结绿刚发出一个音节就被迫吞下了后面的声音。

少年回过头，冷冷地看着她。

他的眼睛和秦秾华在一起时截然不同，没有温度，没有情绪，漂亮得像个死物，也冷得像个死物。

任何人都能从这兽一般冰冷危险的目光里看出警告，即使他一个字也没有说。

少年转过身，向着秦秾华离开的方向追上去。

这一次，无人敢追。

他在梧桐宫大门处，找到了正在说话的秦秾华和方正平。

她在微笑，而他在说话，脸色通红，又紧张又急切地解释着什么。

隔得太远，他只能听见断断续续一句话：“我不会……等我……”

方正平说完，忐忑地看着秦秾华，秦曜渊也远远地看着她。

片刻后，她朝对面的男人笑了。

在这一刻，秦曜渊决定将这个男人和刚才来了又去的五皇子划分成同一类人。

方正平，五皇子——

能杀就杀。

第十章
骗子

三天后，如秦秾华预料的那般，周嫔带着两名心腹宫女低调地造访梧桐宫。

秦秾华步入正厅时，周嫔正坐在花梨藤心扶手椅上，面带微笑地倾听结绿和她说话：“大抵是天热了，公主近来也吃得多了些，昨日小厨房……呀，公主来了。”

周嫔回头望，微笑完全绽开：“秾华……”

秦秾华看了一眼茶盏，对结绿吩咐道：“母妃不爱喝味苦的茶，你把这杯换下去，换前些时日得的大吉岭来……”

“不必劳烦结绿了。”周嫔起身，笑道，“我路过此处，顺便来瞧瞧你。你若无事，不如随我出去走走，遇仙池的迎春开得极好，我吩咐小厨房做了些小吃，我们一边赏花，一边品茗不是更好？”

“确是极好。”秦秾华笑道，“结绿，把大吉岭带上，还有那盒枇杷。”

“枇杷？”周嫔奇道，“这时节怎会有枇杷？”

“是方正平送来的。”秦秾华亲昵地挽住周嫔的手臂，说，“等路上，女儿慢慢儿和您说。”

她的亲近让周嫔十分受用，笑道：“好，你慢慢儿与我说。”

秦秾华和周嫔先行，结绿让碧琳先跟上，她亲自去开内库，取蕃商进献的大吉岭红茶，又拿出冰桶里保存的玉盒。

结绿拿上这两样东西，刚要离开内库，一开门就撞上一双乌黑透紫的眼眸。

“九皇子？您……”结绿刚要说“一声不吭站在这里吓死我了”，被他那双冷酷锐利的眼睛一瞧，不分尊卑的话就说不出来了。她规规矩矩地说，“您有什么事吩咐奴婢？”

狮子猫蹲在少年脚边轻轻地晃动尾巴，懒洋洋地看着她。

“她……在哪里？”

“公主和周嫔娘娘去遇仙池赏花了，奴婢取了东西，正要过去。”

秦曜渊看着她手里的玉盒，伸出手：“拿来。”

结绿一愣：“可是，公主……”

“我……带过去。”

结绿这才递出玉盒，秦曜渊拿到东西后，转身就走。结绿看他走的不是出梧桐宫的路，连忙喊道：“九皇子，你走错路了！”

他头也不回地离开了。

结绿有些担忧他自己能不能找到去遇仙池的路，又记挂着先走一步的公主。她看了一眼手里的茶叶，最后决定先去追公主。

反正宫里还有那么多人，九皇子随便找个人，都能带他找到遇仙池的路。

结绿想好后，不再犹豫，快步往宫外走去。

遇仙池边，秦秾华挽着周嫔的手臂走在青石小路上。周嫔的两个宫女落后十几米的距离，远远地跟着。

周嫔听秦秾华讲了枇杷的来历，轻轻地拍拍她的手背，欲言又止地说道：“你和母妃说句实话，对那方正平……你是如何想的？”

“什么怎么想的？”秦秾华笑道，“他是一个好人。”

“我知道他是一个好人。”周嫔说，“可他父亲……”

“九原郡王的事情我已知道晓，穆裴两家势大，九原郡王想明哲保身是人之常情，不成便不成吧。”她笑道，“我还想多陪母妃几年呢，难道母妃这么着急就想把秾华送到别家？”

“母妃当然想多留你几年，可你是女子，经不起耽搁，母妃这么早就替你张罗，还不是盼你多遇上几个像方家这样的人？”

“是，秾华知道母妃对我好。”秦秾华笑着说。

“母妃看你这样子，想来对方家那小子也没有男女之情，原本两家婚事不成，母妃还怕你伤心……现在这样，也好。”周嫔神色刚刚宽慰，不知又想到了什么，脸色马上紧张了几分，“你不会是在宫外遇上了什么心仪之人吧？”

“没有，没有，我都说了多少遍啦，我保证有了心仪之人那天，第一个告诉母妃！”秦秾华撒娇道，“好吗？”

“你和你父皇一样，惯会说漂亮话。”周嫔无奈道。

“这才不是漂亮话呢，这是我和母妃说的心里话。”秦秾华笑道。

青石小路的前方，有一座可俯瞰遇仙池，名为“望仙”的石亭。

秦秾华和周嫔顺着石山蜿蜒而上的磴道走入望仙亭，宫女手脚麻利地一番收拾后，石凳铺上了软垫，石桌也摆满了精美的糕点水果。

周嫔的宫女刚把烧水的炉子架上，结绿便风风火火地快步走进亭子。

她先向周嫔行了一礼，然后走到秦秾华身边道：“公主，结绿没来迟吧？”

“来得正好。”秦秾华笑道，“让你带的枇杷呢？”

结绿正在四下张望，闻言一惊：“九皇子还没来吗？”

“九皇子也来了？”秦秾华问。

“我从库房出来时，正好撞见九皇子，他把玉盒拿走了，说是要自己拿来。”结绿又看向宫道尽头，“可能过会儿就来了吧……”

“知道了，你先煮茶吧。”

结绿得了吩咐，立即去角落守着炉子了。

周嫔拿起白釉小碟里的一个蜜桔，剥去外皮，又撕掉橘络，将干干净净的橘子瓣递给秦秾华。看着她吃下后，周嫔状若无意地问：“你近来见过五皇子吗？”

正题来了。

秦秾华笑着说：“前几日他才刚来过梧桐宫呢，只是没说几句，他就走了，想来是见女儿宫里有猫，不愿多待。”

“安儿小时候险些被猫抓破脸，一直怕猫。我记得你也不曾喜欢这些，怎么突然就养起猫了？”

“那是辉嫔曾经养的猫，摘星宫没了以后，它一直在宫里流浪，前几日忽然出现在梧桐宫，大约是追着九皇子来的。”秦秾华笑道，“女儿不忍心赶它离开，索性就交给九皇子了。”

“原来如此。”周嫔点点头，说，“你和这九皇子，倒是处得不错。”

“九皇子话少，不生事，母妃若是愿意，我让他今后随我一起晨昏定省，时间长了，母妃也能和他相处融洽。”

“不必了，他若和我走得近了，怕会惹人闲话。况且我又喜静，不在乎那些虚的，你有这份心就够了。”周嫔笑了笑，“你作为阿姊，能够体恤幼弟，母妃很欣慰。虽然他并非和你一母所生，但都是你父皇的孩子，身上流着一半和你一样的血，年纪轻轻，又受了那么多苦，母妃不介意你对他好，但是……”

周嫔话锋一转，神色担忧：“母妃也怕你因此忽略了安儿。”

“母妃这话从何说起？”

“我听说你在九皇子的事情上事必躬亲，连换药一事也不曾假手于人。你在一个人身上花了太多心思，自然就会疏忽另一个人。母妃不是叫你对他不好，只是任何事情，都有个轻重缓急，对人，也是一样的……”

“母妃多虑了。”秦秾华笑道，“同样都是弟弟，孰远孰近，难道我还分不清吗？”

“那你怎么……”

“女儿对他好，还不是为了安儿？”

周嫔一愣。

不远处炉子上烧的水开了，咕噜咕噜地响个不停。

“九皇子失了母妃，在宫里孑然一身，身上的乌孙血统注定他这一生只能是个富贵闲王。我们不在这时雪中送炭，将他笼络到安儿这方，难道要等怜贵妃将他拉到六皇子的阵营，以后跟着六皇子一起和安儿作对吗？”

“可是，我们又没有……”

“即便我们没有夺嫡的心思，六皇子和怜贵妃也不会这么想。这么多年了，母妃还不明白吗？”

“多份力量，总是好的。”秦秾华微微一笑，“即便只是为了自保。”

结绿倒水泡茶的声音清晰入耳。

很快，大吉岭清新的香气就融入了空气里。

周嫔被她说服，脸上露出一抹羞愧：“是我想岔了……都是母妃没用，让你操心这么多，要是我能为安儿筹划周全……”

“母妃说的什么话？安儿是我的双生弟弟，是除父皇母妃，我在世上最亲的亲人，我为他多考虑一些，本就是情理之中，母妃又有什么错呢？”

结绿端上两杯大吉岭红茶，静静地退至一边。

“你能这么想，母妃也就没有什么不放心的了。今日天好，我还约了安儿在这遇仙池赏花，想必他一会儿也该到了……这段时间，你和他走动得少了，安儿心思敏感，以为你厚此薄彼，不再亲近他了。我看得出他心里难过，可是安儿这孩子又逞强，不肯直说。一会儿他若是来了，你多关心关心他，让他知道，你还是最在乎他的阿姊。”

“母妃放心，稚华会的。”

茶盏里飘出的热烟如白云被风扯散，向着望仙亭外的天空缓缓地飘去。

二人高的石山下，几十颗剥了皮的枇杷从半空跌落，如断线珍珠，转眼就消失在茂密的草丛后。

秦曜渊将空了的果盘扔进草丛，面无表情地离开了石山。

女骗子。

遇仙池，嫩黄色的迎春花沿着池畔一路盛开。

太阳不知躲去了何处，只剩被割裂的寒空孤独铺陈，一半万里无云，一半山谷堆雪，就像此刻坐在石桥扶手上的少年心情，一半冷的，一半热的。

旧香囊上绣的每一朵云，每一只锦鲤他都熟记于心，可他再怎么寻找，天上的云那么多，池里的鱼那么多，也找不出她曾经看到的那朵，那只。

愤怒冷却后，只剩怅然若失的空虚。

女骗子。

“你在这里做什么？”

身体比头脑更快做出反应，秦曜渊翻身下桥，扼住来人的脖子，整个过程只用了片刻。

在看清对方面容之后，他有刹那迟疑，就这刹那的时间，对方挣脱了他的手，勃然大怒道：“秦曜渊！你要是敢动我，我阿姊不会放过你的！”

内侍冯东吓白了脸，拉着五皇子连退了好几步，一脸惊恐地看着一言不发就动手的秦曜渊，他们身后，还有好几个和他一样恐惧的宫人。

秦曜渊冷冷地看了他们一眼，正要离开，五皇子大叫一声：“你手里拿的是什么？”

秦曜渊脚步一顿，下意识地想把旧香囊藏起，然而为时已晚，五皇子难以置信地瞪大眼睛，指着他攥紧的右手说：“那不是阿姊送给我的香囊吗？”

他转身就走。

“你站住！你——”五皇子回头怒吼：“你们还不给我拦下他！”

五皇子带的那几个宫人一齐冲了过来，白着脸接二连三跪到他面前：“九皇子——”

秦曜渊转过身，重新看着五皇子。

五皇子盯着他的眼睛，又惊又疑：“那是阿姊去年送我的生辰礼物，为什么在你手里？”

秦曜渊面无表情，手中的旧香囊却越攥越紧。

“你偷了我的香囊？”五皇子说。

“不……”他艰涩地开口。

“这是阿姊送给我的——”五皇子大声打断他，“阿姊在香囊里绣了我的名字，是与不是把香囊翻过来一看便知，你敢吗？”

秦曜渊说不出话。

“原来你早有预谋。”五皇子忽然冷笑一声，露出茅塞顿开的神情，“你先偷我的香囊，现在又偷我的阿姊……秦曜渊，你还真是个什么都偷的小偷，想做我阿姊的弟弟……你配吗？”

秦曜渊一动不动，透紫的眼眸被阴影笼罩，像是雷雨夜来临前的天空。

他左手的指甲陷入刚长好的掌心嫩肉，疼痛告诉他，伤口又裂开了。右手同样用力，可是没有疼痛传来——是她的香囊保护了他。

五皇子盯着他，伸出手：“把香囊还给我，否则我就告诉阿姊，你是个什么都偷的小贼。”

“不……”

“给我！否则我就告诉阿姊！”五皇子的眼珠子里仿佛冒着火。

秦曜渊动了动攥着旧香囊的手，沉重而缓慢地递出。

五皇子捏住旧香囊一角，一抽，抽不动，他怒目而视道：“放手！”

他再用力一扯，秦曜渊的手心立时空了，连带着他心里空空的那块地方，好像也更大了。

五皇子握着失而复得的香囊，盯着看了好一会儿，这分明就是他失去的那一个，歪歪扭扭的白云红鲤纹和他记忆中的生辰礼物一模一样，可是如今白云泛黄，红鲤黯淡，早已不是阿姊送给他的那个香囊了。

脏了。

被眼前这个人弄脏了。

五皇子抬眼，恨恨地看着目光紧锁在香囊上的秦曜渊。

“你这个卑鄙的小偷……”他捏紧香囊，忽然朝他露出一个古怪的笑容，“我的东西，就是毁了也不留给别人。”

五皇子用力一掷，旧香囊向着无边的遇仙池飞去。

绣着白云锦鲤的香囊打碎平滑如镜的水面，红鲤惊慌四散，只一个眨眼，便向着深不见底的遇仙池沉去。

五皇子还未完全展露得意的笑容，一个身影已在他眼前翻过石桥护栏。

秦曜渊脚下用力一蹬，向着香囊沉没的地方跳去。

扑通一声，少年激起更大的涟漪在湖面上一圈圈散开，电光石火后，涟漪还未平静，水面却已没有他的身影。

五皇子面色苍白，他身边的冯东更是吓得发抖：“五……五皇子……这可怎么办……我们要叫……叫人吗？”

五皇子迟疑了好一会儿，完全恢复了平静的水面帮他做出了决定。

他狠下心，咬牙说道：“走！”

一个熟悉万分的声音从石桥下传来：“走？人还没救上来，你要走去哪里？”

五皇子猛地停住脚步，手足无措地看着从前方走上石桥的秦秾华。

“阿姊……你是什么时候来的？”

“这不重要。”秦秾华说，“事已至此，你还不派人下水救人？”

“他偷了我的东西——”

“我知道。”

“他是自己跳下去的，不是我推的——”

“我知道。”

秦秾华眼中从未见过的冰冷刺激了五皇子的怒火，他又愤怒又伤心，大喊道：“阿姊为什么要站在他那边？！你忘了我才是你的弟弟吗？！”

“你只告诉我——”秦秾华说，“你救是不救？”

她的声音里有种不同寻常的平静，五皇子生出一丝怯意，但他不想就这么服输。

他捏紧拳头，朝秦秾华挤出干巴巴的笑容，放慢声音说道：“非是弟弟不愿救，而是我不识水性，我带来的宫人也都不识水性。阿姊既然来了，不如与我一同去搬救兵？”

“好。”秦秾华气笑了，忽然开始拔下头面首饰。

“阿姊？”

“你们都不识水性……没关系。”她笑道，“我识。”

“阿姊！”

五皇子伸出的手只碰到一片衣角，秦秾华蹬上石桥护栏，毫不犹豫地跳入水面。

他慌了，扑到栏杆前大喊：“阿姊！阿姊！”

这下不必再问主子的意思，冯东扯着嗓子大叫起来：“快来人！来人！七公主和九皇子落水了！”

宁静的遇仙池，登时乱成一片。

呼喊声，脚步声，接二连三的落水声，惊起对岸一群灰色鸟雀。

水面上，众口嚣嚣，水面下，寂然无声。

挣扎的动作停止后，水波渐渐恢复了平静。秦曜渊知道自己应该尽力往水面游去，可是他游不动了，身体不由自主地渐渐往下沉去。

原来沉没也有声音。

咕噜，咕噜，水声闷响在耳畔。

像是他被娘扔进药池的声音。

一时间，眼前不再是水里，而是暗无天日的密室，他像一具会呼吸的尸体，一动不动地泡在黑色的池水里。

药水就像无孔不入的银针，在他千疮百孔的身体里穿梭，它们总能第一时间找到毒虫啃噬，刀劈斧砍，烫伤火烤的伤口，撕裂、贯穿，再将其缝补。

他好像出现了幻听，一边，他听到自己被一寸寸敲碎四肢骨头的惨叫，一边，好像又听到娘在哭着喊他：“伏罗！伏罗！”

他的胸腔像在燃烧，又热又痛。

他的视野也越来越模糊。

头顶的水波那么璀璨，像是他永远也抓不住的梦，他不禁向着那千万条微微闪耀的银丝伸手。

他舍不得那温柔。

即使他知道，那只是虚无缥缈，抓也抓不住的幻象。

就像她在这桥上对五皇子露出的笑颜，她那么开心，笑得宛如和阳光融为一体，是生长在暗处的他抓不到的美好。

可是她不知道，在她走后，收下她香囊的那个人却对着内侍嫌弃上面蹩脚的绣工，并不小心把它落入遇仙池中。

五皇子失望地离开后，他走到桥边，出于自己都无法解释的冲动，踩着桥墩，伸直衣袖下血肉模糊的手臂，拼命够向一半飘在水里，一半落在荷叶上，摇摇欲坠，随时都可能沉入水中的香囊。

后来，他够到了香囊，却也跌入水中。

那时，也是像现在这样，他的右手死死地抓着一个香囊，左手伸向半空，想要抓住什么，却什么也抓不到。

仿佛历史重演，一个纤弱的身影破开水面，带来汹涌的波涛和万丈阳光，少女屏气向他游来，皎洁的面孔沐浴在灿烂银丝中，和光融为一体。

他一时分不清楚，是光让她如此耀眼，还是她让这光如此夺目。

他伸出的手又一次被她握住，她毫不犹豫地担起他的重量，奋力往水面游去。

一年前，她也是如此，毫不犹豫地救下作内侍打扮的他。

少女瘦弱的身体藏着常人难以想象的坚韧，她带着他重回水面，岸上响起一阵欢呼，众人连忙将他们七手八脚地拉上岸。冲到岸边的周嫔喜极而泣，五皇子面色苍白，看到秦秾华冒出水面后浑身一松。拖他们上岸的宫人里，结绿和乌宝的力气最大，公主一上岸，结绿就抱着她哭起来。

秦曜渊无力的身体靠在石桥上，视线一动不动地锁着柔声安慰旁人的少女，手里的旧香囊越握越紧。

一切都和那次一样，可是记得的，只有他一个人。

继六皇子受伤后，太医院又一次忙得不可开交。

一番折腾后，人来人往的梧桐宫终于在夜幕降临后静了下来。

秦秾华落了水，回去就开始昏睡，等她醒来，一边不由自主地咳，一边下意识地说："结绿，水……"

一只手笨拙地把她扶起来。

秦秾华抬起头，望进一双澄净幽深的眸子里，那双异色的瞳孔像是黑暗中的晶石，折射着冰冷而纯粹的流光。

少年将她扶起来靠着床边，然后转身离开，走到一旁的桌前，水声响了一会儿，停止后，他带着一杯清水回到床前。

“水……”他哑声说。

秦秾华接过他递来的水，小口小口地抿去半杯，再将杯盏还给他。他接过杯盏，小心翼翼地放至一旁。

“阿姊看见石山下的枇杷了，好不容易剥好的，就这么倒掉太可惜了。”她轻声说。

“你就没有想要问我的话吗？”她问。

有。

有很多，很多很多。

他想问她是不是在利用他，是不是她对他的一切好，都是为了更好地达成目的，他想问她，那句“一起走”，是不是也是无数个谎言中的其中一个？

他有很多问题，可是不知为何都问不出口，他不知道是自己不想问，还是不想听。

最后出口的，只是一句：“为什么……要……救我？”

少女对他的问题毫不吃惊，微笑道：“即使落水的不是你，我也会去救，你信吗？”

他信。

他比谁都信。

“你没有别的问题了吗？”她说。

秦曜渊别过头，不敢看她的眼睛。那双乌黑剔透的眼睛有摄人心魄的魔力，一个不慎，就会让人失了自己。他怕自己再一次受骗，怕自己又一次相信她，怕又一次失去离开的勇气。

“没有。”

“可是，阿姊心里有一个问题。”

她缓缓地起身，穿上绣着花枝小鸟的缎鞋，走到桌前，揭开一个盖着的瓷碗。

瓷碗自秦秾华回到梧桐宫后就一直在桌上，他之前不曾去看里面有什么东西，现在他知道了。

瓷碗中是几十个剥了皮的枇杷。

秦曜渊愣住了。

“为什么……要捡起来？”

她在桌前坐下，拿起一个圆润的枇杷，笑着朝他看来，说：“这是你亲手给阿姊剥的枇杷，我一想到这里，就舍不得把它们留在那里。”

他的声音越发干涩：“你带回来……又能怎么样？”

“剥了皮的枇杷，自然能拿来吃。”她回答得理所当然，丝毫停顿也没有。

“不能吃……”他下意识地说。

“为何？”

“你是公主……”

“公主又如何？”她神色平静，不急不缓的声音轻轻流淌在月光照耀的寝殿里，“公主就能暴殄天物吗？天底下还有许多人吃不上饭，只能以野菜杂草充饥，若是遇上大旱大涝，连野菜都找不到，难民以土充饥，易子而食的惨剧就会层出不穷。如今不过是一个沾染了尘土的枇杷，洗洗便干净了，为何公主就吃不得？”

他被问得哑口无言。

是呀，为何公主吃不得？

“那就给别人吃……”

“不给。”她斩钉截铁道，“这是渊儿第一次给我剥的枇杷，谁要我都不给。”

眼见她真的将枇杷送向嘴中，秦曜渊来不及多想，一个箭步把她拦下。

不是公主吃不得，是她吃不得。

他看不得她吃掉在地上的东西，即使这是他亲手剥出来的枇杷，即使这是已经洗得干干净净的枇杷。

他受得了委屈，但是受不了她受委屈。

在这一刻，秦曜渊下定了决心，也许是出于自己的意愿，也许只是又一次被她的目光和言语蛊惑，等他回过神时，他已经端起瓷碗，一个接一个地把枇杷塞进嘴里。

是这沾染过尘的枇杷不配入她的口。

是那自私的五皇子不配做她的弟弟。

他为什么要离开？

他绝不离开。

该消失的，分明是这枇杷和那五皇子。

一只温柔的手轻轻地落在他的发顶，一下一下地抚摸着。

秦秾华望着他狼吞虎咽的样子，轻声说：“渊儿，判断一个人的是非，不能光看这个人对你说了什么，也要多看对方为你做了什么。话语会说谎，行动却不会。”

“就好比——你从没叫过我第二声阿姊，可是这些枇杷，每一个都在告诉我，你在乎阿姊，你欢喜阿姊，你离不开阿姊，就像阿姊离不开你一样。”

她像一张无边无际的网，网得他无处可逃。他不明白是自己太愚笨，还是太粗浅，以至于无法分辨真伪，在这天罗地网中迷失了自我，从此只能被她如臂使指。

如果换一个比他更聪明，比他更有阅历的人，能从这张网中逃出吗？

他胡思乱想，越想越没有答案。

最后一个枇杷变成枇杷核吐出，他端起瓷碗狼狈地逃走。

跨出房门时，少女温柔的声音从背后传来：“不要再第三次掉进水里了。”

秦曜渊脚下一个踉跄。

他震惊地回头，恰好迎上她嘴角绽放的笑。

月光暗淡，她肤色如雪，微笑却熠熠生辉，如火光燃烧。

他从来没有哪一刻像现在这样明白，他逃不了。

再也逃不了。

秦秾华落水之后，五皇子几次来梧桐宫都被拒之门外。

每一次，守门的宫人都告诉他“公主歇下了”“公主身体不适”，可若放在从前，阿姊就算病中也会隔着一道帘子见他。

就在九皇子出现以前。

五皇子闷闷不乐，人明显颓废了不少。

这天，周嫔身边的宫女通过冯东，请他去一趟春回殿。

五皇子去了以后，周嫔请他坐下喝茶，和他闲聊着。五皇子始终心不在焉，有一句没一句地应着。

周嫔不再和他铺垫，开门见山地说道：“安儿，这次是你做得不妥。”

五皇子勃然大怒：“连你也这么想？”

“安儿，你嫉妒秾华对九皇子好，可你有没有想过，九皇子只是一个混血皇子，后宫诸人唯恐避之不及，为何她要把这个麻烦揽下来？”

“她就是心太好！看谁都可怜！”五皇子怒道，“她一直这样，也不想想——

天底下这么多人，她可怜得过来吗？”

周嫔叹了口气，道：“安儿，你误会你阿姊了。她这次完全是为了你，才会留下九皇子这个烫手山芋。”

“为了我？为了我她就该离九皇子远远的！”

“然后让六皇子把九皇子拉拢到他那边？”周嫔扬声道。

五皇子被她问得一愣。

周嫔重新放缓语气，苦口婆心地说道：“安儿，你阿姊把他放在身边教养，是为了给你培养一个帮手，你呢？不感激倒也罢了，闹个脾气就把你阿姊此前的努力全给破坏了。你说，这要是换了你，你恼不恼？”

五皇子面露懊悔，嘴上却仍不服输，低声说：“我又不知道……”

“你阿姊对你怎么样，还用得着别人告诉你吗？”周嫔说，“你们虽没在一起长大，但你从小到大，哪次不是你阿姊为你出谋划策？”

五皇子不说话了，内心的悔意越来越多。

周嫔见好就收，不再说教，换了语气，柔声说道：“你也别难过了，这次算是一个教训，让你记得今后不可再与你阿姊轻易置气。你们是一起来到这世间的，从娘胎时就朝夕相处，比任何人都亲，为了这些小事起龃龉，不值得。”

“可是阿姊她生我的气了……”五皇子神色委屈。

“你阿姊是小气的人吗？你如今明白过来，去给她赔个不是，说几句好话，你阿姊那么疼你，岂有不原谅你的道理？”

五皇子觉得她说得有理，眼睛肉眼可见地亮起来。

他兴冲冲地说：“周娘娘，我想给阿姊送个赔罪的礼物，不知阿姊平日喜欢什么？”

“你阿姊不缺吃的用的，你若是想赔礼道歉，不如送些有特殊意义的。”周嫔笑道，“你和秾华都爱吃我这小厨房做的姜醋香螺，我已经吩咐下面做好了，一会儿你走的时候提上，再去梧桐宫走一趟。姐弟间哪有什么隔夜仇呢？说开就好了。”

五皇子眉开眼笑道：“多谢娘娘开导，我记下了！”

等到小厨房送上装了姜醋香螺的食盒，五皇子迫不及待地告辞周嫔，径直往梧桐宫而去。

到了梧桐宫，接待他的不是结绿也不是乌宝，而是一个面生的小内侍。

“什么？”五皇子惊讶道，“阿姊出宫了？你可知她去何处了？”

“奴婢不知。五皇子有话要带给公主吗？”

“罢了……”五皇子面露失望，递出手中的食盒，“这是七姐爱吃的姜醋香螺，等她回来，你就说我来过……我明日再来吧。”

“诺。”小内侍恭敬地接下食盒，“奴婢一定把话带到。”

五皇子在梧桐宫扑了个空，而在距梧桐宫千米之外的浮玉山下，还有一个人也等着和玉京公主偶遇。

“真儿，你看我今日这打扮如何？”

“玉树临风。”

“真儿，你看我这金冠歪没歪？”

“不动如山。”

“真儿，你看我……”

“哥！”舒真忍无可忍，打断哥哥舒也喋喋不休的问题，斥责道，“你有完没完？这些问题你都问了八百遍了！”

“哪有八百遍……顶多十几遍。”舒也嘀咕。

舒真懒得理他，从马车里探头往外看去。

山路空荡，勉强称得上路的崎岖土路旁是茂密的桦树林，除了偶尔传来几声鸟雀鸣叫，山间再无其他声音。

除去一个下山挑水的老太婆，舒真没在这里看见过第二个人。

她在这鸟不拉屎的地方待了快两个时辰，无聊就不说了，人有三急，这前不着村后不着店的地方，让她的三急也无处倾泻。

更让人头疼的是，旁边还有一个傻瓜似的哥哥在一直问衣裳怎么样，金冠怎么样，扇子是拿还是不拿……

此刻的舒真，十分想打醒两个时辰前答应“为哥哥的毕生幸福献一份力”的愚蠢的自己。

“我们都等了这么久了，为什么还没有人来？你不会又被人骗了吧？！”舒真忍不住了，甩下车帘子，回头质问舒也。

舒也急于让她安心，拍着胸脯说道：“你放心，绝对是真的！我有一手消息！”

见舒真一脸狐疑，舒也说："这次是真的！"

舒真鄙夷道："你哪次说不是真的？结果每次都受骗！"

"这次真是真的！"舒也急得一跺脚，下意识地往周围看了一眼，朝舒真招手，"你过来，我告诉你一个秘密，你别告诉别人。"

舒真半信半疑地靠过去后，舒也以手掩嘴，在她耳边低声说道："我买通了梧桐宫的一个宫女。"

"什……"舒真捂住嘴，先震惊再大怒，"哥！你疯了，你这样……"

"我又没打听什么皇家隐私，我就是让她偶尔卖我一点儿消息，偷……不，换点儿七公主用过的东西给我。这有什么大不了的？"

"你胆子太大了！"舒真怒道，"要是祖父知道了……"

"你不说，我不说，谁又知道呢？"舒也横眉威胁道，"你要是背后告状，我就打一辈子光棍儿，让你也嫁不出去！"

"你——"

兄妹俩刚要吵起来，马车后忽然远远地传来马蹄声。

舒也立即变了脸色："来了！快，快！按我们之前排演的来……"

舒也连滚带爬地下了马车，迅速进入自己的角色，一脸焦愁地看着身陷泥泞中的车轱辘。

一、二、三——

舒也适时抬头，"发现"驶来的黑色马车，他挥舞双手，一脸惊喜地跑过去。

驾车的独眼男人手里拿着马鞭，冷眼看着堵在道路中间的舒也，旁边还有一个脸圆圆的淳朴青年。

"醴泉，外边怎么啦？"马车中传出一个娇软俏皮的女声。

"有人拦车。"独眼男人冷声道。

舒也朝马车一拱手，用这辈子最清风朗月的声音大声说道："在下舒也，祖父是内阁大学士舒遇曦，我兄妹二人要去山顶上香，不料马车陷入泥泞，现在是进退两难，能否请贵人捎带一程？回京后，在下必登门道谢！"

半晌缄默后，一个真正清风朗月的声音从马车中响起："原来是舒公子。"

光听这干净低柔的声音，舒也的心就要化了。等马车门一开，里面的少女对他微微一笑，舒也觉得这辈子就是死也值了。

"哥！哥！"

直到舒真恨铁不成钢的声音在耳边响起，舒也才回过神来。

“哥！公主在问你话呢！”不知何时下了车的舒真站在他身边。

“啊？”舒也闹了个大红脸，“对……对不起……我没听见……”

“二位不嫌弃的话，可与我同乘一辆马车。正好，我也要去山顶。”秦秾华笑道。

“不嫌弃！不嫌弃！不胜荣幸！求之不得！虽死犹生！”舒也激动得嘴巴不听使唤，自己都不知道说了些什么，最后还是看不下去的舒真拿手肘用力地打他，才让他停下了胡言乱语。

二人上了公主的马车后，原本宽阔的马车内部登时显得拥挤起来。

除了公主本人，一个绿衣的宫女，舒也还看到了传言中“险些把六皇子打成残废”的九皇子。

毕竟，那双有胡人特征的眼睛太好认。

前朝原本就是外族入主中原，狐胡朝两百多年的历史为中原引入了大量胡人，其中尤以玉京城的胡人最多，但新朝建立以后，胡人的地位日渐低下，连带着混血也会遭人白眼，许多胡人和胡人混血都逃回了西域，如今还留在大朔的胡人不多，皇室之中，更是独此一人。

九皇子穿着和玉京公主襦裙颜色相同的涧石蓝色圆领袍，像没睡醒似的，懒洋洋地靠在公主身上，一双波澜不惊的乌黑眼眸自他们上车起就没有移开过。

舒也觉得自己就像是山林里被老虎盯上的鹿，他盯得越久，他越如坐针毡，脖子发凉。

“咯……”他努力忽略公主身边投来的不友好视线，说，“公主也是去上香的？”

秦秾华笑着看了他一眼：“算是吧。不知舒公子是从何处得知无名庵的？”

“无名庵？”舒也一愣。

“正是。”秦秾华说，“浮玉山上，没有第二处可以上香的地方。只是，如公子所见，这里山路不便，庵中也没有供奉高僧大佛，无名庵设立之初，也只是为了收容无家可归的妇人，故此鲜少有外人来访。”

“外人？”舒也惊讶道，“这无名庵是……”

秦秾华笑了笑。

“公主果然兰心蕙性、义薄云天、慈……”

舒真一肘子狠狠地打断舒也没说完的慈母心肠。

“呵呵，呵呵……公主勿要见怪，我这人就是嘴快，没有恶意。”舒也尴尬地笑道。

“无妨。公子是率真之人，有话直说即可。”

“玉京公主果真慧眼识金，不负盛名！实不相瞒，在下前不久参加玉京城十年一度的三公子评比，被票选为三公子之首。能够获得如此殊荣，在下本来小有得意，今日一见玉京公主，才知什么叫人外有人，天外有天！”

马车里的马屁响个不停，乌宝握着马鞭抽着外边的马屁股，小声地说道：“我出宫出得少，见识不多，这玉京城什么时候还有个三公子的评比了？”

醴泉面无表情道：“有是有。”

“还真有？”乌宝惊了。

“今年以后就没有了。”

“为什么？”

“因为今年穆阳逸也参加了评选，其他入围的人听说后，都扬言不再参与评选。”

“穆阳逸……”乌宝撇了撇嘴，“怪不得。”

谁愿意和一个烂人一同参与评选呢？到底是评公子还是烂人？

“所以是只有这穆阳逸和舒也成了三公子之二？还有一人是谁？”他问。

“不是。”醴泉说，“穆阳逸听说舒也参选了，他也退出了评选。”

“呃……”

“这一届的玉京三公子，只有一人。”醴泉说，“三公子就是舒也，舒也就是三公子，并且……此后再也不会有三公子的评选了。”

乌宝腹诽：看来这舒也，是连烂人都要躲着走的狗屎。

马车里，正在拿嫦娥和公主比美的舒也打了个大大的喷嚏。

第十一章 陷害

不知不觉间，马车又一次停下了。

舒也抢着下车，想要“自然”扶下公主，没想到还没来得及转身，一股强大的力量就把他撞飞了好几尺。

舒也好不容易站稳后，气得横眉竖目，转头就朝罪魁祸首看去。

颀长瘦削的少年站在他原本的位置，从车上小心地扶下少女，同色的衣装，再加上同样深邃的眉眼，二人和谐得像是一幅画里走出的人物。

舒也敢怒不敢言，只能揉揉屁股，安慰自己刚刚的穿堂风有点儿大。

要不是为了玉京公主，他好好的玉京三公子，犯得着跑来这荒山野岭吗？

他看着近在眼前虚掩的大门，眯眼辨认着门上的牌匾。

“无名庵……”他自言自语，“为何要叫无名庵呢？”

“因为供奉的是无名神。”玉京公主走到他身边，对他微微一笑。

舒也没听懂，但他露出一副恍然大悟的表情：“原来如此！”

公主笑了笑，往虚掩的庵门走去。

舒也赶忙走在前头，为公主推开无名庵开了一半的门扉。

吱呀一声，门开了。

无脸无名的神像背对众人，盘腿高坐神台，头颅侧向一边，似在凝视摊开的右手中的一朵石花，神像的左手摊放于膝盖，一颗骷髅头在五指之间，栩栩如生的石荆棘从骷髅头眼眶中爬出，顺着神像的手指，一直缠绕至全身。

荆棘刺破神的衣裳，勒进他的血肉，他露出的那一小片脸颊，却诡异地让舒也觉得，他在微笑。

“这……这是什么神？”舒也震惊地问。

秦秾华凝视着石像，轻声道：“他是你，也是我，是世间的每一个人。因为有太多名字，所以才叫无名神。”

受难的神，悲悯地俯视人间。

咚——

忽然响起的撞钟声吓得舒也原地跳起来，看见玉京公主和九皇子都面不改色后，他也装作无事发生，十分自然地嘲笑那一瞬间抓紧自己衣袖的舒真。

咚——

又一声钟响。

舒也无意间看到公主的侧脸。

她竟然也扬着嘴角。

似笑非笑的嘴角，和高台上的神像如出一辙。

咚——

钟声就像索命的恶鬼，从漆黑的四面八方袭来。

陆雍和无处可逃，无谓地蹬着双腿想要逃跑。锁在四肢上的镣铐发出哗哗的声音，脚腕传来火辣辣的疼痛，沉重的脚铐又一次刮开破损的血肉。

“不……不要过来……不要过来……”他颤抖地说道。

脚步声停下了。

和以往不同，没有鞭打，没有折磨，一个带着大梁口音的沙哑声音响了起来：“尊贵的皇太子，你是怎么了？难道二十年的大朔生活磨灭了你骨子里的梁皇血脉吗？”

一根布条死死地绑在眼睛上，他什么也看不见。

陆雍和后背抵着冰冷潮湿的墙面，血水黏连皮肉和衣物，他每动一下，身上都是钻心的疼痛。

“我说过你们认错人了！”陆雍和哀求道，“我不是什么皇太子，我只是一个上京赶考的举子！你们这样是犯法的！”

沙哑的声音似乎笑了，对方慢条斯理地说道：“我还真好奇了，你说，我在大朔的土地上伤害大梁的皇太子，这犯的究竟是朔律还是梁法？哦……对了，你的确还不能算是皇太子。”

“你们找错人了……”

“在你向梁皇双手献上大朔前……没有人会承认你是大梁二十年前流落民

间的中宫嫡子。”

“我说过很多次了，你们真的找错人了！”

“当年梁皇南巡遇刺，仓促撤离时遗落了身怀六甲的皇后，皇后虽扮作民间女子逃脱一劫，又不幸落入山贼手中失了清白。六年后，大朔朝廷组织剿匪，从匪寨里救出受困的女子以及六岁的你。堂堂中宫嫡子，原本该是天底下最尊贵的人之一，却住在猪圈，刨食猪食，只能捡树枝在猪粪中偷偷习字……这滋味，不好受吧？”

陆雍和的五官痛苦地扭作一团，眼泪浸湿布条。他颤声哀求：“到底要我说什么……你们才肯相信？”

那个声音不为所动，冷酷而平静地继续着，陆雍和甚至能听出沙哑中的一丝轻扬。

对方在喜悦，为他的受难而喜悦。

温柔而残酷的声音，一刀刀地将他凌迟。

“此时的梁皇已经又立新后，你知道你的母亲已无法回到大梁宫廷，你的祖父母也不会认你，所以你怂恿你母亲做了镇上富商的外室，只为了让他供你去名扬天下的文清书院读书。你一步一步，过五关斩六将，终于考到会试，而这时，你也好不容易联系上了梁皇，让他相信你是他遗落在外的龙子。

“梁皇告诉你，他相信你是他的孩子，可是世人不会相信，宫里的其他皇子也不会相信，为了让这些人闭嘴，你要拿出让所有人无话可说的功绩，这功绩——就是大朔河山。”

几个月不见天日的囚禁，身心双重的折磨不断压迫着陆雍和。他凭着一腔恨意苦苦支持，他日思夜想，怎么也想不通自己是哪里露了馅。

眼下这个仿佛知道一切的神秘人，为他带来了答案。

有些事情，分明只有他和当事的另一个人知道，如果不是从他这里泄密，那就只能是……

陆雍和的颤抖停止了，另一种深入骨髓的惊骇取代了脸上流于表面的恐惧，他屏息倾听，似乎已预感到人生信念的破碎，他害怕着接下来要听到的话，却还是忍不住从咯咯作响的牙关里挤出声音：“你到底是谁……”

“小小一卒，不足殿下挂齿。小人虽然敬佩殿下的卧薪尝胆和百折不挠，但你的存在，实在是我主人的一大威胁。即便陛下保证，太子之位不可能交给一个来历不明，或是山贼之子的小子，主人也不愿让你在外面以梁皇血脉的身份招摇撞骗……”

“我本来就是大梁皇子！何来招摇撞骗之说？！”陆雍和怒吼道，泪水浸湿的布条下冲出两行热泪。

“除了你和你母亲，还有谁会相信这一点呢？”

“你到底是谁的人？！三皇子？五皇子？还是八皇子？！父皇若是知道了，你们以为会有好下场吗？！”

“陛下知道了又如何？陛下知道的时候，你已经是死尸一具，难道他还会为了一个血统不明的贱种，和主人父子生分吗？你可能还不知道，就在你见过陛下之后，陛下为了让主人安心，已当着他的面写下密旨，封主人为太子。陛下对你所说，不过是些权宜之计，当真的只有你一人罢了。”

“我不信……你在骗我……”陆雍和无意识地摇着头，满脸狼狈。

“大朔主弱臣强，党争不断，早晚是我大梁的囊中之物，即使没有你，我的主人也早晚会让它成为大梁的一部分，你虽惊才绝艳，只是惹恼了主人，我即便惜才，也不能违背主人的命令。只能委屈你先受苦一阵子，再干干净净地走了。”

脚步声向门外走去，陆雍和大喊道：“别走！你还没把话说清楚！让你主人来见我！让三皇子来见我！站住——”

陆雍和的喊声最后变成哭声，密室安静以后，他跪倒在地，不住地捶打冰冷腥臭的地面，眼泪一滴接一滴地落下。

忽然，又一个脚步声响了起来。

同时响起的，还有火箸翻动木炭带出的烟臭味。陆雍和已经预料到接下来要发生什么，他第一次对即将发生的刑罚产生了彻骨的恐惧。

“不要毁我的脸……不要……不要毁我的脸！”

这是他证明自己是梁皇之子的唯一证据，不要毁了……不要毁了！

陆雍和蹬着腿连忙后退，锁链在密室中哗哗作响。来人却无动于衷，脚步声离他越来越近，烟熏味越来越浓，有一股热气在向他的脸颊靠近。

陆雍和拼命躲闪，一只蒲扇般的大手拽起他的头发，强迫他仰面朝上——

“不要毁我的脸……不要，不要！啊！”

胭脂色的鹅脯肉端上木桌，鲜红鲜红的，连浸泡鹅脯的汤汁也带着一股淡淡的粉。

舒也瞪大眼睛观看金黄酥皮下的肥美鹅肉，口水已不知不觉地汇聚喉咙。

门吱呀一声开了，更衣归来的玉京公主和舒真一同归来，舒真刚想向哥哥抱怨庵里如厕的地方偏僻逼仄，叫天天不应叫地地不灵，却见桌上已摆好菜肴，只得默默地吞下和“五谷轮回”相关的话题。

“公主来得正好，菜刚上来，这道鹅脯实在是妙，我从未见过此种做法！”舒也激动地转头去问上菜的女冠，“不知这位女师傅能否和我透露一二，让我回去转告我家厨子，让他学上一点！”

女冠是位三十出头的女性，穿着布衣，容貌普通。她有些腼腆地对舒也一笑，说：“既然是玉京公主的客人，当然无妨，只是此菜也非由我经手，还请客人稍等，我去去就回。”

女冠朝进屋的秦秾华行了一礼，默默地退出。

秦秾华在少年身边坐下，他抬头看了她一眼。

“怎么了？”她笑着问。

“烟熏味……”他皱眉。

“是吗？”她抬起袖子闻了一下，不以为意地说道，“在后院染上的吧，他们在制作熏鸡。我去看了厨房里的食材，交代他们你不吃鱼。”

秦秾华在他鼻子上刮了一下，笑道：“不过，等你嘴里的伤全好了，就要学着吃鱼了。吃鱼的孩子才聪明。”

少年躲过她的手，十分不快地把眉头拧成一个“川”字：“我不是……孩子……”

她笑得更开心。

没过一会儿，一个矮个子的结实女人在女冠的带领下走进来。她面容粗鄙，四十岁上下，一双三角眼看着就充满凶狠之色。若是让舒也来形容，他一定会说这是一张能把人抽筋剥皮的脸。

“这位是蔡婆婆，胭脂鹅脯就是她的看家本领。”女冠笑道。

和满脸带笑的女冠不同，姓蔡的老妇脸上毫无笑意，只冷冷地说道：“做胭脂鹅脯，需先制腌鹅。活鹅活杀后，放血去内脏，用盐擦拭内外，放于坛中每日翻身，六七日后，加入葱姜和清水，烧开晾凉，每隔三日将卤水倒出烧开一次，重新浸泡，反复六七次后，以温水清洗，晒制旬月，待鹅身油脂溢出，表皮金黄，肉质酱红，即可煮制。腌鹅下锅前，以淘米水浸泡一个时辰，再以热水洗净，加葱姜大火顶开后小火慢炖，两个时辰后出锅。这时的鹅脯色泽鲜红，肉质娇嫩，就像涂上胭脂的少女肌肤，食之齿颊留香。”

蔡婆念经一样平直无波的声音说完胭脂鹅脯的做法，对桌前的秦秾华弯腰行了一礼，说：“老妇后厨还烧着火，不便久留，这就去了。”

蔡婆面无表情地离开后，舒也咋舌：“这……”

女冠笑着解围：“舒公子勿怪，蔡婆本是大家闺秀，素有见识，只因所嫁非人，六亲俱散，才会颠沛流离至此。平日，她在庵中也鲜少露面，只喜钻研厨艺，非是对针对任何一人。”

“不怪，不怪！理解，理解！各人有各人的难处。本公子今日来得匆促，不敌玉京公主细心，身上只带了些阿堵物，还请女冠收下，算是本公子的香油钱。”舒也从衣襟里掏出厚厚的一沓银票，看也不看就塞入女冠手里。

女冠面露难色，看向秦秾华。

她笑道：“舒公子盛情难却，你便收下吧。”

“就是！收下，收下！”舒也搭腔。

女冠这才收下银票，笑道：“舒公子大义。”

女冠退出厢房后，舒也笑容满面地拿起箸子，端起主人的架子，热情地招呼道：“来，公主吃菜！”

秦秾华笑着应承，夹起一块，转手放进少年的碗里。

“多吃点儿，快些长大。”

“嗯。”

梧桐宫中，开出第一枝艳红的木棉花。

秦秾华从浮玉山回来后，立即就发现了这枝早开的木棉，她心血来潮，在绯红的夕阳下，亲自剪下今春的第一枝木棉，插入姹紫嫣红的珐琅彩纹花卉纹瓶。

她嘴角带笑，显然心情不错。

结绿看得也高兴起来，好奇地问道：“公主，今日发生了什么好事吗？”

“花开得好，就是好事。”她含笑道。

“公主，那舒家的钱也太好赚了——只是见上一面，就能有一千两银子，一千两纹银，相当于一品大员五年半的俸禄！这舒公子真是钱多人傻！”

秦秾华摆弄着瓶中的木棉，漫不经心地说道：“饿死的骆驼比马大，舒氏一百年前就在玉京城中指点江山，那时，秦氏和穆氏的祖宗还不知在哪块田里刨食呢。舒氏的底蕴，比你想象中的更深。”

一个小内侍匆匆跑来，对结绿耳语几句。

结绿走回秦秾华身边，问：“舒公子一回府就派人来催货了，还说有什么收什么，公主，我们这次卖个什么给他？”

“你去找乌宝要个吃剩的韭菜饺子。”秦秾华慢条斯理地说，“就说，这是公主亲手包的，天下无双，意义非凡，让他看着出价。”

结绿眼睛发亮，将公主的话转告给牵线的小内侍。

秦秾华带着木棉花回到寝殿时，少年正紧皱眉头，缠着纱布的手笨拙地握着一只玳瑁管紫毫笔写着什么。

她带着微笑走近，白色的宣纸上落下歪歪捏捏的三个字——秦秾华。

他正在写的三个字是自己的名字，和他一气呵成的秦秾华不同，“秦曜渊”三个字，他写错许多次，以至于纸上的“秦曜渊”越来越多，他的神色也越来越不耐烦。

秦秾华走到他的身后，调整他握笔的姿势，握着他握笔的手，一笔一画慢慢儿写下他的名字，就在“秦秾华”三个字后。

“秦——曜——渊。”她边写边念，写完后，轻轻地笑了一声，“好了。”

她放了手，少年依然还保持着最后一笔落下的姿势。

“你的耳朵怎么红了？”她问。

秦秾华还未触及他的耳朵，少年已经触电一般弹了起来，头也不回地冲出了寝殿。

她不由得愣住。

结绿这时拿着一个食盒走进来，说道：“公主，五皇子送来的食盒怎么处理？”

“里面是些什么？”秦秾华问。

“五皇子说是公主爱吃的姜醋香螺……他是不是记错了？公主一吃香螺就浑身发痒，怎么会喜欢吃姜醋香螺？”

秦秾华淡淡一笑道：“他没记错，有人记错了。”

结绿神色懵懂，见秦秾华没有解释的意思，试探地说道：“那我拿下去给宫人们分了？”

“不必张扬，你和乌宝分食即可。”

“我知道了。”结绿顿了顿，问，“公主这是不准备原谅五皇子了？”

秦秾华扬起嘴角，轻声说道：“要我原谅他，除非六月飞雪，春分流萤。”

“流萤……是什么？”

少年去而复返，从门外磨磨蹭蹭地走进来，耳郭还留着一抹绯红，面色倒是一如既往冷酷。

结绿简洁明了地替她做出说明：“就是一种可以在夜里发光的虫子！只在夏天的潮湿地方才有！”

少年点了点头，似乎明白了。

他又问：“你不喜欢香螺……喜欢什么？”

秦秾华含笑着朝他招招手。

秦曜渊走到她面前，她抬手解开他低垂于脑后的发带。

一头长发倾流而下，乌黑浓密，像是刚睡醒似的，带着些微自然的弧度。她以手为梳，温柔地握起散乱的长发，重新拢成一个马尾，高高束于少年脑后。

少年眉毛浓密，凌厉的眉峰下，是一双眼窝深邃的眸子，光线暗淡时，它是深不可测的黑洞，光线明亮时，它是璀璨温柔的水晶。

他是什么人，取决于照耀他的是什么光。

少年还未加冠，束发只用发带，秦秾华给他准备了许多不同的发带，但每次出现在他头上的，总是最开始她随手给他系上的墨紫色这根。

发带已磨出了毛边，他毫不在意，还在用。

恋旧的人，总比不恋的人好。

越是恋旧，越容易被习惯俘获，这样的人一旦习惯追随，即使摘下项圈，他也不知逃跑。

秦秾华微笑道：“阿姊……喜欢你。只要你一直留在阿姊身边，就是最好的礼物。”

红霞倾斜，落日已经沉没一半。

妧怜宫的几个内侍在院子里排排站，人手端着一碗水，满头大汗地扎着马步。

六皇子躺在一张罗汉床上，手里握着一根青色马鞭，极不耐烦地说："你问清楚没有？我到底什么时候才能出去打马球？"

一个刚刚奔回的内侍满头大汗，惶恐不安道："回禀六皇子，院判说……说您只要再坚持十天半月，就可以骑马了……"

"还有十天半月？！这到底是什么庸医！想让我憋死在宫里吗？！"

六皇子勃然大怒，要不是身上带伤，迈不开脚踹人，他早就一脚踹翻了眼前的内侍。

"六皇子息怒……"

围绕着罗汉床伺候的十几个宫人跪了一片，扎马步的几个内侍中，有一人吓得泼出半碗清水。他当即吓得面色惨白，磕头求饶："六皇子饶命！六皇子饶命！"

六皇子不耐烦地挥手："没用的东西，带你去打球场也只有给我丢脸的份儿！给我拖下去！"

内侍在惨叫声中被人拖走了，剩下的几个内侍抖着碗，不敢有丝毫出错。

六皇子既心烦自己出不了宫，也心烦眼前这群孬种，鬼火往头顶冒，恰逢宫墙上还有只不知死活的猫叫了一个白天，他大怒道："都起来！去把那只猫给我逮下来，我要亲自剥了它的皮！"

一群宫人立即行动起来，为了一只黑尾巴的白猫，妘怜宫所有人鸡飞狗跳，而那只猫东奔西跑，宫人无论是爬墙去捉，还是拿棍子去打，折腾了好一会儿，竟然还是让它跑了出去。

六皇子动了真怒，扔下马鞭，从罗汉床上挣扎起身，怒声道："给我追！我就不信了，一只猫都还想跟我过不去！"

六皇子命宫人去追，他自己也抬着崴了的左脚，一蹦一蹦地在宫女的搀扶下走了出去。

宽阔的宫道上都是妘怜宫的人，大费周章只为寻一只黑尾巴的狮子猫。

六皇子越找火气越大，恨恨地说道："别让我知道那是谁养的猫，否则我让她一宫都吃不了兜着走！"

搀扶他的宫女不敢说话，紧守本分地低头不语。

六皇子转过宫道，和迎面走来的五皇子不期而遇。他先是一愣，接着扬起嘴角笑了起来："哟，五哥，今儿怎么只有你一个人？"

六皇子十分满意五皇子见到自己后脸色霎时不好的模样。

不高兴吧，不高兴就对了，六皇子觉得，只要自己不高兴，全朔明宫的人就都该陪着不高兴。

旁人——特别是讨厌的人不高兴了，反过来，六皇子就高兴了。

打人打痛处，他扬着嘴角，说："五哥，你那好阿姊怎么没和你一路？我没记错的话，她都好久没和你一起出现了吧？"

"阿姊近来身体不适，劳烦六弟挂心了。"五皇子有心转移话题，看了一眼倾巢而出的妧怜宫宫人，问，"六弟这是在找什么吗？"

"找一只猫，黑尾巴的白猫。你看见了吗？"六皇子本是随口一问，不料五皇子露出若有所思的神情。

"你见过？"他马上追问。

"见过，但并非现在。"

"你是什么时候见的？"

五皇子又看了看手拿竹竿的妧怜宫宫人，说道："你捉猫要做什么？"

"怎么？怕我和猫过不去？"六皇子冷笑道，"五哥和你的好阿姊一样，也开始管起闲事了？"

五皇子没有理会他的挑衅，说："前几日，我在梧桐宫中看到了你说的猫。"

"又是梧桐宫。"六皇子冷哼一声，转身就走。

"等等！"五皇子在他身后叫道。

"什么？"六皇子满脸不耐烦地转过头。

"那只猫是梧桐宫养的猫……你要是伤了它，九弟不会善罢甘休的。"

六皇子露出一个冷笑："那又怎样？难道我还怕他一个杂种吗？"

"六弟当然不怕，但是如果有更好的方法，为什么要去和他纠缠在一起，折损自己的风度呢？"

"什么更好的方法？"

五皇子看了一眼搀扶他的宫女。

六皇子道："这是我母妃给我的宫女，你直说。"

"这猫是七姐拜托九皇子收养的猫，六弟只要神不知鬼不觉地把猫杀死，再用猫尸嫁祸九皇子，众人就会皆知九皇子残忍暴戾，敬而远之，七姐自然也不会再袒护此等暴虐无道之人，一个在宫中失了庇护的皇子，再怎么也是独木难支。届时，六弟想怎么报复，还不是易如反掌？”

“五哥这是怎么了？太阳从西边出来了？居然会有五哥为弟弟出谋划策的一天？”

“我话已至此，用不用都是你的事。我还有事，便先走了，六弟自便。”

五皇子一拱手，和六皇子擦肩而过。

“呵……”六皇子看着他的背影，冷笑一声，转身往妧怜宫走去，“给我留意着那只猫，我自有用处。”

秦曜安真当他是傻子？

想拿他当刀使？

老子先拿你当靶用！

送走惊蛰，迎来春分。

春回大地之后，御花园中百花盛放，六宫嫔妃也开始争奇斗艳，频繁端着绿豆汤、鸡汤、参汤以及乌鱼汤出入瑞曦宫。

据一名不愿透露姓名的高公公说，陛下喝汤喝得想吐，扬言再喝一碗就是某高姓公公离体的瘪鸡。

后来，怜贵妃送去了一天内的第八碗热汤。

后来……没有后来。

陛下现在还卧床不起呢。

秦秾华请安不成，只能请高大全替她转达对父皇的关心和深切同情，然后带着跟她一起来的九皇子打道回府。

绯色的晚霞笼罩红墙绿瓦的皇城，秦秾华心情不错，每到春天，她的心情都不错。

回宫后，醴泉送回名下产业的各项进账，她事必躬亲的毛病自梦到过劳而死后改了不少，但还是没能根绝。

身体弱，但是工作不能停，怎么办呢？

枸杞茶、阿胶糕和燕窝鱼翅在哪里？

满上满上，都给本宫满上！

秦秾华一边喝着枸杞茶，一边幸福地伏案工作，少年忽然出现在桌边的时候吓了她一跳。

他的脸色不太好看。

秦秾华不知出了什么事，问："发生什么事了？"

"小秾华……不见了。"

"宫里找过了？"

"找过了……没有。"他皱着眉，说，"这个时间……该吃饭了。"

秦秾华估摸着是春天来了，这猫也去给谁送汤了，但眼前的少年眼神太过纯洁，估计说了他也不懂。

她安慰他两句，叫来乌宝，让他带着宫人，和少年一起去找猫。

还是乌宝懂事，她只给了个眼神他就懂了。

"猫房附近最近多了许多野猫，兴许小主子是到那儿去玩了。奴婢这就带着九皇子去找。"

乌宝带着九皇子，又点出四个手疾眼快的宫人，一路向着猫房而去。

朔明宫中几乎所有的猫都出自猫房，原先猫房旁边还有个豹房，自从怀帝在里面被豹子咬死后，豹房就拆了，也没再改建。时间一久，那里就成了宫中猫儿的乐园，一到春天，那里面的声音，哎哟，他这个没根的公公听着脸都红。

考虑到九皇子还不通人事，乌宝没让九皇子靠近豹房旧址，而是先打发了几个小内侍去里面找。

结果出乎意料，豹房旧址里有十几只猫，白的、黑的、花的、黄的都有，就是没有九皇子的小秾华。

眼见秦曜渊的脸色越来越冷，乌宝急忙安慰道："九皇子别担心，小主子一定是贪玩忘了时间，咱们再去懿丽宫看看，说不定小主子是去找八公主的鹅子玩了……"

他话没说完，一个神色慌张的小宫女踉踉跄跄地从宫道尽头跑来。

"怎么搞的，宫道上跑什么跑？让别的主子见到，你还想不想活了？"乌宝皱眉训斥。

"不……不好了……"小宫女吞着口水，一副跑太急了嗓子干哑的样子。

乌宝皱起眉头："什么不好了？你好好说。"

"奴婢从浣衣局回来的路上，经过延春园，看见……看见……"

"你看见什么了？"

"奴婢看见，五皇子身边的宫人在埋殿下的猫！"宫女受到极大的惊吓，几乎是用喊的说出这句话，她浑身颤抖，说道，“他们有好几人，奴婢不敢出声，只能赶快赶回，禀报主子！”

乌宝心里一咯噔，下意识地去看秦曜渊。果真，他神色极冷。

“猫……死了？”秦曜渊低声说，似是自言自语。

“没有！没有！”宫女连忙摇头，乌宝刚看到一线希望，宫女又说，“可是……好像也活不成了……”

秦曜渊转身就走。

“九皇子！九皇子！您千万别冲动！”乌宝见形势不对，连忙让身边一人立即回去禀报公主，他则用上吃奶的力气，狂甩跛腿朝九皇子追去，“九皇子！等等奴婢，可怜可怜身残志坚的劳动人民吧！”

到了延春园，引路的小宫女指出一个位置。乌宝正要吩咐宫人，一个身影已经越过他，蹲下直接开挖。

“九皇子……”乌宝喊。

秦曜渊头也不抬。

他的视线集中在不断挖开土坑的双手上，耳朵里只有自己的鼓膜跳动。

宫人们站在一旁，你看我我看你，谁也不敢说话。

乌宝跪在地上，帮着一起挖开新堆的土坑。

忽然，秦曜渊的右手停了。他僵了一下，慢慢儿地拂开松散的泥土，拂出一只紧闭双眼的狮子猫来。

狮子猫原本柔滑的毛皮因鲜血而打结，曾经洁白的身上沾满血污泥土，一条乌黑的尾巴垂在身后一动不动。

秦曜渊一动不动地看着，面无表情。

“九皇子？您别吓奴婢，您说说话吧……九皇子……”

不论乌宝在一旁如何催促他说话，他都一话不发，只是沉默地拂开小秾华身上剩余的泥土。

一旁的乌宝看着小心翼翼地捧出狮子猫的秦曜渊，腿肚子已经开始发抖。

苍天在上，可怜可怜他这个身残志坚的劳苦人民吧！

他实在跑不动了，这延春园，距离五皇子所在的延瑞宫，跑也要跑上一炷香时间呢！

事与愿违，秦曜渊轻轻地放下小秾华，转身就走。

“九皇子！九皇子——你们愣着干什么？还不快去拦着九皇子？！”

乌宝急忙令宫人拦，可是这当口儿，谁又敢真正去拦？

乌宝一跺脚，正要甩着跛腿去追，余光突然看到狮子猫难以察觉地抽搐了一下。

报信的人很快就把消息带到了梧桐宫。

秦秾华正在回一封信，闻言一抖，宣纸上多出一滴墨迹。

她毫不犹豫地放下工作，立即赶往延瑞宫。

趁着路上的时间，秦秾华在凤轿里问道：“是谁看见有人在埋猫？”

快步走在凤轿一旁的结绿回答：“是我们宫的小宫女，平日在后院打杂，不爱说话，老老实实的。”

“只她一人？”

回来报信的宫人说：“就她看见了。”

“埋猫的有几人？”

“说是有好几个……但具体几人奴婢没问。”

“她原话是怎么说的？”

“她说……五皇子身边的宫人在埋殿下的猫，他们有好几个人。”

“埋个猫也要派这么多人？还恰好让梧桐宫的人看见？”秦秾华冷冷一笑。

结绿问：“公主的意思是，有人陷害五皇子？”

“此刻最应该做的是找到九皇子，免得他做出难以挽回的错事。”秦秾华说。

凤轿在延瑞宫门前落下后，秦秾华快步走向宫殿门口。

守门的内侍见了她，露出笑脸正要请她进去，她打断他，开门见山道：“九皇子来过了吗？”

“九皇子？”看门的内侍一愣，“九皇子没来过这里。”

“阿姊！”得到消息的五皇子从延瑞宫中兴冲冲地跑出来，“阿姊！你终于来看我了吗？”

“是呀，来看你什么时候才能长大一点儿。”秦秾华说。

五皇子一愣，停下雀跃的脚步：“阿姊……你怎么了？”

“六皇子曾经是怎么对你的，你都忘了吗？”

“阿姊，你怎么……”

“有人看见你身边的宫人埋了九皇子的猫。”

“什么？”五皇子大惊，“我没有！阿姊，你要相信我，我怎么会——”

“是，我相信不是你打死的，但我也相信，这嫁祸于人的法子不是六皇子想出来的，他不是这么爱动脑子的人。安儿，你说呢？”

五皇子张了张口，神色难堪：“阿姊……”

“我费心筹谋，都是为了谁？你若不领我的情，大可直说，我今后只扫门前三尺雪，决不食言。”

“阿姊，你别这么说，我错了，我真的错了……你别生气……”五皇子见她动了真气，慌张地拉住她的衣袖。

“安儿，这是阿姊最后一次劝你。”秦秾华拉开他的手，冷声说道，“若九皇子倒下，宫中剩下的所有皇子，你自己好好想想——谁会是六皇子下一个最想拔除的眼中钉？”

不待五皇子回答，秦秾华转身就走。

“阿姊！阿姊！”五皇子从宫中追出，大声呼喊。

秦秾华面不改色，放下门帘，说道：“妧怜宫。”

当她赶到妧怜宫，守门的宫人却告知六皇子的腿伤好了，下午就去马球场打球了。

并且，一炷香前，九皇子来过。

天边的晚霞渐渐沉下去了，天色，越来越黑。

秦秾华站在空旷冷清的大道上，心里只有一个念头——糟了。

第十二章
皇者

位于朔明宫东边的马球场，六皇子在六名年龄相仿的内侍的陪同下，打了几场练习性质的马球赛作为康复的庆祝。

结果显而易见，他未尝败绩。

六皇子憋了这么多天，好不容易解禁，本想再多打两场，无奈受伤的脚腕又开始隐隐作痛。

他还不至于为了两场马球搭上后半生，内侍一劝，他就借坡下驴下了马，约定过两日再来痛快地打上一场。

“六皇子今日真是英明神武，英姿勃发！我看呀，这天下根本就没有我们殿下的一合之敌！”

内侍们的马屁吹得响，六皇子的下巴越扬越高。他甩着手里的球棍，得意地说道：“还不是你们太弱！球传到面前来也拦不住！”

“奴婢们还不是被吓住了吗？奴婢听说，那古时的大将，在战场上一露面就能单凭气势吓退敌军，殿下就和那大将军一样，奴婢们看了吓得脑子都不会动了，哪里还想得起来拦球呢？”

“球不会打，马屁倒是吹得够响！本殿下一定要——”六皇子高举起马球棍，看内侍吓得面色发白后，才得意地说道，“回去厚赏你！”

内侍死里逃生，神色一松，立即附和着大笑起来。

“不是奴婢们拍马屁，实在是殿下当真英伟！”另一内侍见得赏的不是自己，不甘示弱地也吹起马屁，“特别是今日殿下击打那梧桐宫的猫时，反应都比平时要快上许多！不如为了殿下以后的训练效果，奴婢把马球给换成活物，那猫房别的不多，猫可多了——”

想象中的赏赐没得到，内侍反而肚子上挨了一球棍。

六皇子怒声说：“球都能自己跑了，那我还练习什么？尽出馊主意，滚！”

一行人吵吵闹闹地走下亭台，六皇子忽然止声，眯眼看着从石桥阴影下走出的少年。

“秦曜渊？你在这里做什么？”

少年抬起面无表情的脸，冰冷残酷的眼神让六皇子本能一窒。

六皇子给了身边内侍一个眼神，他们走下桥，带着不怀好意的笑容，将九皇子逐渐包围。

“九弟呀九弟，真是天堂有路你不走，地狱无门你闯进来。你上次给我留的伤，现在还在我身上呢，我每一天都在提醒我自己，总要找个机会还给你，没想到……这个机会这么快就来了。”

六皇子扬起球棍，敲在石桥护栏上。

一下又一下。

他踩着敲击的节奏，慢慢儿地走下石桥：“九弟呀，趁着还有机会，有什么遗言，赶紧说了吧。”

少年一动不动地看着他，眼中似有黑海涌动。

六皇子走下台阶，拿起球棍戳在少年胸口道：“怎么来了不说话？这说不定就是你最后的说话机会了。”

一名内侍嘻嘻笑道：“殿下，您还是别为难他了，我听说这九皇子是个结巴，可能他自己也觉得羞耻吧！”

六皇子带头大笑起来。

晚霞已经完全沉没了，肃杀的寒风吹过辽阔的马场，石桥下几人的衣摆都在风中呼呼作响。

少年开口，声音比吹过的风更加低沉冰冷：“是谁……杀了它？”

“九皇子，您不会真的是个结巴吧？”一名内侍高声嘲讽道，“你学学奴婢，一句话把它说完整，‘是谁杀了我的猫’这才七个字很难说全吗？除非……您是个结巴！”

哄笑声骤起，少年仿佛什么也没听到，又问了一遍：“是谁……杀了它？”

“这话可问倒我了。”六皇子满脸笑容，狭长的丹凤眼中闪着纯粹的恶意，“这里的人都打过它棍子，但要说谁杀了它……我还真回答不出呢！”

六皇子得意地大笑起来，几个内侍说：“这当然是殿下的功劳，奴婢们那点儿三脚猫的功夫，连耗子都逮不着，哪能打着猫呀？”

六皇子说：“不过……我还以为你在跟秦曜安狗咬狗呢。你是怎么找到这里的？”

少年目不转睛地看着他，眼神冰冷，像在看地上的一只爬虫。

六皇子心生不快，粗暴地将球棍戳在少年脸上：“本殿下问你话呢！”

“你是哑巴了吗？！”六皇子怒从心起，一球棍猛地敲在少年头上。

少年偏着的头一动不动，低沉的声音飘散在风中：“你就……这种程度？”

“你说什么？！”六皇子都要疑心自己听错了，然而少年抬起的眼眸中，是那么明显的讥讽。

他勃然大怒，手一挥道：“都给我上！让他看看本殿下是不是就这样了！”

六名内侍一拥而上。

个头最高的马脸内侍一脸凶狠，第一拳就直接对准少年的鼻梁。

秦曜渊侧身闪过他的手臂，拔下内侍头上的木簪，反手刺向朝自己扑来的矮个子内侍的眼眶。

一声凄厉的惨叫割破昏暗的天空。

个子最为瘦小的内侍从怀中掏出一把小刀，咬牙往少年的方向冲去。

少年就像背后长了眼睛似的，旋身抓住他握刀的手，反手一插，整个刀身都没入内侍腹中。

秦曜渊抓着刀把，一脚踹飞瘦小内侍，扯过身旁最近的内侍，内侍还未来得及出拳，咽喉先感到一凉。

鲜血飙射，溅上少年还未长开的眉眼。

不过眨眼时间，六名内侍倒下三个。

冰冷的青石地面，温热鲜血淌过，填满石砖缝隙，瞎眼的内侍跪在地上号哭，凄惨的声音在空中来回撞击，撕裂傍晚的天空。

六皇子后退一步，怒吼道：“愣着干什么？！一起上！本殿下要是伤了一根毫毛，你们的家人都要跟着一起陪葬！”

剩下的三名内侍不敢托大，互相给了眼神，一起向秦曜渊攻来。

这三人明显和先前三人不同，无论进攻还是躲避，都自有招数，一看就有功夫底子。

而秦曜渊什么都没有学过。

自出生起，他就生活在暗无天日的密室。

每一天，他都在面对毒虫、暗箭、狂暴之徒，只有杀了对方，自己才能活下去。不论这个人是谁，不论这个人是不是昨日还笑着给他送饭。

想要活下去，就必须杀了他们。

杀了他们。

杀了他们。

“伏罗……只有你变得比谁都强大，才能保护你想保护的人。

“否则……他们就会像现在一样，因你而死。

“他们是因你而死的。

“如果你足够强，他们根本就不会死！

“只要活着，只要还有一口气在，你就不能输，你要变得比所有人都强大！

“杀了他们！

“杀光他们！”

…………

活下去，是人的本能。

对他而言，杀人是像呼吸一样的本能。

三名内侍合力将秦曜渊按倒在地上，一名瘦长脸的内侍，一脚踩上少年的手腕，趁机夺走他手中的小刀。

瘦长脸内侍刚要开口嘲讽，少年却猛地抬脚狠踹其中一人的双腿之间，旋即从禁锢中脱身，一个猛扑将他按倒在地。

倒下的内侍发出一声极度凄厉的叫声，甚至超过了一旁号哭的瞎眼内侍。

两名正要前去帮手的人猛地停下了脚步，他们惊恐至极地看着伏在内侍身上的少年抬起头，偏向一边，吐出一块带皮的血肉。

少年回过头，冰冷的视线锁着最后两名内侍。

他浑身是血，全是别人的血，鲜血凝结在他乌黑的睫毛上，模糊了视线，以至于他不得不伸手抹了一把。

剩下的两名内侍失去进攻的勇气，他起身，他们跌下，他往前迈一步，他们手脚并用向后挪动。

“九皇子……九皇子救奴婢啊！”

秦曜渊捡起落在地上的球棍，走到二人面前，二话不说打倒一个，再打倒另一个。

他机械地挥舞着球棍，仿佛不知疲倦。

鲜血和惨叫声一起飞散，渐渐地，惨叫声停了，只剩下红白之物在地上不断扩散。

一股鲜血溅至少年上扬的嘴角。

六皇子想转身逃跑，可是他刚一动弹，发软的双脚就让他摔倒在地。

他惊恐地回过头来，发现少年提着球棍开始向他走来。

他试图站起来，双脚却像是不属于自己一样。他看了一眼越走越近的秦曜渊，双手撑在地上恐惧地后退。

"别过来……别过来……"

在六皇子眼中，此刻的秦曜渊无异于从地狱返回的恶鬼。

可怕的不是他浑身的鲜血，不是他球棍上的红白碎渣……可怕的是，杀了这么多人后，他竟然在笑。

六皇子怎么也想不通，他竟然在笑！

鲜血覆面的少年一步一步稳稳地向他走来，一向缺乏感情的脸上竟然浮出笑意。

六皇子被他嘴边的笑吓破了胆，双腿间一热，地上留下一道蜿蜒的水痕。

"你……你到底是什么东西……"

秦曜渊没有回答他的问题，握着球棍的右手高高地举起，眼看着就要挥下——

"住手！"一道熟悉的声音从身后不远处响起。

秦曜渊挥下的球棍没有丝毫犹豫，一下，两下——球棍断了，他扔开球棍，提起头破血流的六皇子，捏紧拳头，刚要一拳砸下。

"够了！"

有人从身后把他强行拉开，少女一个箭步挡到他和六皇子之间，对他怒目而视。

为什么？

因为他伤害了地上的这个人？

秦曜渊看着鼻青脸肿，满脸鲜血的六皇子，心中的杀意越发强烈。

六皇子从地上爬起，手脚并用地蹭到秦秾华身后，极力缩小自己颤抖的身体。

“为什么……拦我？”秦曜渊一动不动地看着少女，而她除了最初的那一眼外，再没有给过他第二个眼神。

秦秾华扶起惊魂未定的六皇子，问：“六弟，你没事吧？”

“我有事！”六皇子紧紧地握住秦秾华的手腕，像是抓住了救命稻草。他惊怒交加，瞪着秦曜渊身旁半米的空气，“我不会放过你的！等我母妃和外曾祖父知道此事，你就等死吧！”

“你确定要让他们知道吗？”秦秾华说。

“当然要！”六皇子怒声道，“他杀了我这么多人！还敢伤我……你看！你看我脸上的血！他完了，我要让我外曾祖父……”

“你想让他们知道小平是怎么死的吗？”

六皇子像被一只无形的大手掐住了脖子，陡然无声。

秦秾华微笑道：“六弟，你猜怜贵妃和穆首辅若是知道此事会如何？”

六皇子满脸惊恐地看着她。

“他们是会撤了你宫里的所有内侍，还是关你禁闭，每日让你抄写无数遍圣人之书，又或者，草草给你定下婚事，让你立即开府成婚？”

秦秾华微笑着，轻轻扶正他歪掉的发扣。

“我听说你有一表妹，知书达理，温柔贤淑……就是样貌勉强了些，你母妃一直劝你娶妻娶贤，如果我是贵妃娘娘……父母之命，媒妁之言，本就是天经地义之事，更何况你现在让我抓住了把柄，此时我要你娶谁，你还能直着腰板反对吗？”少女缓缓地说完，笑道，“你说呢？”

“你……你怎么知道小平的事……”六皇子颤声说，“我只是好奇而已，我没碰他，我没有……”

秦秾华将食指竖在嘴前，比出一个噤声的动作。

六皇子下意识地吞下了后面的话。

“嘘——”少女微笑着，如春风拂面，轻言细语道，“别脏了我的耳朵。”

“你身上的伤，比起是被小四岁的弟弟打的，还是从马上摔下要体面些。你觉得呢？”

六皇子惶惶地看着她。

“说话。”秦秾华微笑着重复，“你觉得呢？”

六皇子一哆嗦：“是……是从马上摔下来的。”

"这些人……"秦秾华扫了一眼地上的六名内侍，说，"这些还能开口的人，你知道怎么教他们说话，七姐就不在你面前班门弄斧了。"

秦秾华转身从秦曜渊身边走过，一步未停。

"走吧。"她背对他道。

回宫之后，秦秾华吩咐宫人烧水，又派人去请早已候在偏殿的上官景福来为秦曜渊看伤。

她在软榻坐下，问："看见五皇子的宫人埋猫的是谁？"

一个宫女怯怯地走上来："是奴婢……"

"我叫乌宝陪你去延瑞宫一趟，你把那个人指认出来，带回梧桐宫。乌宝，你把事情原委告诉舒德妃，她通情达理，会答应的。至于带回来的人，你看着办吧。"

乌宝眉飞色舞道："诺。"

秦秾华给结绿一个眼色，屏退了其他无关的宫人。

寝殿里安静得落针可闻。

秦秾华抬起眼，看着几步外的少年，说："我拦你的时候，你为何不停？"

"他该死。"

"他现在不该死。"秦秾华说，"阿姊教你的第一件事，就是要以大局为重。"

"他杀了小秾华……"

秦秾华说："那你告诉我，若你今日真杀了他，你要如何收场？"

少年张了张口，无话可说。

"你收不了场。"秦秾华说，"你杀得了一人，杀不尽穆党所有人，只要穆党还在，你就不能活。你用自己的命，去换秦曜泰的命，值得吗？"

"那就当……无事发生吗……"少年定定地看着她。

夜风毫无预兆地吹起，寝殿中的层层白纱如浪花飞舞，夜风中，夹杂着早春冷夜的凉意和湿气。

风停后，世界又恢复了肃静。只剩少年低哑的声音，如自语般响起："如果死的是我……你也会……以大局为重吗？"

孩子要哄，可是有些话，不能哄。

"会。"秦秾华面不改色地说道，"即便是任何一个人死了，我也会以大局为重。如果是我死了……我也希望你能以大局为重。”

“我不懂。”

秦秾华看着他：“你可以不懂，但你必须听话。”

“就像……献帝一样？”

少年的话像一把利刃插进胸口，她在感知疼痛的瞬间，条件反射地笑起来。

许久后，她说：“在你心中，阿姊就只是曹操吗？”

他没有说话。

秦秾华说：“出去。”

他还是还没有动，秦秾华怒声道：“出去！”

结绿和乌宝从未见过主子发怒，愣在一旁，还是结绿最先反应过来，上前行了一礼，说：“九皇子……公主现在不想见你，出去吧。”

秦曜渊恍若未闻，幽深的双眼始终看着她。

“出去！”她第三次怒喝。

他终于转过身，慢慢儿地走出去。

秦秾华身子一晃，结绿急忙奔来扶住她：“快传御医！传御医！”

结绿的声音仿佛隔着很远传来。

她能听到自己剧烈的心跳声，血流奔腾的声音中，响荡着梦中秦曜安和她决裂时质问她的声音。

“你根本就没有把我当过弟弟，你的眼里只有权势！

“母亲偏爱我，父皇也将皇位传位于我，你一直嫉恨这一点，所以处处与我作对，阻挠我登基称帝！

“你凭什么？！

“我恨你！我这辈子最恨的事情，就是有你这样的阿姊！”

她捂住胸口，吐出一口鲜血。

结绿一声尖叫，梧桐宫霎时大乱。

梦里玉京城破，四十万大梁铁骑在城中烧杀劫掠，软弱无能的父皇提起长剑，血战到最后一刻，死后被砍下头颅，曝于紫薇门七日，母妃执意和父皇一同留在朔明宫中，自刎于遇仙池边。

是她带着五皇子南逃，在南景重建朝廷。

是她推新政，开海禁，办官学。

是她亲率大军，西斩叛乱的芸南王仇远，两度北伐，将野心勃勃的梁军逼退至山溪一带，东修昌城，防御来自元王伏罗的威胁。

她凭什么？

是呀，她凭什么？在所有人心中，她只是一个挟势弄权，机关用尽的小人罢了。

她连小人都不如，只是一个女人。

一个妄想旋乾转坤，改天换日的女人。

上官景福挎着药箱，匆匆走进寝殿，被秦秾华惨白的脸色吓了一跳，连药箱都来不及放下就为她诊脉。

许久后，他面色凝重道："公主先天孱弱，只能以调养为辅，最重要的，还是慎勿劳心动怒，如此才能……"

"才能寿满天年？"秦秾华提起嘴角，淡淡地说道，"寻常天年，不要也罢。"

上官景福一愣，垂下头去，不再言语。

"你出去吧。"她顿了顿，又说，"九皇子身上或许有伤，你去看看罢。"

"诺。"

上官景福出去后，没一会儿，乌宝进来了。

"公主，外边下雨了。"

他停了一会儿，看了一眼秦秾华的脸色，继续说，"九皇子就在殿外，谁劝也不走，也不让上官御医给他诊脉。"

"随他去吧。"秦秾华说。

她屏退宫人，独自一人待在寝殿中。

似乎是倒春寒来了，她穿得不少，却依然不时地在咳。

她咳的时候，不愿让任何人发现。

寒风越来越大，夹杂着星星点点的冷雨，漫过狂舞的白纱，桌上的青玉杯盘，摧残着，怒吼着，滚滚前进。

她屈服于无情的寒风，从软榻起身，走到窗边想要合上木窗，视线却在望见院子里瘦削的少年时凝住了。

他站在风雨中，黑沉沉的眼眸静静地看着她，没有怨恨，没有伤心，他只是看着她，一动不动地看着她，好像她一声呼唤，他就会毫不犹豫地走来。

冷雨打湿了他的黑发和衣服，墨紫色的发带在风雨中无处凭依，好像下一刻就要被风裹挟，消失在无边的夜空中。

秦秾华和他对视了半晌，在他刚要迈出一步的时候，关上了窗。

后半夜，她一句话都没有说过。

别的主子发火时是全宫不得安宁，秦秾华发火时，梧桐宫静得像冬夜。

没有她的微笑，梧桐宫太静，太冷。

宫人们宁愿她把火气撒出来，也不要她把闷气憋在心里，伤了自己。

结绿进出寝殿无数次，甚至还端来了她最爱吃的甜雪，秦秾华都一言不发。

当宫人禀报秦曜渊消失不见时，秦秾华没有感到一丝意外。

甜雪已在玉盘中完全化开，她一口未动。

结绿来端走玉盘时，她忽然问了一句："我是不是做错了？"

结绿只回答了一句："公主错在不够狠心，除此，什么错也没有。"

最后，她还是让乌宝带人去外边寻找少年。

结绿说她不够狠心，在那个不知是庄周梦蝶，还是蝶梦庄周的梦里，天下人却都说她蛇蝎心肠，就连她的双生弟弟也不例外。如今连她都搞不清楚自己这胸膛里，究竟是颗怎样的心。

一炷香后，外出搜寻的宫人传回第一次报告，梧桐宫周围无人，摘星宫内外无人。

一个时辰后，两个时辰后，外边的更声已经响了又响，全数而出的宫人都没找到少年。

他就像是太阳升起后的朝露，完完全全地消失在了朔明宫中，连丝毫足迹都没留下。

"不必找了。"她说。

"公主……"乌宝和结绿神色复杂，想要安慰些什么，她再次说道，"把人都撤回来吧，夜深了……你们也早些休息。我累了，都下去吧。"

乌宝和结绿退下后，她点亮灯盏，坐在桌前，想起就在几日前，她还在这张桌前握着他的手，一笔一画写下两个人的名字。

她铺平一张宣纸，在暗淡的烛火下磨墨，执笔轻轻写下一个傲骨嶙嶙的"皇"字。

皇者，孤也。

梦中她没能做到的事情，醒来后必定做到，谁若阻她……

至亲亦可杀。

夜渐深。

不知不觉中，她趴在桌上睡着了，醒来时，寝殿内已经透入微熹的晨光。

她起身走向殿门，想要去偏殿看一看他是否归家。

推开门，她的脚步止住了。

少年靠在红色的廊柱下，偏着头似已睡着，又在她开门的一瞬间，警觉地睁眼，朝她射来刀子般锐利的目光。

看清是她后，少年冰冷的目光刹那软化，神色里闪过一抹无措。

他的双手小心翼翼地捧着什么，十指都是泥土，因无法用手借力，只能靠双腿和背部的力量，略显狼狈地从地上起身。

离去时还算齐整的圆领袍如今已大变了样，到处是破口和钩出的线头不说，还沾满了犹如细针一样的鬼针草种子。

“你去哪里了？”她哑声问。

他走到她面前，小心地摊开伤痕累累的手掌。

一只发着磷光的蓝紫色蝴蝶在他掌心轻轻地扇动翅膀。

“我找到了……”他说。

“我找到了……

他又一次重复，语气带上一丝焦急。

秦秾华怔怔地看着他，知道他未尽之语是什么。

“要我原谅他，除非六月飞雪，春分流萤。”

他找到了，春分流萤。

安静的寝殿内，秦秾华拿着一块干净的巾子，浸了水拧干，给换上干净中衣的少年擦拭手上的泥土。

她不知道他是哪里捉来的春分流萤，但他手上发红的割痕，蚊虫叮咬的红肿，都告诉了她此行不易。

少年目不转睛地看着她，乌黑的眼眸里一往无前，坦荡而无畏。

这匹小狼，即使不是完全，也即将被她完全驯养。

她将他冰冷的双手包裹起来，放至眼前轻轻地呵气。他盯着她看，眼里多了些无措和茫然。

"阿姊以后生气的时候，你不许再跑远了。"她抬起头，直视着他的眼睛，轻声说。

"我……"

他的目光落在桌上立着不动的蓝紫色蝴蝶上，它满是磷粉的蝶翼在晨光中，如刚刚打磨出来的璀璨宝石，闪耀着迷离光泽。

"即使没有春分流萤，阿姊也会原谅你。"她笑着抚上他的面颊，说道，"因为我是你的阿姊。"

"你知道阿姊为什么生气吗？"她收回手，轻声说，"你为了一只猫，便豁出自己的性命。你可知，阿姊也能为你豁出性命？你用自己的命去换秦曜泰的命，他配吗？"

"它不是……普通的猫。"他说，"它是小秾华……"

他的声音低了下来，有一丝委屈："因为它叫小秾华……"

秦秾华愣住了。

"我没有保护好……小秾华……我以后……会杀了他。等你说可以杀他的时候……我要杀了他。"最后一句，少年的声音冷得如坠冰窖。

秦秾华蒙住他露出杀气的眼睛，说："渊儿，你送了阿姊流萤，阿姊也要送你一个礼物。"

"什么？"

"送你小秾华。"她说，"喵——"

少年沉默半晌，说："我……不是傻瓜……"

第二声截然不同的猫叫响起。

秦秾华笑着撒手，从地上抱起一只雪地拖枪狮子猫。

小秾华虽受了伤，但精神尚好。秦秾华抱着它，它已伸出爪子，好奇地用爪子去钩桌上的蝴蝶。

秦秾华把猫放进少年怀里，笑道："他们虽把它埋了，但泥土阴错阳差让小秾华身上的外伤止了血。上官景福已经给它上过药了，只要养上个一两个月，就能和以前一样活蹦乱跳。"

少年难以置信地看着失而复得的小秾华，笨拙而小心地抚摸着它身上的长毛。

"渊儿，你对阿姊来说，比一千个一万个六皇子都要重要，今日这般莽撞的行为，切勿再做了。”

少年低头抚猫，许久后，说：“和五皇子……比呢？”

“五皇子，是谁？”少年抬起头来，问道。

秦秾华忍俊不禁，挠了挠他的下巴，说道：“何苦跟废物比重量？你在阿姊心中，谁人也赶不上。天下之大，只有你我可以相依为命，阿姊把你放心上，你不可再说让阿姊伤心的话了……答应阿姊，好吗？”

他看着她的眼睛，许久后，起誓般地说道：“好。秦曜渊……再也不说……让阿姊伤心的话。”

宫人们伺候秦秾华洗漱时，发现寝殿里的少年，只惊讶了一会儿。

秦秾华洗完脸，将擦脸的巾子还给结绿，让人叫来外边执勤的乌宝。

乌宝踱着脚，快步走进：“公主。”

秦秾华说：“上次叫你查的事情查得如何了？”

“回禀公主，奴婢查到这两年妩怜宫中偷偷埋的宫人有好几十个，男女都有，其中和小平情况类似的有十一人。这十一个人里，在宫中有亲朋好友的共有四人。”

“四人……四人也不错。”秦秾华说，“深宫之中，真情难得。把这四人的故事，想办法透露给他们的亲近之人吧。”

“诺。”

乌宝退去后，秦秾华拈起一小块阿胶糕放入嘴里。

微微一笑。

四月初，草长莺飞。

坊市和农田一齐热闹起来，一处出没逗猫惹狗的纨绔，一处遍布辛勤劳作的农人。

浔阳楼是玉京城内最大的酒楼，这一夜人山人海，只因其正在举办一年一度浔阳品酒大会。

十三个关卡结束，最后的胜利者抱着一坛作为奖品的金茎露，摇摇晃晃地走出浔阳楼大门。

身后传来的低声议论络绎不绝，各色目光都集结在他的身上。

“十七岁登科的少年天才，却整日买醉，可怜可叹……”

“前太子太傅，废太子的老师……能留下一条命就已经不错了……”

“考上状元又如何，今日还不是如你我一般白衣……”

得胜者对夜色中隐约传来的议论充耳不闻，怀中似乎就是他的世界。他酡红的脸上满是笑意，时不时低头去看，笑得合不拢嘴。

观他面容，已是耄耋之年，两鬓斑白，布条包裹的发髻下，也是一片银色。

他一路摇晃着走入一条偏僻小巷，敲开老旧木门，醉醺醺地倒在地上。

“先生！”开门的小童急忙扶起他。

他死死地抱着酒坛不撒手，嘴里念叨着：“小心……小心……别磕坏了我的宝贝……”

小童正要说话，他已推开他，抱着酒坛往里间走去。

里间狭窄，破旧的木桌上有一盏油灯，亮着黄豆般大小的光源。

他从橱柜里找出两只瓷碗，把破了一道口子的留给自己，另一只碗反复擦拭几次后，放到对面，满上一杯千金难求的金茎露。

“殿下……请……”他口齿不清地说。

小童站在门口，神色复杂，欲言又止几次，最后无奈地看向身后的人。

清冷月光洒满整个小院，一轮弯月高高悬挂。

少女身着月蓝色的襦裙和上襦，外穿同色大袖衫，静立月光之下，肌若冰，骨似玉，飘飘如仙，宛若幻梦。

她迈进屋门，身影遮挡了大半月光，昏黄烛火霎时明亮。

“又是你。”老翁头也不抬，自语般低声道。

秦秾华在他左手边坐下，看着他给缺了口子的瓷碗倒满一杯，仰头一饮而尽。

在他握住酒坛，打算倒上第二碗的时候，秦秾华开口：“能给我倒一碗吗？”

老翁恍若未闻，给自己倒满第二碗后，再次一饮而尽。

“我用御酒坊出品的宫廷长春露来换。”秦秾华说。

老翁一顿，半晌后，他起身走到橱柜前，拿出一只瓷碗，擦也不擦就扔在秦秾华面前：“自己倒。”

秦秾华也不磨蹭，努力抱起酒坛，给自己倒了一碗金茎露。

她端起酒碗，在老翁的注视下品了一口。

“甘美醇厚，回味无穷，果然好酒。”

老翁扯了扯嘴角，讽刺道："金枝玉叶，也不怕这碗脏了你的嘴。"

"金枝玉叶，也是地里长出来的，覆巢之时，不比乞丐好命。"

"你倒是想得开。"

"对我们的对手来说，没什么比我们想不开更好了。"

"玉京公主，果然和寻常女子想得不同。"

老翁单手提起酒坛，给自己倒了第三碗。

"只是比旁人多读了几本书罢了，若人人都有读书写字的机会，大朔将处处是不寻常的人。"

"异想天开。"

"也比醉生梦死来得好。"

"不论你说什么……不论你是给谁当说客……老夫是不会改变主意的。"

"我不是来给任何人做说客的，我也无意劝你重回前朝。"秦秾华道。

"那你是来做什么的？"

秦秾华说："我想聘你出山，教书育人。"

"老夫的上一个学生结局如何，难道你不清楚吗？"

"一种书教千种人，非是书不好，也非是人不好，时来天地皆同力，运去的英雄不自由。"

"运去的英雄不自由……不自由……"老翁喃喃自语，神色凄苦，面孔在昏黄的烛火下更显苍老。

他放下酒碗，抬起布满血丝的眼睛望向秦秾华道："穆世章断然不会允许老夫来教导皇子，更不可能让老夫插手官学……公主是打算开办私学？"

秦秾华微笑着反问："有何不可？"

"公主若是想招揽人才，大可等开府之后，以修书之名，向天下英才发出邀请。创办私学，实在不像公主会做的举动。"

"为何？"

"因为，太愚蠢了。"老翁哂笑道，"穆党能结起来，是因为穆世章乃开国元老，又有从龙之功，穆氏本身又富可敌国，遇事可砸钱开道；裴党能结起来，因为裴氏是屹立玉京百年不倒的世家大族，裴回本人是六部之首吏部的尚书，全天下的学子想要进入大朔的朝廷，都要从他手上走过一遭。这二人手中，有权也有钱，所以学子愿意成为他们的门生。"

“而公主呢？公主有什么？”他抬头，讥诮道，“公主是能提供金山银山，还是朝廷上的一席之地？公主辛辛苦苦创办私学的结果，只可能是学子寒窗苦读后金榜题名，然后转头投入穆世章或裴回的门下。”

他看着秦秾华，若有深意地说道：“以公主的聪明才智，实在不像是羊肉没吃到，反惹得一身骚的人。”

秦秾华不以为意，低头一笑。

“无妨。学府的作用只是启蒙百姓，培养人才，若我的私学培养出人才，人才却不愿为我所用，这也非他人之过，而是我之过。”

“公主仁德……只是，老夫自己的人生也没有过好，实在不愿误人子弟。”老翁饮尽第三碗酒，眼神已十分迷离，“公主请回吧……告诉所有人，李静容死了……不要再来打扰他了……”

“假如这是你心中所愿。”秦秾华从凳子上干脆利落地起身，“我已三顾茅庐，若先生确实不愿出山，我不会勉强。只是，我想请教先生一个问题。”

“‘宁鸣而死，不默而生’，这是前太子一生都在贯彻的信念。”秦秾华轻声说，“李静容，世人忘记了东宫，连你也要忘记吗？”

她不去看李静容颤抖的酒碗，转身往外走去。

“等等。”李静容的声音从身后传来，“公主既说不是为任何人而来，那这个任何人……包括公主自身吗？”

“包括又如何，不包括又如何？”

“如果包括，那么老夫也有问题想要请教公主。”李静容碰翻了酒碗的声音从身后响起，他撞开凳子，起身问道，“在你心中，何为仁政？”

“宽以济猛，猛以济宽。”

李静容又问：“何为控人之道？”

少女嘴角轻扬：“不过名缰利锁。”

李静容追问：“何为君王？”

这一次，秦秾华沉默片刻。

她一字一板，缓缓地说道：“受国之垢，是谓社稷主；受国不祥，是为天下王。”

少女清澈沉静的声音流淌在昏暗的破屋中，泠泠月光，照在李静容深深动摇的脸上。

秦秾华再未停留，径直走出李宅。

通体黝黑的马车在路边安静地等待着，秦秾华上了马车，醴泉问：“启程回宫吗？”

“再等等。”她道。

许久后，破屋中冲出一名小童。他张望两眼，发现路边的马车，满脸惊喜地奔来。

“我……我家先生说，愿意出山相助！”

驾车的独眼男人面无表情地看着他，小童有些忐忑，就在此时，马车窗户中伸出一只苍白的纤纤玉手，递给他一张绛紫令牌。

“三日后的申时，让先生来浔阳楼天字号见我。”秦秾华道。

小童接了令牌，看着玄色马车在眼前渐渐驶远。

第十三章
新学

三日后，李静容怀着忐忑的心情，乘着牛车来到浔阳楼。

在浔阳楼等他的，除了玉京公主，还有一名身穿鼠背灰色圆领袍，四十岁上下的男子。

“在下国子监监丞江德量，见过先生。”男子起身，恭敬地朝他揖手行礼。

李静容打量着他，道：“你认识我？”

“先生的大名如雷贯耳，是所有读书人的榜样，在下也神往已久，有幸在殿试时见过一面，只是没有机会深交。”

“榜样就不必了，以我为榜样，难有善终。”李静容挥了挥手，在秦秾华首肯后，坐到圆桌下首。

“二位都知道我有心创办一所新学了。”秦秾华开口说道，“我打算请李先生担任院长一职，江先生担任副院长一职，不知二位意下如何？”

“不敢担公主一声‘先生’。”江德量揖手道，“即是陛下和公主所托，微臣一定全力以赴。”

“既是院长，老夫需要做些什么？”李静容问。

“现阶段，先生只需起草招生简章，我会通过皇榜，将招生简章向全国州府公开，在开学前，副院长只需监督学园建设，规范学规。”

“公主想借皇榜之力为新学招生，恐怕会引起朝廷诸臣的反对。”李静容说，“别的不说，穆世章就会第一个反对。”

“如何说服他们，便是我的事了。先生只管写出一篇朗朗上口，通俗易懂的简章，细微之处，交给我来处理即可。”秦秾华笑道。

“可是……”江德量神色犹豫，“不提有多少州府会阳奉阴违，就是百姓，有心关注皇榜的又有多少？”

“还有生源的问题也不容忽视。”李静容说，“愿意背井离乡来到京城读书的必然只有少数不必为生计所愁以及别有用心之人，与其如此，还不如派人去周边郡县寻找可用之才。”

“无妨。”秦秾华微笑道，“皇榜本就是给新学的反对者看的，真正的求贤令，早已发往大江南北。”

二人露出不解神色，秦秾华一个眼神示意，身后侍立的宫女立即拿出几本封面画着小人的演义小说。

李静容多年不问世事，拿到书也一头雾水，还是江德量看了一眼就问道:“这是既明书坊的新书？”

“正是。”秦秾华说，“这四本都是既明书坊上月出的新书。二位翻到最后一页看看。”

二人闻言，立即翻向书册末页，没读几行，脸色已经大变。

“这……”李静容愣住。

秦秾华端起泡着枸杞的西湖龙井抿了一口，微笑道：“竖起招兵旗，自有吃粮人。生源一事，二位不必担忧，只是之后的入职考试和入学考试，要劳烦二位看顾了。”

江德量呆呆地看着末页的“求贤令”，喃喃自语道：“当真是大手笔……”

三日后，京中都在谈论同一件事。

玉京公主争取到舒裴两位阁老的的支持，借皇榜之力，向全天下发出“求贤令”。

玉京城张贴皇榜的木牌前，挤满了围观的百姓，无数张同样的榜文在这一天快马加鞭送往各地官驿，再由地方官员张贴公示。

大朔各地的学子都在讨论既明书坊新印书籍里的求贤令，为“优秀人才举荐金”“优秀学子奖学金”和“优秀毕业生推荐就业”的新奇制度议论纷纷——

“求贤令上写的不限科目招聘教员，有一技之长即可，是真的还是假的？俺会种田，种得比十里八乡的都好，可那些穿长袍的秀才老爷肯学吗？”

“管他呢……驿站就可免费寄报名表，中了便能在京城吃香喝辣，我先来报个名！”

汪洋是浙台州府的一名造船工人，听闻求贤令一事后，悄悄地来到港口，找到和他有些交情的极天商会的人，递了一根薄荷叶。

那人习以为常地把薄荷叶扔进嘴里嚼，眯眼看着汪洋，胸有成竹地问道："你也是来打听新学的？"

"我听说，只要通过初选，你们极天商会就会安排商船免费送人上京，面试没中也会免费送人回来，真的假的？"汪洋迫不及待地问。

"既明书坊就是玉京公主的产业，那白纸黑字印出来的，还能有假？"

"那你们商会又为何做这亏本生意？"

"上头的决定，我们下面的小喽啰又哪里知道呢？"

汪洋打听清楚确有其事后，左思右想，最后在自家婆娘的怂恿下，通过驿站递了一张应聘表，还顺便给聪明就是没钱读书的侄子递了张入学申请表。

侄子担忧考不上，汪洋端起商人劝自己的派头，反过来劝他道："尿什么！又不是明儿就要你考试了！你现在报名，到面试都还要两三年呢，慢慢儿准备就是了！"

类似的对话在各地都时有发生。

当天深夜，芸南鹤庆府土司仇伦的府上。

万籁俱寂。

一名古铜色皮肤的少年从既明书坊新出的演义小说上撕下最后一页，小心地叠放于胸口，趁着夜色，离开了血流满地的仇府。

隔日，巡视归来的土司仇伦见到满门尸体，当即晕倒过去。

醒来后，他第一句就问："我还剩几个儿子？！"

"一……一个……"

"是谁？！"

"汉女生的那个仇远……"

仇伦险些晕倒第二次。

"大人……我们要报官吗？"

"报你个头！"仇伦拿起床边的青铜装饰就敲了下人一脑袋，怒道，"大人我都多少岁了！搞不好这就是我最后一个儿子了，报官？你是想让我绝嗣吗？！"

"小人不敢……小人不敢……"

"派人死守鹤庆府的每个关卡，小兔崽子没有路引，一定跑不了多远！一定要把他活捉回来！活捉！”仇伦怒吼道。

下人一哆嗦，忙应道：“是！”

新学之事有条不紊地进行着，需要调控全局的秦秾华忙得恨不得一天能有二十四个时辰。

梧桐宫的泡桐开了又谢，谢了又冒出小小的花苞，不知不觉，又一年春回大地。

有的人，偏生不想过安生日子，要把脑袋送上门来给她夹。

“阿姊……你来坐。你想喝什么？吃什么？安儿这就去给你拿！”

春回殿中，五皇子殷勤地围绕在秦秾华身边忙里忙外，讨好之意溢于言表。

“说吧，又惹了什么麻烦？”秦秾华问。

“瞧阿姊说的，弟弟我就只会惹麻烦吗？”五皇子笑道，“我就是想请阿姊在父皇面前说几句好话，让他准我提前开府出宫。”

“本朝历来只有成亲的皇子才能出宫，你想成亲了？”秦秾华问。

“如果要成亲才能出宫，那……成亲便成亲吧。六皇子受伤之后，天天像疯狗似的咬来咬去。”五皇子一脸烦闷地坐下，“我实在是在上书房待不下去了。”

“哪有因为不想去上书房就要成亲的呢？你马上就是十七的人了，还这么孩子气。”周嫔无奈地笑道，“以后成亲，可要娶个成熟稳重的才好。”

五皇子摇晃周嫔的手臂，哀求道：“周娘娘，您和父皇说说，叫他赶紧选个人，让我开府成亲吧。”

“你便是想成亲，也不能今天说起明天就娶呀！难不成，你是看中了谁家的姑娘？”周嫔问。

“我没有看中的姑娘，只是六皇子这几年越发刁难我，我继续留在宫里，恐怕会成为第二个三皇子！”

“休得胡说！”周嫔变了脸色。

秦秾华神色平静，从身后侍立的结绿手中接过一把枸杞，放入冒着热气的茶盏。

秦曜安这话，倒也不是无的放矢。

陛下上了序齿的儿子共有九个，大皇子随他握有兵权的外祖父在边疆操练，二皇子和三皇子已封王开府，二皇子成日鬼混，三皇子有腿疾。

非常巧，也是坠马坠出的腿疾。

但在坠马之前，三皇子是骑射好手，实在难以想象，这样的人，怎么会让马匹突然狂暴。

“阿姊，你觉得我说得对吗？”

二人的视线都集中到她身上。

秦秾华盖上茶杯，笑道：“你不去骑马，又怎么会成为第二个三皇子呢？”

五皇子刚要不服气地反驳，秦秾华说：“不过……我也赞成你尽快开府成亲。”

“你也这么想？”周嫔愣了，“这是为何？安儿上头的四皇子也未……”

“四皇子沉稳，不需人拘着他，安儿性子冲动，需要有人在一旁劝说。秾华觉得，安儿如今开府成亲也未尝不可。”她笑吟吟地看了五皇子一眼，“说不定，安儿娶了妻就一夜长大了呢？”

周嫔若有所思：“你说得也有道理……安儿是男子，娶妻不用着急，一定要找个喜欢的才好。不知安儿喜欢何种女子？”

“除了阿姊，天下女子也就那么几种。有什么可挑的？”五皇子撇了撇嘴，“家室相配，人品过得去就行了。”

“既然如此，那倒不难……舒氏是世家大族，家中一定有适龄女子可以与你匹配，你舒母妃也定是愿意亲上加亲的……”

“不行！”五皇子急忙说。

“怎么不行？”周嫔先是不解，再是疑惑，“你和我说实话，是不是已经有相中的姑娘了？”

“我……”五皇子偷偷地看秦秾华。

秦秾华揭开杯盖，端起泡好的枸杞茶缓缓地品了一口。

嗯，好茶，好枸杞。

定能为她多续命一秒。

“我……我想娶将军的女儿。”五皇子说。

“哪位将军府上的千金？你们是何时相识的？”周嫔急忙问道。

秦秾华看看天色，有些想走了。

她替五皇子开门见山道：“母妃，安儿是想娶将军的女儿，不拘是哪位将军的女儿，但自然，兵权越大的将军，其女儿越好。”

秦秾华看了五皇子一眼：“是不是这样？”

五皇子红着脸点了点头。

秦秾华继续说：“安儿背后已有舒家，舒家在朝廷上可以给安儿支持，地方上却鞭长莫及，若能得到武将支持，安儿就可补上兵权上的短板。”

周嫔变了脸色，恐慌不安地看向五皇子：“你要那兵权做什么？！”

“我不去害人，可难免有人想害我。我娶将军之女，就像阿姊替我扶持九皇子一样，都是为了有自保的力量。周娘娘，前朝的事情错综复杂，你不懂，让阿姊帮你做决定就好。”

“可是……”周嫔说不动他，只得转头求助秦秾华，“秾华，你也觉得安儿说得没错？”

“母妃，强大自己，总是没错的。”秦秾华看了一眼五皇子，说，“你既然提出来，想必心里已有人选。说吧，你中意谁？”

“我觉得，奉国将军冯虢挺好……”五皇子说。

秦秾华笑了。

有那么一瞬，五皇子觉得她在嘲讽自己，可是再定睛一看，阿姊的笑容还是那么温柔，哪有什么嘲讽之意呢？

一定是看错了。他深信不疑。

“奉国将军身为三朝元老，府中千金定然也是不错。”她点头。

“那阿姊……”五皇子期待地看着她。

“等消息吧。”秦秾华微微一笑。

闻言，五皇子的脸上就快放光。

秦秾华坐上回梧桐宫的凤轿后，结绿在轿子外问她：“公主真要给五皇子和奉国将军牵线？”

“他可是我最疼爱的弟弟，我这个做阿姊的，怎么能不为他的婚事操心？”秦秾华笑道，“你拿我的名帖，再从私库里拿些时兴的头花、绸缎送去奉国将军府……对了，把我上个月得的那匹沉香织金云凤纱也送去。就说……是玉京公主送给府上女眷的，不必指名道姓，让他们自个儿分去吧。此事不必瞒着旁人，送的时候尽可大张旗鼓。”

“可……”结绿在轿外一脸纠结，“结绿知道了。”

“傻结绿，知道你为我担心。”秦秾华从轿子里伸手，在她脸上轻轻地捏了一把，笑道，“奉国将军的女儿不止一个，我可没说要替他和嫡女牵线。”

“奴婢知道了！”结绿喜笑颜开。

懿丽宫，鹅飞人跳。

秦辉仙正在指挥宫人拿下早晨偷吃了她燕窝汤的大胆狂鹅。她一只脚踩地，一只脚踩着凳子，叉腰怒吼道："你个死鹅！烂鹅！臭肥鹅！你有本事就别飞！我今天逮着你一定剥了你的皮做鹅脯！你给我下来！下来！我给你辛辛苦苦准备的草你不吃，昨天偷吃我的枣泥糕，今天偷吃我的燕窝汤，我看你是要翻天了！今儿我不剥了你的皮，我就不姓秦！”

内侍小碗进门禀报："八公主，奴婢……"

“别烦我！没见我正忙着吗？！”

小碗说："是梧桐宫的消息……"

“嗯？”秦辉仙气喘吁吁地停下来，旋身坐到桌前，“说吧，什么消息？”

“七公主下月要在金沙河边举行花朝宴，她派人给奉国将军府送了名帖，还有一些宫中时兴的头花布料，陛下上月赏她的那匹沉香织金云凤纱，也给送去了……”

“那沉香织金云凤纱是外邦进贡的，拢共只得那么两匹，一匹在她那儿，一匹在我这儿，她把沉香织金云凤纱送给区区将军之女，是想恶心谁呢？！”

秦辉仙忽然大怒，摔了茶盏，吓得鹅子也不敢扑腾了，假装无事发生，面壁思过。

“公主息怒……”小碗利落地跪下，一气呵成。

秦辉仙沉着脸生了会儿闷气，硬邦邦地说："她为什么要送去奉国将军府？"

小碗说："外面盛传，好像是公主在为五皇子相看。"

“一个将军之女就值得她如此高看？”秦辉仙冷笑一声，“小锦！”

小锦从一旁站出："奴婢在。"

“你去把我的那匹云凤纱找出来，让人做两身衣服，本公主赏给你和小萝了！”

“诺。”

小锦和小碗退下后，秦辉仙站起来绕着桌子走了两圈儿，还是气不过，一脚踢在桌脚上。

鹅子想要趁其不备偷偷地溜出大殿，不料被人从后一把捞起。

秦辉仙用力揉着鹅子，仿佛在揉将军府的女眷。

“还请她们参加花朝宴……呵呵。我倒要看看，谁入得了你的青眼！”秦辉仙咬牙切齿地说道。

肥鹅子蹲在她的怀里，一动不动，安分得像只假鹅。

玉京公主举办花朝宴当天，舒也追着妹妹的脚后跟出府。

“真儿！真儿！算哥哥求你了，你就带上哥哥吧！哥哥给你端茶，给你送水，给你当马镫！”

“我说了多少次了，不行！不行！”舒真都快气哭了，她猛跺几脚，疾声道，“公主的帖子里说可以带上和九皇子年纪相仿的少年赴宴，九皇子才十二，你都二十一了，你怎么好意思跟着去？！”

“好意思，好意思！我脸皮厚得很！”舒也得意地说道。

“我脸皮薄！”舒真怒声道，“反正你死心吧，我是不会带你去的！”

“哎！真儿……妹妹……姐姐……娘！”

不管舒也怎么喊，他就差抱着马腿跪下了，舒家的马车依然绝尘而去。

太绝情了。

舒也摸着并不存在的眼泪花，转身朝门口的小厮喊道：“给少爷备车！”

此处不带爷，自有带爷处。

舒也直奔西郊河港，找到船老大，扬言要租能在金沙河通行的最大画舫。

“多贵都行，只要够大！够阔气！够王霸之气！”

船老大“哎哟”一声，把脏兮兮的布巾子往肩上一搭，用看傻瓜的眼神看着舒也。

“客人，你来晚了，今儿只剩最后一条游船了。”

“游船？游船怎能突显我尊贵的气质？你这老匹夫，是不是看不起本少爷？！”

舒也声音一扬，身后四个腰粗膀圆的家丁鼓起胸膛，怒目圆瞪地上前一步。

船老大苦着脸道：“客人，是当真没船了。今日不管您去哪儿，都没船。听说玉京公主要举办花朝宴后，这河上的最后一条画舫四日前就租出去了，客人是真的来晚了。”

舒也一愣，旋即跺脚大骂：“一群想吃天鹅肉的龟孙癞蛤蟆！少爷我绝对不会让你们的奸计得逞！”

春日的金沙河边，绿草茵茵，群花绽放。

花朝宴正进行到斗春比赛的环节，一群名门贵女和英姿少年四散在春晖下，分别寻找最美丽的花和最坚韧的草。

秦秾华无心夺魁，带着少年往人烟稀少处走，一边走，一边沿路教他认物。

“这是鬼针草，它的种子具倒刺毛，沾上之后就很难去掉，对行人来说是很烦人的野草，但它也是民间的一种常用草药，有清热解毒、散瘀活血的功效。如果你身在野外，受到蛇伤虫咬，又很难得到有效治疗，那么就去寻找鬼针草。新鲜的鬼针全草二两，加上些许净水，煎成半碗，温服，剩下的残渣捣烂涂于伤口，每日如法两次，然后……”

少年看着她：“然后？”

秦秾华挠挠他的下巴，笑道：“然后你就听天由命吧。”

少年眉头一皱，偏头躲过她的手：“我不是小孩子。”

“你不是小孩子，是阿姊的小狼。”

少年眉头紧紧皱起，从牙缝里挤出气恼的声音：“要不了多久，我就大了。”

“等你大了再说吧。”

对逗小狼这件小事，秦秾华一直乐此不疲。

小狼多好呀，养大了，谁知道是不是第二只白眼儿狼？

还是趁着小的时候，能逗就逗吧。

二人走到清澈的河边，秦秾华见左右无人，干脆脱了锦鞋罗袜，光足踩在冰冷的鹅卵石上。

“渊儿……”她刚伸出手，秦曜渊已经握住了她的手腕。

在他的搀扶下，秦秾华在河边一块巨石上小心地坐下。

“你不来试试？”她用脚向他泼水，发出孩子气的邀请。

少年定定地看着她，水帘溅来也面不改色，一动不动。

“不喜欢玩水？”她想了想，说，“那你去找一根长一些、宽一些的草叶子，我教你编蚂蚱。”

少年看她一眼，转身往河边草丛走去。他在附近翻找着，始终在秦秾华可以看到的范围之内。过了一会儿，他似乎发现了目标，手肘往后一扯，转身朝秦秾华走来。

走到巨石前，他伸出右手。

秦秾华接过他手里的草叶子，忽然问道：“提问，蚂蚱有几条脚，几条须？”

少年看她一眼，慢慢儿地说道：“六脚，两须。”

“答对，给你奖励——”

秦秾华在他下巴处猛挠，满意地看到少年陡然黑了脸。

“看好啦，蚂蚱有六条腿，两条须，所以我们要把叶子上面的硬条划开，叶尖不划，留一点儿当尾巴。再把硬条折过来，夹在两条叶子底下，硬条左右各套一个圈儿……”

秦秾华正独自投入地向少年展示自己一直没有用武之地的技能，指尖掠过草叶子边缘，猛地一疼。

她声音一顿，停下编织动作，正欲观察手指有没有出血，少年已经把她的指尖含入口中。

秦秾华一愣。

少年坦然地看着她，丝毫不觉得自己的行为有何不妥。

秦秾华从他口中抽出手指，笑道：“小伤而已，谢谢渊儿担心阿姊。”

他从她手里拿过刚刚编出一个脑袋的蚂蚱。

“你说，我来。”

秦秾华有些怀疑他粗手粗脚能不能胜任这个细致的动作，没想到她三言两语后，他竟然真的编出了一只像模像样的蚂蚱。

他编好了，随手扔到她怀里，兴致缺缺。

秦秾华忽然有种错觉，好像他才是陪着小孩子玩的那个大人。

她拿起蚂蚱，狐疑地打量：小孩子不都喜欢这种东西吗？

这时，一片白色忽然从她眼前流过。她一把抓住少年，伸脚去捞，成功拦住雪白的一朵花儿。

“你瞧，这是什么花儿？”她笑道。

清澈河水哗哗淌过小巧的玉足，一朵柔弱可怜的小花儿开在少女脚背，浑然天成，美不胜收。

他盯着看，一言不发。

秦秾华笑道："是梨花，这附近一定有梨树。渊儿，你知道梨花的花语是什么吗？"

"花语？"他抬起头来。

"人发明语言之后，赋予世间万物名字和意义，花也是同样的。"秦秾华垂眸，含笑望着脚背上的那朵梨花，温柔地说道，"梨花的花语，是不离不弃。"

她轻轻地落脚，重新踏在清凉的鹅卵石上，任梨花顺水飘走。

"斗春赛也该结束了……走吧。"

她扶着少年上了岸，穿好鞋袜后，见到少年站在不远处的水边。

"渊儿，你在做什么？"她问。

"没什么。"秦曜渊把楚楚可怜的梨花藏在掌心，转身向少女走去。

夕阳西下，玫瑰色的晚霞穿透棉花般蓬松柔软的云朵，天边外，几只飞鸟翱翔，清亮鸣叫。

少男少女们拿出各家带来的食盒，在河边设席藉草，烹茶对吟，分享暮食。

竹席上摆满各色花糕，位于最中间的，自然是玉京公主从宫中带出的百花糕，单冲着御膳房大厨的名头，这盘百花糕成了最早告罄的美食。

往日里人烟稀少的金沙河，此时人气旺盛，大大小小的画舫和游船几乎堵塞河道。

年轻的玉京贵公子或是从船舱中探头探脑，或是转头和同船的友人说说笑笑。他们的目光绝大多数都停留在岸上，谈论的话题也大多离不开她们。

岸上的姑娘因为船上的视线大多有些拘谨，只有玉京公主的神色始终从容淡定。

各家的少爷们正看得起劲，借这个为数不多的机会好好观察，其中说不定就有他们未来的妻子。正在此时，一艘小小的游船试图挤过画舫包围圈，进入观望的第一线。

好好的观景台，哪能后来居上？

一名贵公子站在船头，拿折扇指着不懂规矩的游船，不满地说道："哪来的破船，挤什么挤？你知道本少爷是谁吗？"

船帘被人撩起，一个穿着淡橘色明花长袍的青年探出头来："我呸！"

贵公子见到来人，脸色登时黑了。

舒也大摇大摆地上了甲板，一脸轻蔑地说道：“本少爷不仅知道你是谁，还知道你爹是谁！你爹见了我都要恭恭敬敬喊声‘舒公子’，你是个什么玩意儿？”

贵公子脸色难看，大约确实惹不起，只能一甩袖，黑着脸进了画舫船舱。

“哼！”舒也重重地哼了一声，“还敢和本少爷抢画舫……活该！”

“舒少真是好大的派头。”一声调笑性质的招呼从一旁响起。

舒也转头一看，隔壁的豪华大画舫里走出几个华服少年，为首的那人正是六皇子的伴读，穆世章的嫡曾孙穆阳逸。

“还成，比你大那么一点儿。”舒也掏了掏耳朵。

这两拨人狭路相逢，正应了那句老话——我见诸君多傻子，料诸君见我应如是。

穆阳逸不怀好意地说道：“往日邀舒公子游船，舒公子都是推三阻四，今日竟然在这里遇见你，怕是醉翁之意不在酒吧？这满场佳丽，不知舒公子的聘礼日后要送去何家？”

他身后的少年发出意味深长的哄笑，一人扬声说道：“舒公子哪看得起寻常姑娘呀，依我看，只有尚个公主，才配得上舒公子尊贵的身份。”

“算你有眼光，但——”舒也扔出手中折扇，准确无误地砸上调笑之人的脸庞。他惨叫一声蹲下，舒也则大声笑起来。

“舒也，我们好心和你搭话，你却突然出手伤人，这怕是不妥吧？”穆阳逸沉下脸。

“你侮辱公主，还敢说我不妥？”舒也眯着眼说。

“我什么时候侮辱公主了？！”蹲在地上的少年捂着被砸中的眼睛，怒声道。

“你让我尚公主，不是侮辱公主是什么？”舒也对天揖手，义正词严地说道，“公主乃金枝玉叶，玉京公主更是那天上雪，水中月，岂是我这泼猴能够肖想的？玉京公主要是天，我就是泥！玉京公主要是天上的凤凰，我就是那地上的屎壳郎！你竟让我这般人去尚公主，这不是对天家的大不敬是什么？！我若禀报圣上，你们家一个满门抄斩还少得了吗？！”

全场寂静，连穆阳逸那龟孙也无话可说。

舒也很满意自己输出的王霸之气碾压众人，左手叉腰，右手前伸，慢悠悠地说道："拿来吧。"

被砸了眼睛的少年发现他在看自己，不由得瑟缩一下。

"什……什么拿来？"

"你拿了本少爷的扇子还不还来？！"

舒也眼睛一瞪，少年也顾不上疼痛的眼睛了，捡起地上的扇子就赶紧还了过去。

穆阳逸带来的人丢了面子，连带着穆阳逸也觉得丢了面子，正要想办法还击，岸上众人忽然看着河上发出议论。

舒也等人扭头一看，不远处的河心方向，一艘豪华画舫正朝着这里驶来，五皇子玉树临风地站在船头。

画舫靠了岸，五皇子风度翩翩地邀请众人上船一叙，不少闺秀眼神躲闪，羞红了脸庞，而五皇子的闪亮登场还没维持一盏茶的时间，众女的视线忽然转移，望着更远处窃窃私语起来。

原来是一艘仙宫般的巨大画舫乘风破浪而来，此船一出，整条河道几乎被它占满，除开五皇子的大画舫，河上的其他画舫和游船都不免被水波冲击，站在甲板上的人纷纷摇晃。

五皇子被人抢了风头，强忍着怒气，正想开口试探对方是谁，巨大画舫中走出两个熟悉的身影。

走在前头的那个一脸不情愿，干笑着向他拱了拱手："五弟，真巧呀……哈哈哈……"

走在后头的那个，则一脸傲气，根本没拿正眼瞧他，跟在她身后一摇一摆的那只大肥鹅，也没拿正眼看他。

五皇子的脸顿时黑了。

岸上穿着云凤纱的奉国将军之女，在看见八公主身后两个金光闪闪的侍女之后脸也黑了。

玉京公主于金沙河畔举办花朝宴，对出席的众人来说，都能用同一个词来形容——忧喜交加。

舒也喜的是见到了冰清玉洁的心上人，忧的是有太多不知自己几斤几两的龟孙觑视。

秦辉仙喜的是打了奉国将军之女的威风，忧的是她想惹怒的正主毫不在意。

五皇子喜的是搭上了奉国将军冯虢之女的线，忧的是怎么说服冯虢或舒允谦中的其中一人，把女儿嫁给他做小。

奉国将军之女冯如珠喜的是五皇子收下了她偷偷丢下的香囊，忧的是怎么继续隐藏真实身份。

奉国将军之女冯如仪喜的是没有参与云凤纱的争夺，忧的是五皇子似乎看上了抢走云凤纱的刁蛮庶妹。

一场花朝宴，大概只有秦秾华一人有喜无忧了。

至于秦曜渊，秦秾华猜他大概是无喜无忧。

毕竟，要从那张冷漠如冰的脸上看出喜忧，实在让人为难。

花朝宴结束后，周嫔迫不及待地询问相亲结果。秦秾华一番欲言又止，半吐半露的操作下来，成功让周嫔也加入了喜忧参半的行列。

“虽说是奉国将军的女儿，但到底是庶女，正妃之位肯定不能，侧妃之位，奉国将军怕又不肯，这可如何是好……”

“母妃莫急。安儿虽被冯如珠吸引，但他自己并未察觉，理智上还是想娶冯虢嫡女冯如仪，这感情上的事情我们也插不了手，不如让安儿自己抉择吧。”

“是这个理，我还是赞成安儿低娶，免得遭人嫉恨……就是不知那冯如珠性子如何？”

秦秾华微微一笑：“活泼开朗，爽朗健谈，和安儿颇为投缘。”

周嫔欣慰地说道：“那就好，家和万事兴，只要性子好，安儿喜欢，庶的也无妨。”

有了周嫔的默许，秦秾华的打掩护，再加上青梅竹马的表妹舒雯生母病逝，五皇子就如同放长了线的风筝，每日偷偷出宫和冯如珠私会，简直要忘记自己姓什么家住何方。

一个月后，秦秾华以上香的名义，带着冯家两姐妹去了浮玉山。

一个不留神，冯如珠就和以护送为名同行的五皇子一齐消失在众人视野中。冯如仪神色担忧，跪在神像前也心神不宁。

她忍耐不住，正要起身去寻找自己这个不安分的庶妹，跪在旁边蒲团上的公主开口了：“天要下雨，娘要嫁人……旁人铁了心要做的事，你我都无可奈何。”

冯如仪吓得立即往一旁看去，公主闭着双眼，似乎并未开口。

她犹豫半晌，还是跪回了蒲团。

既然五皇子看中的是她的庶妹，她又何苦去凑这个热闹？

大殿内安静无声，只有香烛冉冉升烟。一墙之隔外，上官景福在大院里为小病小痛的女冠义诊，醴泉和结绿帮着众人搬下马车上的米面粮油。

世间热闹而美好。

一名女冠想要独立扛下一袋大米，醴泉见了，连忙箭步上前。

沉重如山的米袋到了醴泉手里，像是一袋轻飘飘的羽毛。

他抡着米袋，提到后厨门口放下，碎布编织的布袋撞向地面——“咚”的一声。

咚！

陆雍和的后脑勺儿重重地撞向冰冷的地面，他眼冒金星，而折磨他的人还不满足，提起一桶滚水，毫不留情地泼到他的身上。

他凄厉地惨叫起来，被热油烫伤的喉咙里发出的与其说是惨叫，不如说是野兽般的哀鸣。

布条遮挡了他的视野，不知是血还是泪的液体布满面庞。他惨叫着，呻吟着，像是进了热锅的虾米，不断蜷缩着满身伤痕的身体。

“杀了我吧……杀了我吧……”他神志不清地喃喃着。

四处都在传来疼痛，痛到最后，他竟然已经分不出究竟是皮开肉绽的脸还是千疮百孔的身体更让他痛不欲生。

持续一年的拷打让理智全线崩溃，陆雍和的脑海里此刻只剩下一个念头：“杀了我吧……”

一个沉重的脚步声在身旁响起，脚步声的主人动作粗暴地将他从地上拉起，推搡至冰冷的石台上。

陆雍和原以为又是一场毒打，不想下身却突然一凉。

“住手！你……你要做什么？”

羞耻心和对未知的恐惧让他慌张地去拉自己的裤子，沉重的镣铐却拖着他的双手动弹不得。

鬼使神差中，陆雍和脑海里浮现出了神秘人留给他的最后一句话：“只能委屈你先受苦一阵子，再干干净净地走了。”

仿佛是为了配合他的猜测，黑暗中，响起了某种让人胆寒的剪子声。

如果说陆雍和此前的恐惧已在持续一年的折磨中转换为绝望，那么这一刻，新的恐惧钻入他的每个毛孔，让他切身体会到什么叫求生不得，求死不能。

“你……你到底要做什么……”他徒劳无功地试图后退，铁链的声音在黑暗中哗啦作响，“别碰我！别——啊啊啊！”

他能想象到的所有痛苦，他这一年来反复承受的所有折磨，即便是把所有加起来，也不敌眼下这一剪。

陆雍和的惨叫只起了个头，便哑然无声。

血液直冲大脑，说不清是愤怒还是恐惧的作用更大，他忽然暴起，用力推开面前的人，连裤子也来不及提，跌跌撞撞地往门外逃去。

温热的鲜血顺着大腿根往下流淌，他不敢去摸，不敢去确认身体的一部分是否还在。

他不敢回头，不能停留，也不敢呼喊，怕引来对方同党，只能以双手摸索着粗糙的墙壁，一门心思地往前逃跑。

只有跑出去，才有活命的机会……

漆黑的甬道里，陆雍和的心跳声有如响雷。

希望给了他莫大的力量，支撑着孱弱的身体一直不停地向前，就像做梦似的，一束刺目的自然光毫无预兆地穿透眼睛上的布条，他摔倒在凹凸不平的泥地上，一瞬间泪如泉涌。

如同一声闷雷响在耳边，五皇子颤抖地后退一步，难以置信地看着眼前红潮未退的女子。

“你……你说什么？”五皇子震惊道。

幽静的树林边，地上的草丛被压倒一片，至今还未直起腰身。

冯如珠低下羞怯的脸，理了理襦衣领子，掩去胸口上的痕迹。

她小声道：“我的名字是冯如珠，你下次再喊错名字，人家可不依了……”

五皇子再后退一步，惊愕的神情犹如五雷轰顶。

冯如珠……奉国将军不是只有一个叫冯如仪的嫡女吗？

她不是嫡女，又为何穿着云凤纱？！

被欺骗的愤怒和发现找错人的震惊交织在一起，把五皇子冲击得头晕眼花。

他不能就这样放弃，必须做些什么，来挽回这个错误。

冯如珠没有发现他的异样，满脸柔情地贴过来，娇声说："五郎，你什么时候上门向我父亲提亲？"

"我……"五皇子正想说些什么来稳住她，一声巨响让他和冯如珠都下意识地看了过去。

不远处的山坡上，一个衣衫褴褛，被布条蒙眼的男子狼狈地滚下。冯如珠看清了他犹如厉鬼的面庞和脱落一半的下衣，尖叫一声转过了身。

男子一直滚到平地上才不动了，正当五皇子怀疑他是不是死了的时候，他朝着他们所在的方向，努力地伸出手，沙哑道："救救我……救我……"

说完，他再也支撑不住，右手无力地落下，整个人失去了意识。

冯如珠心虚地理了理襦裙和襦衣，说："他会不会……"

五皇子正在查看男子伤势，他刚想说不会，话到嘴边却又改了说辞："说不准……谁也不知道他躲着听了多久。"

冯如珠神色大变，说："那我们该怎么办？"

"要不……我们先把他带回庵中救治？他蒙着布条，想必就算听见了什么，也认不出你来，你平日见着他只需不开口就好了，这样一来估计不会有什么万一……"五皇子试探地说。

"不行！"冯如珠惊恐道，"万一有万一呢？我父亲要是知道了，他会杀了我的！"

五皇子松了一口气，说："那你想怎么样？"

"五郎——"冯如珠神色害怕，紧紧地靠在五皇子身上，"杀了他！一了百了！"

冯如珠的话正合五皇子心意。

他若当真把这男子带回无名庵，岂不是所有人都知道他和冯如珠在私会？到时候，这个庶女他是不想娶也得娶。

这怎么能行？他想娶的，明明是冯如仪。

"这……"五皇子故作为难，说道，"我随母妃信佛，不得杀生，若是犯了杀戒，和我亲近的人死后会堕无边地狱……"

冯如珠咬了咬牙道："我来！"

五皇子等的就是这句话，假意推阻一番后，递出了随身携带的装饰佩剑。

镶金佩玉的宝剑上战场只会是花架子，对付一个昏迷不醒的人却绰绰有余。

冯如珠拿着宝剑，觉得胆子都大了些。她咬紧牙关，慢慢儿地向地上昏迷的男子靠近。到了男子身边，她高高举起宝剑，鼓足勇气就要砍下。

“谁敢作恶？！”

一声怒吼如平地惊雷，吓得冯如珠手里的宝剑掉了，五皇子也差点儿一屁股坐到地上。

一个握着扁担的老妇忽然从林中冲出，对着冯如珠就是一顿穷追猛打。

冯如珠慌张地躲闪着，仓促间身上挨了几下。她一边尖叫，一边怒道：“你……你好大的胆子！你知道我父亲是谁吗？！”

“我不管你是谁！”老妇一边打一边恶声道，“这是公主的地方，谁都不能在公主的地盘上杀人！”

那双蒲扇般的大手把扁担挥得虎虎生风，别说忙着躲闪的冯如珠了，就是第一时间躲去角落的五皇子看了也怕不小心挨上那么一下。

“五郎！五郎救我！”冯如珠哭喊道。

五皇子没有办法，正要说些什么缓和局面，一声带着薄怒的声音比他先一步出口：“都住手！”

疯了似的老妇令行禁止，立即停下了攻击，扁担从她蒲扇般的大手中落下。她转过身，规规矩矩地向走出林中小径的秦秾华行了大礼。

“民妇叩见玉京公主。”

秦秾华不辨喜怒的视线从地上的昏迷男子一直移到五皇子脸上。

她一句话都没说，五皇子已经开始条件反射地心虚。

“玉京公主——”冯如珠不知反应过来了什么，忽然扑在地上就开始痛哭。

秦秾华无动于衷，眼角余光都没有朝她瞥去一眼。

她望着五皇子，冷声说道：“回庵再说。”

第十四章
天赋

无名庵的后院，鸦雀无声。

上官景福在厢房里一脸凝重地检查男子伤势，后院简陋的石桌前，人未走，茶已凉。

秦秾华叹了口气，说："竟是这么个乌龙……我还以为你当真被冯如珠吸引，不想却认错了人。"

五皇子忐忑地说道："阿姊，这下要如何是好？"

"索性你们两家还未交换庚帖，弄错了人，现在清楚了便是。冯如仪便在此处，她知书达理，善解人意，你若真情实意道歉，她应该不会介意……"

五皇子欲言又止。

"怎么了？"秦秾华问。

"没……没什么……"五皇子吞下未尽之语。

那冯如仪是善解人意，可她的庶妹冯如珠刁蛮跋扈，别说她不会忍受他吃干抹净就跑，便是阿姊若是知道他们已经……决计也饶不了自己。就是疼爱自己的周娘娘，也一定会逼他娶了冯如珠。

这事，绝不能让阿姊和其他人知道。

最终，他什么都没说就离开了后院，冯如珠还在隔壁偏殿里等他去哄。他走得匆忙，没有留意到身后的少女嘴角带着一缕莫测的微笑。

身后侍立的结绿上前一步，说道："公主，结绿重新给你沏一壶茶吧。"

"不必了。"秦秾华说，目光注视着厢房内忙碌的上官景福。

上官景福注意到秦秾华的视线，走到窗前行了一礼。他正要关上木窗，厢房里的乌宝走了一步，将他拦住。

上官景福面露疑惑，而乌宝只是朝他摇了摇头，并未多说。

他心里忐忑，一边猜测着男子的身份，一边走回床边。

昏迷的男子在这时渐渐醒转，得知面前的是大夫后，他立即抓住上官景福手腕，迫切询问下身的伤势。

“这……”上官景福下意识地看向窗外，玉京公主依然看着这里，明明相隔甚远，她意味深长的神色却让他觉得，这屋子里正在发生和即将发生的所有对话，都在她指掌之中。

“大夫……我的伤，还有办法吗？”男子颤声问。

不能人道，对每一个男人来说都是灭顶之灾，即使是清心寡欲的和尚，除非刀架在脖子上，否则也不会轻易舍弃那命根。

男子的命根只是伤到，并非不能留下，若是好好医治，完全可能和受伤前一样。

可……这是公主所愿吗？

为何公主偏偏带他上山义诊，她为的，当真是山上那些女冠吗？

上官景福心中胆寒，而握住他手腕的男子还在苦苦哀求：“大夫……你想想办法，若能救我，日后必有重谢……”

上官景福深吸一口气，开口道：“你身上大多是皮肉伤，脸上的布条因为和肉长在一起，只能用剪刀剪开，届时可能会有些疼，此处没有麻沸散，所以……”

“无碍！我能忍！”男子急忙道。

他看向窗前的乌宝，缓缓地说道：“但最要紧一处，若是不尽快止血，恐怕有性命之忧，只是……”

娃娃脸的年轻内侍朝他露出鼓励的微笑，他更觉寒意浸骨。

“只是什么？”男子追问。

“你下身要害被贼人剪了一半，接又接不回去，若是留下它，最后不是腐烂生蛆，就是失血过多殃及性命。你若想活下去，便只有舍弃它……”

绝望浮上男子面目全非的脸庞，他隐有泣音，哀求道：“大夫……真的没有别的办法了吗？”

回答他的，是一声叹息。

陆雍和松开了大夫的手，泪水无法被血泪打湿的布条吸收，流出了眼眶，一直流进他的耳蜗。

许久后，他泣不成声道：“救我……”

陆雍和做了个梦，梦里他一会儿是尊贵无比的大梁皇太子，一会儿又是困在暗无天日密室，每日遭受严刑拷打的囚犯。

当他被推入沸腾的油锅之中，极度的恐惧让他猛然惊醒。

橘红色的斜阳毫无征兆地映入眼中，身上的热度并非热油，而是温暖的夕阳。

火焰般热烈的夕阳中，一名肤若白雪的少女坐在窗前。她左手执书，右手撑在耳旁，神色专注于纸上的文字，浑然不察他的视线。

窗外一阵徐徐微风，少女纤长的睫毛有如蝶翼轻颤，掩映着一双浅黑剔透的眼眸。陆雍和不自觉地沉迷其中，神思恍惚如同隔世。

他的身体无意识地刚刚一动，下体就传来一阵钻心的疼痛。

陆雍和想起了昏迷前发生的事情，一瞬间，他宁愿回到噩梦中，也不想在胜过噩梦的现实中苏醒。

“你……”

粗粝可怕的声音把他吓了一跳，当他发现这声音是从自己的喉咙里发出时，他又痛苦又绝望，下意识地把后面的话吞了下去。

少女却已听见声音，抬头向他看来道：“你醒了？”

她似乎一点儿不觉得刚刚的声音可怕，神色如常地放下书，朝他走来。

陆雍和不由自主地撇开头，不想让她看见自己那张被烧红的烙铁完全毁掉的脸。

“你……你是玉京公主？”他哑声问。

身后传来少女温柔似水的回答：“是我。”

“你救了我？”

她的声音里带着一抹笑意：“救你的是上官御医，我只是把你带回来。”

陆雍和挣扎着想要起身向她行礼：“草民……”

“你身上有伤，还是躺下说话吧。”秦秾华把他按下后，问道，“你还记得自己是怎么受伤的吗？”

陆雍和当然不可能将一切坦白，隐去自己的身世，只说了去年上京赶考，却在途中遭人打晕绑架的事。

“贼人绑了你，却一年没有杀你？”秦秾华问。

陆雍和说："也许是草民家中贫寒，贼人勒索不到财物，又不甘心就这么杀了草民吧……"

时间仓促，他想不出更好的借口，好在玉京公主并未起疑，只是轻声问道："你说的那个山洞，我会派人前去搜查，或许贼人会留下什么线索。"

他又要挣扎着行礼，秦秾华笑着扶住他，说："不必如此惶恐，在大朔的土地上发生犯罪勾当，我身为大朔公主，理所当然应该为民除害。"

陆雍和心中又是感激又是羞愧，玉京公主如此善良亲切，他却计划过如何去颠覆她的国家。

这去势之痛，是否就是上天对他的惩罚？

"你有想过伤好之后的打算吗？"秦秾华问。

陆雍和露出哀愁的表情，低声道："草民……"

一个阉人，连会试都没有资格参加，回乡？更是无颜面见乡亲。

他费尽心思地逃出炼狱，却发现天下之大，自己无处可去……

"你若是想回乡，我会给你备下路上的盘缠。"

"草民多谢公主仁心……来日若有机会，必粉身碎骨以报……"

秦秾华笑了笑："举手之劳，公子不必挂在心上。"

她宽慰了他几句，让他安心养伤后，便起身离开了厢房。

结绿和乌宝就在门前等候，见她走出，立即跟上她的脚步。

关上房门后，秦秾华嘴角的微笑消失不见。她一边向无名庵大门走去，一边接过结绿递来的湿手巾。

她漫不经心地擦拭碰过陆雍和的十指，神色冷淡而平静，问："其他人呢？"

"山下刚传来消息，五皇子已经入康穆门，冯家两位小姐也已到家了。"乌宝说。

秦秾华擦完双手，把手巾还给结绿，道："脏了，直接扔掉。"

"结绿知道了。"她接过手巾。

乌宝朝身后的厢房看了一眼，犹豫道："公主真打算这么走了？我们花费了这么大力气……"

"你养过狐狸吗？"秦秾华问。

"狐狸？奴婢没养过……"乌宝一脸茫然，他挠了挠后脑勺儿，虚心好学地问道，"公主知道怎么养吗？"

“捉一只狐狸，只需让他落入陷阱一次，驯养一只狐狸……却要让他落入陷阱许多次。”

血红的晚霞在撕碎的云片中缓缓地下沉，斑斓浓烈的霞光铺满少女肩头，她就像是开在火焰中的一朵蔷薇，鲜艳而耀目。

一声轻笑在风中响起，少女嘴角带着温柔的笑。

她柔声说：“一只狡猾奸诈的狐狸……若不让他多努力几次，他又怎么知道何为绝望？”

御花园中景色优美处数不胜数，春分时节，秦秾华喜欢去迎春遍野的遇仙池散步，而一到草长莺飞的四月，种满泡桐的绛雪苑就成了她最常现身的地方。

竹席、软榻、几碟糕点、一壶枸杞茶，还有头顶遮天蔽日的紫花泡桐，美得如同幻境。

少女随意地侧躺于竹席，神色慵懒，一身宽阔的沙罗大袖罩着烟紫色袒领襦裙，雪白肌肤在清透沙罗下若隐若现，如娇美花苞盛开前花心的那一点雪白。

盘腿坐在她前方的少年紧锁眉头，伏在矮桌前写着什么。

秦秾华的视野决定她只能看见少年在宣纸上移走的笔势，对她来说，这已足够。

她单手撑在发髻旁，另一只手抬起缀满紫花的泡桐花枝，轻轻地扫在少年下巴，懒懒地说道：“‘憎’字，写错了。”

“哪里错了？”少年抬头，狼般锐利的视线紧盯着她。

“‘曾’的下方是‘日’，不是‘白’……”花枝搔了搔少年的下巴，她扬唇一声低笑，“你写多了一撇。”

少年一脸不悦地躲开恶作剧的泡桐花枝，握着笔涂涂改改几次。

“念一遍。”秦秾华说。

“爱而知其恶，憎而知其善……”

“是什么意思？”

少年沉默着，眉心透着疑惑。

“这句话出自《礼记》，原句为‘贤者狎而敬之，畏而爱之。爱而知其恶，憎而知其善’，意思是，对贤能的人要亲近而尊敬他，敬畏而喜爱他。即使喜爱他，也要知道他的短处，即便憎恨他，也要明白他的善处。”

秦秾华循循善诱地问道："引申到为君之道，你能明白什么？"

少年的眉心这下拧成了一个纠结的"川"。

"为君者，最忌爱之欲其生，恶之欲其死。"

秦秾华露出微笑，缀满繁花的泡桐花枝轻轻地点上少年紧锁的眉头。

紫花占满视野，摇曳多姿，秾华背后，又是秾华。

"既为君者，就要明白人无完人的道理。为君者，若带上私人感情定义事物，那他离被人取代的那天便指日可待。"

春风温暖而和煦，少女的声音低柔而轻灵。她温柔地注视着少年，少年深黑透紫的眼眸也只映着她微笑的面孔。

"好和坏并非永恒不变。此时，此刻，此种行为，有利于你的才叫好人，然而……"她笑道，"没有人能永远做有利于你的事，因此，也没有人能永远做个好人。"

"所以爱而知其恶，是为了防止背后一刀；憎而知其善，是以便于人尽其才。"秦秾华轻声说道，"为了一时的喜悦和一时的憎恨，决断一人或一个组织的生死，是为君者，最愚蠢的行为。"

这一段长篇大论，可以浓缩为短短一句——政治的优先级别应高于个人感情。

话语虽短，句子却重，秦秾华不打算现在就教给他这个道理。

站在她的立场而言，过于明智的君主非她所愿。

"假若你为君王，在你眼前的是贪权恋势的首辅，买官鬻爵的尚书，捕风捉影的酷吏，抨击国策的清流——"

四朵紫花在少年面前一字排开，她抬起明眸，轻声道："何人该贬？"

"首辅？"

"错。"她拿起代表清流的那朵紫花抛开，说道，"再好的制度也有缺陷，一个方案只能解决部分问题，一代人也只能完成一代人的事。有一种人却不能明白这一点，他们以抨击国策为傲，以唱衰国家为乐，叫他拿出更好的解决方案，却又支吾难言。这种人，若只在茶馆闲谈几句，大可视而不见，若在朝为官，则必须逐其领头人物，以儆效尤。"

"为何？"

"组织军心不可动摇，君王威严不可损害。"

少年认真地听着，似懂非懂。

秦稌华又问："何人该杀？"

"酷吏？"

"错。"

她再次拿起一朵紫花，这次，扔进了燃烧的火炉里。

"君王为何为君王？不是因为头戴冕旒，也不是因为坐在龙椅，而是因为他有给予权利的能力。对为君者而言，天下只有一种人该杀，那就是夺取君王之力的人。

"至于贪权恋势的首辅和捕风捉影的酷吏，都是利刃，利刃用得好，伤敌一千，用得不好，自损八百。刀始终是那把刀，如果用得不好，要怨要怪，也该是握不住刀的自己，和刀有什么关系？"她笑了，嘴角隐有深意，"刀，只是刀罢了。"

"什么岛？"

一个明亮鲜艳的五彩身影从泡桐树林中走出，八公主昂头挺胸，满脸傲气，身后跟着五六个随侍的内侍和宫女。

秦稌华的目光从她身上鲜艳夺目的羽衣上掠过，笑道："随口一说罢了。八妹今日也是来赏花的？你这身霓虹羽衣，可是艳压了这满树泡桐花，让七姐移不开眼睛了。"

一抹红霞掠上秦辉仙的脸庞，她飞快错开秦稌华的视线，下巴抬高，从鼻腔里不怎么有气势地哼了一声："算你识货，这百鸟衣，可是我外祖父送我的及笄礼物，由一百种瑞鸟的羽毛编织而成，乃世间难得一见的珍品。"

"的确是难得的珍品，裴阁老为了让八妹高兴，一定耗费不少心血才得了这一件百鸟衣。"秦稌华用欣赏的目光看着她身上的羽衣，真心实意地称赞道，"我上一次看到如此佳品，还是穆首辅在六皇子生辰礼上送出的那尊状若梅树的七尺珊瑚树。"

"那待在海里等着你捞的死物算什么！这百鸟衣才是万金难求，寻常人连见都难见一面！"秦辉仙气鼓鼓地说道。

"这么说，我沾了八妹的光，也不是寻常人了？"秦稌华笑道。

秦辉仙气势骤弱，慢慢儿地在竹席上坐下。观她表情，一定已经努力自然了，只是僵硬的肢体动作出卖了她。

“你实在喜欢的话……”她瞟着天边，声若蚊蚋，“送给你……也不是不行……”

“八妹有这份心，阿姊已经很开心了。”

一直没有出声的秦曜渊忽然抬头，目光灼灼地看向秦秾华。见她没有看他，又换了个眼神，冷冷地盯着紧抿嘴唇，却控制不住眉飞色舞的秦辉仙。

“看什么看？！”秦辉仙注意到他不友善的目光，不客气地回瞪过去，“我打小孩儿！”

“我十二了。”

“我十五了——弟弟！”秦辉仙恶狠狠地说。

秦曜渊的脸色陡然黑了。

一个是打女人的主，一个是打小孩儿的主，秦秾华不敢让他们一争雌雄，遂笑着插入二人争执，说道：“渊儿，你去看看结绿怎么还没回来。”

秦曜渊瞧了秦辉仙一眼，后者还他一个“瞅你咋的”的嚣张眼神。

他把这人的面容牢牢地记在心里，给她划了一个“能打就打”的新分类后，转身就走。

走出小径，他回头一看。

二三十米高的泡桐树林上缀满粉和紫的花朵，由淡粉到深紫，连绵不断，蔚然成海。春风拂过，粉紫色的花瓣打着旋儿掠过枝头，飞舞若蝶。

肤白胜雪的少女慵懒地坐于竹席，素手端起冒着袅袅热气的一杯清茶，在飞舞的花瓣后，对身边人露出温柔的微笑。

秾华之后，还是秾华，梦幻之下，依然梦幻。

半晌后，秦曜渊转身彻底走出绛雪苑。

结绿是回去拿公主起风时可以加上的外衣，所以秦曜渊一路往梧桐宫方向走去。他原以为出了绛雪苑就能遇上结绿，没想到，一直走到绛雪苑和梧桐宫之间的穿杨场，才见到拿着披风一路快走的结绿。

“九皇子？你怎么来了？”结绿惊讶地看着他身后，“公主呢？”

“绛雪苑。”秦曜渊言简意赅地说道，“八公主来了。”

“怪不得……”结绿恍然大悟，“那我们走吧，八公主想必也已……”

穿杨场内忽然爆发的哄笑声打断了结绿还未说完的话。

宽阔的殿门内，掩映着几个皇子和武师傅的身影。五皇子独自一人站在一旁，手握铁弓，脸色很不好看。

“六箭只中两箭，这两箭还是射在外环……五哥呀，你是没用朝食吗？力气小得连弓都拉不开了——”

六皇子话音未落地，穿杨场大殿内已捧场地发出一阵哄笑。

最捧场的，当数靠近殿门的七皇子及其伴读，还有六皇子自己的伴读穆阳逸。其余皇子——八皇子扯了扯嘴角算是配合，四皇子面带微笑和武师傅交谈，仿佛对一旁发生的奚落浑然不觉。

穆阳逸笑道：“五皇子拉的好像是八力的弓吧？不如别逞强了，还是换上六力的弓再试试？”

秦曜渊听得一知半解，开口问道：“他们说的什么力？”

“是弓的拉力。”结绿忙说，“穿杨场练习用的弓箭，最小的有六力，最大的十八力，一力大概十斤。初学者才用六力的弓，他们是在嘲笑五皇子呢。”

穿杨场内，六皇子举起手中弓箭，咬着牙拉开长弓，射出凌厉一箭。

殿内立即响起一片热烈的掌声，大到隔着几十米的秦曜渊这里都如雷贯耳。

“六皇子不愧是天潢贵胄，天生神力！”武师傅神情激动道，“能这么轻易拉开十力之弓，不愧为当今皇子第一人！”

“放屁。”结绿忍不住嘀咕，“大皇子像六皇子这么大的时候，已经能拉开十二力的弓了，当时公主也在场，看愣了好一会儿呢……”

秦曜渊看了她一眼。

七皇子偶然转头，发现穿杨场外的秦曜渊，立即露出不怀好意的笑容。

“哟——那不是九弟吗？今儿太阳是从西边出来了，你不在梧桐宫潜修，怎么来这儿了？”

七皇子一声嘲讽，让穿杨场内所有人都注意到殿外的秦曜渊。

穆阳逸把弓支在地上，吊儿郎当地笑道：“真是稀客呀，自从去年上书房见过一面后，我就再也没有见过神出鬼没的九皇子了，今日九皇子是来上武课的吗？”

秦曜渊面无表情地扫他一眼，朝绛雪苑的方向走去。

“哎，九弟，你别走呀——”

六皇子充满恶意的声音让秦曜渊停下脚步，他忽然回头，笔直地望向刚刚迈出一步，又在他的目光下猛地收腿站稳的六皇子。

六皇子脸上耀武扬威的神情在秦曜渊的注视下有些许不自然的凝滞，他不敢与秦曜渊对视，却仍强装镇定，大声说道：“就这么走了多没意思？九弟既然来了，不如进来给我们露上一手——”

六皇子连同他对视的勇气都没有，秦曜渊懒得在这种人身上花费时间，转身欲走。

“秦曜渊！你站住！”六皇子在身后气急败坏地喊道，“你有种咱们就来赌一场！你要是能拉开十力的弓，我就磕头叫你哥哥！”

秦曜渊停下脚步，不顾身旁结绿连连的眼神劝阻，开口问道：“说话算数？”

“自然！君子一言，驷马难追！”六皇子冷笑道，“但是——”

他拖长了声音，恶毒的目光总算对上秦曜渊的视线。

“你要是拉不开十力的弓，就要跪下来，向我磕三个响头，自扇耳光并且承认是个杂种。”

结绿一直在悄悄地扯秦曜渊袖子，生怕他一个冲动就应下来。

然而怕什么来什么，秦曜渊挣开她的桎梏，毫不犹豫地向穿杨场走去。

他走进穿杨场大殿，空气瞬间安静，离他最近的七皇子不由自主地后退一步。

秦曜渊目不斜视地走向六皇子。

“你……你想做什么？”六皇子挺起胸膛，一脸虚张声势的凶猛，身子却毫不犹豫地往穆阳逸身后躲去。

秦曜渊伸出手，六皇子条件反射地闭上眼后，发现他只是从自己手中拿过了十力的力弓……而所有人都在诧异地看着自己。

六皇子脸上一红，怒声道：“这是我的专用弓，你要用弓自己——”

“拿去”二字还未出口，六皇子如同被掐住脖子的鹌鹑，怒瞪着双眼，一个字都憋不出来。

惊讶的低呼声在秦曜渊毫不费力拉开力弓的同时响起。

此前一直作壁上观的四皇子满脸震惊，这就……已经决出胜负了？

秦曜渊松开长弓，扔向六皇子。

六皇子仍处于震惊之中，长弓直接砸到他的脚上，砸得他惨叫一声。

他捂着受伤的右脚，一屁股摔坐在地上，面目扭曲，吼道：“你打人！秦曜渊，你竟敢不敬兄长，我一定要告诉父皇，你……”

“你输了。”秦曜渊说，“什么时候磕头叫我哥哥？”

六皇子的脸色越来越红，不全是疼的。

“这弓有问题！”他怒声道，“穆阳逸！你去看看！”

穆阳逸不愿意接手烫手山芋，转头就把难题扔出去。

“我对弓不甚擅长，还是七皇子去看吧，穿杨场练习，七皇子每回第二，射箭仅次于六殿下，想来更容易看出问题。”

突然被甩锅的七皇子措手不及，又找不出理由回绝，只能硬着头皮走上去，拿着落在地上的长弓看来看去，左右挑不出毛病。

“够了！”六皇子大怒，“一群饭桶！饭桶！没用的东西，连别人做了什么手脚都看不出来！”

秦曜渊说：“输不起？”

六皇子因为这句话简直要炸了，他火烧屁股一样跳了起来，怒声道：“谁输不起了？！”

“敢不敢重新赌一次？”

“赌什么？！”

“如果我用十二力的弓射中靶子，你就答应我一个要求。”

秦曜渊话音一落地，穿杨场内立即响起窃窃私语。

七皇子勾唇嘲讽道：“这是没睡醒说的梦话吧？”

神情阴郁的八皇子默默地后退，喃喃自语：“疯子……”

六皇子狐疑地盯着他：“你练过？”

“没有。”

“你要是说谎呢？”

秦曜渊面无表情地看着他：“我不说谎。”

六皇子盯着他的眼睛瞧了半晌，终于一口敲定：“行！但你若是没射中呢？！”

“你说。”

“你要是没射中——”六皇子眼珠一转，说，“你就自断一臂！”

六皇子话音未落地，结绿从殿外冲了进来：“九皇子——不可！”

“哪来的贱婢？给我——”

六皇子的手刚伸了一半，就“哎哟”一声，弯着腰惨叫起来。

秦曜渊握着他的手腕，面不改色道：“还赌不赌？”

“赌！赌！你放手！”

六皇子就差上牙咬了，秦曜渊终于甩开他的手。他踉跄地后退几步，龇牙咧嘴地甩着好像断掉了的手腕。

“等等！”他在秦曜渊拿起十二力的弓时大叫起来，“我要补充一条规则！你必须在三箭之内射中！三箭不中，你就输了，须自断一臂！”

秦曜渊似乎没听见他的追加要求，无动于衷地拿起了弓架上标着“十二”的桦皮弯弓。

结绿拦不下来，脚一跺，急得冲出去找公主了。

秦曜渊搭起一根长箭，拉住弓弦的右手逐渐用力，六皇子的脸色随着弓弦越张越开而变红。

殿内鸦雀无声，就连事不关己高高挂起的四皇子也不由屏住了呼吸。

第一箭，秦曜渊拉到十分之七就射了出去，长箭不仅大幅偏离了方向，在距离木桩靶子还有一两米距离的地方就落了下来。六皇子不放过任何一个嘲讽的机会，立即带头发出嘘声。

秦曜渊不为所动，冷静地搭上第二箭。

第二箭，吸取了上一次的经验，他拉开的弓弦更圆了一些，角度也做了些许调整。

这一次，他瞄准所花的时间足足有半盏茶之久，六皇子忍不住出声催促：“你好——”

“没好”二字还未出口，“嗖”的一声，长箭飞射而出，电光石火般擦着木桩飞过了。

六皇子放下一瞬间提到嗓子眼儿的心，大声嘲笑道：“九弟呀，你还是趁现在向我求饶吧！为了逞一时之快，失去一条手臂，不值得呀！”

秦曜渊看也不看他，毫不动摇地搭上最后一支箭。

“穿杨场是在做什么？怎么那么热闹？”

青石回廊下的天寿帝乐呵呵地说道，一群身穿官服的大臣站在身后，随他一同远远观望热闹的穿杨场。

“那拉弓的是九皇子吧？怎么脚没张开，弓也没拉满？”站在穆世章身后的大理寺卿吴文旦故意笑道：“难道这养了两年，身上的伤还没好全？”

穆世章没说话，但他微微上扬的嘴角表明了他的态度。吴文旦刚一说完，穆党诸人就配合地笑起来。

广威将军武如一原本没打算卷入这围绕几个皇子的明争暗斗，只是听到吴文旦关于站姿的话，才没忍住朝穿杨场看去。

不看还好，这一看，他就忍不住“咦”了一声。

去打探消息的高大全匆匆地走回，脸色不太好看。

“里面是在进行什么比赛吗？”天寿帝问。

高大全看了一眼他身后的穆世章，欲言又止：“是六皇子……”

场面静得有些尴尬。

穆世章翻起耷拉的眼皮，说：“高公公，陛下问你什么你就答什么，不要吞吞吐吐。”

高大全只得垂头把听来的话重复了一遍。

刚刚那几个嘲笑九皇子拉不开弓的文臣在听见“十二力之弓”后，安静了下来。

“封携，你来说说看，这九皇子的射箭如何？”天寿帝问。

金吾卫大将军封携上前一步，揖手道：“回陛下……以臣之见，九皇子难有赢面。”

“哦？为何？”

“纵使是大皇子那般天赋异禀，也是十六岁那年拉开的十二力之弓，六皇子如今十六，能拉开十力之弓已非常人，九皇子如今年仅十二，力气上差了一些，更何况，其射姿一看就是没有受过入门教育的门外汉，又有三箭之约的限制……”

天寿帝闻言皱起眉头道：“既无胜算，这武师傅究竟在做什么？皇子们平时闹闹也就罢了，怎么能放任他们打这么大的赌？”

“陛下，要拦下他们吗？”高大全问。

“当然要拦了，都是手足，何至于此！”

“诺。”

高大全行了一礼，转身向穿杨场走去。

穿杨场内，六皇子等得也不耐烦了。

“秦曜渊，你这一箭到底要瞄到什么时候？你要是不敢射了，没力气射了，你就直说！我也不要你真的自断手臂，你就跪我面前，恭恭敬敬磕一百个响头，此事就算过去了——”

秦曜渊恍若未闻，丝毫不为所动，直到——

一抹紫色身影映入视野中。

秦秾华在结绿的带领下，匆匆地走进穿杨场广场，不仅看见被众人簇拥的天寿帝，也看见了用生疏的姿势拉着长弓的秦曜渊。

十二力的弓他只拉开了一半多一些，从他脚下到木桩距离，这种程度显然不够。

秦秾华脸色一沉，刚要开口制止这场闹剧，秦曜渊忽然动了——

黑色的弓弦肉眼可见地绷紧，弓弦越来越圆，越来越圆——直至少年拉出一道满月。

无论是穿杨场内观战的皇子，还是回廊中远望的天寿帝等人，无一例外惊得合不拢嘴。

就连秦秾华，也被他手中的满月吸引，目不转睛地望着，无法移开视线。

长箭伴随一声凌厉的破空之声，迅雷一般飞射而出。

咚！

一声闷雷响起，穿杨场内众人露出又惊又恐的表情。

秦秾华眉头一紧，快步走入场内。

偌大的穿杨场内，木桩下掉着两支长箭。

少年射出的最后一箭，稳稳地插在木靶外围，入木三分——远远不止。

全场，鸦雀无声。

所有人都没反应过来，秦曜渊已经丢下手中力弓，朝瞪大眼睛，拒绝接受现实的六皇子走过去。

“你……你要干什么？！这么多人都看着呢，你想干什么？！来人！快去叫父皇，叫母妃，叫我外……”

六皇子一屁股跌坐在地上，差点儿以为自己刚刚听到的是幻觉。

“你说……你要什么？”

秦曜渊停在离他几步外的地方，面无表情地俯视他。

他说：“我要那尊，像梅树的七尺珊瑚树。”

“穆氏出手，果然不同凡响……即使近看，这尊珊瑚树也没有一丝瑕疵。”

梧桐宫正殿，秦秾华满意地对妩怜宫送来的珊瑚树点了点头。

“公主准备把它放在哪儿？”结绿笑着问。

“就放在寝殿进出的位置吧，我要每天都看着渊儿送我的礼物。”

两个小内侍合力抬起晶莹剔透的珊瑚树，在结绿的指挥下，小心翼翼地将珊瑚树摆放至进门最显眼的地方。

有结绿在一旁看着，秦秾华很放心，遂转身走入寝殿。殿内静默无声，仿若无人之地。

“渊儿？”她的声音响在寂静的寝殿里，洁白的窗纱后忽然传出落地的声音。

少年走出窗纱，一双沉静如海的眼眸静静地看着她。

秦秾华笑道：“怎么不去床上坐？”

“风在这里。”

“那为什么不去树上？”

他沉默片刻，说：“你在这里。”

秦秾华哑然失笑，朝他招招手：“你过来。”

少年不疑有他，走到她面前。

秦秾华伸手，飞快地在他的脸颊搓了两把：“渊儿真乖。”

眼见少年黑脸，秦秾华见好就收，笑道：“你今日可算出尽风头了，在场的父皇和文武官员，谁没有看呆了眼？那广威将军为人清高刚直，从不参与皇子之争，这次对你赞不绝口，说明我的渊儿当真该夸。”

“你也看呆了吗？”他忽然问。

秦秾华还未回答，少年又追问道：“我比大皇子，谁更厉害？”

她一头雾水，这怎么又扯上大皇子了？

他冷冷地说：“他已经老了，我现在就和他一样，以后会比他更厉害。”

结绿这时走进寝殿，听到秦曜渊的话，笑道：“九皇子是在气公主之前看大皇子射箭看呆了的事情呢！”

秦秾华忍不住笑出声来：“我看他——看呆了？”

“可不是吗？”结绿说，“大皇子十六岁那年，当着众皇子和公主的面拉开了十二力的长弓，别说其他人了，公主也看得目眩神迷呢！”

结绿的话就像泼出去的墨汁，每说一个字，少年的脸色就黑上一分。

“不过……奴婢还没来得及跟九皇子说完后面的话。”

“后面还有什么？”秦秾华好奇问道。

“公主目眩神迷，是因为大皇子射箭时拿了六皇子带来穿杨场炫耀的装饰力弓。”结绿笑着说，“那把弓上，镶着一颗鹅蛋大小的鸡血石，公主说是天下难得一见的佳品，回来念念不忘了好几天。”

结绿笑道：“所以呀，公主虽然确实看呆了眼，但看呆的原因，实在和大皇子没什么关系……”

“满意了吗？”秦秾华的指尖点在少年额头，笑道，“小醋王。”

“我不小了。”

少年别过头，似乎又在生气，只是嘴角上扬。

秦秾华拉起他开过弓的手，看着他被弓弦拉伤的伤口，问：“疼吗？”

他毫不犹豫地说道：“不疼。”

“阿姊疼。”秦秾华抬头看着他，说，“要爱惜自己的身体，你受伤了，阿姊也会疼。明白吗？”

他再次别过头，从喉咙里发出一声含糊的应答。

“广威将军请你去他府上玩，你去吗？”

“不去。”

“为何？”

他转头看着她：“你希望我去？”

“广威将军府上有武岳，有军中子弟，还有天下闻名的武家枪法，武如一若是愿意教你一招半式，也够你受用许久。阿姊可以教你文课，却教不了武课，能够拜武如一为师，是不可多得的机会。”

虽然她说了一长串也没有给出个“是”或“不是”的回答，但秦曜渊已经听出了她背后的意思。

他说：“嗯。”

秦秾华闻言笑道：“乖孩子……”

她伸手想摸他脑袋，少年动作敏锐地避开，一双野狼似的锐利眸子不悦地盯着她：“我不是孩子。”

“好，好，好。”秦秾华在他的下巴处挠了挠，“你是阿姊的小狼。”

醴泉悄无声息地走入寝殿，秦秾华看他一眼，笑着说：“结绿，你带九皇子去净手洁面，再从我的库房里找一只玉扳指出来。渊儿，净手之后，把阿姊给你的玉肌膏涂在手上。”

二人都应了，秦曜渊看了沉默不语的醴泉一眼，转身离开了寝殿。

少年离开后，秦秾华敛了笑意，于罗汉床坐下，道：“说吧。”

“应聘新学的教员中，共有四十三人进入最终的面试……”

寝殿外，少年静静地站着，片刻后，真的迈步离开。

他走到梧桐宫前殿，正碰上拿着玉扳指匆匆回来的结绿。

结绿见了他，高高兴兴地加快脚步走来：“九皇子，你看这个玉扳指可还喜欢？”

秦曜渊看了一眼，伸手接了过来。

“嗯。”他道。

结绿看见他收了扳指，抬脚往宫外走去，疑惑地问道：“九皇子要出去玩？”

秦曜渊头也不回，从喉咙里回了一声。

结绿对着他的背影喊道：“九皇子去找别的皇子玩吧！公主很担心你没有朋友！”

原以为这声劝说会石沉大海，结绿没有想到，背对她的秦曜渊竟清清楚楚给出了正向的回答：“好。”

他说好？

反倒是劝说的结绿陷入了疑惑，九皇子独来独往惯了，他会找哪位皇子玩呢？

妧怜宫，皇子偏殿。

“疼死我了！”六皇子缩回受伤的右脚，左脚踹上给他上药的宫女，“使这么大劲儿，是想戕害皇子吗？！”

“殿下饶命……”

宫女忍着脸上的疼痛，连连叩首求饶。

“没用的东西，给我拉……”

“殿下，出事啦！”马脸太监急匆匆地走进殿内。

“你才出事了！你全家一起出事！你闲着发慌是想咒死我吗？！”六皇子

勃然大怒，提起一旁的茶壶就要扔。

马脸太监双膝一弯，熟练万分地跪下去，一脸惊恐地喊道：“殿下！九皇子来找你玩了！”

“什么？！”

茶壶在地上摔得粉碎，六皇子眼瞪如牛。

第十五章 怀疑

第二天早上，宫里众人都在议论，公主的珊瑚树下长出了一颗鹅蛋大小的鸡血石。

“这是天大的祥瑞呀，全是因为公主的贤德仁慈感动了上苍，所以才会石树生石花！”

宫中老人言之凿凿，一传十十传百，传得广了，连京中百姓都知道了这一消息。

经过茶楼里说书先生的一番添油加醋，这桩宫廷趣事再传回宫中，已变成神话故事。

秦秾华笑着听乌宝活灵活现地向她转述，手边就放着那颗色泽鲜艳夺目，石纹如山水风光的鸡血石。即使是用她挑剔的眼光来看，也不愧“天下难得之佳品”的评价。

她笑意吟吟地看向窗纱摇曳的窗边，故作惊讶地问道：“渊儿，你说呢？这颗鸡血石怎么会一夜之间出现在珊瑚树下？难道真是上苍降下的祥瑞不成？”

半晌后，窗纱后传来少年的声音：“谁知道？”

这个“不解之谜”，恐怕只有伏在怜贵妃膝头痛哭流涕的六皇子才知道了。

鼻青脸肿的六皇子对天发誓要把输掉的面子里子都找回来，秦秾华一向欣赏奋发之人，第二日就给了他这个机会。

三日后，五皇子和冯如珠私下见面摊牌时，六皇子带人撞破。

碍于将军府和穆党的双双压力，天寿帝被迫在当天降下圣旨，封五皇子为福亲王，娶鸿胪寺卿舒允谦长女为妻，奉国将军冯虢五女和周嫔侄女为侧妃，待舒雯三年孝期一过，便择日成婚。

舒家直到此时才知道五皇子惹下的风流债，但能怎么办？

自己选的屎，捏着鼻子也只能吃完。

舒遇曦大失所望地责备了五皇子一顿，还不是只能唉声叹气地给孙女准备嫁妆。

时光荏苒。

除了梧桐宫的珊瑚树上不时地长出绝世珍品外，玉京城内还算平静。

三年后，福王大婚。

京中四处都挂上了喜气洋洋的红灯笼，福王府前人山人海，只要一句讨喜的祝福，就能得一捧喜果，百姓便是为了沾沾喜气，也乐意加入排队的长龙。

外面敲锣打鼓，广威将军府热火朝天的，丝毫不输府外。

十几个少年打着赤膊，在四月春晖下舞着刀枪，挥汗如雨。

武岳一个不小心，让对面的青年打飞了银枪。他无力地跌坐在比武台上，连抬手抹汗的力气都抽不出来，不住地喘着粗气。

“我……我休息一会儿……”

“输了你还有脸休息？给我起来！”青年把银枪踢到武岳手边。

“二哥，你饶了我吧……我……我不行了……”武岳哭丧着脸求饶道。

“男人不能轻易说不行！起来！”武象一脚踹在武岳的屁股上，硬是把人“哎哟哎哟”地踢起来。

“二哥！哥！你还是我的亲哥吗？！”武岳一边哀求一边躲闪，“九皇子在那树上偷懒睡觉你看不见吗？算我求求你，你去教教九皇子，让我歇息一会儿吧！”

武象一脚踢飞他，说道：“你要是有殿下一分天分，我也让你睡觉去！”

校场鸡飞狗跳，武岳的惨叫不绝于耳。忽然，一只毛发蓬松的雪地拖枪狮子猫步履轻盈地从屋顶落地，蹲在校场正门，举起前爪轻舔，然后抬头：“喵。”

娇软的猫叫像是一颗巨石投入了湖中，本就嘈杂的校场更是如同开锅一般沸腾起来。

“公主来了！”

“快，快。快！都动起来！”

“我的上衣呢？哪个小兔崽子偷了我的上衣？！”

“嚯！哈！呀！”

少年们像打了鸡血似的，纷纷使出最得意的招式，闪着银光的刀剑枪戟在一只只手中舞得虎虎生风，让人目不暇接。

校场东面遮天蔽日的榕树上，跳下一个身姿矫健的少年。他直起身来，挺拔的个子远超同龄人。

瑰丽的斜阳中，少年一身玄色裋褐，乌黑透紫的眼眸流动着晶石般冷锐的光泽，一头浓密黑发被发扣高高束于脑后，发尾像刚睡醒的小狮子似的，微微卷曲。

武岳冲到比武台下的一桶清水前，正对着水面急急忙忙地整理面容，屡受重创的屁股就又挨上了一脚。

他身子一歪扑到地上，瞠目结舌地看着公然行凶的秦曜渊提起水桶，干脆利落地浇了自己一身。

秦曜渊抹掉脸上的水流，脚尖钩起武岳掉在地上的银枪，跃上宽阔的比武台。正在舞枪的男子腰身足有两个秦曜渊宽，男子提起银枪大喝一声，声势十足地向少年攻去。

秦曜渊手中银光一转，长枪带着雷霆之势扫向高大健壮的男子腹部。

一声闷响——

男子高高地腾空，重重地落地。

红缨在空中飞扬，银枪在比武台上舞出一声震撼人心的鸣颤。

“谁敢一战？”少年睥睨全场，眉眼冷峻。

“我来！”武象手痒，忍不住提枪跳上比武台。

秦秾华带着随侍的宫女内侍步入校场时，映入眼帘的就是大汗淋漓的少年和广威将军二公子在比武台上打得如火如荼的画面。

结绿一边张望着，一边笑着说：“九皇子真刻苦呀，连衣服都湿透了！还好公主有远见，带了更换的衣服来，不然一会儿怎么去参加五皇子的喜宴？”

结绿身后春心萌动的小宫女们纷纷用力点头。

秦秾华笑道：“你们先把冰品发给休息的人吧，还在练习的便不要打扰了。”

“诺。”结绿笑着说，“奴婢们这就去。”

秦秾华每次来广威将军府，都不会空手而来。

府里习武的人早已习惯了沾九皇子的光，便是当真辛勤练习的男子都纷纷停手，更别说那些表演的戏子。一时间，校场内精壮的青年笑着闹作一团，分发冰品的宫女们各个红霞上脸。

冰品发完之后，不论男女都围在比武台旁，为精彩绝伦的比试发出阵阵助威声。

秦秾华自然有最好的观景位子坐。

武象虽然只比少年大上七岁，但已有从军经历，是真刀实枪上过战场的。

秦曜渊能够单凭蛮力就和他打得不分胜负，实在让人又惊又喜。

她含笑着观望全程，直到武象使出浑身解数，用全身重量勉强压制少年的银枪。

“好了，点到为止——”武象大叫一声，在一片嘘声中迅速闪开。

武岳在台下做着鬼脸。

“公主来了，不可放肆。”武象一脚踢开武岳，高声说：“大家都休息一会儿吧！”

秦曜渊扔掉手中银枪，翻过看台，径直朝看台上的秦秾华而去。

秦秾华从结绿手中接过浸了冷水的干净帕子，在少年来到面前后，为他擦拭脸和脖子上的汗水。少年在她举起帕子的同时，习惯成自然地蹲了下来，调整为方便她的高度。

“今儿还不算太热，你怎么浑身是汗？”秦秾华问。

“太辛苦了。”他说。

“是太辛苦，而不是太狡猾吗？”秦秾华笑着，食指点在少年的额头，轻轻地戳了一下。

她笑道：“哪有人浑身是汗，却一点儿汗味都没有的？”

“有才好吗？”

少年接过她手里的帕子，一个旋身，紧挨着她坐下。

十五岁的少年，坐下来时，个头儿已经比她还高。

秦秾华一时有些怔忡，他抬起眼眸，静静地看着她。

秦秾华竟然从这沉静的凝视中感觉到一丝压迫，就像被大型野兽目光锁定一样。

她转移话题，说道：“我带了冰糖莲子，吃吗？”

“手酸，累了。”他说。

秦秾华故意说道："那就给你留着，回宫再吃。"

少年皱起眉头，把毛茸茸的脑袋靠上她的肩头，低声说："我想吃。"

秦秾华笑道："叫声'阿姊'来听听。"

"阿姊。"

秦秾华在他额头轻弹一指："只有这种时候才肯叫上一声。"

"喂我。"少年在她肩上仰起头，目光笔直地看着她。

秦秾华接过结绿递来的瓷碗，舀了一勺冰糖莲子递向少年。

她喂一勺，少年吃一勺。

看台下的少年们远远地看着言笑晏晏的玉京公主和靠在她肩上享受喂食的九皇子，酸得像是坛子里密封了百八十年的陈年老醋。

武岳拽着二哥的胳膊，哭丧着脸说："哥，我好酸，你酸吗？"

"有什么好酸的？"武象抬头看了一眼看台上的姐弟俩，又低下头去认真擦枪，"我最不酸的，就是他们秦家人。"

"为什么？"

武象踢开抱着自己的武岳，拿着擦得银光闪闪的枪转了一圈儿，咧嘴笑道："蠢弟弟，出去别说我认识你。"

武象提着枪，步步生风地走到秦氏姐弟面前，干脆利落地单膝跪了下去："卑职武象，见过玉京公主！"

秦秾华笑道："武千户请起，不必多礼。"

她刚要伸手虚扶，有人把她的手牢牢地压了下去。

秦秾华偏头一看，少年靠着她的肩膀，眼也不抬，轮廓分明的侧颜平静如常，仿佛紧紧扣着她的那只手和他毫无关系。

武象起身后，秦秾华笑着说："渊儿，你先去更衣吧。"

秦曜渊瞥了一眼武象，慢腾腾地起身。

等他走远后，秦秾华笑道："武千户，渊儿近期的习武表现如何？"

"九皇子天生神力，悟性又高，实在是练武的好苗子，只是……"

"只是什么？"

"只是，九皇子虽然天资甚高，自身的努力却乏善可陈。"武象说，"每到府中教习文课时，九皇子不是逃课就是坐着发呆，每每师傅抽问，一问三不知……"

“我什么时候一问三不知了？”秦曜渊冷冷地问。

用难以想象的速度换了一身新衣的秦曜渊走了回来，挨着秦秾华坐下后，懒散的身子又靠上她。

小秾华喵了一声，跳上他的膝盖，踩了两下，盘腿坐下。

“殿下虽未一问三不知，但回答永远只有一个。”武象说，“杀。”

武象朝秦秾华一揖手，说：“为卒者，可不通兵法，为将者，却必须通百家兵法，卑职不愿见到殿下的天赋遭埋没，还请公主监督殿下，静下心来学习纸上的知识。”

“此事我记下了。”秦秾华笑道，“还请武千户今后继续督促渊儿习武。”

武象又行了一礼：“这是卑职分内之事。”

武象离开后，秦秾华看向靠在肩头的少年，问：“你逃课了？”

他的眼神游离在天边外，对她的问话好像浑然不觉。

“等回去再收拾你。”秦秾华用指尖戳他的额头，“走吧，去吃喜酒了。”

“不想去。”

“那你就一个人留在这里。”

这幼稚的威胁立竿见影，少年不情不愿地站起来。

秦秾华和校场内的众人告别，在一片欢送声中走出了广威将军府。

通体漆黑的马车低调地停在路边，秦秾华刚走到马车边，少年就习以为常地伸出了手。

秦秾华扶着他的手，踩着马凳上了马车。之后轮到秦曜渊，他连马凳都不需要，单手撑在车边，轻而易举就跃上了马车。

他钻进车厢，自然地坐在秦秾华身边，肩膀又靠上她。

只要一挨到她，少年就像晒到太阳的慵懒大猫一样，收起利爪，人畜无害。

“渊儿，你的头发乱了。”秦秾华说。

他一声不吭，直接把后脑勺儿转过来对着她。

秦秾华松了发扣，以手为梳，重新帮他拢好长发。

少年乌黑浓密的发丝从如雪的指尖滑过，发尾的小卷调皮地钩着她的指头，少女忽然一愣。

“怎么了？”少年察觉她片刻的凝滞，问。

“渊儿的头发又黑又多，让人好生羡慕。”秦秾华笑道。

少年没有起疑。

秦秾华拢起黑发，高高地扣在他的脑后。

她心中忽然冒出的疑惑挥之不去，辉嫔……似乎是完全的直发？

马车行驶一阵，在鞭炮声阵阵的福王府停了下来。

秦曜渊先下车，然后亲手扶下秦秾华。福王府门前的司仪大声叫道："九皇子、玉京公主到——"

秦秾华让乌宝送上提前准备的礼物，和秦曜渊二人先步入福王府的大门。

福王秦曜安身穿喜服，正笑容满面地站在前厅接客。

见到秦秾华，他眼睛一亮，快步走了过来。

"阿姊！"福王满脸笑意地欢迎秦秾华，对上一旁的秦曜渊，就只是疏离地点了点头。

然而，要论疏离，秦曜渊更胜一筹。

福王已经对他的孤僻习以为常，看了一眼就收回目光，重新对秦秾华露出发自内心的喜悦笑容。

"阿姊，你可总算来了，我都要忍不住骑马进宫找你了！"

秦秾华笑道："为了不坠安儿的面子，便在梳妆打扮上多花了些时间。你看，我不是来了吗？"

"阿姊不打扮也是天底下最美的女子，何必去花那些精力？"

"这话我可担不起。"她笑着说，"安儿，今儿是你大喜的日子，阿姊只备了些薄礼，你可不许见怪。"

"阿姊能来就是最好的礼物，安儿怎会见怪呢？阿姊，快进去吧，外边风大，小心着凉……"

福王伸出手，刚想扶在秦秾华背上，一个身影先一步插了进来，挡住他的视线，也隔断了他和秦秾华之间的距离。

"呵呵，九弟，快进去吧，你们的座位都安排好了。"福王收回手，若无其事地笑道，"有什么需要，吩咐一旁的小厮即可。"

三年时间，成长的不止一人。

婚宴还未开始，大厅里坐得稀稀拉拉，秦秾华一出现就成为厅内女眷簇拥追捧的中心。

跟在身边的少年既听不懂家长里短，又要忍受她们明里暗里掂量猪肉般的眼神，眼见眉头越皱越紧，气压越来越低，秦秾华适时打发他去后院逛逛，等开席再回来。

她劝了又劝，少年才十步一回头地离开了嘈杂的前厅。

秦秾华忍俊不禁，含笑注视他的身影，直至他完全走出大门。

刚及笄的保宁郡主直到此时才敢松出一口大气。她抚着胸口，小声道："九皇子每次见我们都没个好脸色，是不是对我们有什么意见呀……"

"渊儿性格如此，保宁不必介怀。"秦秾华笑道。

"说起来，九皇子好像只对玉京公主亲近……"

一女子开口后，其他臣女也叽叽喳喳地附和起来——

"玉京公主怀瑾握瑜，仁民爱物，何人不喜，何人不亲？"

"若玉京公主是我姐姐，我怕是也会时时缠着，不肯分离呢！"

"我家几个兄长就总是说公主的好，让我处处向玉京公主学习呢……"

一女子忽然"呀"了一声，轻拍身边人的手臂："我记得，你的哥哥不是最喜爱拿玉京公主作京中女子的标榜吗？他今日可曾来了？"

那被拍的女子一脸尴尬，讪讪地笑道："我家哥哥整日说着想尚公主，叫他出门别乱说还不听……这不，前几日出门就被人打了。"

"啊？"问话的女子一脸惊讶，"被谁打了？谁这么嚣张，敢打你的哥哥？"

就连秦秾华也不由得好奇倾听，眼前的女子是工部尚书尤石的三女，工部尚书乃是二品大臣，在朝廷里也是个颇有分量的人物，他的儿子怎会出门被人打了？

谁敢打二品大臣的儿子？

"你知道我是谁吗？"

舒也一脚踩在花坛上，一只手撩开袍子，凶神恶煞地瞪着瑟缩在花坛前的锦衣纨绔。

"你知道我爹是谁吗？你知道我祖父是谁吗？你知道我姑姑是谁吗？你知道我姑奶奶是谁吗？你知道我表叔是谁吗？"

纨绔公子被一连串的质问问到理智断线，弱弱道："是……是谁？"

舒也撩袍，甩头，开扇，一系列动作一气呵成，如行云流水。

他扬声，抑扬顿挫道："我爹——乃正四品鸿胪寺卿；我祖父——乃正二品礼部尚书兼建极殿大学士；我姑姑——乃当朝德妃；我姑奶奶——乃当朝太后；我表叔——乃当今圣上！我！你现在知道是谁了吗？玉树临风，玉砌雕阑，玉京三公子——舒也是也！”

纨绔公子见鬼似的一屁股坐到地上，回过神后，手脚并用地爬起来跑了。

“哼！此等龟孙，也敢肖想冰清玉洁的玉京公主，我呸——”

舒也收了折扇，义愤填膺地啐了一口，刚要转身寻找下一个暗暗躲在门口偷窥公主的龟孙，正好撞见从前厅走出的九皇子，他眼睛一亮，立即满脸堆笑地迎上去。

“在下舒也，见过英明神武的九皇子！”

秦曜渊没有温度的目光冷冷地瞧了他一眼，不发一语。

舒也丝毫没有受挫，尽管无人邀请，他还是极其自然地一个旋身，走在了九皇子身边，仿佛一开始就在同行。

“九皇子经常和玉京公主待在仙宫，鲜少入这浊世，一定对这些龟……浊人们缺乏认识，不必担忧——”舒也拍着胸脯，自豪地说道，“我舒也一介凡人，在浊世混迹多年，别的不敢说，但对这些龟……浊人那是了如指掌，今儿一定为殿下安排得妥妥当当，介绍得公公正正，绝不让殿下错认任何一张面孔！”

二人一个一言不发，一个滔滔不绝，奇怪的组合所经之处，无不引人注目。

秦曜渊专捡人少的地方走，最后找了处无人的假山坐下。和轻松坐上假山之巅的他不同，缺乏锻炼的公子哥喘着粗气，呼哧呼哧好一会儿才狼狈地爬上假山。

“九……九皇子果然不是常人，连落座的地方都选得如此别致。”舒也气喘吁吁地坐下，冲秦曜渊竖了个大拇指。

舒也坚信自己的热脸能把冷屁股贴热，然后，他费尽心思想焐热的对象抬起眼眸，冷冰冰地看着他，吐出简洁明了的一个字：“滚。”

心好痛。

“九皇子，俗话说伸手不打笑脸人，你怎么……对了，还有句老话是不打不相识，要不你打我一顿，打完，咱们做个朋友，你说怎么样？”舒也坚持不懈地劝说着。

来参加婚宴之前，秦秾华千叮咛万嘱咐不可在婚宴上动武，秦曜渊忍了又忍，奈何有只蚊子一直在他耳朵边嗡嗡嗡地飞来飞去。

就在秦曜渊忍不住想出手把舒也踹下假山时，一声含着啜泣的质问救了他一命。

“郑宗延！我有哪一点对不起你，你怎么可以这样对我？”

不远处，一男一女朝着假山走来，男子在前，女子在后。男的满脸不耐烦，女的则在身后拉扯，虽衣装雍容华丽，但脸上泪痕斑斑，神色憔悴。

郑宗延停下脚步，一把甩开女子的手，回头恼怒地说道：“你放手！让人看见了，成何体统？！”

“你还知道体统？！”女子哭着说，“你在外边置外室我也不管了，可你如今还让外室生下孩子，此事一旦传出，你就是在公然打皇室的脸！”

“少拿你娘家吓唬我！”郑宗延怒道，“别的男人都能红袖添香，倚红偎翠，我为什么不行？还不是因为娶了你这个只有公主名头的女人！仕途全毁不说，还要处处受气！”

舒也在假山上揣着手，一边看戏，一边啧啧出声：“这死龟孙的龟壳厚得当世罕见……”

舒也看了一眼一旁的九皇子，他虽默不吭声，视线却定在争执的二人身上。舒也抓住来之不易的机会，连忙为他解惑：“下边这男的，是从三品浙东都转运使郑东流的小儿子，郑嫔的弟弟，四皇子的舅舅——从小就是个混账，别听他说尚公主毁了仕途，这龟孙连乡试都是托关系过的，会试就更别提了，他压根儿就没有仕途可毁……

“这女的呢，是已经出嫁的五公主，封号‘安庆’，想必殿下在宫宴上应当见过。不过贵人多忘事，这安庆公主又不怎么出头，不记得也没有什么……”

秦曜渊一声不吭地看着假山下的二人。

他记得她。

如舒也所说，在宫宴上有过几次一面之缘，只记得她是一个面色苍白的女子，怯怯地叫他“九弟弟”，全因为秦秾华和她说过几句话，他才在脑海里给她留了一席之地。

他冷眼看着安庆公主，不明白她为什么被人欺负到脑袋上了，依然还在拉着对方的衣角哀求。

如果是他的阿姊，必然不会如此。

舒也看着假山下的闹剧，思绪忽然发散到了厅内谈笑风生的秦秾华身上，喃喃自语道："话说回来，玉京公主过了今秋，也快满二十了……不知陛下会择个什么样的乘龙快婿？如果是什么龟孙，我舒也第一个不依！"

假山下的郑宗延毫不留情地推开安庆公主，导致后者哭着摔倒在地。

舒也啧啧几声，说道："玉京公主要是许给这种龟孙，还不如尚给我舒也，一想到仙女般的玉京公主可能遇到刁蛮公婆、花心丈夫，我就……"

少年猛地抬头，像要杀人似的凶狠目光让舒也主动掐断了自己的声音。

"我喷粪了，对不起。"舒也诚诚恳恳地道歉，认认真真地安慰，"殿下勿往心里去，我这种屎壳郎一般的人说的话，老天他是听不见的。"

秦曜渊不理他，右手往下一撑，动作利落地在几个跳跃间下了假山。

郑宗延刚转身往假山处走，一回头就挨上重重的一拳。

他连惨叫都来不及发出，身体就倒飞出去了。

安庆公主第一时间用手掩嘴，挡住喉咙里的后半段尖叫。

"谁敢打我？！"

郑宗延捂着流血的鼻子从地上挣扎着爬起，因疼痛扭曲的面目朝着秦曜渊，双眼微眯试图把罪魁祸首看清，当看清打人者是谁时，脸上的血色骤失。秦曜渊也已走到他的面前，一脚踏上他的胸口。

"呃……"郑宗延抓住少年的皂靴，双眼圆睁，发出呼吸不畅的苦闷声音。

秦曜渊抓起郑宗延头上的玉冠，强迫他直视自己。

"你再动她一根指头……我就把这个圆的东西，从你脖子上，揪下来。"秦曜渊一字一板，冷声说，"明白吗？"

"明……明白……"郑宗延吓得如鸡啄米，连连点头。

秦曜渊扔了手中玉冠，郑宗延再次摔回地上。

舒也这时才气喘如牛，惊险万分地下了假山。他刚要说话，秦曜渊已经踩着郑宗延的身体，面无表情地往小路另一头走去了。

"哎呀，殿下，等等我！"

舒也急急忙忙地追去，一脚又把刚要爬起来的郑宗延踩回地上。

二人换了方向后，前方之人渐渐地多起来。福王是陛下爱子，福王府自然也是建在风水宝地，由专人精心修缮过，假山流水，桃林凉亭，好是风雅。

一路上，四周的人都在向秦曜渊行礼，后者目不斜视，反倒是跟在他身后狐假虎威的舒也笑逐颜开，不断地拱手还礼："哎呀，使不得，使不得！"

话虽如此，他脸上的表情可和“使不得”一点儿也没关系。

两旁行礼的人们自然在心里把舒也臭骂了一顿。

舒也才不在乎呢。

他只在乎能不能通过和九皇子成为朋友的方式，曲线救国成为玉京公主的朋友。

前方凉亭里坐着一男一女，亭子里虽然还有座位，但周遭之人都十分识趣地站在亭子外交谈。亭中男子长相平凡，像个文弱书生，将削好的橙子递给女子时，目光却格外柔情。

舒也又开始啧啧：“同人不同命啊，真定公主和驸马也是父母之命媒妁之言，成婚多年却从未有过红脸。希望玉京公主今后的夫婿也能如此，二人琴瑟和鸣，同进同出，恩爱两不疑……这岂不是美事一桩？”

他随口说完，看向九皇子，想从他身上得到赞同。

赞同没有，死亡说不定有。

舒也被秦曜渊那冻得死人的目光威慑，在自己的嘴巴面前做了个捏上鸭嘴的动作，毫不犹豫转过身——走了。

再不走，他怕走不掉了。

喜宴结束后，还有大批宾客留下来闹洞房。

秦秾华作为未婚女子，早早就乘马车离开了福王府。

此时已经月上梢头。

苍穹静谧，万里无云，几颗寒星稀稀落落地散在天边，一轮如弓的残月格外明亮。夜风清凉，夹杂着一股不知何处传来的袅袅花香。

马车中，结绿搓着胳膊，狐疑着嘀咕道：“奇怪了，这天怎么突然冷起来了？”

“刚刚我也觉得凉飕飕的。”驾车的乌宝扬声道，“不过现在吹着风，反而不觉得冷了，嘿——这天还真怪！”

“公主呢？公主觉得冷吗？”结绿问。

秦秾华从书本上抬起头，含笑看向靠在肩上的脑袋。

“渊儿说呢？”

半个人都靠在她身上的秦曜渊面无表情，一话不发，浑身都散发着生人勿进的气息。

“谁又惹你生气了？”秦秾华笑着挠了挠他的下巴，不可思议的是，他竟然一动不动，略显无精打采地接受了她的逗弄。

结绿瞪大眼看着不同寻常的少年。

秦秾华笑道：“还气得不轻。”

少年抿紧嘴唇，一把抓住秦秾华挠他下巴的手，紧紧地握在手心。

秦秾华脸上笑意稍敛，看了结绿一眼，后者心领神会，笑道：“我出去看看乌宝。”

结绿离开车厢后，秦秾华柔声安慰：“怎么啦？谁欺负你了，告诉阿姊，嗯？”

少年抬头看了她一眼。

“你……”他迟疑片刻，说道，“你喜欢什么样的男子？”

秦秾华忍不住笑了：“你怎么突然关心起这个？”

“回答我。”

“我喜欢……”秦秾华笑了笑，说道，“我喜欢能让我达成所愿的男子。”

她本以为他会追问她的“所愿”是什么，出人意料的是，他并未打破砂锅问到底，而是露出了若有所思的表情。

忽然，伴随一声马匹嘶鸣，马车猛地一摇。

身旁的少年第一时间把她紧紧地护在怀里。

一声以头抢地的声音后，车外有个粗粝难听的声音高喊道：“求玉京公主救命！”

秦秾华轻轻拍了拍少年的肩膀，待他慢慢儿松手后，才推开车门。

她嘴角意料之中的轻笑，在车门推开后消失无踪，取而代之的，是逼真的讶异：“陆公子？”

衣衫褴褛的陆雍和跪在车前，形销骨立，面无人色，比当初分别时，又惨了许多分。

“求公主救我！我被歹人追杀，求公主救我一命，求公主救命……”

陆雍和满脸都是神经质的惶恐，拼命地往地上叩头，好像只要秦秾华一声拒绝，这日就是他的最后一日。

有什么东西下了地，片刻后，一双精致的绣鞋停在他的面前。

陆雍和头晕眼花，浑身颤抖着缓缓抬起头来，身着宽衣大袖的少女嘴角微扬，目光悲悯有如神祇。

在她身后，一轮弯月高高悬挂，光芒皎洁。

那光太冷，太洁净，像是刀锋凛冽的寒芒，刺得他眼睛生疼，刷地流下不知是恐惧还是劫后余生的庆幸泪水。

“好。”她柔声说，“我救你。”

福王大婚后，朔明宫人人都知梧桐宫中又多了一人。

瘸腿的、瞎眼的以及女生男相的，又来了个毁容的，别说旁人议论纷纷，就连一贯开明的天寿帝都在忍了一个月后，忍不住了。

借着秦秾华上瑞曦宫请安的机会，天寿帝劝道：“我知道你心地好，你要养着他们，养就是了，怎么还带到身边随侍？这……这，他这模样，实在有失体面……”

秦秾华看了一眼门外侍立的男子，笑道：“陆四虽面容狰狞，但讷言敏行，才华不输翰林学士，有他随侍一旁，女儿面上有光。”

“什么面上有光，还翰林学士……”天寿帝一脸嫌弃，五官都往眉心皱去，“你这话可别让那些翰林学士听见，否则，这仇就结大了……”

天寿帝显然没把她的话当真，秦秾华也没继续说服，反正，刚刚那番话也不是说给他听的。

门外，陆雍和面无表情，垂在袖子里的双手却紧握着，指甲深深地掐入掌心。

许久后，玉京公主走出门，含笑看了他一眼：“走吧，回宫。”

陆雍和连忙垂下头去，走在前头引路向凤轿而去。

两旁的瑞曦宫宫人，无论内侍还是宫女，皆在目光触及他的脸时露出嫌恶恐惧的神情。

瑞曦宫的宫人如此，其他宫的人如此，天下人也是如此。

只有一个玉京公主，眼神落到他脸上，总是温柔的、悲悯的，从未因为他厉鬼般的外貌和粗粝可怕的嗓音而敬而远之。

两年囚禁，三年追杀，他始终过着人不人鬼不鬼的生活。

他本以为，逃出山洞就是重回人间，后来才发现，自五年前被人打晕那天起，他就已经死了，即使他拼命挣扎着回到人间，又有什么用呢？

人们当他是恶鬼，为了驱逐他，种种恶行堪比恶鬼。

后来的这三年颠沛流离，和前头两年的囚禁摧残相比，他竟分辨不出，谁更像十八层地狱。

冰封千里，只有公主的身边，是温暖的人间。

第十六章
统考

玉京公主离开后，天寿帝重重地叹了口气，连高大全送上的茶也喝不下去了。

高大全察言观色，试探地问道：“陛下又在为玉京公主的婚事烦心？”

天寿帝又是一声叹气。

“我只要一想到这天儿转瞬热了起来，要不了多久夏天就到了，等夏天一到，秋天也就不远了，秋天来了，秾华也就快满二十了……宫里还未配人的公主属她年纪最大，她若不出降，后边的小八小九也就难以出降……可是这京中有头有脸的人家，谁都不敢和穆裴两家抢人。”

天寿帝顿了顿，又是一声长叹。

“嫁到京城外，朕又实在舍不得……秾华爱繁华，重享受，这大朔天下，要说繁华，还没有哪座城能与玉京相比，要是秾华跟着夫君去了偏僻封地，穿不上漂亮衣服，买不到精致头面，我……我……”天寿帝说着说着，竟然擦起了眼眶。

高大全心里咯噔一声，赶紧安慰九五之尊：“陛下勿要过于担忧，若实在不行，我们可以找个听话好控制的小国，让公主嫁过去当皇后……”

“你说什么？”天寿帝难以置信地看着他，那刚刚擦干净的眼眶里一个眨眼就又蓄起了闪闪发光的泪水。

高大全心里无数声咯噔。他在胡说什么呢，陛下连公主嫁出京城都舍不得，难道还舍得让公主嫁出大朔吗？！

他抬起巴掌，干脆利落地往自己脸上扇了两下：“哎哟！陛下别听奴婢这张臭嘴胡说，当不得真！当不得真！”

已经晚了。

天寿帝刷地流下两行泪水："我可怜的秾华……"

当日傍晚，天寿帝要让玉京公主和亲的小道消息传遍朔明宫，梧桐宫一如既往平静，反倒是裴淑妃的懿丽宫又一次鹅飞人跳。

"秦秾华要是和亲，我也要和亲！"

裴淑妃险些当场去世，怒喝道："和亲这种事也能胡说吗？你给我住嘴！"

"我不！"秦辉仙抬头挺胸，底气十足，"她秦秾华能和亲，为什么我不行？"

"你以为和亲是什么？别人都避之不及，你还上赶着要去？！"

"我不管。"秦辉仙噘着嘴，转身在椅子上坐下，"反正她有的我都要有。"

裴淑妃气道："那你就去禀告陛下，说你愿意代七公主和亲，你看看陛下高不高兴！"

"我才不去。"秦辉仙嘀咕道，"秦秾华都不去，我还去什么？"

"什么都是秦秾华秦秾华……"裴淑妃捂住气得发疼的胸口，怒声道，"秦秾华要是去死，你去吗？！"

秦辉仙一愣。

裴淑妃简直想把这个让自己操心不断的女儿塞回肚子里重生一次。

"算了，算了，你给我出去，我看到你就头疼……"裴淑妃连连挥手。

"那和亲的事……"

"你少操别人的心了！你自己的功课做得如何了？把你这几日的绣样……"

裴淑妃话没说完，秦辉仙已经一溜烟地跑了出去。

一只硕大的肥鹅屁股一摇一摇的，嘎嘎叫着追了出去。

裴淑妃刚想松一口气，忽然闻到一股不同寻常的臭味，在大肥鹅蹲过的地方，留下一摊醒目的青黑之物。

裴淑妃一口气没喘上来，等她缓过气——

"秦辉仙！"

裴淑妃的怒喝响彻懿丽宫，抱着鹅逃出宫殿的秦辉仙哆嗦一下，更加不要命地往前跑去。

"呀！"

拐角之后，一个忽然走出的身影和她撞到一起，鹅子扑起宽阔的白翅膀，呼啦呼啦就是数不清的连环巴掌。

四皇子被扇得头晕眼花，护着脸慌张后退："有刺客！"

秦辉仙拿住扑扇翅膀的鹅子，抬头看向慌慌张张的四皇子，说："四哥，刺客已被我缉拿，没事了。"

四皇子放下手，这才发现攻击自己的只是一只普通鹅子。

要说普通……其实也不普通。

体型比他平日吃的烧鹅还要大上三倍不止，那圆滚滚的肚皮，几乎垂到地上。

四皇子努力从那巨大的鹅子身上移开视线，拱手问道："八妹怎么跑得这么急，是宫里出了什么事吗？"

"我随便走走，遛鹅。"秦辉仙忽然注意到他来的方向，眼神一变，"四哥是从瑞曦宫出来的？"

"是呀，我去向父皇请安，高公公说父皇休息了……八妹也想去向父皇请安？"

"不是……"秦辉仙抱着鹅子，脚尖在地上蹭了蹭，慢吞吞地说，"我就想知道，父皇想让秦秾华去和亲的消息是不是真的……"

"八妹不想让她和亲？"

"她和不和亲关我屁事，但是……"秦辉仙话说一半，声音慢慢儿变小了，"但是，父皇要是叫她去和亲，那我也要去和亲……"

四皇子不解道："为何？"

"什么为何？！"四皇子一句话仿佛捅了马蜂窝，秦辉仙仰头跺脚，怒不可遏，"难道我不配吗？！"

"不，不，不，八妹配得很，配得很……"四皇子忙出言安抚，满头大汗。

秦辉仙重重一跺脚，白他一眼，气哼哼地冲走了。

那大肥鹅，扑扇着翅膀，在身后努力追赶。

四皇子抬袖抹了把额头的汗，看着一人一鹅飞快地消失在视野里，心中情绪复杂万分。

虽说和亲一事极有可能是以讹传讹，但七妹若是再嫁不出去……在穆裴两党的压力下，七妹恐怕也只有和亲和出家两条路可选了。

人怕出名猪怕壮……

做人，还是像他一样低调些好，至少不怕被人惦记。

四皇子摇摇头，继续往前走去。

全宫之人都在猜测桃李年华的玉京公主是否真要和亲，又和亲哪国，只有当事人依然不动如山，丝毫不被外界的流言影响。

梧桐宫中，为大朔税收操碎了心的秦秾华又一次伏案到深夜。

陪伴她的，除了一杯冒着热气的枸杞茶，还有陪她同样加班的醴泉以及站在一旁静默侍立的结绿和乌宝。

她把批完的册子条子都封在木盒里，还给站在桌前的醴泉后，问道："前些日子，交代你买的木材都买好了吗？"

"回禀公主，都已备妥了。"醴泉恭敬道。

"我还有一件事托你去办。"秦秾华从抽屉里拿出一张画有图样的纸，递给醴泉，后者立即双手接过，"你去寻个可靠之人，按照这个样式，给我刻一枚章出来。记着，一定要寻可靠之人。"

"诺。"

醴泉退下后，秦秾华端起这晚的第三杯枸杞茶，觉得现在的效率不太理想。

可用之人还是太少，等到新学产出人才，最短也要两三年的时间。

耳目太少，手脚太少，现在一时半会儿还看不出问题，但若是势力继续膨胀下去，又没有高效的监察机构，她极有可能玩火自焚。

能不能建立一个专门为她服务的情报机构呢？

秦秾华放下茶杯，心中已有决议。

为什么不？

她推开面前的书本，说："辛苦你们陪我熬夜了，都歇了吧。"

结绿立即呼人进来为她洗脸净手，乌宝则开始收拾凌乱的桌面。

"公主每次都要说什么辛苦，真是的……我们陪着公主是应该的，哪有什么辛不辛苦呢？"结绿一边拿帕子轻轻擦着秦秾华的双手，一边无奈地扫了她一眼。

秦秾华笑道："陪我是本分，尽心是情分，你们尽心帮我，我道谢才是应当的事。"

“我说不赢公主。反正公主最会说话，每次都把我们哄得找不着北……”

“就是。”乌宝也插了一嘴，“别的宫人都羡慕奴婢能在梧桐宫当差，谁都知道公主仁和，善待下人，是真真正正的大好人。”

秦秾华忍俊不禁：“我看呀，旁人也最羡慕梧桐宫的主子，这宫里的宫人个个都能言善道，最会说话。”

“跟什么人学什么人呗！”乌宝说。

寝殿内欢声笑语此起彼伏，安乐随和的气氛不仅在朔明宫中是独此一份，恐怕在普天之下的宫廷里，也是独此一份。

话题渐渐转到“羡慕”一题上，秦秾华看着窗外夜色，久远的记忆忽然从脑海里翻腾起来。

她开口说道：“夜深人静，若你孤身一人走在路上，闻到风中飘来的碎金饭香味，会想到什么？”

“想到碎金饭……”乌宝挠了挠头。

“我会想到家。”秦秾华笑道。

“公主也有家，这梧桐宫便是公主的家！”乌宝大声说道，“只要公主一声令下，别说碎金饭了，便是天上的星星，奴婢也要跳着去给公主摘下来！”

殿内笑作一团，窗纱在夜风中微微摇曳。

秦秾华望了窗户方向一眼，笑道：“渊儿，你也该去歇息了。”

半晌后，轻轻的一声响，似乎有什么人从窗户上落下，从后院渐渐地远去了。

“公主真厉害，您是怎么知道九皇子在那儿的？”结绿不可思议地歪着头。

秦秾华笑了笑：“猜的。”

“也是……九皇子一向喜欢跟着公主，找他不如先找公主。”结绿说。

公主洁面完毕后，结绿等人端着器皿离开了寝殿。

走到院中，乌宝忽然把结绿叫住。

“怎么了？”结绿疑惑道。

“你说，我们要不要提醒公主，九皇子都十五岁了……再怎么说，也该避嫌了。还有那教导房事的宫女，咱们是不是也该提醒公主安排上了？”乌宝一脸纠结。

“你操这份心做什么？”结绿讶异道，“主子相处融洽，我们高兴还来不及，哪有你反过来要求他们保持距离的？”

“男女七岁不同席，我也是怕公主因此招致风言风语……”

“让他们说去呗，公主什么时候怕过风言风语了？”

“可是……”

“你都能想到的事情，公主会想不到？”结绿打断他，不容置疑地说道，“公主不提出来，咱们就权当不知道，做好分内的事情就好了。”

乌宝被她说服，若有所思地走了。

他走到自己那片韭菜田的时候，恰好看见一个黑影从他的韭菜田里直起腰来。

“新来的那个！你大半夜的不睡，就为了来偷我的菜？！”乌宝怒喝道。

“乌宝公公息怒。”陆雍和镇定自若地说道，“我见公公的韭菜长得十分高大，有些好奇罢了，并未偷公公的菜，请安心。”

乌宝对他的解释无动于衷，不住地挥手驱赶：“去，去，去，要研究自己也种一片去，别来觑视我的韭菜。”

“我也能开辟自己的菜地？”

“只要公主同意就可以——不过，别种韭菜了，种点儿白菜吧，我吃够韭菜饺子了。”乌宝皱眉。

陆雍和默默地拱了拱手，转身回到自己的耳房。

从位置上来看，他住的耳房恰好就在乌宝的耳房斜对面，二人之间隔的正好是那片韭菜田。

而其他宫人，都在这一处的对角，宫殿的另一方向。

陆雍和最后看了一眼夜色里生机勃勃的韭菜田，反手关上了门。

昏暗的烛火下，他伸出右手，掌心之中，躺着一截儿人类的指骨。

数日后的一个傍晚，秦秾华在梳妆镜前试戴新得的一对耳环。

这耳环上的烧蓝蝴蝶虽栩栩如生，但并不稀奇，稀奇的是蝴蝶下面坠的两粒绯色珍珠，这两粒珍珠色泽光润鲜艳，如晨露后新摘下的玫瑰花瓣，是重操旧业的郑松川前些日从海外给她捎回的罕见珍品。

在她兑现承诺，帮他成功血刃仇敌后，经过数年经营，郑松川已经收复了大部分曾经的地盘，等到海禁一开，她就能通过郑松川和极天商会，输入海外的无边财富。

只是，现在还不到开海禁的时机，一切还需慢慢儿来。

陆雍和袖手侍立一旁，安静得像是空气，狰狞可怕的面上漠无表情，仿佛对世间发生的一切都无动于衷，只有他才知道自己贪婪的目光在少女雪白的耳垂上锁了多久。

“把窗户推开。”秦秾华戴好耳环，说道。

“诺。”

瑰丽的夕阳肆意挥洒，在对镜自照的少女雪肌上染出一抹薄红。她专注地打量着耳旁的稀世珍宝，深邃的眼窝仿佛盛着春花秋月，她为镜中难得一见的瑰宝赞叹，殊不知，她在旁人眼中也是难得一见的瑰宝。

陆雍和的目光游弋在少女姣好的面容上，不知不觉就失了神。

“公主！公主！”

结绿着急的呼声打破了殿内的静谧，秦秾华看着结绿慌慌张张地走来，神色依旧沉稳。

“别急，出什么事了？”

“六皇子和几位皇子私下说九皇子坏话时，被回宫的九皇子听见了……他们又打了一架……”

“九皇子受伤了吗？”

结绿一怔：“九皇子没受伤……”

秦秾华笑了：“那你急什么？一群人也打不过一个人，说出去够丢脸的，只要他们不声张，我们也就当不知道。”

“是……”

结绿刚要退下，又听公主说道：“他们说什么话惹恼了九皇子？”

“他们说……”结绿犹豫了一下，说，“说九皇子是胡人杂种……”

“知道了，你下去吧。”秦秾华神色如常道。

又过了一会儿，沐浴更衣过的秦曜渊带着一身水汽走入寝殿，身后跟着一路追赶的乌宝。

“哎哟，殿下，您等等奴婢，您这头发不擦干，着凉了可就是奴婢的罪过了……”

秦秾华从苦着脸的乌宝手中接过擦头的巾子，朝少年看了一眼："过来。"

少年顺从地蹲到妆凳前，秦秾华裹起他乌黑的湿发，轻轻地按压着其中的水分。

"需要凳子吗？"她问。

少年闷声回答："不用。"

乌宝察言观色，知道之后是公主的教学时间，该让闲杂人等退场了，他看向沉默无言的陆雍和，说："陆四，你去……"

"留他下来吧。"

公主出人意料的话语让在场几人都一同愣住了。

少年从晃动的布巾下抬眸，微微弯曲的黑发半遮半掩着野狼似的眸子，锐利的目光片片生寒，一动不动地盯着已经垂下头来的陆雍和。

"诺。"乌宝立即低头应声。

秦秾华把湿润的巾子还给乌宝，起身走向书柜，从一尊窑变釉梅瓶中抽出一卷图纸。

少女解开丝带，将宽阔的地图平铺于桌面。少年走来，从她身边望着辽阔天地。

地图上，以朔为中心，朔之外有后夏，有梁国，有北齐，还有广阔的东胡草原。

"今日，我们讲外患。"少女轻声说。

"大朔建国不到百年，从未解决过外忧重重。我们虽与梁有同盟条约，但梁王锐意进取，是个雄才大略之主，我们不可放松警惕，需谨防着他反戈一击。"

陆雍和垂头静立，仿佛和自己毫不相关。

"北边的后夏新君刚立，据传性格残暴，杀人如麻。即使他无心挥兵南下，我们也必须遣将北上。"

秦秾华纤细的指尖轻轻地划过地图上一部分，如皎洁初雪落下。

"金雷十三州，幽帝时期被后夏攻占，既是中原连接后夏的接合地带，又是通往西域的交通孔道，它的地理位置决定了金雷十三州和中原是唇亡齿寒的关系，自金雷十三州陷落，我们对西域诸国的影响日渐衰落，长此以往，大朔在西域原本的附属国也会纷纷倒向后夏。因此，金雷十三州必须光复，大朔与后夏，必有一场大战。”

少女沉静的声音里有股令人信服的力量，好像只要跟着她，就能所向披靡。

“北齐皇帝垂死病中，唯一的继承人是个痴肥的天残，北齐自顾不暇，短时间内，我们不必担忧来自北齐的威胁。至于东胡草原——”

秦秾华的食指划过茫茫大草原，轻声说：“眼下的东胡草原，叫得出名头的游牧部落共有四部，分别是都密、库莫奚、乞伏和河满四部。大朔和东胡草原之间最重要的边境要地就是永顺关。

“永顺之后，再无要塞。永顺关历来都是兵家必争之地，若永顺失陷，中原沦落也只在顷刻之间。

“而西域诸国，虽距离中原颇远，但威胁依然不可小觑。前朝狐胡就是自西域而来，经金雷十三州，问鼎中原。西域诸国虽有不臣之心，但在光复金雷十三州之前，尚且不足为虑。

“我们今日主要说西域和草原。”

秦秾华用手指圈起地图上的两处地方，说道：“于这两处地方生活的人，都被我们称为‘戎夷’。

“近千年来，中原和西域诸国、东胡四部和亲不断，我们用不公平的朝贡贸易和美丽的公主来维系国与国之间的和平，用看得见摸得着的利益，让周边诸国承认朔的宗主国地位。我们用沉重的代价，换取万国来朝的繁荣。”

结绿忍不住低声喃喃：“这样不对吗？”

“对与不对，取决于你是何立场。”秦秾华说。

她看向沉默不语的少年，说道：“草原上的游牧部落千百年来不断地骚扰中原，屡次掀起腥风血雨，若你为君，你该如何处置草原诸部？”

“杀光，杀尽。”少年神色冷漠，开口所言却字字如刃，杀气重重。

“你杀完都密、库莫奚、乞伏和河满四部，这片土地上要不了多少年又会冒出匈奴、突厥、契丹和女真四部，那时你又要如何自处？带着大军驻扎草原，杀到生命的尽头？”

少年这会未再开口。

“渊儿，敌人是永远杀不完的。”秦秾华语重心长地说道。

“那要怎么办？”少年抬头看着她。

"东胡草原高寒，现今我们即便能够占领，也无法让它产生该有的价值，反而为了屯兵守备这片荒原，我们会花费大量的人力、物力，对大朔而言，无异于一个陷进去就爬不出来的泥潭。所以，中原对东胡草原的政策一向是羁縻为主，即使出兵镇压，也是以驱逐为目的，而非占领。

"历朝历代，只有大一统的游牧民族才会对中原产生威胁，若他们始终是四部八宗，他们就永远掀不起大风大浪。

"因此——

"若你为君，都密强大了，你就扶持乞伏，库莫奚弱小了，你就打压河满。只要持之以恒地分化草原诸部，让他们始终分裂纷争，无法将力量统一起来对外，你就可以不费一兵一卒，让他们成为对你摇尾乞怜，予取予求的狼犬。外交如此，内政也是同样。"

少女一席话说完，殿内静默无声。

绯色夕阳下，她雪白耳边的绯红珍珠红得似血，少女一声轻笑，静静地回荡在安静的寝殿里。

"所谓帝王之术——"她说，"不过'制衡'二字。"

秦秾华令乌宝和结绿送九皇子回屋，只留下陆雍和一人。

陆雍和忐忑地猜测着公主用意，不敢轻易开口，垂目敛眉，将呼吸放到最轻。

在他的余光中，玉京公主缓步走到罗汉床坐下。

"今日的课，你听了有何感想？"

"公主博古通今、世事洞明，论学识和远见，我远不如公主。"

"我想听的，并非是任何一个宫人都能说的恭维话，我想听的，是只有陆公子才能说的话。"

陆雍和不由得抬起头来，公主静静地望着他，沉着的目光仿佛洞悉一切。

"公主教九皇子帝王心术，却没有教全。"

"哦？"她笑了，"此话何解？"

"帝王术，王霸道杂之，而公主只教霸道，不教王道。即便偶有涉及，也是草草带过。"陆雍和顿了顿，说，"公主在防着九皇子。"

"继续说。"

"公主和九皇子的关系，就像中原汉人和关外戎夷……公主希望戎夷强大，可以阻挡来自远方的铁骑和烽火，又不希望戎夷过于强大，以至于反过来威胁中原的统领地位。”

陆雍和说完后，殿内许久无声。

“陆公子不愧是今年春闱最有希望夺魁之人，若是在宫阙之中度过余生，实在屈才。”

玉京公主轻柔的声音在殿内响起，如春日的溪涧清泉，沁人心脾。

“若是陆公子愿意，我可做主还你本来身份，虽无法入朝为官，但想做个王府幕僚，却是轻而易举的。”

扑通一声，是陆雍和的双膝接触地面的声音。

他双手按地，向眼前之人叩首到底。

他曾经高傲的灵魂，在她面前彻底折服。

“公主对在下有救命之恩，更何况，公主本身德才出众，卓绝千古，乃世间难得的经世之才……”

地砖冰冷，陆雍和的胸口里却一片滚烫。

野心和仇恨熊熊燃烧。

他掷地有声道：“在下愿一生追随公主，为公主赴汤蹈火，肝脑涂地！”

秦秾华看着跪在眼前的男子，嘴角渐渐上扬。

她温柔地说道：“求之不得。”

天寿二十三年，春末。

暖风徐徐，晴空万里。

时隔多年，玉京又一次迎来万人空巷之日。

人迹罕至的东郊百年难得一见地排起长龙，一座占地巨大的庞然大物前，无数人头攒动。

除了流水一般抬进学府大门的御赐之物，围观百姓中谈论得最多的就是书写在鎏金牌匾上的“华学”二字——

“玉京公主不仅人冰肌玉骨，其字也仙气拂拂，令人望尘莫及……”

“观‘华’之一字，驰骋纵逸，仙气缥缈，纵是小生再苦练十年，也难及公主境界。”

“朔有玉京，乃国之大幸……”

人山人海中，有一名少年努力拨开人群前进着。

“殿……表弟、谭光，你们快些跟上……”武岳一脸兴奋地回头，冲身后喊话。

他话没说完，一股冲力忽然撞上胸口。

“啊！”武岳摔到地上，下意识地抬头，一双带着敌意的琥珀色浅瞳阻止了他嘴边的抱怨。

撞倒他的少年身材高大，冰冷的眼神和“友善”二字毫不相关。他居高临下地看着跌坐到地上的武岳，像在看什么死物。

武岳还没回过神来，谭光两步挤过来把他扶起，冲少年怒声道：“你撞了人，怎么连声抱歉都不说？！”

少年衣着朴素，然一身古铜肤色在人群中格外醒目。他挑眉冷冷一笑：“分明是他走路不长眼睛，这也能怪到我身上？”

“你——”

“谭光。”

人群中冷漠的一声制止，让刚迈出一步的谭光立时收回右脚。

一个颀长身影自人群中走出，和煦日光下，少年五官分明，眉眼深邃，乌黑瞳孔深处透着一抹若隐若现的暗紫。

秦曜渊目不斜视地从古铜肤色的少年身旁经过，谭光瞪了少年一眼，快步追上，武岳紧随其后。

少年站在原地，任旁边行人匆匆，目光始终落在逐渐远去的黑色背影上。

一名书生被奔流的人群裹挟着前进，眼看就要撞上古铜肤色的少年。那书生大喊道：“前面的，快让让，小心撞上……”

前面的少年依旧不动，直至二人撞了个结结实实。

少年稳若泰山，撞上去的书生却险些摔倒。

书生刚想发怒，眼神对上少年冷血的琥珀色眼睛后，本能地咽下了后边的责怪。

少年面无表情地看他一眼，转身往学生考场的入口走去。

一阵浩浩荡荡的脚步声由远及近传来，维持秩序的京军持械披甲，迅速控制了混乱的现场。

书生这才敢拍着袍子慢慢儿地站起来，而那少年，早已隐入排起长龙的人群。

“真倒霉……”书生嘀咕道。

旁观了事情经过的路人安慰道：“那些偏远地方的混血蛮子们都是一言不合就动刀子，难不成你没看见对方后腰上别的两把弯刀？那东西，都是南蛮子在用。遇上蛮子的混血，你就高兴现在还活着吧。”

话虽这么说，书生还是硬着头皮说：“这里是天子脚下，蛮子再嚣张，我也不信他敢在羽林军面前杀人……”

路人摇摇头，走了。

书生也重新打起精神，向守门的长衣男子出示了自己通过复试的证件后，走侧门入了华学大门。

待面试的教员应聘者们被请至一间大堂齐聚，书生握着号牌，轻手轻脚地找了个座位坐下。坐在他身边的是个锦衣玉带的公子哥，一脸傲气地跷着二郎腿，癫疯犯了似的抖个不停。

书生看得难受，说道：“这位公子，能不能请你……”

“嗯？”公子哥朝他投来一个不耐烦的余光。

“能否请你不要抖脚，大庭广众之下，有伤风雅……”

公子哥的鼻腔里传出不屑的一声“哼”：“小爷我就抖了，怎么样？”

伴随着他嚣张的回答，公子哥跷着腿抖得比先前更激烈了。

书生脸色难看道：“君子不论身居何处都会风度翩翩，彬彬有礼，小人反是！”

公子哥琢磨了好一会儿才明白对方说了什么。

他“啪”的一声放下抖动的那只脚，横眉怒目道：“你说小爷是小人？！你知道我是谁吗？”

“小生和你素不相识，怎么知道你是谁！”

“你知道我爹是谁吗？你知道我祖父是谁吗？你知道我姑姑是谁吗？你知道我姑奶奶是谁吗？你知道我表叔是谁吗？”

“小生连你是谁都不知道，自然也不识得你的父母亲戚！”

“唰”的一声，公子哥打开折扇，扬眉吐气道：“我父亲，乃——”

“面试开始了，都安静些！闹事的直接滚出去！”

大门一开，羽林军的某位人物穿着盔甲握着腰间的长剑走进大堂，目露威胁地环视一圈儿，待众人安静后，扬声道："谁是一号？跟我来！"

"我……我是一号，我叫汪洋，来自……"

一个布衣男子急忙站起来，畏畏缩缩地说着，双手不安地按着卷曲的裋褐衣角。

"别废话了，赶紧跟我来！"

军爷转身往外走去，汪洋急忙跟上。

随着第一个面试者离开，大堂里的空气立时紧张起来，书生无心再起争执，舒也同样无心和一个穷书生纠缠，二人各自坐好。书生神色凝重，口中默默地背诵着之乎者也。在他身旁，舒也打开的折扇又合拢了，二郎腿重新跷起，脚尖抖得飞快……

舒也很焦虑。

这号牌是他斥资一千两纹银买来的，据说，拿着这牌就有和公主面对面交谈的机会。他美滋滋地把这用来擦屁股都嫌疼的薄薄一张纸片重金买下，谁知道——

这张纸不是让他和公主谈风花雪月的，而是让他来和公主谈一技之长的！

连他爹都不知道他有什么一技之长，他要如何向公主自我介绍？

教公主怎么逛花楼斗蛐蛐吗？

舒也恨不得埋头冲出考场，是胸口上那张价值纹银千两的卡片阻碍了他的脚步。

玉京公主，就如同那天上的明星，而他，只是地上一只渺小的屎壳郎。

这一千两纹银，是他追星的最后一点儿棺材本了，要他连玉京公主的面都没见着就退出，他不甘心，那已经不属于他的一千两纹银也一定不甘心。

想起那还没焐热就不属于他的一千两纹银，他心头一酸，险些流下热泪。

他的棺材本哇，不知此时在什么地方呢？

"眼睛睁大点儿，仔细着手脚，别磕坏了马车里的东西……"

乌宝揣着双手，站在马车旁呵斥着，监督两名小内侍合力将一个沉重的木箱搬上马车。

眼见箱子放好了，乌宝快步走入华学大门，在广场中央人群聚集的地方找到了嘴角带笑的秦秾华。

“多谢公公跑这一趟，还请公公回去复命时替我谢过父皇，待我回宫后，会再去问父皇安。”她对面前锦衣华服的管事公公笑道。

“玉京公主折煞奴婢了，奴婢一定把话带到。”管事公公笑吟吟地行了一礼，转身带着小内侍们往大门方向走了。

天寿帝为了给她撑面子，大概把内帑都翻找了一遍，送来的无一不是当世罕见的珍品奇物，在所有御赐之物中，秦秾华最喜欢的是一尊三足圆鼎。

太监们统统走后，广场上只剩下秦秾华自己的人。她绕着圆鼎走了两圈儿，越看越喜欢。

这三足圆鼎是狐胡朝的宝物，有着短颈鼓腹和双立耳，器腹主体有四足龙纹，与鼎足上狐胡皇室最推崇的火纹相结合，形如涅槃重生的上攀之龙。

造型好，寓意好，秦秾华决定把它放在最醒目的中央广场，让每一个进门的学子除了看见德碑，就是大鼎。

近三百斤的火龙纹鼎沉重，两个青年合力抬到面红耳赤、气喘如牛，大鼎依然纹丝不动，又加入一名青年后，三人总算抱起大鼎，艰难地挪动到秦秾华指定的位置。

“咚”的一声巨响，大鼎重重落在地上，扬起一阵薄灰。

结绿连忙将秦秾华挡在身后，以手不住地扇风。

醴泉从远处走来，说：“回禀公主，教员面试和学生统考都已经开始了。”

“秩序如何？”

“羽林军到场以后，迅速控制了场面。目前几处考场都井然有序。”

秦秾华应了一声，眼睛还盯在古朴沉稳的大鼎身上。

结绿笑道：“还是公主有先见之明，先找陛下借了羽林军，有那些凶神恶煞的军爷看场，我看谁还敢作弊！”

直到这时，乌宝才开口道：“回禀公主，奴婢已经确认过了，一千两，只多不少……连银汤匙都放进去了。”

“看来是真的一滴都没有了。”秦秾华神色遗憾。

“公主勿忧，种子傻，土地肥，过一段时间，就又能割了。”乌宝宽慰道。

“舒也诚心可鉴，我也不忍见到这等忠君爱国之士失望，这样吧，你去……”

乌宝附耳过去，边听边点头：“奴婢知道了……”

坐满面试者的大堂里，气氛压抑紧张，无人有心闲谈，不是神色凝重，就是口中念念有词。

舒也如坐针毡，屁股底下仿佛有火在烧，让他坐也不是，站也不是。坐他身旁的书生同情地看着他："兄台有痔疮？"

舒也差点儿把扇子敲到这人头上，气急败坏地还击："你才有痔疮！"

书生一脸委屈道："小生分明是在关心你，你这人，好不讲道理……"

舒也刚要说话，忽然见后门开出一条小缝，卖他情报的那个线人探出头来，朝他鬼鬼祟祟地招手。

"去，去，去！小爷我不跟你一般计较！"舒也装作发怒的样子，快速闪出后门。

他反手把门一关，连珠炮似的怒声道："我是来和公主近距离见面的，不是来参加什么问试的！这号牌上的特长是什么意思？小爷我活了二十几年，我还想知道自己的特长是什么呢！"

"舒公子，您有没有特长是您的事，小的只负责提供您和公主面对面的机会，您不是也说了吗？只要能和公主见面，就是躲在屎坑里也愿意……这还没让您蹲屎坑呢，您怎么就受不了呢？"

"我还宁愿蹲屎坑呢！"舒也眼睛一瞪道，"你让我去面试，到时候一问三不知，比让我蹲屎坑还难受！"

"唉……"线人说，"小的也不愿见舒公子难受，这样吧，眼下还有个近水楼台的机会，就不知舒公子愿不愿意抓住了。"

"你想要什么……"舒也警惕地捂住荷包，"我可告诉你，我全身上下只剩三两碎银了。"

线人从怀中小心翼翼地拿出一张东西，说："看见这张教员证没有？有了它，你可以直接免试录取，每天近水楼台，说不准哪日就得月了呢……"

舒也动心了，咽了口口水问："多少银子？"

线人比出三根手指道："只要三千两银子。"

"三——"舒也倒抽一口冷气，"你个龟……"

线人一把捂住他的嘴，低声说："舒公子，念在你是老顾客的分上，这笔钱可以分十二个月分期付清，十二个月——对舒公子而言，这不难吧？换了别人，小的怎么说也要收点儿利息，但您是舒公子——只要您一句话，小的这次就不收利息了，权当是为了感谢舒公子平日对小的的关照。”

舒也渴望地看着线人手中的纸片，盘算着这笔买卖值不值得。

三千两是贵了些，但是平均下来一点儿也不贵，就像这没把儿的黑心贩子说的一样，每天近水楼台，说不定哪日就得月了呢？

屎壳郎虽小，梦想却还是要有的……

“怎么着？舒公子，你要是没意思，我就去找下一个买家了？”

不必再考虑了，舒也大手一挥，豪情万丈地说道：“买！”

第十七章 无神

华学统考一共四日，第五日是只有武科学生参与的武考。

只有这一天，玉京公主亲临考场监考。

武生们在等待入场的时候就开始激动了，玉京公主没有监考文考，偏偏挑了武考这一天露面，不是对他们武生的看重是什么？

历朝历代重文轻武，反过来的优待却鲜少有过，在场之人又都是血气方刚的年轻人，个个摩拳擦掌，恨不得立即就入场开考。

武岳挤出擦肩接踵的人群，张望几下，找到在偏僻角落里等候的二人。

他一路小跑过去，递出手里的牌子。

“拿好了，这是你们的考号，我是九十一，你们是八十九和九十。”武岳分了两张考牌，说，“咱们的号码虽然挨着，但不一定是在同个考场。”

谭光不以为意：“只要不和开考那日遇见的南蛮子一起考就好。”

“话说回来，你注意到没有？这几天看见的都是平头百姓，城里的那些熟面孔，一个都没瞧见。”谭光打量着周围待考的考生。

整洁的布衣已算不错，视野之中，多的是衣服上打着补丁的穷人，远处一个踮脚观望的男子甚至穿的是一双露着脚指头的破布鞋。

“城里那些纨绔子弟哪敢来新学读书，他们不想入朝为官了吗？”武岳脱口而出，话都说完了才察觉不妥，下意识地看了一旁的秦曜渊一眼。

见他面无波澜，武岳这才继续说：“公主创立新学——虽说仍属私学，但有陛下撑腰，怎么说也算半个官学。以往的官学都被穆党把控，现在公主插手人才选拔一事，不就是在分穆党的肉骨头吗？那些想要入朝为官的，哪个敢入新学？入新学，岂不是在和穆党作对？”

“怪不得我见这几日参加统考的都是些平民子弟……”谭光豁然开朗。

“华学的待遇这么好，哪个平民子弟不想来？要不是公主设的门槛高，恐怕全天下的穷苦百姓都要来华学念书……”

武岳说完，扭头看向秦曜渊，再次叮嘱道：“殿下，一会儿进了华学，你就是‘谭渊’了，一定要记住呀，你是我的远房表弟，谭光是你异母哥哥，你……”

武岳婆婆妈妈，秦曜渊言简意赅：“嗯。”

“还有，那……”

武岳还想再嘱咐两句，秦曜渊抬起冰冷的眼，一个字没说，让他自觉地吞下了后边的念叨。

“殿下沉稳，我不担心他会露馅，倒是怕你露馅。”谭光说，“你这张婆婆嘴说起话来没个把门儿的，进了这道门一定要好好管住。”

“什么婆婆嘴，你……”

武岳不服气了，他反驳的话没说完，华学大门处忽然有人高喊起他们的考牌：“八十九、九十、九十一……进一号考场！”

武岳一个激动，顿时把什么婆婆嘴公公嘴都给忘了，握拳道：“太好了！我们三个都在一起！”

他正想回头和同伴庆祝一下，却见二人都已经走向大门。

武岳一跺脚，急忙追去：“表弟！表弟、表哥……你们等等我……”

三人来到大门处核实考牌，谭光的脸色因门前一人骤然转冷。

南蛮混血吊儿郎当地倚在门口，后腰上别的两把弯刀在自然光下折射着冷冷的寒光。他抬起琥珀色的眼睛打量三人，神色不辨喜怒。

好的不灵坏的灵，南蛮少年身上别的考牌号和三人挨在一起，也是同一考场受试的人。

“别理他。”武岳低声说。

武岳做足了南蛮少年找碴儿的准备，然而对方只是静静地看着他们。

准确说来，是看着他们之中的秦曜渊。

三人核实身份后，被放进华学大门，南蛮少年依然没有动作，放任他们全部离开。

“他什么意思……阴森森地看着你又不说话，有毛病吗？”武岳嘀咕道。

“都警醒一些。”谭光的语气中带着敌意，“非我族类，其心必异。”

“兵来将挡，水来土掩，我们三个人难道还怕他一人？我还是想想一会儿怎么在公主面前表现吧！”武岳眉飞色舞地说道。

武考的第一场是答策，一号考场在中央广场旁的奔月楼。三人步入考场，按考号坐好后，始终不见有人前来主持秩序。

眼见考场内议论声越来越大，武岳正要呼喊两句，通向二楼的楼梯走下一名蓝衣考官。

他端着一卷丝线捆好的卷轴，走到众人面前展开，面无波澜道：“一炷香内作答。”

武岳看着卷轴上龙飞凤舞的文字惊呆了，隔壁桌谭光的眉头也皱了起来。

“一炷香时间？”武岳难以置信地发问，“你确定只给我们一炷香时间？”

这可是模拟实战，不写出个三四种方案来根本不算答题，往日在广威将军府，二哥都会给最少一个时辰的时间来思考，这一炷香……不是开玩笑吗？！

考场内的其他考生同样发出质疑声，而蓝衣考官不为所动，依然点燃了香炉里的线香。

事到如今，抗议无用，武岳只好硬着头皮开始答题。

考生们沉默不语，奋笔疾书，秦曜渊是最先坐下的人，也最先停笔。

少年的答策试卷上，只有寥寥数语。

香炉里的线香冒着袅袅白烟，他的目光穿透白烟，思绪回到昨夜的梧桐宫中。

少女从书中抬起弯弯的眼眸，轻声道：“阿姊当然会去，即使天塌下来，也不比看着你脱颖而出重要。”

香炉中升起的白烟被风吹散，飘向奔月楼的二楼庑殿。

“老夫有一事不明……玉京公主为何会来监考武生？”

李静容、江德量及几个武考的主考官围坐一桌，问话之人，正是华学院长李静容。

另一长桌上，茶香四溢，秦秾华手执一本和武考无关的经书，头也不抬，只是嘴角带着一丝浅笑。

“我曾旁观过殿试，自然知道文考如何进行，反倒是武考，从未有过观摩的机会。诸位不必放在心上，按照既有流程取录便可。”

话虽如此，可在场的考官们谁都无法保持平常心，大家都是官场老油条了，想事情自然要往深处想。

公主特意选中武考来监考，是不是希望未来有机会往军队里安插自己人？

她插手兵权又是为什么？

为自己，还是为日后的九皇子？

众人心思各异，一炷香时间很快就过去了。考生离开奔月楼，汇聚到中央考场参加第二场比试，而蓝衣考官收回一沓答卷，几位考官逐一传阅后，所有答卷都到了秦秾华桌上。

江德量起身向秦秾华揖手，说出几位主考官统合意见后的评价。

“八十九号的答策粗中有细，乃今日武考答辩中的最佳，虽考虑问题还不甚全面，但念及年纪不大，这块短板日后完全可以通过实践补上；九十一号考生的答策在今日武考中也可排入上流，只是过于重守，是守城良将，却无开拓之力。一百零四号……”

秦秾华从被考官判定为差的答卷中抽出两份，问：“九十号和九十二号的评价为何是差？”

江德量上前几步，从秦秾华手中重新看了这两份答策。

“如何？”秦秾华抬起眼眸。

江德量垂下视线，道：“九十号考生盲信个人实力，几乎无策略可言；九十二号考生和他恰好相反，招招阴毒，过犹不及。在下和诸位先生的意见是，此二人德轻行薄，不宜录取。”

两份答策秦秾华都已看过，如江德量所说，二人的问题十分明显，一个过于刚直，一个过于阴毒。

九十号的字迹她十分熟悉，上面的回答完全在她预料之中。九十二号的答策确实阴毒得令人防不胜防，让她想起梦里的一个老熟人。她死的时候，他已经在大理城门上吹了好几年的冷风，不知后来可好，看门的守卫有没有记得下雨时为那颗腊肉脑袋遮风挡雨？

想起故人，秦秾华有些唏嘘。

她开口问道：“九十二号是什么人？”

江德量正要招人去查九十二号的身份，侍立于玉京公主身后的瘦削内侍已经说道：“黎州安抚司的王斗星，年十七，父母双亡。”

江德量神色吃惊，不由问道：“你是如何得知……”

内侍抬起头来，那张惨不忍睹的脸让他一个大男人都忍不住避开视线。

“我见过一次受试武生的名册。”

内侍喑哑的声音像是有谁拿着锉子往他起毛的声带上反复抛光一般，光是听上几句，江德量和在座其他人就已不由得皱起眉头。

他难以想象，玉京公主是如何忍下这每日折磨的。

玉京公主身边卧虎藏龙，连一个小小内侍都能过目不忘，江德量心情颇为复杂。

另一边，秦秾华在脑海里搜索“王斗星”的信息。

她很确信梦中那段历史长河中，王斗星这个名字没有出现过。

要不就是梦里她死得太早，要不就是历史车轮滚到了她不知道的方向，但不管如何，这个叫王斗星的人让她想起故人，她便会多几分关注。

秦秾华把两份答策都递给身后的陆雍和，问道：“你说呢？”

“公主……”

李静容皱起眉头，对她让一个宫廷内侍评判学子答策的行为很不满。

陆雍和面无波澜地接过答策，快速浏览后，说道：“九十号所作答策确实过于仰仗个人实力，但是否盲信，还尚不可知。九十二号答策虽诡谲恶毒，但孙子兵法就曾说过，兵者，诡道也。在许多时候，越是常人不会想出的计策，越能取得出奇制胜的效果。”

“一个阉人知道什么孙子兵法！”一名白须飘飘的考官神色不屑道。

秦秾华端起手旁的茶盏轻抿一口。

陆雍和朝老者投去冰冷的目光，说：“孔子曰，‘古者言之不出，耻躬之不逮也’，越是有羞耻之心的人，越是说话慎重，既担心自己是井底之蛙，也害怕言而无信，而先生出言毫不犹豫，是自信学识和才能胜过圣人，还是缺乏基础的羞耻之心？”

“你——”

在口头争执升级前，秦秾华轻轻地放下茶盏，轻声道：“兵法百家，百家相生相克，是直是诡都无妨。能打胜仗，便是好将。”

公主都开口了，说话的老者也只能脸色难看地闭上嘴。一沓答策传回主考官手里，原本不被看好的九十和九十二号都被分去了“可”。

江德量和楼下小跑上来的一名男子交谈后，趋步走到秦秾华的桌前几步站住。

“回禀公主，第二场步射已经结束。”

秦秾华问：“谁拔了头筹？”

“九十号考生。”

此言一出，坐着的考官神色各异，其中，尤以主张九十号考生狂妄自大，应判为“差”的几位考官脸色最为难看。

江德量低头道：“第三场比试为力试，公主若要观赛，需移驾东风楼。不知公主意下……”

秦秾华刚要应答，醴泉走上二楼。

众人只见一个独眼内侍和公主耳语一句后，公主抬头对他们笑道：“我有些急事，恐怕只能请诸位先行一步……”

众人连说不敢，行礼后，纷纷退去。

闲杂人等离开后，醴泉开口：“芸南鹤庆府有变。”

华学开阔的中央广场上，武考的最后一场比试正在进行之中。

一百多名武生围着沿一字摆开的六个形状奇特的铁棍议论纷纷，主考的蓝衣考官抬手让众人安静，冷声说道：“这六个杠铃，分别是一百、一百二、一百四、一百六、一百八和两百斤重，每人只有一次举重机会，请各位量力而行，选择场内你能举起的最重之物。”

“如果是相同重量呢？”有人问道。

“相同重量下，比举重高度。高者为优。”考官说。

武岳打量着六个杠铃，悄悄嘀咕道：“我撑死也就能举起那个一百四十斤的……”

“谁先来？”考官问。

一名穿着布衣裋褐的男子高举右手，大声说道：“我来！”

“四十五号——”考官拿笔在手里的本子上画了一下，“来吧。”

裋褐男子走过前几个杠铃，一番徘徊后，选择了一百二十斤的杠铃。在考官的指导下，他吃力地举起了杠铃，但只到胸口就无法寸进。

蓝衣考官摇了摇头，说道：“下一个。”

武岳打着给同伴探路的心思，自告奋勇地走出去：“我来！”

一百四十斤他有把握，但一百六十斤说不定他也能行……

武岳虽然犹豫，但没有犹豫太久。

他走到一百四十斤的杠铃前，调整好姿势，在众目睽睽之下，一声大喝，使出吃奶的力气将杠铃高举至胸口。

他数次大喝，脸色涨红，慢慢儿打直的双臂把一百四十斤重的杠铃举过头顶。

围观人群发出阵阵惊叹之声。

考官在本子上写了两笔，说："九十一号，一百四十斤，过头顶一尺有余。"

武岳"砰"的一声放下杠铃，在许多敬佩的目光下，红着脸回到秦曜渊和谭光之间。

"我举一百四十斤没问题，谭光应该能举一百八。"他急不可耐地开始给二人出主意，"殿……表弟举一百六或者一百八的……不，不，不，一百八还是冒险了些，还是一百六吧……表弟？表弟？你有在听我说话吗？"

秦曜渊心不在焉，眼神一直往不远处的东风楼望。

东风楼视野开阔，是观望此次比试的最佳地点，站在观景台前的考官不少，他寻找的人却不见踪影。

谭光只看一眼便知其意，开口道："女子不便抛头露面，公主兴许是在我们看不到的地方观赛。"

"是呀，这里这么多男子呢，公主大概是害羞了。没关系，虽然我们看不到公主，但公主看得到我们……"武岳附和。

广场上的武生们环顾张望者不在少数，但无人开口向考官询问公主所在。

他们都和谭光、武岳二人的看法一样，公主不便抛头露面，一定是在某个他们看不见的地方默默地观赛。

只有秦曜渊。

他知道，她不在这里。

力试井然有序地进行着，一个时辰后，考官手里的名册只剩三个人还没有比试。

"八十九号、九十号、九十二号在哪里？"考官环视全场。

南蛮少年举起手，谭光也开口道："八十九和九十号在这里。"

"按照考号，八十九先来吧。"考官说。

"老谭，老谭，一百八！你可以的！"武岳在身后为谭光鼓气，看着谭光走向一百八十斤的杠铃——只是他以为。

谭光最后停下的位置，是二百斤的杠铃。

目前为止，还没有人扛起过二百斤的杠铃，谭光的脚步一停，人群里立即响起嘈杂的议论之声。

谭光的冒险之举让武岳急得心都提到了嗓子眼儿。

好在谭光身材高大，虽然一开始让围观之人捏了把汗，惊声阵阵，但最终仍是将重达二百斤的杠铃举过了双耳。

谭光的成绩成了至今为止的最佳，还未参与比试的只剩南蛮少年和秦曜渊二人。

南蛮少年走出人群，直接来到两百斤的杠铃前，蹲下身体，握住了长杆两边。

武岳瞪大眼睛："老谭是八尺男儿，壮得像牛，他比殿……表弟矮些，顶多也就七尺余，竟然想举两百斤的杠铃？"

人群中响起阵阵嘘声，大多都是在说南蛮少年不知天高地厚。

因着他的肤色，贬低的声音中还夹杂着不少侮辱，这些侮辱仿佛是故意说给南蛮少年听的一般，旁若无人地响在广场上。

绝大多数人都在笑，而考官也并未出言阻止。

南蛮少年仿若什么都没听见，只是脸色阴沉，琥珀色的瞳孔里透出一抹阴鸷。

武岳已经笃定南蛮少年的失败，然而，老天爷就像和他对着干似的，在他看来不可能举起两百斤杠铃的南蛮少年，在大喝一声后，不仅举起了杠铃，还将杠铃举至头顶！

完胜身高八尺，壮得像牛的谭光。

不仅武岳目瞪口呆，就连沉稳的谭光也沉下了脸。

和武岳同样的缘故，谭光素来对异族没有好脸色，更别说是当着他的面赢过他的异族。

两百斤的杠铃重重地落地，南蛮少年在众多又敬又畏的目光中，轻蔑地勾起嘴角，拍了拍手上的灰，漫不经心地走回人群。

现在还未参加力试的武生，只剩下秦曜渊一人。

"九十号在哪里？"考官环视人群。

"表弟，该你了！"武岳拿手肘捅了捅身边的秦曜渊，苦口婆心地说道，"量力而行，一定要量力而行！”

秦曜渊再次看向东风楼，那里还是没有他想见的身影。

女骗子。

他收回视线，在一阵抽气声中走到了两百斤的杠铃前。

“这是怎么了……又来一个挑战两百斤的，这两百斤的东西这么好举吗？”

“这里面是不是有问题？早知道我也去试试了……”

秦曜渊对人群里质疑的声音充耳不闻。

观众没来，敷衍了事即可。

就在他双手即将握住长杆两边时，不知是谁忽然发出一声惊呼：“玉京公主来了！是玉京公主！”

秦曜渊立即抬头。

视野开阔的东风楼上，多了一抹熟悉的身影。

衣袂翩翩，飘带飞舞，少女绯色的身影有如流风回花，让人目不转睛。

他的双手远离长杆，腰也直了起来。

他突然觉得，应该量力而行。

“哎，表弟！你去哪儿？你还没举呢！”武岳对转身走出的少年急忙道。

秦曜渊走到几十步外的三足圆鼎前，不顾身后惊呼，弯下腰来握住圆鼎的两足。

人群中发出阵阵嘲笑，南蛮少年反而收了玩世不恭的神情，露出寒芒的琥珀色眼睛定定地看着正在运气的少年。

一声大喝。

少年青筋毕露的双手举起三足圆鼎，在胸口停顿不过一瞬，再次高举——

过耳——

过眉——

最后，竟然将鼎举过头顶。

武岳惊到说不出话，而他身边的人交头接耳，纷纷打听少年举起来的圆鼎有多重。

“这……”

考官既震惊又无措，他的确是让武生选择场内所能举起的最重之物……但是他也没想到，有人会不举杠铃，转而举大鼎。

东风楼上，所有见过三名青年合力搬鼎的人都变了脸色。

秦秾华目不转睛地看着广场中央举鼎的少年。他身在鼎沸的人群，无论旁人对他投以何种目光，他的眼神始终执拗在她的身上。

他一直举着大鼎，直到考官手忙脚乱地招呼他放下。

一声连东风楼这里都能清楚听见的大响后，圆鼎重回地面，烟尘飞散后，全场寂静无声。

秦秾华身边，有人从嗓子眼儿里挤出近乎恐惧的质疑："这不可能……"

她恍若未闻，面露微笑，向目光灼灼的少年做出嘴型："我的小狼，做得好。"

他辨出了她说的话，因为就在片刻后，少年望着她笑了。

这是她第一次见到他笑。

少年意气风发，桀骜的眼眸里闪耀的是野性锋芒。

数日后，东郊华学门前聚集了大量的学子。

沉稳肃穆的大门前人声鼎沸，不断有人蹦着、跳着，踮起脚尖去看华榜上张贴的录取名单。

"太好了！我被录取了！我被录取了！"

"这下要怎么和爹娘交代……"

"这几个名字……这是女子吗？难道女子也要和我们一起上课？她们都不要名节了？"

"听说女子有专门的学楼……难道是学绣花？"

"一千八百多人，只录取了前三百，那剩下的这么多人怎么办呢？"

"我是从岭南坐极天商会的货船来的，商会的人和我说好了，回去的时候也免费捎我一程……"

仇远往分发身份牙牌的华学管事面前一站，原本围在周围的汉人学子纷纷自发避让，神色各异地看着他。

"什么名字，来自哪儿？"华学管事看了他一眼。

"王斗星，黎州安抚司。"

华学管事在桌上几沓牙牌里翻找，片刻后，拿出一张方方正正的木制牙牌递给他："收好了，没有牙牌的开学进不了华学。"

仇远在这张写有他外貌特征的牙牌上扫了一眼，收入怀中，问道：“我来之前，听说华学可以提供食宿……”

管事神色不耐烦，手往一旁指去：“去布告栏上看。”

仇远顺着他手指的方向一看，许多已经领到牙牌的新生进了华学大门，正围着大门不远的一处布告观看，议论纷纷。

他走去一看，发现华学的新奇之处远超他的想象。

首先是少见的“三舍制”。

华学新生被划分为外舍生、内舍生与上舍生三舍，每舍设若干斋。

其次是“积分制”，每位新生的学习成绩量化为学分，外舍生三年毕业，成绩优秀者升入内舍；内舍生成绩优异者，可升入上舍。

六至十二岁的外舍生免收学费，由华学免费提供一日三餐和住宿；十二岁以上，需缴纳一定束脩。

对于家境贫困的学子，华学还提供以工代费的机会。

至于一开始吸引仇远千里迢迢奔赴的课程设置，华报上有了更详细的解释。

华学所设课程众多，诸子百家进修自由，集齐十二种课程的合格证就可取得一张“结业证书”。华学每年会从优秀结业生中选出一名麒麟才子，授予一百两纹银的奖学金——几乎是朝廷四品大臣一年的俸禄。

许多新生围着华报指指点点。

“不知这第一年的麒麟才子会花落谁家……”

“要成为麒麟才子太难了……还不如想点儿实际的。华学的文武榜每年各有十个上榜名额，虽然没有奖学金，但能名列前茅，也是一种不可多得的荣誉。”

仇远在人群里扫了一遍，没看见武考当日举起大鼎的那个少年。

他漫无目的，不知不觉就走到了当日的三足圆鼎前，几个少年正看着大鼎跃跃欲试，在同伴的怂恿下，有一人试着上前想要抱起大鼎——

当然，他毫无疑问地失败了。

蠢货。

仇远在心里鄙夷。

几人离开后，他走上前，上下打量三足圆鼎，冥冥之中，腾飞在火纹里的四爪飞龙似乎在邀请他再现当日场景。

他左右看了看，见无人注意，飞快上前一步握住大鼎大足，运气一举——

大鼎在地上发出刺耳的刺啦声，大概，三足离开了地面一寸。

在其他人看来之前，仇远低下头，健步如飞地走了。

绕过高大巍峨的黑色德碑，仇远忽然停下脚步。德碑下的三个少年中，有二人都朝他投来了视线。

踏破铁鞋无觅处，得来全不费功夫。

仇远定定地看着一动不动仰望德碑上方的少年，对方看得专注，似乎浑然不觉他的出现。

他顺着少年的视线往德碑上一看，上面有两行和华学牌匾上字迹相似的句子。他眯着眼，默默地读了出来："尘埃之微，补益山海；萤烛末光，增辉日月。"

仇远看不懂，但这不妨碍他一眼就看出里面的意思定然为他不屑。

谭光上前一步挡在秦曜渊面前，冷声说道："你屡次三番出现在我们面前，究竟是何用意？"

仇远咧嘴一笑，说："大家往后都是同窗，碰面的机会多了，兄台如此大惊小怪，难道是还在记恨我前几日当众胜了你的事？"

"胜败乃兵家常事，如果输一次便要记在心里，你在我心里还排不上号。"

"如此最好。"仇远笑道，"因为以后，你输给我的时候还多着呢。"

武岳一把拉住迈出脚步的谭光，瞪着仇远道："就因为开考那日我不小心撞了你？你这人心眼儿怎么这么小啊？"

"别给自己脸上贴金了，你以为自己是谁？"仇远讽刺完，眼神越过二人，落到唯一没有开口说话的少年身上："喂——"

秦曜渊直到这时才向他投去一眼。

仇远朝他走了过去，谭光和武岳立即如临大敌地往前走了一步。

"你想做什么？！"武岳道。

仇远无视武岳的质问，目不转睛地看着面不改色的少年。

他找到少年眼中的那一抹紫，勾起嘴角笑道："你会明白的，我们才是一类人。"

"你——"武岳想拦住他，仇远已经一个闪身站到了几步外的地方。

他看了被激怒的谭光和武岳一眼，露出一个鄙夷的笑容，转身往几栋学楼的方向走远了。

“这些南蛮子出生的时候用弯刀钻过脑门儿吧！”武岳抱怨道，“莫名其妙，简直有病！”

谭光看着秦曜渊，低声道：“此人阴毒，殿下一定要小心谨慎，提防他日后耍花样才是。”

秦曜渊从喉咙里应了一声，收回放在南蛮少年身上的视线，抬脚往华学三舍走去。

武岳和谭光连忙跟上。

浔阳楼天字号房，醴泉将一人领进。

个子只五尺有余的蛊雕风尘仆仆，见了桌前的秦秾华就弯下膝盖行礼道：“属下蛊雕，见过公主！”

秦秾华笑着请他坐下。

蛊雕是侏儒之身，幼时遭双亲遗弃，做了很长一段时间的乞丐。他所学规矩不多，秦秾华叫他坐，也就坐了。

反而是她身后的醴泉，看见蛊雕当真坐下，皱了皱眉头。

秦秾华笑道：“你用过午食了吗？”

“赶得急，路上就吃了个半个馒头……”蛊雕面色发红，说，“也来不及梳洗，让公主见笑了。”

“有什么见笑的？见忠才是。”秦秾华笑道，“辛苦你亲自为我跑上一趟，我瞧你瘦了，估计路上吃得也不习惯。这浔阳楼的大厨手艺卓绝，你尽管吃，吃不完的打包带回义庄，我给孩子们每人都准备了一只烧鸡。”

“为公主效力，有什么辛苦的？”蛊雕眉飞色舞地说道，“属下这次南下，他们都当我是逃难的孤儿，没有引起任何人的怀疑。仇远出了鹤庆府后，一路北上，最后一次出现的地方是南阳府，并非仇伦对外宣称的幼子南下求道。据他落脚客栈的主人所说，他自称是往登州府投奔亲戚。之后，他大概是想办法顶替了别人的身份，属下无能，失去了他的踪迹。”

“杀了四个异母兄弟后潜逃夜奔之人去求道……求的是无情道吗？”秦秾华哂笑道，“无妨，你做得很好，接下来就交给醴泉吧。”

醴泉上前一步。

“你去严查京畿地区一年内出入城门的记录，一有可疑人士，立即上报。”秦秾华吩咐道。

蛊雕拿起筷子的手又放下了，神色讶异，欲言又止。

秦秾华笑道：“你是想问，为何是京畿地区？”

“公主明鉴……”蛊雕有些不好意思，说道，“仇远狡诈，既然他自称往东北而去，那就一定是去了相反方向。为什么公主认为是京畿地区？”

“正是因为仇远狡诈。”秦秾华说，“此子夜奔之前必定已经想好潜逃计划，料定不论追踪之人是仇伦还是官府，在追踪前对他已经有所了解，他故意泄露要去登州府的消息，是想要让追踪之人反其道而行之，往西北方向调查。”

“既然断定追踪之人会反其道而行之，所以，仇远会反其道而再反其道。”秦秾华说，“南阳府的东北方向本就不大，刨除仇远故意点出的登州府方向，除非他想出塞去放羊养马，否则，他能去的地方，只有京畿。”

蛊雕捋清其中关系，心服口服。

他放下筷子，朝秦秾华不伦不类地一抱拳，说：“公主英明！”

“你快吃吧，饭菜若是冷了就叫小二端下去热热。”秦秾华笑着说。

蛊雕中气十足地“诺”了一声。

秦秾华把天字号房间留给蛊雕，自己戴上帷帽走出房门。

醴泉说：“禀公主，华学刚刚传来消息，九皇子和两位伴读已经顺利入住寝舍。”

“等他下次回宫，是五月底了吧？”

“回公主，殿下在五月初的时候，可以趁田假机会回宫。”

田假是几乎每个私学都会设置的，为方便贫苦百姓家的孩子回家务农而生，华学同样设置了和大部分私学一样的几个假期，田假就是其中之一。

“结绿，日子记下，记得提前派人去接九皇子回宫。”

结绿一声应下，秦秾华正想再问问华学的事情，楼下一声大喝打断了她的声音。

“神鬼之说本就是无稽之谈！”

秦秾华停下脚步，透过清透的白色帷幕看着楼下泾渭分明的一群男子。

这些男子中，既有身穿袈裟的和尚，也有穿道袍的道士，更多的是穿长袍的儒生。他们神色各异，但无一例外都称不上愉快。几个儒生更是横眉竖目，恨不得把伸出的食指戳到一名青巾葛衣男子的脸上。

青巾葛衣的男子再度开口，正是先前否定神佛的那个刚直声音，他大声道：“所谓因果，都是人的杜撰之说。人生好比同一棵桃树上结的果子，有的朝阳长得大些，有的遇上鸟儿把它啄了个洞，这完全就是自然而然发生的事，毫无因果可言，更非有神灵在其中插手。”

“蔡中敏！你简直就是在妖言惑众，这等大逆不道之语你也敢说？不怕遭天打雷劈吗？！”一名青衣儒生怒斥道。

秦秾华听到第一句就已经有了不好的感觉，眼下这个突然冒出的名字，更是证实了她的猜想。

在她梦里的天寿二十六年，时任从七品国子监主簿的蔡中敏在浔阳楼公开驳斥佛道二教的有神论，反对因果报应说，认为世间无神，也无所谓“天的旨意”。

蔡中敏的言论被有心人捅到天寿帝面前，作为他否定“真龙天子”的证据，虽然有她居中调停，但仍不敌宗教和百姓的压力，最后以大不敬之罪，于第二年问斩西市。

秦秾华醒来后一直想要保下他，只是没想到，浔阳楼大论辩这么早就发生了。

“不做亏心事，不怕鬼敲门！何况是人为杜撰出的恶鬼，究竟是出于敬畏，还是一己私欲？”

“你——”

“先生为何断定世上没有神鬼？”

一声清澈低柔的女声，为即将失控的火热场面注入一股清泉。

一楼大厅中，只差撸袖子肉搏的几人都不由抬起了头。

一名头戴帷帽，穿襦裙，披罗纱，身姿飘逸的女子从楼梯上缓缓走下，身后跟着一男一女两名侍人。

“你能证明鬼神存在吗？”蔡中敏反应过来，立即反问道。

“是先生断言世上没有鬼神，自然该先生论证为何没有鬼神。”

“那些宣称能沟通鬼神之人，没有一个能证明鬼神的存在，反而叫我勘破许多借着鬼神之说招摇撞骗之人。要说妖言惑众，这些声称信了神佛就能走好运、投好胎的人，才是为了骗香火钱无所不用其极之人！”

“阿弥陀佛……”穿袈裟的僧人神色悲悯，旁边看热闹的百姓听了这般惊世骇俗的言论，纷纷对蔡中敏指指点点，低声指责。

秦秾华说：“我听先生所言，先生是因为无法证明神鬼存在，所以才断定其并不存在，是吗？”

蔡中敏沉吟片刻，点头道：“也可以这么说。”

“先生无法证明神鬼存在，岂能等同于神鬼并不存在？”

蔡中敏神色不快，刚要说话，秦秾华继续道：“每个人或多或少都会被事物表象迷惑，或因认知所限，或因心中欲望，往往只坚信自己看到、听到、感受到的东西，从这一方面来说，先生和他人并无不同。

“能够证明鬼神不存在，因此否定鬼神之说；和因为不能证明鬼神存在，因此否定鬼神之说，两者之中有本质区别。先生若想使人信服，便要拿出合情合理的论断依据出来，否则，仅凭一个不能证明鬼神存在就断定其不存在，先生又和因为不能证明鬼神不存在，因此主张其存在的信徒有何区别？

“老子曾说‘知其雄，守其雌；知其白，守其黑；知其荣，守其辱’，意为号召世人平等对待一种事物的两个对立类别。这位道人，不知我说得可对？”

穿道袍的男子说：“姑娘慈悲，正是如此。”

秦秾华从帷帽下看向失了颜色的蔡中敏，缓缓地说道：“先生只知其白，不守其黑，因为先一步认定自己是正确的，于是和你看法不同者，便都是错的。先生只知黑白，却不知黑白之中，还可以有灰和其他颜色存在。”

女子语调沉稳有力，如溪涧清泉，令人心旷神怡。

一番话语说完后，厅内众人有的一脸茫然，有的半知半解，还有的如醍醐灌顶。

“蔡先生勿怪，这只是我的一家之言，若先生不能认同，一笑而过即可。酒楼乃友人相聚之地，宜开怀大笑、推心置腹，何苦让风风雨雨，坏了一桌好菜呢？”

秦秾华笑了笑，低头从蔡中敏身边走过，在众人的注视下走出浔阳楼，上了一辆通体漆黑的马车。

有人这才因为驾车的独眼内侍回过神来，大惊失色道：“这不是玉京公主吗？！”

“什么？那是玉京公主？”

浔阳楼内霎时嘈杂，无数看客涌到大门和窗户，引颈眺望逐渐远去的黑色马车。

“阿弥陀佛——”穿袈裟的僧人叹了口气，“玉京公主有冰魂雪魄，非寻常人可比……”

道人甩了甩手中拂尘，一边低吟一边离去：“明月入怀，世人难及……”

看戏的普通百姓见没了好戏，也纷纷离去，原来针锋相对的大厅转眼又回到了此前喜乐融融的状态，只是大堂用餐之人，大多还对着呆立原地，口中喃喃自语的蔡中敏议论不停。

蔡中敏回过神时，已走出热闹的浔阳楼。

他依然不信鬼神，只是公主的一番话，让他认识到，他虽不信鬼神，但他同样无法证明鬼神不在，他和那些道士和尚没有多少区别。

而就在一炷香之前，他还以为自己比他们高贵、明智。

正所谓“众人皆醉，我独醒”。

殊不知，只是因为他的狂妄自大遮挡了眼睛，如公主所说，“只知其白，不守其黑”罢了。

蔡中敏为自己先前发表的言论而羞愧，他把自己说过的话翻来翻去地想，一会儿觉得自己这里说得词不达意，一会儿又觉得那里没有说出他的真实所想，总结下来就是，他觉得自己没有发挥好，若是时间能够倒流，他一定能整理出更有说服力的一番话语来说服公主。

他怀着懊悔的心情，步行回到自己家的巷口，一位眼睛上蒙着眼罩的男子把他拦了下来。

他惊道：“你不是……”

独眼内侍朝他低下头，平声道：“蔡主簿，玉京公主有请。”

蔡中敏满腹狐疑，跟着他来到毫无纹饰，通体漆黑的马车前，果然见到摘了帷帽的玉京公主。

“微臣见过玉京公主——”

蔡中敏连忙行礼，玉京公主请他起来后，笑道：“我刚刚的话，是否让蔡主簿感到不快了？”

“微臣不敢。公主所言，并无不对，是微臣太过自大了。”蔡中敏揖手说完，又赶紧加了一句，“但微臣还是不信鬼神之说。”

“无妨，我找先生，也不是为了此事。”

蔡中敏愣住：“公主不是来问罪的？”

“我若要问罪，浔阳楼时就是最好的时候，何必等到只有你我时再来旧事重提？”

“那公主是……”

“先生才华横溢，涉猎百家，我想请先生著一本蒙学之书，作为华学的必学科目之一，书的署名是先生的。同时，华学会给予先生一笔不菲的润笔费，待时机成熟后，此书还会通过既明书坊流通大朔各地，为天下读书人所皆知。不知先生意下如何？”

蔡中敏越发摸不清公主的用意，他一脸不解，迟疑地说道：“微臣不会在书中承认神鬼一说。”

“先生当然不必。”秦秾华笑道，“我并非佛教徒，也非道教徒。我在浔阳楼打断先生，只是担心先生言论被有心人利用，惹火烧身。”

“原来如此。”蔡中敏一脸羞愧，“微臣实在愚钝，多谢公主苦心……”

“如今误会既已解开，不知先生是否愿为我华学添砖加瓦？”

“微臣不胜惶恐！只是……不知公主为何会选中微臣？”蔡中敏顿了顿，脸上露出一丝窘迫，“微臣只是一介从七品主簿，远不比翰林院诸位学士博古通今……”

“先生勿要妄自菲薄，我既敢托付先生重任，便是相信先生能够不负期待。”秦秾华笑道，“这本启蒙书，我想要将它用于华学所有蒙学的孩子，不论男女。我希望先生在著作这本书的时候，能够有教无类，不带偏见。”

蔡中敏神色一凛，揖手道：“微臣必尽力完成公主所托。”

“先生著完初稿后，可将书稿交给既明书坊的掌柜。”

“诺。”

“那便拜托先生了。”

关上车门后，马车渐渐驶远。

结绿看着手拿一册书卷开始阅读的秦秾华，神色纠结。

秦秾华头也不抬，说：“憋着不难受吗？有什么话就说吧。”

“公主……公主当真不信世上有神吗？”结绿说。

秦秾华望着手中书卷，似笑非笑地说道：“有又如何？没有又如何？”

结绿一愣。

她话语轻柔，眉眼清丽如春花秋月，只是说出的每一个字，都带着清冷之意：“若为我所用，便是真神。若不能，便是邪魔。既为邪魔，自有斩妖除魔之人，又与我有何干系呢？”

第十八章 妄想

位于东郊的玉京公主府建好了数年，这日忽然开起大门，挂上一张崭新的牌匾。

围观的几个百姓满脸好奇，看着独眼内侍和几个青壮年将“控兽处”牌匾遮在“玉京公主府”的牌子上。

“这里不是公主府吗？”身穿栗色裋褐的男子忍不住扬声问道。

“是公主府，但玉京公主还未出降，所以公主府先作他用。”

独眼内侍没发话，反而是指挥挂牌的一个老者发话了。他冲围观的几人拱了拱手，笑道：“玉京公主以重金求购擅猎的奇兽，诸位若有引荐，一并重金酬谢。”

“擅猎的奇兽？老虎算吗？”

老者笑道：“诸位，奇兽和擅猎两点，缺一不可。”

“重金是多重？”有人试探着询问。

老者笑眯眯道：“上不封顶。”

扶好牌匾的醴泉刚踩着梯子走下，差点儿一脚踩上狮子猫的蓬松猫尾。

“回去找你的小主人。”他低声说。

小秾华似乎听懂了他的话，“喵”了一声，几下跳上出檐深远的屋檐，踩着屋脊，慢悠悠地往里走去。

玄色屋檐连绵不断，朱白楼阁相属，雪里拖枪狮子猫晃动着猫尾，悠然漫步过细瘦屋脊。

宽阔的庭院一角中，垂丝海棠枝叶茂盛，绵软腰肢上缀着妩媚的簇簇花团。

小秾华从屋脊跳上海棠树枝，惊动粉雨零落。

穿着绛紫襦裙的女子轻轻拂去落在手稿上的一瓣粉色花朵，指若凝雪，纤长细腻。

“原以为蔡主簿拥有开阔心胸，原来不过如此。”

蔡中敏变了脸色道：“公主何出此言？”

“蔡主簿认为，人生来就有贵贱之分吗？”

“当然不是如此！”蔡中敏生气道，“若是乞丐生在王侯之家，一样也能成为王侯！就像这花瓣，同样都是一棵树上掉下来的，有的落在了公主身上，有的却飘进了那臭水沟里，但不管如何，它们都是一样的东西，没有本质之分！”

“既然先生认为人生来没有贵贱，那么又为何宣称男子应以才华为主，女子应以德行为主呢？”

秦秾华将手稿放回开阔的矮桌之上。

“这……”蔡中敏被问得一愣。

“这本蒙学之书的教导对象是学子，学子便是学子，无男女之分。‘男子尚才，女子尚德’，诸如此类的句子，我不想再看见了。”

蔡中敏神色羞愧：“微臣明白了……”

“先生的书写得很好，只是若这般书写，却永远没有可能流通大朔。”

“若是公主说的男女之别，微臣改便是了！”

“先生这篇手稿中的男女之分只是为我不喜，但无神之说，却是为天下所不喜。”秦秾华抬起眼，轻声道，“既然王侯将相宁有种乎，那么九五之尊之位，是否人人都坐得？”

蔡中敏一惊，脸上血色骤失，伏地就拜。

“公主明鉴，微臣——”蔡中敏一窒，说不出后面的话。

秦秾华端起矮桌上的茶盏，神色平静，缓缓道：“虽无此意，但确是如此。是这样吗？”

蔡中敏沉默许久后，面色转青，怒道：“微臣知道这番话着实不妥，但我绝不承认有天命一说，若公主强要扭转微臣观点，我宁可敝帚自珍，放弃著书立说。”

蔡中敏情绪激动，被他怒目而视的秦秾华依然神色淡淡：“先生可知，君权天授之说是从何时开始的？”

“始于汉朝大儒，董仲舒提出的天人感应一说。”

“非也。”秦秾华说，“君权天授，自周朝时就已经存在。”

她抿了一口飘着枸杞的碧螺春，在蔡中敏屏息凝神的注视里放下茶盏。

“据《周书》记载，周文王乃‘受商之大命于皇天上帝’，而同一时代的殷人则将神明称为上帝，主宰风雨灾祥及人间祸福。先生可知，历代君王为何要强调‘天’的存在？”

秦秾华看着欲言又止，神色窘迫的蔡中敏微微一笑：“看来是知道。既如此，先生又可知，百姓为何要相信‘天’的存在？”

蔡中敏气愤地说道：“百姓愚昧，自然是上行下效，别人说什么就信什么！”

“百姓为何愚昧？”

蔡中敏又是一顿。

“百姓愚昧，是因为缺乏开蒙的机会。而先生此刻进行着许多思考，是因为受过市井百姓，山村野夫拍马难及的教育，是与不是？”

“是。”

“蒙学之书就是为此而生。民间有句俗话，饭要一口一口地吃，路要一步一步地走。开蒙百姓，也是如此。先生只要在他们心中种下一个一视同仁的种子，这颗种子，早晚有一天会成长为遮阴大树。到那时，人们自然会思考，既然四民无贵贱，两性无尊卑，那么君臣之别，人神之别又在何处呢？”

雪地拖枪狮子猫跳上秦秾华的双腿，她低下头，轻轻地抚摸狮子猫雪白的毛皮。

女子的每一句话都如此轻柔，听到蔡中敏耳中却无异于平地惊雷。

“圣人之所以为圣人，是因不凝滞于物，而能与世推移。不降其志，不辱其身是小节，济世安邦，利国益民是大仁。只要大仁不辱，小节有亏又如何呢？”

蔡中敏有如醍醐灌顶，再次跪拜在地，真心实意地说道：“微臣愚钝，今日得公主一席话，胜读十年书，微臣回去以后，一定潜心修改，必不会让公主失望第二次。”

秦秾华起身，狮子猫从膝上跳下。她上前一步，亲自扶起蔡中敏，笑道：“我便等着先生大作了。”

蔡中敏离开后，小秾华蹲在地上朝她不断喵喵叫着。

秦秾华重新坐下，向它伸出手掌，将朝自己走来的狮子猫小心抱起，放于膝上。

她轻柔地抚摸着狮子猫如雪的头顶，屡次安抚后，狮子猫依然不能安静下来。

“你想他了吗？”她含笑道。

狮子猫睁着浑圆的大眼睛看着她：“喵。”

“再过不久，他就能回来看你了。”她笑着挠了挠狮子猫柔顺的下巴，“要乖。”

“殿下，你在看什么？”谭光擦着湿淋淋的头发，站在院子里往上看。

高大的榆树上，少年半靠着粗壮枝干，乌黑的双眸定定地望着悠远的夜空。

“皇宫。”

“能看到吗？”

树上的少年没有回答。

“大澡堂已经没多少人了，殿下再多等一会儿吧。”

秦曜渊从喉咙里应了一声，

谭光一边擦着湿发，一边走入他们三人的寝舍，武岳不知又在搞什么，澡还没洗就把床帘拉得严严实实。

他放下洗漱器皿，走过去，一把拉开武岳床上的布帘。

“你干什么呢！”面红耳赤的武岳像受惊的兔子，一个转眼就蹿下了床。

谭光狐疑地看着他藏在身后的双手：“你拿着什么呢？”

“呵呵……没什么，你看错了吧……你泡澡回来了？大澡堂还有人吗？我洗……”

武岳想要浑水摸鱼，奈何谭光手疾眼快，在他讪笑着想要从谭光身边经过时，谭光忽然出手——

“哎！老谭你这人怎么搞的！别抢！别抢！”

二人打出寝舍，谭光无意瞥到一眼武岳手里的图本，黝黑的脸立马红透了：“武岳！你竟然——”

武岳转身就将手中的画本子扔向树上的少年。

秦曜渊一伸手，稳稳接住了飞来的画本。

“殿下！非礼勿视！”谭光急道。

树上已经响起了翻阅的声音。

武岳理了理自己的衣裳，理直气壮道：“古人都说，食色性也。我看点画本子怎么了？！”

“你那是普通的画本子吗？你——”谭光气愤地瞪了他一眼，转而又看向树上的少年，急道，“殿下！”

少年手中的画本子已经翻了一半，从扉页看到书中，少年始终漫不经心，仿佛看的不是春宫，而是什么掉书袋的之乎者也。

谭光只得又看回武岳，疾声道：“你从哪儿拿回的这种不三不四的东西！”

“我看他们在看，就借了一本呗……这有什么不好意思的，几张图而已，他们还说要去逛花楼呢……”

“近朱者赤，近墨者黑！你若天天和那群不三不四的人一起厮混，早晚变成第二个穆阳逸！”

“哎，说话就说话，怎么侮辱人呢！不看行了吧！都像你一样，以后出家当和尚！”武岳气愤道，转身朝树上一伸手，“表弟！书给我，我去还给别人，免得污染了我们院里的这位大圣人！”

“没人的时候要叫殿下！别忘了你的身份！”谭光恨铁不成钢，在大大咧咧的武岳头上敲了一把。

“哎哟！老谭你可太过分了啊，表……殿下都不计较，你计较什么！”

树下吵吵闹闹，少年把书扔了出去，武岳急忙扑出，险险接住差点砸在地上的画本子。

“没意思。”秦曜渊面无表情地评价。

“哎！怎么会没意思呢！你——”

武岳插着腰，正想和秦曜渊探讨一下春宫有意思的点在哪儿，就被谭光扣上教坏皇子的大帽子，连骂带打地赶进了屋。

院子里又静了下了。

夜幕下，深蓝中嵌着月光的一抹白，像刀子割开的一条口，月光清冷，星星不知躲去了哪里。

少年手中，闪过一缕寒芒。

他把玩着锋利的匕首，像孩子随意对待手中的拨浪鼓，刀光在他指尖飞转，像围着他指尖穿行的流萤。

屋舍的尽头，隐于浓黑的夜色。

皇宫，看不见。

女骗子今天也在骗人吗？

她吃药了吗？

歇息了吗？

可曾……想起他？

“表弟！我们一起去澡堂吧！”

屋内传出武岳咋咋呼呼的声音，秦曜渊收了匕首，几个眨眼利落跳回地面。

夜还是那么寻常，藏起所有小秘密。

大理寺卿吴文旦的府中，一桩阴谋正在悄悄地酝酿。

穆得和放下茶盏，冷冷地说道：“七公主和穆氏作对已久，越来越不把我们看在眼里，若是不让她吃回苦头，她早晚骑到穆氏头上。蔡中敏其人刚直天真，最易受人挑拨，这件事就交给你了，对你而言，应该不难吧？”

“不过一个蔡中敏，简直易如反掌！”吴文旦一脸讨好，道，“这七公主，此次真是做了件大蠢事，竟然想帮蔡中敏那等大逆不道的人著书立说，卑职一定会让她明白，在这大朔朝廷上，到底谁才是那金口玉言。”

“金口玉言，那自然是陛下说的。”穆得和扬起嘴唇，带着笑意说道，“我们这些做臣子的，只要让陛下明白，谁才是这朝廷栋梁便好了。”

“穆大人说得对！”

穆得和起身，吴文旦也赶紧弯着腰站了起来：“大人这便走了？不再喝一杯茶？卑职还有些上好的龙井，不如……”

“不必了，你把差事办好，穆氏自然记得你的名字。父亲那里，我也会为你美言几句的。”穆得和说道。

“多谢穆大人！多谢穆大人！”

“就这样吧，不必送了。”

穆得和甩了袖子，往门外走去。

吴文旦一路点头哈腰，满面笑容地将穆得和送上了马车。

他再回到后院时，一个锦衣华服的少年扶着歪掉的玉冠偷偷摸摸地从卧房里探出头来。

“我外祖父走了吗？”秦曜泰问。

“走了，走了。殿下勿忧。”吴文旦刚直起的腰又折了下去，他堆满笑容，说道，“有小人为殿下挡风，殿下尽兴即可。”

秦曜泰往门口望了一眼，说：“嗯……等明年考核过了，我让人把你的官位往上提一提。”

“多谢六殿下！多谢六殿下！”

吴文旦笑开了花。

六皇子“砰”的一声关起门，很快，门里又响起了断断续续的女人哭声。

吴文旦转过头，立即板起脸，对廊下侍立的心腹说：“把人都赶出去，今晚不必伺候了。”

“诺。”

吴文旦转身，进了一旁的书房。

两扇木门隔绝了女人若有似无的啜泣，岁月再度静好。

吴文旦神色安逸，走到桌前看起圣人之书来。

得月楼是玉京城内最受达官显贵青睐的酒楼，据说楼里的鲁菜厨子是斥重金从天津挖来的，当年还差点入了御膳房为天子一家下厨。

不论是真是假，得月楼的鲁菜的确一绝，是除浔阳楼，玉京城内的第二大酒楼。

这也是蔡中敏松口参加同僚宴请的原因之一，得月楼的糖醋鲤鱼，实在好吃……

酒过三巡，桌上不知为何谈起了轮回一事，蔡中敏记挂着公主告诫他要谨言慎行的话，闷头吃个不停。

“佛教讲六道轮回，那《大宝积经》就曾说过，从六道中转生出来的人都带有独特的习性，有些人啊，我一看他就是畜生道和地狱道出来的！”

“有时候我羡慕那些出身好的人，可转念一想，别人投了好胎，也是上辈子做了好事，我有什么好羡慕的，想下辈子投个好胎，这辈子我也多做好事不就行了？”

“前些日子我去寺里上香，听闻了一桩奇事……”

“这朱二娘为夫殉节，来世定能投生大富大贵之家……”

国子监司业看了一眼至今努力忍耐的蔡中敏，给了酒桌上的众人一个眼神，自己端起酒杯默默地抿了一口。

“蔡兄啊，来来来，我敬你一杯！”

蔡中敏连忙摆手：“不必了，我不喝酒……”

“你不喝在下敬的酒，是不是还在怨怪上次的事？那日是愚弟心情不好，胡言乱语冲撞了蔡兄，大家都是同僚，还望蔡兄莫要见怪……”

酒桌上立即响起一阵附和声，人人都在说“蔡兄心胸开阔”“相逢一笑泯恩仇”“不打不相识”。稀里糊涂的，蔡中敏面前的酒杯就空了又满，满了又空数次。

慢慢的，一股热气从蔡中敏腹部蹿起，烧心，烧脑门，烧得他晕乎乎的，看桌上的奶汤蒲菜都觉得像鸳鸯划水。

“李兄啊，我听说你家里前些年办了桩冥婚，是真的吗？”

“是我那大伯娘，吵着要给我去了好几年的堂弟找个媳妇，说什么地底也不孤单……”

“那冥婚是怎么个配法？从早死的未婚姑娘里选吗？”

“哪能配死的啊？当然是从乡下买了，乡下的穷人几两银子就肯卖女儿，二三十两银子就能买一个年轻漂亮的。”

“用几十两银子买一个人在家里当主子？”

“你以为有这等好事？”说话的男子就坐在蔡中敏身边，他鬼鬼祟祟往周围看了一眼，压低声音道，“出嫁当晚，就被我伯娘钉在棺材里埋下去了！死人配活人，这冥婚才结得成！那已经死了的人，你怎么告诉她，去了地底，该找谁做她的相公？”

“丧心病狂！”蔡中敏再也忍耐不住，当场拍桌而起。

他瞪着影子摇晃的同僚，怒声道：“你伯娘……你们简直是在草菅人命，我要去告、告你们！”

“你去告谁啊？”男子毫不惧怕，理直气壮道，“那女子和她全家都是知情的，我伯娘又不是没给彩礼。再说了，父母之命媒妁之言，我堂弟又相貌堂堂、知书达理，她一个农户之女，配我堂弟那是高攀了！”

“你堂弟再相貌堂堂、知书达理，那也是生前的事了，人死灯灭，不可能成鬼也不可能成神，冥婚更是愚不可及，你们这不是在结亲，是在杀人！”

“你说人死灯灭，岂不是连天界和地府都否定了？”

“本来就没有什么天界地府！都是人为满足一己私欲而杜撰出来的东西，吓吓无知之人罢了！”

“那你要如何解释转世投胎和因果报应？”

蔡中敏摔了酒杯，怒不可遏大吼道：“转世投胎和因果报应都是三人成虎之说，人的富贵贫贱并非天生命定，因果报应纯系无稽之谈！”

满室寂静。

原本喧闹的酒楼大堂忽然静了下来，一双双吃惊而讶异的眼神向蔡中敏投来。

蔡中敏一声大吼用掉了身上的全部力气，眼前一阵阵发晕，他一屁股坐回椅子，耳畔只有震耳欲聋的心跳声。

…………

“什么？”

秦秾华停下手中为舒太后祝寿而抄写的佛经，抬起头来，看向等不及走到桌前就疾声禀报的乌宝。

“蔡中敏为何会被大理寺收监？”

乌宝一高一低跛着腿快步走到桌前，将路上斟酌了几遍的话犹豫着说出。

“因为他在得月楼当众宣称……”乌宝小心看着秦秾华的脸色，说，“无天道，无天命。”

“公主——”结绿急急忙忙走进寝殿，“不好了，公主！穆世章和几位阁老在瑞曦宫里状告蔡中敏篡改扭曲圣人之言，对天道，对陛下大不敬，说……”

“说什么？”

“说蔡中敏和公主来往密切，公主又和舒阁老结为一派，所以蔡中敏是受舒阁老指使，舒阁老不敬天，不敬陛下……有不臣之心。”

秦秾华知道事情不好，放下笔站起身来。

“准备凤轿，去瑞曦宫。”

“诺！”

乌宝刚应完，碧琳走进寝殿，神色不安地行了一礼。

“公主……太后有请。”

凤轿准备好了，目的地却只能改成寿康宫。

秦秾华一人进入寿康宫，带来的宫人都只能在门前等待。

她的凤轿在寿康宫前停了许久，人却始终没有出来，寿康宫就像一个张着血盆大口的怪兽，吞了人就一声不响，毫无回声传来。

结绿和乌宝急得在寿康宫门前打转，乌宝又看了一眼好像狮子嘴巴的朱色大门，一拳打在自己跛腿上，神色气恼。

一抬凤轿从路旁经过，停了下来。秦辉仙从轿子里露出脑袋，狐疑地说道："你们在这干吗呢？她呢？"

"奴婢参见八公主……"

"问你们话呢，你们主子呢？"秦辉仙不耐烦道。

乌宝和结绿对视一眼。

八公主的外家是裴家，裴回和公主也常有不对付，二人都拿不准要不要如实相告。最后，还是乌宝忍不住病急乱投医，把公主进了寿康宫一个多时辰，什么回音都没有的事情说了出来。

"公主体弱，经不起责罚，奴婢身份卑微不敢硬闯，奴婢斗胆，请八公主进去看看我们主子是否安好。"

乌宝撩开袍子，果断跪下行了个大礼。结绿见此也跟着跪下，哀求道："求求八公主了！"

"什么？进去一个时辰了？"

八公主脸色一变，立即下轿直奔寿康宫大门。

门前的宫人组成铜墙铁壁，说什么也不让她进。

"快让开！我是公主，我要见皇祖母！"秦辉仙急得大叫。

"八公主，您别信下人的谗言。"太后身边的姑姑含笑说道，"太后仁慈，又看在五皇子的分上，对七公主顶多就是几句责骂，您进去一搅和，这事情可就不一样了。"

她语气温和，拦人的力道一点不小。

秦辉仙见进不去寿康宫，恨恨一跺脚，开始硬闯，寿康宫的宫人急忙来拦，八公主的人冲上去保护主子，乌宝和结绿见状，也涌上去加入八公主的阵营。

寿康宫大门前霎时乱作一团。

"哎呀！"

八公主不知被谁推了一把，眼见着就要后脑朝下，摔下石阶。

一只手在她背上一撑，然后，她就眼睁睁看着离她最近的那名寿康宫宫人被一脚踹飞。

战况瞬间逆转。

寿康宫静室，一尊纯金观音像在祭坛上悲悯地注视着秦秾华。

她跪在冰冷的地砖上，双膝由一开始的刺痛，逐渐变得麻木。

坐在主位的舒太后闭目数着念珠，神色凝重肃穆。

“多久了？”舒太后开口。

她身旁的姑姑低头回道：“回禀太后，过去一个时辰了。”

舒太后睁开眼，冷冷地看向地上的秦秾华。

跪在地上的身影单薄纤弱，她和她拖曳在地的纱罗都像树上坠落的一捧无辜的白雪。

静室里的穿堂风若有似无，女子楚楚可怜，跪得却如山石嶙峋，只有乌黑的长睫在风中轻颤。

“秦秾华，你可知错了？”太后问。

“秾华，知错了。”

“陛下心软，由着你胡闹，身为一个公主，出宫却比宫里的皇子还要随便。你要办新学，本来是件好事，你把事情交给朝廷里那帮人，最后挂个名字不好吗？非要亲自掺和进去，还叫穆世章抓住了辫子！”

舒太后放下念珠，皱眉说道：“蔡中敏的口供里说，是你要他写新学启蒙之书的，是吗？”

“是。”

“你去瑞曦宫和皇帝说，这是蔡中敏的攀咬，你虽要他写启蒙之书，但他写了什么，你并不知情。”

“秾华不能。”

舒太后完全睁开眼，后背离开椅背，愤怒染上她保养得当，风韵犹存的脸庞。

“你说什么？”

“的确是秾华授意蔡主簿写新学之书。”秦秾华抬起眼来，轻声说道，“秾华若在此时翻脸不认人，日后还有谁敢为我所用？”

“并非要你不认人，是要你解释清楚，蔡中敏所写那些大逆不道，你并不知情！”舒太后怒声道，“还有你那新学，日后转交他人，你不要管了！哀家听说新学里还有女子，这简直荒谬！女子岂能和那么多外男一起读书写字，同进同出？她们的名声还要不要了？你的名声还要不要了？！你今日就把那新学里的女子全部送回家中！哀家不想再听见你和什么新学扯上关系！”

“恕秾华不能。”

舒太后难以置信地问道：“什么？”

“新学刚刚起步，秾华不能在此时撒手不管，更何况，学府中的男女起居之处截然不同，并无同出同入的情况发生，几位女学子都是从千里迢迢之外赶来入学，至今勤恳学习，言行谨慎，并无差错发生，秾华不能无缘无故就让她们退学。”

“身为女子，妄想和男子一般便是最大的差错！”

太后一声怒喝，静室里鸦雀无声。

碧绿的佛珠擦着秦秾华的头顶飞过，在墙上砸成齑粉落下。

“太后息怒！”

“太后息怒啊！”

静室里的宫人跪了一地。

人人惶恐，只有秦秾华面不改色。

念珠擦着她头顶飞过的时候，她连眼都没有眨动一下。

她定定地望着太后惊怒的脸庞，开口说道：“太后也是女子，是天下女子之首，应当体会过女子的苦。可是，天底下还有千千万万，比太后，比我，比在场所有人都要苦几十倍几百倍的女子！她们像牲口一样被论成色买卖，五六石米即可买回去随意打杀！朔律规定杀人偿命，可是我们的男子打杀妻子却只需罚钱就可了事！女子若杀死家暴的丈夫，却要受极刑之苦！还有的人，只因几十两白银，就被父母亲手推入棺材，活活为已经化成白骨的死人殉葬！对她们来说，人间才是无边的地狱！”

秦秾华的双手在腿边慢慢地攥紧，她的语速越来越慢，胸口却起伏得越来越急。

十指连心，掌心的疼痛直通胸腔深处。

但是这点疼痛，和她们相比，又算得了什么？

舒太后气得眼前发晕，戴满翠绿手镯的右手连忙扶住额头，身边的姑姑急忙道：“太后息怒，别气坏了身子啊！”

“你……你是金枝玉叶，天子的女儿，竟然把自己和那些下贱的女子相提并论，人和人生来就是不同的！你和那些上辈子干了缺德事，这辈子才会投生在缺德家里的女子不同，她们生来就和你不同，就像你生来也和皇子们不同！

这都是老天注定好了的事！”

舒太后指着她，怒不可遏地说道：“哀家看你是和蔡中敏那般大逆不道的人在一起待久了，受他的蛊惑，失了心智！若继续放任你胡来，今后说不定要闹出什么丑事！来人啊，把哀家的戒尺拿来！”

太后身边的姑姑去了一会儿，复返时，手中端着一个木盒。

舒太后从中取出玉戒尺，对秦秾华冷声道：“你是公主，哀家本不想对你太过苛责。你若现在承认自身错误，不再过问华学一事，哀家也可饶你一次。”

静室里的每一双眼睛都落在秦秾华身上。

她望着祭坛上大慈大悲的菩萨，扯动嘴角，露出一个既悲哀，又平静的笑。

“尘埃之微，补益山海；萤烛末光，增辉日月……秾华，何错之有？”

“反天了！”太后怒喝道，“手伸出来！”

秦秾华伸出双手。

十根苍白如雪的手指纤弱瘦削，不堪一折，难以想象这冰冷的戒尺落下，这双手会变成什么样。

“太后……”身边的姑姑忍不住说。

太后握着戒尺，怒目看着跪在地上的人。

秦秾华面容苍白，神色平静。两鬓那对栩栩如生的紫纱蝴蝶，纱罗为翼，珍珠为身，和她一般楚楚可怜，也和她一般，毫无惧意。

二人之中，总要有一个人退让。

太后恼她不肯让步，只能咬了咬唇，狠着心往下打去。

一声惊呼从静室外传来，太后打出的戒尺来不及收回，眼神先一步朝外看去。

一个少年箭步冲入静室，在她还没反应过来的时候，已经牢牢地握住她打下的戒尺。

他身材颀长，一身玄色，只有束发的发带是暗紫色的，带着明显可见的毛边。

“渊儿……”秦秾华愣住了。

秦曜渊挡在她与舒太后之间，一步不退，伸出的右手紧紧地握着玉戒尺，力度之大，连脖颈都浮起了青筋。

“你放手！”舒太后又惊又怒，“外面的人呢？！谁准你们放人进来的？！”

“太后息怒！太后息怒！”后一步追进的宫人们鼻青脸肿地纷纷跪下，“不是奴婢们放九皇子进来，是九皇子强行闯进来的呀……”

“你还不放手？！”太后怒喝道。

“不放。”

“放手！”太后气得颤抖，面色涨红，“难道你还想对哀家动手不成？！”

“谁敢动她，我就杀谁。”他看向祭坛上神情悲悯的菩萨金像，乌黑透紫的眼眸里一片森寒，“神若阻我，我杀神，人若阻我，我杀人。”

秦曜渊看回太后，眼中几近实质的杀意让她忍不住松开戒尺，跌坐回扶手椅。

没有一个清醒的人会怀疑少年所说有几分真假。

羚羊生来看见狮子就知道逃跑，人生来同样也会辨认杀气。

少年就像一头露出獠牙的猛兽，让所有人都感到一股彻骨寒意。

“只要我还有一口气在，”他说，“没人可以动她。”

咔嚓一声脆响，清透的戒尺在秦曜渊手中断裂。

众人难以置信地瞪大眼睛。

太后又惊又怒，嘴唇不断哆嗦，怒视着秦曜渊却说不出一句话。

这时才赶到的秦辉仙迈进静室，她急得没法儿，一跺脚，不管三七二十一先跪为敬：

“皇祖母……我、我的鹅子要死了，您快救救我的鹅吧！”

走出寿康宫之后，因为宫门前高耸的石阶，秦秾华险些跪着摔了下去。

棉花般的双膝像是不属于自己，刚刚弯曲，身体就不由向前栽倒。

秦曜渊手疾眼快一把将她拉住，旁边的秦辉仙手刚伸了一半，人就已经到了别人怀里，她干咳一身，转而扶了扶自己的发髻，道：“哼，一群垃圾！关键时刻，还得本公主出手。”

秦辉仙转过身，带着宫人施施然走了，秦秾华在她身后扬声说道：“八妹，多谢你了。”

“我才没帮你呢！”

秦辉仙头也不回，像是蛮牛喷鼻子似的，用了全身力气一跺脚，一重哼，像是背后有恶鬼在追，甩着裙摆大步冲走了。

她的宫人在身后急匆匆地又追又喊：“公主！公主！您的轿子还在后

边呢！”

她看都不看一眼，埋头大步往前冲。

秦辉仙的轿子追着秦辉仙跑远后，秦秾华再次试着迈下台阶，右腿刚一弯曲，膝盖处就传来一阵钝痛。

她面不改色，决定忍下痛楚，下一秒，一个身影挡在她的面前。

“上来。”

少年站在台阶下，背对她弯下腰，低声说。

秦秾华短暂一愣后，选择伏了上去。

少年轻而易举地背起她的身体，朝宫道快步迈去。

落在身后的宫人面面相觑，乌宝皱着眉，结绿快步走下台阶，对凤轿前面色慌张的宫人说道：“抬上轿子，远远跟上公主。”

宽阔的宫道上，空无一人。

星星之光微弱，月亮之光黯淡。

掺了墨的夜色，渲染着宫道上泾渭分明的一行人。

“你怎么回来了？”秦秾华伏在少年肩上，轻声说。

“今日放田假……你忘了。”

秦秾华想起来，苦笑道：“是阿姊忙晕了头，答应来接你也忘了。渊儿……抱歉。”

“不用道歉。”他别扭地说道，“我又没有等你。”

秦秾华在他肩上歪头，含笑挠了挠少年的下巴：“我的小狼……长大了，背得起阿姊了。”

少年沉默无言。

她挠的分明是下巴，痒的却是无人触碰的胸膛。

冰冷月色下，他背的好像也是一抹月光。

这么轻，这么冷，又这么可怜，谁都看得出她的强颜欢笑。

“还有我。”

少年忽然开口，声音低沉有力，染着一丝夜幕的暗色。

“什么？”

“不论他们说什么……你还有我。”他低声说，“我会站在你身边，永远。”

秦秾华一愣。

少年目视前方，侧对着她的眉骨和鼻梁像起伏的山脉，他的神情，也如雨后的连绵山脉，透出冷峻而坚毅的一面。

那双冷漠而锐利的乌黑瞳孔上，垂着一层纤长的睫毛，像是婴孩一般平直细密，柔软无害。

秦秾华忽然伸手，触碰他的睫毛。

一把细软长睫扫过她的指腹，和他凌厉外表截然不同的温柔。少年不知所以，朝她看来。乌黑的瞳孔深处，有一抹迷离暗紫映着她的影子，她看到自己的笑容，听到她的声音，在说：

“为君者，没有永远。”

第十九章
大仁

回到梧桐宫后，秦秾华立即开始发号施令。

“蔡中敏的家眷接到了吗？”

“回禀公主，醴泉已将人接到城外义庄。”

“安排陆雍和去做的事呢？”

“陆雍和已经将公主和蔡主簿来往的信件悉数销毁。”

“我们在大理寺狱中有安排暗桩吗？”

“有一名番役是我们的人。”乌宝垂头道，“公主要给蔡中敏带话吗？”

秦秾华片刻沉默。

如果她是穆世章，必定会用蔡中敏来大做文章，她会在大理寺地牢里，安排好天罗地网等猎物现身。

穆党越是觉得蔡中敏对她重要，蔡中敏就越难活命，所以，她现在唯一能做的便是等待。

等待蔡中敏做出选择。

是玉碎，还是瓦全。

“转告蔡中敏，他的家眷已受到万全的保护。”

“若是蔡中敏撑不住了，我们要不要……”

“不必。”

“诺。”

乌宝的表情不甚赞成，但他什么也没说，恭敬地退下了。

寝殿里只剩两个人后，一只手从旁伸了过来，想要提起她腿上的裙子。秦秾华用力握住少年的手，勉强弯起嘴角：“你该歇息了。”

秦曜渊手中拿着玉肌膏，抬眼朝她看来。

“你还没有搽药。”

“不需要。”她说，“回去睡吧。”

“先搽药。”

秦曜渊再次试图提起她的裙摆，秦秾华的力气比不过他，裙摆最终被提至膝盖上方，两块巴掌大的瘀青现身，在一团雪白中触目惊心。

他用手指抹了药膏，刚想涂在她的瘀青上。

一声清脆的声音响彻寝殿。

秦秾华打开了他的手，少年下意识地抬起头，眼中映着无措。

她笑着，只是那笑容，无端让人难过。

“连你也不把阿姊的话放在眼里吗？”

“我只是想帮你搽药……”

“我说过了，不需要。”她拿过他手里的玉肌膏，说道，“出去。”

她不去看少年受伤的眼，也不去听殿里死寂的沉默。

半晌后，少年的脚步声响起，他慢慢地走出了寝殿。

她没有去看。

秦秾华想一个人待着，越是艰难的时候，她越想一个人待着。每个野兽都明白这个道理。越是虚弱的时候，越容易受到致命一击。她只想一个人，也只能一个人。

为君者，不是没有永远，而是不能有永远。

夜，静静地流淌着。深夜的宫殿就像一座巨大的坟墓，里面住着已经死去的人，和即将死去的人。

寅时的更声刚过，乌宝从殿外走进。

他一瘸一拐地走到殿中，先跪左腿，再挪跛脚，端端正正地跪在罗汉床前，垂首低语：“蔡中敏不愿写下诬告公主的证词……酷刑之后，在狱中自尽了。”

“可曾留话？”

“有。蔡主簿说……”乌宝顿了顿，说，“士为知己者死，无惧亦无悔。”

寝殿内静若坟茔，过了不知多久，头顶才传来她的回应：

“知道了，你下去吧。”

乌宝垂首起身，悄悄地退下后，门外侍立的结绿走了进来，轻声说道：“公主……”

“你也下去吧。夜深了，早些休息。”

秦秾华状若平常地笑道。

“公主，您的膝盖还没上药，暮食也没来得及吃，我……”

秦秾华用微笑打断她担忧的话语，轻柔但不容置疑地说：“下去吧。”

结绿欲言又止，带着忧虑的表情离开了寝殿。

蔡中敏死了，甚至没有要她出手，危机便解除了。

她应该感到轻松，却丝毫没有。有比之前更沉甸甸的东西，压在她的胸口上，迫得她喘不过气。

梦里会死的人，醒来后同样死了，因为她的原因，死得甚至更早，更虚无。

她抬起右手，轻轻地揉着气息凝滞的胸口。胸腔里像是有火在烧，她拿起绣帕，掩着唇压抑地咳了咳，再拿开时，上面一片血红。

她取走灯罩，将绣帕点燃后扔进铜盘。

丝质的手帕在她眼前发黑，焦黑发红的边缘迅速吞噬了白色的绢丝。蚕丝烧焦的气味中，忽然融进一股隐隐约约的香气。

是鸡蛋在热油中膨胀的香气。

她推门走出，殿外的长廊下，空无一人。

远远的，香气从后院小厨房方向飘来。

她踩着清凉月光，独自一人走到小厨房外，看见一个脸上沾着炉灰的少年，眉头紧蹙，一脸凝重地扒拉着锅中煎得金黄的鸡蛋。

“现在该直接倒米饭吗？”

“不对吧……”他身旁的乌宝也脸色凝重，“民间的碎金饭都是把蛋弄碎了再倒米饭的。”

“要不……先倒下去试试？”结绿说，“要是不对，咱们重新再来。”

“把蛋盛起来，先热饭，再加入煎蛋炒碎。”

秦秾华的声音响起，小厨房里三人都程度不一地吓了一跳。

少年立即按她所说开始盛蛋，另外二人，则察言观色，悄悄地退出了小厨房。

秦秾华走进小厨房，看着他将冒着热气的新鲜米饭倒入铁锅，然后看着她的脸色，在胡乱扒拉了一会儿，重新倒入金黄的煎蛋。

“炒碎……是这样吗？”他窘迫地抬起头来。

“嗯。”

她说不出话来，于是只应了一声。沉默无言地，看着他把一锅蛋炒饭炒到焦黑。

“我重新炒。”

他神色难堪，正要端着铁锅倒掉，秦秾华按住他的手，说道：“我想吃。”

“我重新炒一碗。”

“我想吃。”她抬起眼眸，认真地看着他的眼睛，“我就想吃这一碗。”

静谧的梧桐宫寝殿，夜风轻轻吹着白色的窗纱。

秦秾华端起挑去所有焦黑，依然散发着若有似无煳味的蛋炒饭，用瓷勺舀了一口送入嘴里。

少年目不转睛地看着她，神情严肃，眉头紧紧地皱在一起，好像恨不得立时将她手中的勺和碗一起夺过。

“你怎么不问阿姊，这碗饭好不好吃？”她笑道。

少年撇开视线，低声说：“我知道不好吃。”

“你没问怎么知道？”她催促道，“快问。”

“好吃吗？”

“这是阿姊吃过的最好吃的一碗饭。”

“呃……”

他低声嘀咕了几个字，秦秾华依稀听出末尾的两个字——

“骗子”。

她是说过很多谎话，但也说过不少真话。

其中就包括了眼下。

“是真的。”她说，“阿姊活了这么久，这是我吃过的最好吃的一碗饭。”

夜深人静，若你孤身一人走在路上，闻到风中飘来的碎金饭的香味，会想到什么？

那时，她说了什么呢？

秦秾华一口接一口地往口中送着炒煳的蛋炒饭，视野逐渐模糊，有什么温热的东西涌出，顺着脸颊流下，也许流到了饭碗里，也许没有。

少年手足无措，翻遍全身都找不到一块手帕，想拿衣袖给她擦泪，又看见衣袖上灰不溜秋的灶灰，他顿了顿，忽然起身，快步走到床前，拿起她的被单走回。

秦秾华来不及问他要做什么，整个人已经让被单裹了起来。

被单裹着她，少年从她身后裹着被单。

他闷声说：“我认真学做碎金饭……不要哭了。”

少年毛茸茸的脑袋就搁在她的肩上，后背传来的体温又热又沉稳，驱赶着她身上透骨的寒意，她转过头，看见他脑后那根用了五年的发带，眼泪忽然流得更凶。

“不许哭了。”他提起被单就往她脸上盖，按压走她脸上的泪珠。

隔着一床被子，秦秾华听到少年略微焦躁的声音闷闷地响起。

“不许哭了……你再哭，我就……”

秦秾华在被子里破涕而笑，为第一次见到如此粗暴的擦泪手法。

“你就怎么样？”

少年从被子外抱着她，脑袋压在她的肩窝上，闷声道：“我不知道……你没有教我。”

秦秾华揭开被子，用衣袖擦去他脸上的灶灰，看着少年乌黑清澈的眼睛，轻声说：“阿姊对你乱发脾气，你不生气吗？”

“你难过。”

“可是，阿姊对你随便发怒，你不难过吗？”

少年笔直地看着她，视线毫不回避，乌黑的眼眸中只有一往无前的勇敢和坦诚。

“只要你不难过，我就不难过。”

那一碗糊掉的蛋炒饭，最后二人一人一口地分食完了。

秦秾华坐在床边，将长裙提至膝盖上方，看着少年蹲着，小心翼翼地将活血化瘀的药膏涂上她的双膝。

这场景多年前也发生过，只是患者和医者的角色对调了一遍。

在这一瞬，秦秾华忽然察觉，他长大了。

长得比她预想中的还要强壮、勇猛，和她并肩而行的时候，已经能够低下头俯视她。

而现在，他从顺地蹲在她面前，毫无防备地露出一段脖颈。

只要她想，一个瞬间就可以取他性命。

只要她想。

秦秾华忽然伸手，摸上他突起的脊梁骨。

指腹下的他一个激灵，条件反射地歪头避开了，他抬起震惊的脸，似乎吓坏了。

秦秾华说：“我要除掉穆党。”

“嗯。”

他的神情好像有些失望。

秦秾华问：“你不问我要做什么？”

他低下头，将搁在她腿上的烟紫色长裙重新放了下来，视线在她雪白的双腿上停留了一瞬，长裙也在空中滞留了短暂的一瞬。

“不问。”他起身，坐到她的身边。

和他一贯的喜好一样，紧挨着她的身体，肩头和肩头相互依偎。

少年好像又比入读华学前高了一些，壮了一些，坐在身边，竟然像座巍峨的大山，挡去了窗前的一半月光，也挡去了一半风尘。

“你往哪里走，我就往哪里跟。”

一抹寒芒闪过，她还来不及阻止，少年已经削下她的一缕头发。

转瞬，少年已经从他脑后割下第二束头发。

两束头发在他手中打了个死结，他握紧发结，说：“秦曜渊发誓，永不背叛秦秾华，生生世世，如影随形，永结同心。”

秦秾华等他郑重其事地说完，忍俊不禁道：“为什么是生生世世？”

少年将结发小心翼翼地放入怀中，想也不想地说：“一世不够。”

秦秾华笑道：“第一，只有小孩子才会有永远；第二，永结同心这个词用错了对象；第三，结发也不是随随便便就能结的。”

她挠了挠少年的下巴，笑着说：“这就是你不好好读书的结果。”

少年皱起眉头：“我不是随便结的。”

“不随便也不行。”她说，“结发只能和你的妻子结，阿姊不行。想许诺，方法多得是，要是你每许一个诺，阿姊就要少一束头发，再多的头发也不够你许的。”

她朝他伸出手：“把阿姊的头发还来。”

他皱着眉头，很不服气：“不。”

“还来。”

秦秾华伸手去拿，少年直接离开罗汉床，干脆利落地跳窗跑了。

她露出无可奈何的微笑，轻声唤道："结绿——"

片刻后，结绿急匆匆地走进寝殿，看见她发红的眼眶，连忙垂头避视。

"公主，有什么吩咐？"

"我的针线盒还在吗？"

结绿一愣："应当是在的。"

"去把它拿来，再从库房里，取一匹紫织金丝布。"

结绿不明所以地去了，过了许久，拿着针线盒和布重新回来。

"公主这是要做什么？"结绿好奇道。

"做香囊，做荷包，再做几根发带。"

"公主不是最不喜欢碰女红吗？"

秦秾华拿起剪刀，从紫织金丝布上裁下一块适宜的大小拿在手里。

摇曳的烛火下，她嘴角发自内心的微笑格外动人心弦。

"我不喜欢的，只是做别人可以代替做的事。"

九原郡王府，气氛凝重。

连院子里盛开的春花都无精打采，好像被看不见的寒霜打谢了叶子。

往日的这个时候，会在廊下穿梭的奴仆纷纷不见踪影。郡王府花厅房门紧闭，砰的一声，瓷器砸碎的脆响从门内传来。

"玉京公主如今自身难保，你还执迷不悟，是想让全家和你一起陪葬吗？！"

方正平跪在冰凉的地砖上，冷意从膝盖一直往全身透。

他看着坐在主位的父亲，哀求道："父亲！玉京公主现在处境艰难，儿子必须入宫，求父亲网开一面吧！"

"不行！"九原郡王勃然大怒，一拍方桌，怒声道，"我和你母亲已经和陈家交换了名帖，下月择个吉时便立即成婚。礼成之前，你别想迈出郡王府一步。我已经向陛下递了你我病假的折子，这一个月，我会留在府里亲自看管你！"

"父亲！"

"方正平！"九原郡王的怒喝盖过方正平的抗议声，他怒目圆睁，指着地上神色痛苦地方正平，怒喝道，"为父此前就是对你网开一面，所以你才会越陷越深，以至于把全家性命都弃之不顾！”

“父亲……”方正平哀声道。

“你以为想尚玉京公主的人只有你吗？那裴穆两家为何要争抢玉京公主至今？因为玉京公主有名声，有才华，她有民心！穆世章和裴回，谁能容许自家以外的人拥有民心？玉京公主除了下降穆裴两家，只能远嫁他国，她没有第三个选择！”

九原郡王常袍下的身体在止不住地颤抖，收回指着方正平的手，用力握在椅子扶手上，满脸痛苦。

“就像你我，势单力薄，为父什么也做不了，你也什么也做不了。你是为父唯一的儿子，难道我不想见你娶到喜欢的女子吗？若只牺牲为父一个，为父二话不说就进宫为你请婚，可是……这不是你一个人的事。

“大朔建国不到百年，皇帝已换四任，眼下这位陛下在位二十三年，已是在位时间最长的一位。大朔国势衰微，君王孱弱，奸臣当道，谁也说不准这天，日后是个什么模样？！

“穆党和玉京公主的冲突日益严重，玉京公主只是一名女子，日后总要嫁人，嫁人了便是别人家的人。福王再如何心疼姐姐，也不会为她和穆党起正面冲突。连五皇子都不敢做的事，你想去做，是把郡王府几百口人命置于何地？”

方正平弯下腰，泪流不止。

如果他有一个弟弟，哪怕是庶出的，今日他都能毫不犹豫地跨出这扇府门。

可是方家代代单传，父亲只有他一个儿子，他若不管不顾地奔向心爱之人，严厉的父亲，慈爱的母亲，还有卧病在床的祖母，他们又该怎么办？

九原郡王起身，扶起地上的儿子，握着他的手，含泪说道：“正平，父亲老了，郡王府的担子，还需你来挑起。你和玉京公主此生有缘无分，忘了她吧……”

花厅内，只余啜泣。

五月的良辰吉日大概特别多，玉京城内整日敲锣打鼓。

茶馆里，无所事事的老百姓议论纷纷——

“今日又是谁家结亲？”

“是宫里的六皇子，如今该称燕王啦。燕王开府成婚，正妃是穆氏女，侧妃又是奉国将军冯虢的嫡长女，听说王仪卤簿从康穆门一直排到绥青桥，那排场可气派，就像帝王出巡一样！”

“这京里赶在五月成亲的人家还真不少，先是九原郡王府，再是燕王府，我家婆娘也说要赶在这个月把儿子的婚事给办了！”

一名脸色苍白的女子在这时走进茶馆，众人见了，不约而同，陆续陷入了沉默。

女子走到掌柜面前，低声说了什么，片刻后，掌柜取了一个油纸包的干茶饼递给她，女子点头道谢，一如进来的样子，低垂着视线，悄无声息地去了。

女子离开茶馆后许久，茶馆才重新有人说话。

说话的声音每桌都有，但每桌人的声音和表情都变得克制而沉重。

“那就是蔡中敏的遗孀吧……”

“她来茶馆做什么的？”

“蔡中敏生前喜欢这里的云雾茶……她是来这儿买茶的，今日是蔡中敏的七七之日。”

“原来已经过去四十九天了……”

“听说蔡中敏膝下没有儿子，就这么死了，蔡家绝后了……”

“这就是蔑视天道的报应……他死前不敬天地，估计死了以后也只能成为孤魂野鬼，连地府都不收……”

身后的议论声越来越远，甘氏提着茶包，如行尸走肉一般走入小巷。

蔡中敏官衔低微，两袖清风，死后也没留下什么家产，不过是能够遮风避雨的小破院子一间罢了。

如今能够烧纸燃香，备家畜菜肴祭奠，全是因为受了别人的恩惠。

甘氏推开破旧的木门走进院子，她和蔡中敏唯一的女儿立即向她奔来：“娘亲！”

她才六岁，就没了父亲。

甘氏鼻子一酸，紧紧地搂住女儿。

“娘亲！公主来了！公主！”还不懂事的女儿高兴地指着身后。

甘氏一愣，抬起头来。

一女子从前厅走出，素衣素裙，头上只别着一支玉簪，依然风姿过人。

“玉京公主……”甘氏脱口而出。

秦秾华朝她微微一笑。

甘氏第一次见她，充满拘谨和不安，而一炷香后，甘氏便对着她痛哭起来。

秦秾华想让谁打开心扉，总是容易的，对正处于悲伤中的人来说，更是如此。

她想知道蔡中敏临终前写的那本书在哪里，可惜甘氏并不知情。

秦秾华留下足够甘氏和女儿一辈子生活的银两后，走出蔡府。结绿候在门前，见了她，立马上前扶住。

二人走出巷子，回宫的马车就停在巷口，醴泉站在马头前，眼神看着蹲在地上用树枝逗弄马匹的小女孩。

蔡中敏唯一的女儿天真烂漫，似乎并不明白父亲已经永远离开了她，秦秾华在蔡府等候的这段时间，是她陪着谈天说地，骄傲地展示珍藏的几颗彩色石头和发芽果核。

女孩手里的树枝有几张绿油油的叶子，她就是凭这点诱饵，逗得拉车的马匹不停响鼻，够着头想要去吃。

小小的事，女孩开心笑个不停，肉嘟嘟的脸颊两边露出一对甜甜酒窝。

秦秾华制止行礼的醴泉，蹲下身，对朝她看来的小女孩笑着伸出双臂。

女孩晃着手中的树枝，一蹦一跳朝她跑来。

秦秾华搂住到了眼前的小女孩，笑着说："喜欢马儿吗？"

女孩睁着湿漉漉的大眼睛，大声说："喜欢！"

秦秾华喜欢这样的小女孩。

她们还什么都没学到，不知道女子要轻声细语，不知道女子要掩嘴微笑，不知道女子和外男不可在同一桌上用餐，也不知道，女子要大度，要分享，要主动为男子纳妾才是贤德。

"你告诉我你叫什么，我就把马儿送给你，好不好？"

女孩神色犹豫，片刻后，说："我们家养不起马儿，娘亲说只有大户人家出行才用马车，爹爹说我们是小户人家，而且……娘亲也不喜欢马屎的味道。还是算了吧……"

遗憾的表情只在女孩脸上停留了一会儿，她的眼睛就又亮了起来："但我可以把名字告诉你！"

"你的名字是什么？"

“我叫蔡执！”女孩奶声奶气地说道，“不是菜菜的‘菜’，是蔡琰的‘蔡’！执着的‘执’！爹爹说，做任何事，都要执着，半途而废者，永远没有出息！”

“小执希望做一个有出息的人吗？”

“希望！”

“原来小执希望做个和爹爹一样的人啊。”

“公主姐姐，小执的爹爹是个有出息的人吗？”

蔡执睁着天真无辜的大眼睛定定地看着她。

那双还不知世事的赤子之眼，如同世间最尖锐的刀子，片在秦秾华的心上。

时间每过去一刻，这双眼睛，就从她的心上剜去一片带血的肉。

她痛得指尖蜷缩，面上却只有微笑。

只有温柔的，包容万物的微笑。

“小执的爹爹，是一个勇敢、诚实，比世上绝大多数人都要聪明的人。他是这个时代的伟人，走在所有人前头，是黑暗中引领人们的第一束光。他会名垂青史，后人会永远记住他……公主姐姐向你保证，好吗？”

“我听不明白……”小执的两指搓着其中的树枝，开朗的小女孩直至此时才落出一抹落寞。

小女孩看着秦秾华，缓缓问出那个对二人都说都格外残酷的问题。

“我想爹爹了……爹爹什么时候才会回来？”

秦秾华还在微笑，可是她已一个字都说不出来。

她怕一张口，脸上的微笑就会分崩离析。

她笑着低头，半晌后，抬头迎上女孩疑惑的视线。

她笑着说：“你想去公主姐姐的学府念书吗？公主姐姐会照顾你和娘亲，直到你成为和爹爹一样——了不起的人。”

蔡执想也不想，激动点头：“好！我要去念书！我要成为和爹爹一样了不起的人！”

秦秾华摸了摸她的头，起身正要走向马车，蔡执忽然扔下树枝，说：“公主姐姐等等我！”

她飞奔回家，过了大约一盏茶的时间，小女孩气喘吁吁地跑回来，手里拿出一本手写的书，那封面，是秦秾华熟悉的字体。

“这是我的宝贝……送给公主姐姐！”

秦秾华伸手接过，蔡执朝她粲然一笑，开心地又跑了回去。

她拿着这本手写的书，走出小巷阴影，暴露于明亮的盛阳之下，翻开保护手写稿的空白第一页，真正的封面出现在她眼前。

“大仁”

龙飞凤舞的两个字，浓缩了蔡中敏一生的信念。

“仁，偏爱。

天地不仁，人类才得以立足。

君王不仁，人民才得以生活。

官吏不仁，国家才得以发展。”

“故此，不仁才是大仁。只有一视同仁的去看世间万物，才能见到它们真正的模样。吾如今已四十有二，所见大仁者，只有一人。若世间有更多像她一般虚怀若谷、风尘表物之人，我大朔何愁不兴？我汉族何愁孱弱？这四海八荒，何愁海波不平？”

颠簸的马车中，秦秾华看完了整本《大仁》。

在最后，蔡中敏还是完成了她的嘱托，写出了一本旷世之作。

马车在张灯结彩的燕王府门前停下。

满面笑容的穆党往来穿行，每个人都锦衣华服，头上一个簪子的价格，就能在牙行合法买到十几条人命。

人命算得了什么？

算不得什么。

男子也好，女子也好，每个人都活在名为时代的牢笼里，他们看不见这透明的墙，看不见头上的顶，就像习惯了鸡笼的家鸡，安逸自得地活在看不见的监狱里。

偶尔踮起脚尖一跳，撞上透明的墙，也不过是揉揉头顶，嘴上抱怨两句，然后继续如常地在笼子里度过一天又一天，直到走入生命的尽头。

他们是被驯养的家鸡，而他们的下一代，生下来就是家鸡。

秦秾华从这些被驯养的人身边走过，在一声声惊讶的窃窃私语声中目不斜视。

她看到了穿着大红礼服的秦曜泰，也看到了作为新妃娘家代表，受百官簇拥的穆得和，还看到了亲自下令对蔡中敏执行膑刑的大理寺卿吴文旦。

蔡中敏自刎时，膝盖骨已被完全剜去，全身遭受酷刑不下二十种，整个人不成人形，惨不忍睹，以至于直到下葬，甘氏都不忍让女儿蔡执见父亲最后一面。

秦秾华分明在笑，可是众人都不由自主地因惧怕而停下交谈。

“你……你怎么来了？你一个人来的？”秦曜泰往她身后看了一眼，神色后怕。

“燕王大婚，我这个做姐姐的，自然要来喝一杯喜酒。六弟难道不欢迎阿姊吗？”

“七姐愿意来喝弟弟的喜酒，弟弟怎会不愿来人啊，给玉京公主满上一杯！”

无色的琼浆玉液伴随酒香，从细颈瓷壶里呈小注水流涌入瓷杯。

流酒声清脆而冰凉，燕王一边倒，一边忍不住去看她，越看，手中倒出的酒液越不稳。

酒杯满了，他亲自递给她，二人的指尖在中途相碰，燕王觉得碰到的好像不是活生生的人，而是冰——在烈火中噼里啪啦，用生命来燃烧的冰。

自相识以来，秦秾华一直给他说某种不清道不明的畏惧感，十九年的畏惧感在这一刻忽然堆叠起来，让他光是看着她的笑眼，便心生刺骨惧意。

她是在笑吗？可是在他看来，这笑为何如此令人胆寒？

大红的前厅里，鸦雀无声。

所有人都看着眼前的女子，她身材纤瘦，素衣加重了脸上的苍白，她就像是晨光下的那一捧落雪，虽璀璨夺目，但注定幻梦易碎。

“这一杯，本宫敬燕王新婚大喜。祝燕王心想事成，早日飞黄腾达。”

燕王还未来得及说上一句场面话，秦秾华已经将杯中酒液一饮而尽。

“第二杯——”秦秾华自己拿过酒壶，重新斟满酒杯，“本宫敬穆得和，祝穆氏一族枝繁叶茂，昌盛百年。”

穆得和眉头紧锁，面色凝重，同样来不及说话，就见她将杯中酒一饮而尽。

“最后一杯——”秦秾华笑着朝吴文旦举起酒杯，“本宫敬吴文旦，祝吴卿平步青云，儿孙绕膝。”

吴文旦脸上在笑，手却在抖。

玉京公主脸上的微笑让他怀疑杯中酒被人下了鸩毒，他已打定主意，除非玉京公主点破，否则他绝不喝下这杯诡异的敬酒。

秦秾华敬完三杯，面不改色地告辞。

她走出乌烟瘴气的燕王府，一声呼喊让她停下脚步。

秦秾华转身，迎上燕王府快步走出的穆得和的视线。他面色严厉，如临大敌地看着台阶下的秦秾华。

正午的烈阳，割裂屋檐下的二人。

一阴一阳，泾渭分明。

“玉京公主突然而来，突然而去，究竟所为何意？”

“我已经说过，为祝贺而来。”

“是吗？我见玉京公主来势汹汹，还以为公主是来问罪的呢？”

“我竟不知，穆大人何罪之有？”

“公主是明白人，不妨同老臣打开天窗说亮话。你我既无利益冲突，又无累世血仇，何必要针锋相对呢？”穆得和揖手说道，“公主冰雪聪明，为世人敬仰，老臣小儿不才，对公主一见倾心，公主若摒弃前嫌，同穆氏结这两姓之好，对玉京公主，对陛下，对天下都是大大的好事一桩呀！”

“如此，果真是大好事一桩。”秦秾华轻声说。

“正是如此。”穆得和再次揖手，脸上带着微微笑意。

“我若记得没错，穆大人似乎只有一个嫡子？”

“正是。犬子穆阳逸，和公主年岁相当，正是匹配。”

“那本宫便再祝穆大人一句——老有所依，福如东海。”秦秾华笑道。

穆得和气结，对她怒目而视道：“玉京公主！难道你当真要与穆氏为敌吗？！”

“为敌？”

玉京公主已经坐进马车，穆得和追下台阶两步，听见车窗后传出一声极轻，极冷的低笑。

寒意顺着空气，钻进他每个孔窍。

“穆大人言重了，本宫，从不与人为敌。”

“醴泉，回宫。”

驾车的独眼内侍“诺”了一声，扬起马鞭，黑色的马车渐渐远离富丽堂皇的燕王府。

马车中，茶香袅袅。

秦秾华抬起眼眸，面无表情。

她没有敌人。

政敌，并非生死之敌。政斗，也应有个底线。

生而为人的底线。

若他踏破了这条底线，便不再为人。

既不是人，便不是她的敌人。

她从未有过敌人，倒是遇见过许多披着人皮的恶鬼。

这些恶鬼，都被她送往了极乐世界修佛向善，穆党还不明白这个道理，但是没关系。

很快，她就会让他们明白这个道理。

对恶鬼，没有什么地方比地狱合适。

时值五月，控兽处的垂丝海棠已经只剩零星几枝花枝还在夏风中坚持。

暖风袭来，几滴粉雨吻别枝头，零落在锦葵红罗裙。

铺满绢丝软垫的罗汉床上，侧躺着一名闭目养神的年轻女子。她容貌昳丽，以手支头，似乎已经睡着。

院子里侍立的有一女一男，结绿手握小小团扇，轻轻地往罗汉床方向送风，陆雍和站姿规规矩矩，视线却一动不动锁着小憩的女子。

深檐下的走廊忽然传来急促脚步声，步履匆匆的乌宝和蛊雕一同走入。

陆雍和朝他们投去一个冰冷的目光，示意他们放轻脚步，事实上，不必他目光提醒，二人在看见树下之人的时候，立刻就放缓了脚步。

乌宝和蛊雕虽走到罗汉床前，但因拿不定主意是否要叫醒公主而迟疑起来。

正在此时，罗汉床上传来轻轻的一声："说吧。"

秦秾华睁开眼，眼中清明，不见丝毫睡意。

她扶着结绿的手起身，换了另一种闲适慵懒的姿势靠在床上。

她平静道："你们二人查到了什么？"

乌宝和蛊雕对视一眼，乌宝上前一步，低头道："奴婢开棺验尸后发现，吴氏女虽死于心悸，但尸身内外都受了不同程度的伤害，手法和小平身上的伤相似。”

“路上可曾出事？”

“公主放心，奴婢开棺的时候，守墓人已经喝得酩酊大醉。事后，奴婢又把棺木原样葬了下去，不会有人发觉的。”

“如此便好。”秦秾华的目光投向一边的蛊雕。

蛊雕立时开口，朗声说道：“我查到吴文旦和燕王关系匪浅。吴文旦虽投靠了穆氏一党，但有意思的是，他和燕王私底下往来密切，但无论是穆世章还是穆得和，对此并不知情。在有这二人的场合，吴文旦和燕王还会特意撇清关系，仿佛并不熟识。”

“我觉得，吴文旦应该是把女儿献给了燕王，吴氏女本来就有心悸，再让燕王一折腾，所以就……”蛊雕做了个一命呜呼的动作。

“吴文旦之妻可知情？”秦秾华问。

“都在一个屋檐下，应该是知道的。”蛊雕说，“她这几日每天都去寺庙为女儿祈福，捐了不少香火钱。看得出，吴文旦上任几年，没少捞黑心钱。但是刘氏既然此前默而不发，女儿死后，恐怕更不会站出来做证。”

“既然如此……”

秦秾华话语未落，陆雍和走了出来，在她面前跪下。

“在下不才，斗胆向公主进言。”

“说。”

“刘氏既知情，只要我们拿到她的证词，即可指控燕王草菅人命。穆党为保燕王，必舍弃吴文旦，如此，我们既能断穆党一足，又能令穆党诸人见到穆氏薄情寡恩一面，动摇穆党军心。”

蛊雕忍不住说道：“你说的这些，谁不知道？问题是，怎么才能拿到刘氏的证词……”

陆雍和朝他投去冷冷一眼：“你拿不到，不代表别人也拿不到。”

“你——”

“在下愿意一试，请公主准许。”

片刻后，秦秾华说：“去吧。”

陆雍和离去后，秦秾华望着面露不服气的蛊雕，笑道：“不服气？”

蛊雕一脸气闷，没好气地说：“此人来历不明，性格又阴沉狡诈，公主为什么要重用他？”

“他有值得重用的才能。”

“可是，此人对公主并无忠心——”

结绿放下扇子，朝蛊雕投去责备的一眼：“你是在置喙公主的用人之法？”

蛊雕一慌，连忙看向面无波澜的秦秾华：“小的不敢！”

“无妨，我知道你的忠心。”秦秾华轻声说，“同样都是可用之人，忠不忠心，在我心中自然是不同的。你若是担心，不妨多替我留意他的举动，若有可疑之处，及时上禀便好了。”

“诺。”

蛊雕脸上仍有些不服气，可是没有关系，秦秾华要的就是他不服气。

三足才可鼎立，这便是制衡之道。

秦秾华笑道：“这控兽处也开了一段时间，有些什么人上门？”

蛊雕说：“没什么特别的，卖狮子老虎的来了不少。”

“在这里办公还习惯吗？”

“有什么不习惯的？这里可比我的破草屋好多了——”

“那就不回去了怎么样？”秦秾华笑眯眯地问。

蛊雕一愣。

“从今日起——”她笑道，“你和醴泉，分别担任控兽处的左右使，负责官员稽查和情报搜集工作。虽无品秩，但年俸参照一品大臣，这公主府，今后就是你们控兽处的不具名官署。蛊雕，你可愿意？”

蛊雕一个激灵，立即跪下谢恩：“蛊雕愿意！蛊雕有幸得公主赏识，一定鞠躬尽瘁死而后已，绝不叫公主失望！”

秦秾华含笑：“去吧。”

蛊雕走出后院时，依然晕晕乎乎的。

他是个侏儒，一个本来只会出现在戏台子供人嘲笑取乐的侏儒。是公主给了他新生。

公主救了他的肉体，也救了他的灵魂。若不是公主，他早就死在了哪个臭水沟里。

公主身边有独眼，有跛脚，有毁容，有女生男相，皇宫之中，若非贵人庇佑，像这样的人，只能被赶出宫或是沉入井中。

是玉京公主救了他们。世人所说的圣人，他没见过，圣人的之乎者也，也从未给过他一口热饭。对他而言，天下的圣人只有一个，那人就在他的眼前。

她信任陆雍和，可是他不信。

他会替公主盯紧陆雍和，如果他安分守己，那就皆大欢喜，如果陆雍和想对公主不利……

那就先过他这一关。

第二十章 起誓

数日后，通往香积寺的一条小路上，上香归来的刘氏遭到一名头戴面具的怪人劫持。

刘氏和伺候的丫鬟蜷缩在车厢角落里惊魂不定，刘氏动也不敢动，脖子上的匕首源源不断传来透骨的冷意。

“夫人莫怕，在下不是歹人，不想伤害夫人和任何人的性命。戴上面具，也是因为在下面容粗鄙，怕吓坏夫人。”

匕首收回，面具怪人开口，沙哑低沉的声音就像从粗粝不平的老树皮上滚过，只要稍微思考一下这嗓子经历了什么折磨才能变成如今这样，就比那看得见摸得着的匕首更让人心生害怕。

刘氏惊惧交加地看着银面具下的黑色眼珠，说：“你……你是什么人……”

“在下姓陆，家中排行第四，夫人可以叫我陆四。至于在下想做什么——”陆雍和微微一笑，“夫人马上便知。”

日落时分，陆雍和带着刘氏的证词，步入冬暖夏凉的梧桐宫。

他在书桌前方三步远的地方跪下，先向公主请安，再请结绿传递刘氏写出的证词。

结绿拿到秦秾华面前，她手握狼毫，头也不抬。结绿了然，将证词轻轻地放到书桌角落。

黄蘖写经纸上落下一个个清逸缥缈的墨字，组成高深难懂的佛经，她神色沉静，道：“起来说罢。”

陆雍和这才起身，他垂目敛眉，低声道：“吴文旦此人，原只是个正八品县丞，他府上有个家生子，被穆府的门房看中，娶了作小妾，吴文旦就是通过此门房，搭上了穆党的船，吴文旦虽出生书香世家，但道德败坏，为讨好燕王，主动献上妻女——”

狼毫笔尖一顿，险些在写经纸上点出墨团。

秦秾华将笔放在龙尾石砚上，终于抬起眼眸：“二人都？”

“是。”陆雍和道。“一开始只是吴氏女，有一次，吴氏女心痹发作，刘氏进屋劝阻，也被燕王玷污，之后……燕王有时找吴氏女，有时找刘氏，有时……母女一同。”

结绿表情似要呕吐。

“吴氏女的死的确和燕王脱不了关系。吴氏女死的前一天，燕王来过，凌晨走时，吴氏女遍体鳞伤，一直喊心口疼。刘氏担心女儿，去求吴文旦请大夫，吴文旦怕事情泄露，不许府里下人跑腿，也不许刘氏外出。刘氏只好守在女儿身边，骗她说已经去请大夫。大约午时，吴氏女心痹死亡，刘氏去找吴文旦要说法，吴文旦反而以她不识抬举，对他的仕途毫无益处为由，把她打了一顿。吴文旦为撇清燕王嫌疑，特意将吴氏女之死瞒下，秘不发丧，只用冰块保存尸身，等到草草下葬时，吴氏女已经开始腐烂。”

结绿听得义愤填膺，忍不住大怒道：“世上怎会有如此恶毒的人？那可是他自己的骨血啊！”

陆雍和说：“吴文旦虽有妻女，但感情不深。他在羊毛胡同处置有一外室，那外室为他生了一儿一女，吴文旦对外室所生的儿子极为宠爱，每日休沐，必至羊毛胡同探望外室女和儿女。”

“我将刘氏引到羊毛胡同，让她亲眼见到自己丈夫和外室女恩爱的模样，再告诉她，那院子里的草秋千，是吴文旦亲自编给他儿子的，那外室女身上穿的绫罗，是陛下去年赏给所有正四品以上诰命夫人的。刘氏痛不欲生，待情绪稳定下来后，我劝她写下了这张讲述了来龙去脉的证词。”

秦秾华说：“有证词还不够。”

“在下已经和她约好了明日再见。”陆雍和还改不了做文人时的习惯，朝着公主揖手道。“届时，我一定会让她成为我们的人证。”

“甚好。”秦秾华终于微微一笑。“刘氏那里，便拜托你了。”

“不敢当。”陆雍和低下头：“为公主，万死不辞。”

“夫人明日当真要去见那陆四？”

吴府正房中，丫鬟灵眉服侍刘氏喝下药汤，担心地问道。

刘氏脸色苍白，嘴唇发青，疲软地靠在椅背上，慢慢地说道：“残命一条，我还怕他害我性命不成……”

灵眉神色担忧，轻轻地捏着刘氏的手臂经脉，为她梳理气息。

“夫人今日写了证词，老爷日后必定不会放过夫人，夫人要好好为自己打算才是。”

刘氏苦笑道：“如今我名节已毁，别说老爷饶不了我，便是回家……爹娘也不会饶我。我再怎么打算，也无路可走啊……”

“夫人……”灵眉忽然眼睛一亮，“夫人！要不我们逃走吧？夫人往年赏赐的那些金银首饰，奴婢都好好藏着，足够我们去乡下买块薄田，请几个佃农耕种为生了。”

“傻丫头……”刘氏含笑看向灵眉，眼中似有泪光闪烁，“你也是个苦命人，被父母卖到这吴府，跟着我，也没过几日好日子。若是卖给那外室，想必还……”

“夫人不许说这些！”灵眉气冲冲地说道，“奴婢虽卖身为奴，但绝不伺候那等不要脸的狐媚子！奴婢这辈子就认夫人为主，老爷都要靠边站，没了夫人，他就不是灵眉的主子！”

刘氏擦掉眼泪，刚要说话，门外忽然有人禀告：“夫人，老爷回来了。”

刘氏和灵眉对视一眼，不约而同地感到了恐惧。

这一夜，每个人都听到了正房里传出的歇斯底里的哭喊和愤怒的打骂。

夜深了，停在吴府屋顶上的黑鸦展翅飞走，屋顶下的声音也停了。

吴文旦走出正房，做贼心虚地往四周看了看，见里外无人，这才理了理衣领，走向一旁的书房。

正房中，过了不知多久，一人从衣柜里跌出，正是刘氏的心腹丫鬟灵眉。

她满脸是泪，踉跄着奔到床前，抱着脸色发青，双眼紧闭的刘氏泣不成声：“夫人……夫人您醒醒……夫人……”

颤抖的手指探到刘氏冰凉的鼻下，片刻后，灵眉以手捂嘴，死死堵住想要冲出喉咙的号啕大哭。

“你怎么在这里？！”

一声怒吼，去而复返的吴文旦站在正房门口，怒目圆瞪。

“我杀了你！”

灵眉拿起桌上的裁纸刀，哭吼着朝吴文旦捅去。

吴文旦下意识地躲避，灵眉立即从他让开的大门冲了出去。吴文旦意识到自己中计，马上大喊道：“来人啊！灵眉行刺朝廷命官，杀害夫人！立即给我拿下，生死不论！”

灵眉一边哭，一边跑，在众人追赶怒骂中，没命地逃出吴府大门。

她慌不择路，逃进一条没有出口的阴暗巷道，藏在垃圾堆后，浑身颤抖地看着吴府下人打着灯笼，提着刀剑，在巷子外跑来跑去。

“吴文旦你这个狗官，你会遭报应的！你一定会遭报应的！”她蜷缩身体，恨极的诅咒从颤抖的牙关里不断挤出，好像每骂狗官一句，就能多一丝逃出生天的勇气。

有一名提着灯笼的吴府下人忽然对昏暗的小巷深处产生了兴趣，他提高灯笼照亮巷子里，警惕地慢慢走了进来。

灵眉把自己的身体拼命往后缩，可她身后只有石壁，退无可退。

她手握裁纸刀，眼泪长流不止，忽然，肩头被什么东西轻轻碰了碰。

她刚一回头，后颈受到重重一击，立时失去了意识。

吴府下人提高灯笼，照亮一张脏兮兮的脸。蓬头垢面的乞丐从一张草席上揉着眼睛起身，嘟嘟囔囔道：“大爷，这大晚上的，你们吵吵嚷嚷是在找人吗？”

“你一个人？”家丁一脸狐疑地扫过垃圾堆。

“不是我一个人，还有谁？大爷要给小的配个媳妇吗？”乞丐哈哈大笑，抬起褴褛的衣袖，使劲挠着缠绕在一起的乱发，仿佛受跳蚤困扰。

家丁神色厌恶，说：“大理寺卿吴大人的下人行刺朝廷命官，又杀害了我们府上的主母，现在潜逃了！你要是看见她，就捉了到吴府来领赏！”

“知道了！知道了！小的一定留意！”乞丐点头哈腰道。

家丁不愿多待，转身离开了肮脏的小巷。若他多留意些许，就能发现这个乞丐看似热衷悬赏，但对关键人物长什么样，却一句没问。

“哎呀，有句话说得好呀……穿着铁鞋找不到，躺下一睡就来啦！”乞丐捏着丫鬟的脸打量两眼，说，“小爷我出人头地的机会总算来了——”

天还没亮，原为公主府，现在挂着控兽处牌匾的大门就被一个脏兮兮的乞丐敲响了。

开门的是个年过半百的老者，长得笑眯眯的，像是个和善人。

“你又来了？”老者见着他，笑了。

“你认得我？”乞丐奇道。

“挂匾那日，你就在那栋房子底下观望。”老者食指一指，准确无误地指出他当日蹲坐之处，笑着说，“往日你都是远远地观看，今日特意来敲门，是为了何事啊？”

“你们还收擅猎的奇兽吗？”乞丐问。

“收。你知道哪里有奇兽？”

“知道，知道。”乞丐问，“你就是这里的管事之人？”

老者不置可否，笑了笑：“老朽姓常，是这控兽处的管家，请随我进去，老朽为你引见管事之人。”

乞丐光脚不怕穿鞋的，大大咧咧地跟着老者走进了朱红大门。

“吱呀”一声后，东郊又恢复了平静。

乞丐被引进一间宽阔大厅后，有下人为他端上一盏清茶，一碟小食，他毫不客气，在管事露面之前便已吃完。

醴泉步入厅中，见到的第一面就是衣着破烂的乞丐敲着空碟，讨要续碟。

醴泉屏退侍人，走到主位坐下，看着下面吊儿郎当的乞丐，冷声开口：“你有奇兽要出手？”

“是，符合你们要求的奇兽，特别擅猎。”乞丐笑嘻嘻地说道。

“我已听过不下一百人，说过和你类似的话。”醴泉面无波澜，说，“说吧，你这奇兽，是什么奇兽。”

“我也不知是什么种类的奇兽，只知道有个贱名，叫狗蛋。”

醴泉抬眸看了他一眼，眼神有些波动。

“什么样貌？”

“样貌嘛……哎呀，不好说。”乞丐啧啧道，“我觉得收拾打扮之后，应该还挺人模人样的。不收拾……那就像是病狗拉出的一坨绿屎，又黏又臭。自己讨厌，别人见了大概也讨厌。”

“控兽处只收擅猎的奇兽，你这奇兽，猎到过什么东西？”

“这可就问到点子上了。我这奇兽啊，见过一只毒蛇，一只癞蛤蟆。那毒蛇身上长了一对脚，半夜溜进大理寺卿的府上，走的时候，引得一只特别丑陋的癞蛤蟆相送，癞蛤蟆点头哈腰，在毒蛇面前蹦蹦跶跶，呱呱叫个不停。”

“奇兽猎到的是毒蛇癞蛤蟆？”

“那倒没有。”乞丐嘿嘿笑着，像是一刻也坐不住似的，架起二郎腿，刚刚拿了点心的右手伸到破草鞋里挠个不停。

乞丐挠了半天，在醴泉冰冷的注视下，终于放下左脚，笑道：“大爷别气，我的话还没说完呢。”

“说。”

“我这奇兽，虽没有猎到毒蛇和癞蛤蟆，但是猎下了那癞蛤蟆想要灭口的人。我想着，这怎么也和猎到癞蛤蟆差不多吧，这才大着胆子，上门来问问——”

乞丐笑嘻嘻道：“您看，我这奇兽值多少价？”

醴泉无言以对，半晌后，他开口道：“待我禀告宫中，请公主定夺。”

控兽处成立多月，上门不下百人。

首次，醴泉动用秘密专线，向宫中递了消息。

当天晚上，秦秾华就见到了这名换上干净衣服，焕然一新的乞丐。

“这确实是我要的奇兽，不知公子需要多少银两才肯割爱？”

乞丐一改面见醴泉时吊儿郎当的气质，俯首便拜。

“小人不要钱财，只想求公主为奇兽赐名，长久效力于公主！”

“如此。”

秦秾华笑道：“从今往后，这奇兽便名为钩蛇。”

“吱”的一声，只够一人出入的院门开了一半，一个布衣素颜的年轻女子随手掩上木门，提着手中菜篮，满面笑容地走向院中石桌。

石桌前，坐着一个眉头紧拧的男子，他身穿常服，坐姿却颇有官味。

“相公，我给你买了你最爱吃的二郎烧饼，还是热的呢！你要不要现在……”

男子闭口不言，抬手无力地挥了挥。

女子脸上笑容一滞，收回伸了一半的手，说：“那我收到马车上，一会儿饿了在车上吃。”

男子神色沉闷，女子视若不见，语气轻松地和他讲述今早见闻。

“今儿不知怎么了，我在路上见到许多装潢豪华的马车，他们都是往一个方向去的。”

始终沉默的男子忽然开口：“是参加白事。”

“什么？”女子惊讶反问。

“大理寺卿的夫人去世了，那些人，都是去拍吴文旦马屁的。”他冷笑一声，“说不定还要趁此机会，举荐家中女儿……正三品大员的填房，这位置香着呢，谁不想坐？”

女子观他脸色，想了想，笑着说道：“我就不想做，别说我现在嫁给了你，便是没出阁的时候，我也绝不嫁这样一个两面三刀的小人。”

男子叹一口气，终于握着女子的手，神色无奈：“卿卿，你跟着我，没过几天好日子，这便又要受苦了。”

“相公别这样说。不就是降职外放吗？我听说岭南是苦了些，但也有好处呀！听说只有陛下和宫中娘娘才能吃的荔枝，岭南随处都是，到时候你我二人，去游山玩水，饱尝荔枝，有何不好？”

男子总算露出笑意：“卿卿……”

木门外的敲门声忽然打断二人谈话。

三下，一下不多，一下不少，冷静的敲门声克制地响在虚掩的木门上。

“来者何人？”张观火出声问道。

虚掩的木门在最后一声敲击后，缓缓地打开。

“玉京公主？九皇子？”

周府门房一开门，险些被门外的二人吓得瘫坐地上。他哆哆嗦嗦行了个四不像的大礼，转头朝前院声嘶力竭道：“快去禀报老爷夫人！玉京公主和九皇子来了！”

一炷香后，秦秾华二人被周肇珂请进花厅，周肇珂谨小慎微，说什么也不肯入座主位，秦秾华推让不过，便和秦曜渊在花厅的两个主位上落座了。

清秀丫鬟接连送上冒着清香的热茶和各色精致点心。

“府中准备不周，只有一些粗食，还望公主勿怪。”周肇珂一脸抱歉。

“这里没有外人，说话不必拘谨。”秦秾华主动拉住外祖母的手，笑道，“秾华想念外祖父和外祖母，这才特意绕路拜访，别说外祖父母准备得如此周全，便是当真什么都没有，秾华也要自带点心赖在这里！”

周老夫人一脸欣慰，苍老斑驳的两手轻轻地反握住秦秾华的手，不住地握着。

“公主从何处回来？”周肇珂笑道。

“去大理寺卿府上吊唁回来。”

周肇珂一愣：“我还以为……”

秦秾华笑了笑，目光流转，投向身旁的少年。

“渊儿见过红事，却还未曾见过白事，吴文旦虽曾与我有过一些不愉快，但好歹也是朝廷三品命官，这次，我是陪渊儿去的。”

“是该如此……”周肇珂点点头。

九皇子的生母辉嫔死于大火，尸首面目全非，礼部觉得晦气，一应仪式从简，草草下葬便了事了。公主带九皇子去大理寺卿府上见“世面”，也说得过去。

毕竟，九皇子也十五岁了。

大皇子十五岁的时候，早已开始笼络武将。

周肇珂犹疑半晌，开口说道：“穆氏视你如眼中钉，大理寺卿又是穆氏党羽，去他府上吊唁的大多都是穆党，你们去了那里，有没有受人刁难？”

“穆党再气焰嚣张，也是在穆世章穆得和父子在场的情况下。我和渊儿去的时候，老虎还没来，狐狸不敢假威风，”

周肇珂松了一口气：“那便好……”

“我们走的时候，老虎虽到了，但狐狸已经大火烧身，别说老虎——”

秦秾华抬眸，微微一笑道：“便是天王老子来了，也救不了他。”

张观火大步踏入人满为患的灵堂，推开前来阻拦的吴府家丁，当着众位宾客的面，将包着白喜钱的信封拍在了桌上。

“吴大人，你们吴府的下人和你一样有护主的赤胆忠心。要不是我拿出这即将没用的七品芝麻官的腰牌，现下我已被扔出你们吴府大门了罢！”

“张观火！”吴文旦脸色发红，对他怒目而视道，“穆首辅就在此处，你怎么敢在他面前大放厥词？！”

众人退开，露出受簇拥的穆世章。

穆世章如今已年近七十，鹤发鸡皮，长须雪白，一身沉香色宝相花纹葛袍。他一话未发，身上却自有一种浸淫官场数十年养出的威势。

他缓缓摩挲手中的犀角手杖，长须颤动，低声道："张大人若要闹事，也该选个合适的地方，再有私仇，也不该来灵堂扰了亡人清净……"

张观火冷冷一笑："如果我今日不来说这番话，已亡的刘氏才会死不瞑目！"

"张观火！你不要欺人太甚了！在座各位，谁不知道你之前上折子劾我，还好穆首辅和诸位阁老英明神武，识破了你的诡计，罚你降职外放。"吴文旦怒声道，"你现在分明是在狗急跳墙，胡言乱语攀咬无辜之人！"

"无辜之人？好一个无辜之人！正好穆首辅也在此处，不如听听我这已经递去宫中的奏疏副本！"张观火从怀中取出一本折子，用力抖开，掷地有声道，"前十三道监察御史张观火谨奏。臣感念陛下知遇隆恩，夙夜兢兢不断，虽肝脑涂地无以图报于万一。今愿舍身图报，劾大理寺卿吴文旦十六罪，乞赐圣断，早诛奸佞！其罪一，侵吞田宅，盗卖田土……"

"其罪二，私放钱债，骚扰街坊……"

"其罪三，交接朋党，紊乱朝政……"

张观火每念一条，在场众人的脸色就变上一分。

若只是罪名，还可狡辩几句，但奏疏上的每条罪名后面都跟着具体罪行，或有人名，或有地名，是真是假一查便知，更勿论还有理智渐失的吴文旦在一旁做另类证明。

"其罪十三，杀妻卖女，草菅人命——"张观火大声道。

"你胡说！"

"我有人证，也有物证，是不是胡说，陛下和阁老们一看便知！"张观火冷笑道。

吴文旦气得从脖子一直红到耳后根，连鼓瞪的眼睛珠子也染上一丝红色。他扫视四周，跺着脚，声嘶力竭道："人都死哪里去了？！给我把他赶出去——马上！马上！"

半晌无人应答，所有人都因为眼前突发的闹剧而惊呆了。

穆世章拄着犀角手杖，往张观火的方向走了一步，老鹰似的锐利目光从耷拉的眼皮下射出，冷声问道："张观火，你可知，数次诬告朝廷命官的结果？"

"我还是那句话——是与不是，证物都递去内阁了，穆首辅不妨先看看吴刘氏生前写下的状词究竟有些什么，再来决定，值不值得为眼前这人出言撑腰。"

张观火朝面色各异的众人随意地拱了拱手，转身大步离去。

吴文旦双腿瘫软，下意识地想要从自己的主心骨上找底气，他看向穆世章，口中的辩词在迎上对方视线的那一刻就卡在喉咙里。

穆世章看着他，目光冷漠至极，仿若在看一个留之无用的死物，即将被抛弃的恐惧从吴文旦心底冒出，他摇摇欲坠，无数乞求堵在了颤抖的牙关。

穆世章转身，拄着犀角手杖朝外走去，众人追随，不过转眼，原本人满为患的灵堂就只剩下吴文旦一人。

扑通一声，他跌坐地上。

吴文旦面色惨白，心里只有一个念头——他完了。

“原来如此……”

周肇珂听完吴府发生的事，面露疑色。

“只是……这张观火又是从何得来弹劾吴文旦的罪证？”

秦秾华笑道：“谁知道呢？张观火此前弹劾吴文旦不成，反遭降罪外放，如此绝处逢生，真像是书中的主人公一样呢！”

“他算哪门子的主人公——”周肇珂无奈地笑道，“纸包不住火，吴文旦此人，作恶多端……落马啊，是早晚的事。”

秦秾华扬唇一笑，算作附和。

几个丫鬟端着果盘接连走入花厅，周肇珂笑道：“两位殿下，畅聊口渴，请尝尝关外来的冰镇玉瓜。这是我一位学生前不久从关外游学带回来的礼物之一。”

周肇珂特意看向秦秾华，笑着说：“你外祖母一直念叨着要等你来了再吃，下人们拿井水泡着，此时吃，正是冰脆可口。”

“外祖母果然疼我……”

秦秾华一句撒娇，让周老夫人眉开眼笑。

秦曜渊坐在一旁，面无表情地观看热闹的戏台。

女骗子专程带他来此，不可能只是让他来看戏的。他一定要打起十二分精神，以免落入女骗子陷阱，被人卖了还帮着数钱。

丫鬟给每个人面前都放了一盘切成块状的玉瓜，名为玉瓜的瓜看上去和普通西瓜相似，但是瓜瓤更通红，瓜籽更乌黑，一看就鲜甜多汁。

秦曜渊正在打量这关外西瓜有什么奇特之处的时候，秦秾华忽然加入了他的观察行动。

她双手撑着下巴，认真地看着盘中的玉瓜。

“渊儿——”

一听这又轻又柔，像绢丝一样把他牢牢缠住的声音，秦曜渊就知道有事儿上门。

他试图装作无事发生，依然凝目玉瓜，然而她又喊了一声。

“渊——儿——”

绢丝把他裹得密不透气，一端勒着他的脖子，一端勒着他有些怪异的心，她再叫一声，哪边都活不下去。

他不情不愿地抬起头。

“嗯？”

秦秾华看着玉瓜，神色专注。

“你看这瓜，它又大又红。”

“嗯。”

秦秾华一脸遗憾：“就是有好多籽。”

秦曜渊：“呃……”

片刻的沉默中，周肇珂连忙说：“有籽无妨，让丫鬟端……”

他话未说完，秦曜渊已经端着果盘起身，脚下生风地走出了花厅。

“殿下这是……”

秦秾华低头端起茶盏，含笑道：“剔籽去了。”

“殿下亲自为你剔籽？”

别说周肇珂满面惊讶，便是大多数时候都充当背景板的周老夫人也惊得合不拢嘴。

“不光剔籽，在宫中的时候，渊儿包揽了我的一切小事，剔籽剥皮算不了什么，外祖父母也知道，秾华身子不好，入秋后便常常生病，每每病中，总是渊儿在旁服侍，端茶送药自不必说，连熬药也是事必躬亲，我怎么劝也不听……”

这些话，无论是谁都是第一回听到。

“竟有此事……”周肇珂神色复杂。

秦秾华换上欣慰表情，缓缓地说道：“渊儿因为幼年坎坷，待人接物上虽有些欠妥，但是个知恩图报，外冷内热的人。他常说长姐如母……”

刚洗净小刀的秦曜渊打了个喷嚏。

后厨里的奴婢被这个皇子喷嚏吓得魂飞魄散，不管三七二十一先跪再说。

“殿下饶命！”

秦曜渊狐疑地往身后一看，谁在说他坏话？

他还不知道，他的个人形象正在周肇珂夫妇眼中飙升。

花厅中，秦秾华以诸多随口拈来的例子，成功为秦曜渊竖立起“知恩图报”“面冷心热”的人设后，用寥寥数语，又将话题转回了起点。

吴文旦十有八九是保不住了，即将出局的人不再重要，重要的是他的继任者。

正三品命官的位置，有多少官员敢说心不痒痒？

“吴文旦若是落马，不知内阁会推举何人继任大理寺卿这个职位。”秦秾华说，“按照常理，下一任的大理寺卿会从同样执掌刑狱的刑部出来。刑部之中，还有谁能与外祖父一争？要是我猜得没错，过不了多久，周府就又有喜事了！”

周肇珂嘴角上扬，嘴里却说：“如何调动，陛下自有决断，雷霆雨露，均是君恩……”

周老夫人比他诚实多了，攥着秦秾华的手，神情殷切：“秾华说的是真的吗？”

“那还有假？”秦秾华笑道，“外祖父在刑部郎中这个位置做了数年，从无差错，无论是从资历还是背景来说，都十分胜任大理寺卿的职位。除非有人作梗，否则，这大理寺卿的位置，还不是外祖父的囊中之物？”

“好了，没影的事，我们也不要说了。”周肇珂故作正经。

富丽堂皇的燕王府偏殿，一个老者一动不动地坐着，从日出坐到日落西山，门外映进的余晖洒满白须。

桌上的茶凉了数次，换了数次，一碟点心，始终未动。

一个小厮低着头快步走入偏殿，在老者身前行了一礼。

“大人……”

穆世章像尊石雕，垂着眼皮，纹丝不动。

“燕王……虽然起了，但宫中忽然传来急召，燕王殿下已经出府，入宫去了……”

坐在他左手边的燕王妃一脸忐忑：“曾外祖……”

"既然燕王繁忙，我便改日再来。"穆世章起身。

燕王妃跟着起身，神色慌张，说道："一定是宫中出了什么急事，燕王才会不告而别，还望曾外祖勿怪……"

"无妨。"

穆世章刚迈出一步，突然停下，目光扫向一脸茫然不安的燕王妃。

"曾外祖？"

"瑶娘，燕王对你可好？"

燕王妃一脸懵懂，脸上浮起一抹红晕，小声说道："曾外祖勿为瑶娘担心，燕王待瑶娘一切都好，府中妾室虽多，但燕王威重，无人胆敢造次。"

"他……"穆世章犹豫半晌，眼神扫过燕王妃衣袖和领口外白皙完好的一片肌肤，一声长叹，神色无奈，"罢了……若是在燕王府受了委屈，别闷在心里，回家告诉曾外祖。"

"瑶娘谢过曾外祖关心……"燕王妃感激道。

燕王妃将穆世章送出燕王府大门，亲自把他扶上穆府的马车。

关上车门后，穆世章嘴角的笑意消失不见。

他冷声道："去刑部大牢。"

驾车的马夫举起马鞭，响亮地应声。

穆世章在刑部大牢里待了一盏茶不到的时间。

他进去时，吴文旦凄厉的乞求声传遍三十七间牢房，他离去时，整条牢狱里鸦雀无声。

许久后，阴暗潮湿的刑狱重新响起脚步声。

枯坐在杂草上的吴文旦动了动耳朵，去而复返的脚步声唤起了他的希望，可是这脚步声那么轻，那么平静，和穆世章此前压抑着怒火的沉稳脚步声截然不同。

他抬起泪痕斑驳的脸，呆呆看着出现在视野里的紫裙女子。

女子面容映丽，穿着浅紫色的绣花上襦和齐胸襦裙，如同盛放在阴影中的一株紫藤萝，点亮沉沉暗色。

她神色平静地看着他，既没有愤怒，也没有憎恨。

"玉京公主……"吴文旦喃喃道。

"吴大人，好久不见。"

"你是来做什么的……"

"看看吴大人在这刑狱中可好。"秦秾华目光扫视阴暗潮湿的牢房四角，轻声道，"刑狱条件不比大理寺狱，虽然过得苦了些，却不必担心一口热饭后便肝肠寸断。"

"玉京公主是来挑拨离间的？"吴文旦闭上双眼，无力道，"若是如此，玉京公主就打错了算盘。"

"吴大人和穆首辅之间，还用得着别人挑拨离间？"秦秾华笑道，"吴大人干的那些好事既被穆首辅知道了，最想将你除之而后快的，便不是本宫了。"

吴文旦沉默无言，青黑色的下眼睑却在微弱地颤抖。

"穆首辅刚才应该还没说吧？"秦秾华说，"张观火的弹劾奏疏呈到圣上面前时，已经变成了十四罪。第十四罪——教唆皇嗣，其心可诛。这教唆的是哪位皇嗣，吴大人应该知道是谁吧？"

"呃……"

"想必晚些时候，褫夺吴大人官身的旨意就会传达刑狱吧。先褫夺官身，再之后会发生什么，吴大人曾经执掌大理寺，比谁都清楚，本宫便不班门弄斧了。"

吴文旦睁开眼，死死地盯着监牢外的秦秾华。

"我有行贿穆氏的账本，可以给你……只要公主救微臣一命，我就把账本给你……"

秦秾华微微一笑，向一旁伸出手。

一个独眼内侍走出一步，出现在吴文旦眼中。他恭恭敬敬地双手递出一本厚册子，吴文旦瞪大眼睛，又惊又俱。

他猛扑向二人，戴着镣铐的右手竭力伸着，试图夺取秦秾华接去的账本。

镣铐哗哗作响，秦秾华头也不抬，轻轻翻开厚本子的第一页。

"账本……本宫恰好也有。"她含笑，轻声道，"真是怪事，这笔迹，越看越像吴大人的呢！"

"把救命的宝贝藏在儿子的虎头玩具里，吴大人还真是……俗得让人失望。本宫若是你，便藏在女儿的棺椁里，反正像吴大人这般人，自是不怕怨鬼半夜索命。"

“我还有用！”吴文旦抓着牢房的栅栏，面无人色，高喊道，“微臣……小的可以帮公主指证穆党！小的还知道许多穆氏辛密，只要公主救小的一命，小的愿为公主做牛做马，肝脑涂地！”

吴文旦绝望至极，涕泪纵横，毫无往日那个三品大员的威势和风度。

秦秾华垂目看着瘫软在门前的吴文旦，嘴角微扬，任四周污浊不堪，她自霁月清风。

她含笑，轻声说道："吴大人态度甚好，无怪官路亨通。只可惜——你知道的，本宫都知道。本宫知道的，你却一无所知。”

“那你是来做什么的……”吴文旦彻底崩溃，戴着镣铐的双手在铺着枯草的石砖上用力敲打，泪流满面，哭吼道，“你究竟是来做什么的？！”

“蔡主簿死的那天，吴大人看了好一出戏吧？”她轻声说。

车轱辘滚动的声音响在阴湿的过道里，一个面相憨厚的圆脸内侍推着载满刑具的推车出现在吴文旦眼前。

吴文旦似乎联想到了什么，蹬着无力的双腿，拼命朝身后退去。

“不要……不要……我是朝廷命官，你们不能动用私刑……”

吴文旦的后背抵上冰冷的石墙，他的牙关在乌宝推着行刑车步入囚室时开始咯咯作响。

“吴大人以为自己即使被穆世章抛弃了，对其他人来说，依然有很大价值……这便错了。”秦秾华微笑道，“你对我而言，一文不值。”

“蔡中敏死前所受刑罚，会在你身上重演。吴大人不必担心，本宫带来了宫中御医，随时准备为大人服务。不受完这二十七刑罚——”

秦秾华温柔地笑道：“地狱无门。”

她转身走出后，两个腰粗膀圆的大汉立即走进囚牢，把挣扎不已的吴文旦绑在行刑架上，乌宝强行脱了他的两只鞋，从烧红的铁盆里取出一块黑中透红的铁片——

“不！不！放开我！我要见陛下，我要见穆世……啊啊啊！”

吴文旦撕心裂肺的惨叫声从身后传来，秦秾华一步未停。

直到她走出刑部大牢，身后模糊不清的惨叫哭喊诅咒才渐渐消失了。

晚霞如火，熊熊燃烧在宽阔的大道尽头，似要吞没所有黑暗。

秦秾华在结绿的服侍下上了马车。

醴泉站在窗前等候吩咐。

木窗一开，淡淡的冷香若有似无飘出，仿若掌心融化的一捧冰雪。

秦秾华靠在窗边，结绿从洒有花瓣的水盆里打湿手巾，细致轻柔地为她擦拭五指。

“继任大理寺卿的人选出来了吗？”

“回禀公主，吏部已拟出名单，六部正在为此争执不休，得票最多的是刑部郎中周肇珂。”

秦秾华抬起留有淡淡花香的左手，撑于乌发如云的鬓边。

“舒雯是舒遇曦的嫡孙女，从来只有她给别人气受的份，如今却被奉国将军的庶女骑在头上欺负……想必现在正憋了一肚子的气。找个人，提醒提醒舒雯，相公不比娘家靠得住。”

“对她疼爱有加的叔叔舒允纲已在礼部郎中的位置上坐了七年，如今急需拨乱反正的大理寺正需要她叔叔这样见多识广，知识渊博的学者……”

“眼下，不正是她知恩图报的好时机吗？”

温柔似水的声音如清泉流淌。

晚风吹拂雾紫色大袖，纱罗掩映嘴角轻笑。

她的眼中，有瑰丽晚霞。

醴泉垂首，恭敬地回道：“诺。”

当天夜里，刑部大牢里传出吴文旦畏罪自杀的消息，一个失败者的死，没有激起任何水花，死时尸体怎样，也无人关心，他的死，早已是众人意料之中的事。

该抄家的抄家，该流放的流放，吴文旦安置在羊毛胡同的外室和子女自然也不例外。

城门的哭声一停，吴文旦这个名字就沉进了玉京城近千年的历史之中，逐渐被人遗忘。

第二日下朝时，新的大理寺卿新鲜出炉，受到福王举荐的舒允纲连升两级，在百官恭贺声中入主大理寺。

消息传出后，周肇珂心烦意乱，找了个借口从官署早退。

不仅刑部中人都在谈论新上任的大理寺卿，就连官署外两个未入流小官也在窃窃私语这大理寺卿之位。

“我原以为这大理寺卿的位置铁定是周肇珂的囊中之物了，没想到，半路杀出个程咬金……”

“谁说不是呢……”

“这么看来，日后就是福王登极，这周家也分不到羹……”

“福王也太薄情寡义了，周家又不是没为他出力，哪能厚此薄彼到这种程度？”

“我都替周肇珂寒心……一把岁数了，还要眼睁睁地看着小辈爬到前头。我看啊，他致仕以后，十之七八还是个五品郎中。”

“替福王劳心劳力有什么意思？苦头没少吃，好处没多少，我要是他，还不如尽早换一艘船……”

二人渐渐走远，周肇珂面色已经铁青。

他沉着脸，大步离开了。

坐落偏僻小巷的张府，头一回迎来了宣读圣旨的大队人马。

为首的大太监往日只跑裴府，今日，特意接下了这趟没有油水的差事。

他面满笑容地将圣旨交给双膝跪地，高举两手的张观火，在对方谢恩起身后，笑着说：“恭喜张大人官复原职。日后，前途一定不可小量啊！”

张观火拱手，神情克制：“借公公吉言了。还请公公代为回禀陛下，微臣定然兢兢业业，不负天恩。”

“一定，一定。”大太监笑着点头，状若无意地说道，“张大人这次有惊无险官复原职，除了陛下的清明，大人的努力，还和裴阁老的进言脱不了关系啊……”

张观火低头不语。

“张大人，这陛下的赏赐，您是自个儿抬进去，还是奴婢帮您抬进去？”

“不敢劳烦公公，在下自己来便可。”

“如此——”大太监笑了笑，“陛下的旨意传到，奴婢这就回去复命了。”

张观火将一群人送至巷口，慢慢地踱步回到家门前。

推开简陋的木门，他看见了妻子烦恼的脸。

“相公，这御赐之物太多了，库房也放不下，该放到何处才好？”

“西边的客房没用，收拾出来放东西吧。”张观火说。

“我刚刚听外面的公公说——”夫人一边去开客房的门，一边回头问道，“相公官复原职是裴阁老出了力。相公要去裴府登门道谢的话，提前告诉一声，我去浔阳楼定个八珍食盒……”

张观火想也不想，冷冷地说道：“不去。”

夫人惊讶道：“这是为何？”

“玉京公主的贺礼三日前便到了，裴回今日才借着宣旨的太监来向我示好，谁才是那个对陛下进言的人，一目了然。当日穆党对我落井下石的时候，他裴阁老可是一句话没说。如今看我翻身了，这老狐狸又想空手套白狼——”张观火冷笑，“想都别想。”

“可是……”夫人犹豫地说道，“玉京公主一介女流，能帮相公说上话吗？”

张观火沉默片刻，说：“玉京公主不是一般女流。”

他想起三日前，于东郊落日下，和玉京公主的马车狭路相逢。

玉京公主通过一名独眼内侍，赠予他一幅丝带卷起的画轴。他本想婉拒，却在打开画轴后，震惊得忘记了礼仪，急切道：“这可是……”

玉京公主坐在车门大敞的马车里，朝他遥遥一笑：“正是吴道子的《南岳图》真迹。”

张观火内心挣扎，好在并未被冲昏头脑，他贪婪地盯着《南岳图》看了半晌，强忍着贪欲，递还了画轴。

“这礼太过贵重，我不能收……”

“在知己眼中，这是无价之宝，于我而言，却不过是一幅无甚稀奇的画作罢了。张大人若是觉得它不配做你官复原职的贺礼，自行处置便是。”

“公主派人送我张文旦的把柄，现在又赠我无价之宝，微臣实在难以心安，还请公主收回《南岳图》。”

张观火向着车上的玉京公主一揖到底，朗声道：“微臣虽然感恩公主雪中送炭，但并无为谁犬马之意，此乃微臣一生志向，还望公主成全。”

片刻后，车上传来一声轻笑。

玉京公主的马车在他身边渐渐驶远，擦肩而过的时候，他听到马车里传来一声淡淡地回答。

“想做本宫的犬马，张大人还有得努力。”

他愣在原地，看着玉京公主的马车驶出视线，连揖起的手都忘了放下。

“相公？”

张观火回过神来，夫人疑惑的面孔映入视线。

“嗯……你说什么？”

“相公打算投靠玉京公主吗？”

“不妥。”张观火说，“福王资质平庸，心胸狭窄却有圣心，燕王无法无天，肆奸植党背靠权臣，还有一个在外练兵的大皇子占了长子名分，如今的事态还不明朗……以不变制万变方为上策。”

“还是相公想得周到，我都听你的。”夫人笑道。

夫人独自收拾客房去了，张观火坐在石桌前，耳边不禁又一次回响起玉京公主的话。

“想做本宫的犬马，张大人还有得努力。”

这话究竟是何用意？

本宫？

她不是在为五皇子结党营私吗？

如果只是在为自己招揽谋士，她想做什么，才会设立一个高到连他都拒之门外的门槛？

“相公！快过来帮帮忙！”

“小心我的画……”

谜团总有一天会揭晓，但显然，不是现在。

张观火从石凳起身，快步走向客房。

遇仙池水波清清，一只振翅的绿色蜻蜓在二人的倒影上一触即离，留下波澜道道。

秦秾华手握书卷，坐在水榭中为秦曜渊授课。

今日，讲的是兵法谋略。

“《孙子兵法》谋攻篇有言，上兵伐谋，其次伐交，其次伐兵，其下攻城。‘谋’‘交’‘兵’‘城’四者，说的其实是……渊儿？”

少年从石桌下正在打架的两只大蚂蚁身上倏地抬起眼，反应迅速。

秦秾华问：“先前所说三伐一攻，何为上策，何为中策，何为下策？”

“上策……”停顿片刻后，他果断放弃，“忘了。”

“你又在开小差。”她卷起手中书，轻轻地敲在少年头顶，“蚂蚁打架好看吗？”

他点了点头，漫不经心的目光满世界瞥，就是不往书卷上看。

秦秾华捏起他的下巴，玩笑道：“有阿姊好看吗？”

少年在她指尖抬眸。

他目光灼灼，带着刚过变声期后的低沉沙哑地开口：“你好看。”

“要叫阿姊——”

秦秾华屈指弹在他额头，他不躲不避地受了。

一只绿翅膀的蜻蜓忽然飞过二人之间，振翅声在秦秾华耳边一响便过了，她还以为蜻蜓已经飞走，不想少年却朝她头顶伸手：“蜻蜓……别动。”

绿蜻蜓在流苏宝珠花梳前降落，纹路清晰的薄翼背后透着金色晨光，在翅膀合拢的一刹那，两根手指快而准地捏住了光。

秦曜渊将蜻蜓捉离，她依然浑然不觉，问：“好了吗？”

他刚要回答，眼神落到她乌黑如云的发顶，鬼使神差地说：“没有。”

她不疑有他，静静地等待。

等待并不存在的蜻蜓从她头顶飞离。

重获自由的绿蜻蜓已经飞向了更远的水面，有一只没长翅膀的“白蜻蜓”正鬼鬼祟祟地接近她的头顶。

武枪动刀从未凝滞的手轻之又轻地落在女子头顶，小心翼翼地后移。三千青丝从指腹下滑过，勾得他手指痒，心也痒。

“玉京公主！九皇子！”

一声大喊，不仅惊退停在屋顶的两三只灰色小鸟，也打破了水榭里静谧柔和的气氛。

武岳在池边小道上挥舞双臂，笑逐颜开地朝二人跑来。

“武岳见过玉京公主，九皇子！”

“不必多礼。”秦秾华笑道，“武四公子是随广威将军入宫请安的吗？”

“公主明见！”武岳兴冲冲地说道，“父亲还在瑞曦宫，也不知道和陛下叽叽咕咕……不，议什么军政大事，让我在附近走走，我也不知怎么就走到这儿了，还恰好遇到公主和殿下，真是……”

武岳一转头，对上秦曜渊冷冰冰的视线，“太好了”三个字卡在喉咙里没了下文。

他忐忑地说道：“殿下……心情不好？”

刀光一闪，伴随“咚”的一声，烧蓝白玉裁纸刀在他眼前插进水榭的木柱之中，光亮刀身完全没入其中。

秦曜渊拔出只剩烧蓝刀柄的裁纸刀，在刀孔处留下一只仅剩单个翅膀和长腿的蚊子残尸，冷声说道：“没有。”

武岳屏住呼吸，不禁吞了口唾沫。

这何止是不好？这分明是要杀人的心情。

他的脚后跟悄悄地向后挪去，讪讪地笑道：“哈哈哈……我这问安也问过了，就不打扰两位殿下了，我看你们好像在授课？你们继续，继续……我先走一步……”

“武四公子若无要事，就坐下来喝杯茶吧。”秦秾华笑着说。

她话音未落，结绿已经端起火炉上的水壶，准备为他泡茶。武岳不好意思拒绝，心里也的确不想走，磨磨蹭蹭在二人对面坐了下来。

“今日天气晴朗，我想着左右无事，便带渊儿来遇仙池读书。”秦秾华拿着书卷，朝武岳笑道，“刚刚正好讲到《孙子兵法》的谋攻篇，有一只蜻蜓停在了头上，我们正在捉蜻蜓，可巧你就来了。”

“谋攻篇我学过啊！”武岳兴奋道，“你们讲到哪里了？”

“讲到三伐一攻之策。”

“我知道，我知道！”武岳在石凳上蹦跶，高举着手，大声道，“三伐是伐……”

“伐谋，伐交，伐兵，攻城。”

冷淡低沉的声音盖过了武岳后面的话，他惊讶地瞪大眼，看着神色如常，仿佛刚刚并没有开口的秦曜渊。

秦秾华也很是意外。

“你不是忘了吗？”

“想起来了。”

“早不想起，晚不想起，偏偏武四公子一来你就想起？”秦秾华说。

少年回避她的问题，手中的裁纸刀漫无目的地在木柱上扒拉，可怜的蚊子残尸刚刚还剩一半，现在连已经东一半西块，完全四分五裂了。

武岳觉得自己作为伴读，有责任为九皇子解围，他连忙道：“九殿下武艺出众，连我二哥都赞他天生神力，有如项羽再世……”

“项羽再世又如何？”秦秾华抬起眼眸，淡淡地说道，“难道这次要自刎在金沙河边吗？”

武岳背脊一凉，这才想起面对的是忌讳颇多的皇族，他刚想跪下请罪，却见玉京公主的目光看着沉默不语的九皇子。

原来她是在对秦曜渊说话。

武岳不由得松了口气，却再也不敢大大咧咧地说话了。

“渊儿，今日武岳也在，正好。”秦秾华放下手中兵书，说道，“我问你，为何你的经义和军略两课缺勤率这么高？”

武岳下意识地看了秦曜渊，他玩着手中的小刀，垂眸不语。

作为一名合格的伴读，武岳硬着头皮正要顶罪：“我……”

秦曜渊打断他的话，开口说道：“不想去。”

武岳从未有哪一刻像现在这样，觉得九皇子刚过了变声期的声音如此沉稳可靠。

对一个皇子伴读来说，还有什么比不要伴读接锅顶罪的皇子更好？

武岳险些热泪盈眶，他下定决心，华学开学那日，他一定要起个大早，亲自去二郎烧饼排队，买个日限量一百个的牛肉烧饼送给殿下。

秦秾华不急不怒，冷静问道：“为何不想去？”

小刀深深地插进木柱，一点黑色的蚊子翅膀露在外边，卑微，渺小，令人厌恶。

秦曜渊看着，忽然想起那只纹路清晰，透着金光的蜻蜓。

他无端地失落，出口的声音也越发冰冷：“就是不想去。”

“不想去，总有不想去的理由。”秦秾华说，“是想睡懒觉，还是觉得教员讲得不好？”

“你懂不就好了。”他避开她的视线。

水榭里半晌没有声音。

过了许久，她终于开口：“那我要是不在了呢？”

咚——

小刀深深地插入木柱，连一点儿刀身都看不见了。

秦曜渊面色冰冷，难看至极。

武岳如坐针毡，左也不是右也不是，使劲儿地望着远处，恨不得化为一只无人注意的蚂蚁，飞快消失在地缝里。

苍天啊，他到底是吃了什么劣质蒙汗药，要在一炷香前挥舞双手天真无畏地奔来？

他左看右看，觉得无论是路边的野草还是假山后的白鹅，都要比他自在百倍……等等，武岳瞪大眼睛，假山后怎么有鹅？

他伸长脖子，不仅在假山后看见一只鹅，还看见一个穿石榴裙的少女，她蹲在地上，抱着双膝，不知和白鹅说着什么，神色一会儿嗔一会儿喜，活泼生动，率真可爱。

看她身上精美服饰，应该不是宫女。

武岳一时忘了水榭里正在发展的矛盾，眼睛不由自主地跟着假山后的少女走，看着她对大鹅怒气冲冲，看着她和大鹅重归于好，看着她把大鹅举高高——

然后，猛地抛向遇仙池。

武岳：“啊？”

大白鹅像白色蹴鞠似的，在惨叫声中沉甸甸地砸入离水榭不远的水面。

一声闷响后，水花激烈四溅，大鹅惊慌地扑腾，用难以言喻的泳姿在水中浮沉，与此同时，中气十足的一声喊声从假山后传来。

“鹅子！”

现在，水榭里的三双眼睛都看向假山方向。

鹅在池水里拼命扑腾，惊恐地高声求救：“鹅鹅！鹅鹅！”

人在假山后高声呼喊，专心地演独角戏：“鹅子！你在哪儿？听到了就回答一声！”

肥嘟嘟的大白鹅在水里伸长了脖子，发出声嘶力竭的喊声：“鹅鹅鹅——”

红裙少女走出假山，视线只在扑腾的鹅子身上停了一刻就移向水榭。

“你也在这儿？”

秦辉仙拖长语调，似乎十分不待见眼里的人，脚步却和表情截然相反，又轻又快地迈进水榭。

“八妹是来遛鹅的？”秦秾华笑着问道。

一听这称呼，武岳立即从石凳上起身，等着对方注意到自己时再行问安。

秦辉仙拧着眉头，没好气道：“你看我像是遛鹅的吗？”

武岳看向还在池子里扑腾的鹅，心想：确实不像……

他忍不住开口：“你的鹅好像不会游泳……要不要派个人，把它救上来？”

秦辉仙不耐烦地说道：“救什么救，你见过不会游泳的鹅吗？”

武岳：“呃……”

这不是就见到了吗……

秦辉仙这才注意到说话的人，她看了武岳两眼，狐疑地问道：“这谁啊？”

“广威将军府的四公子，九弟的伴读。”秦秾华笑道。

“哦。”秦辉仙得到解答，面上疑色消失。

武岳刚抬手准备向她行礼，秦辉仙开口：“你走吧。”

武岳：“啊？”

“看什么看？留下来等我请你吃饭？”秦辉仙皱眉。

“不敢不敢……我这就走……”

“武四公子，坐下吧。八妹在和你开玩笑呢。”秦秾华笑道。

武岳这下才是真真正正体会到什么叫坐也不是站也不是——八公主那眼神，分明不是在和他开玩笑啊。

秦秾华又让他坐下，武岳看了一眼脸色不虞的八公主，战战兢兢地坐下了。

此刻，他多么想去陪伴水里扑腾的鹅子。

太阳升高后，气温也逐渐起来了，武岳喝光了一壶茶，终于等来唠完嗑的广威将军，迫不及待地拔腿跑了。

秦辉仙虽然意犹未尽，但在秦秾华提出回宫后，也从池子里捞起假死的肥鹅，干脆利落地回宫了。

秦曜渊一直看着她，可她连个眼角余光也没投来。

她从石凳上起身，眼眸低垂，说：“回宫吧。”

一路上，她都没再开口。

回宫了，她也没有开口。

她故意不去看如影随形的少年，故意忽视他紧握的拳，委屈的眼，紧抿的唇，故意避开他靠近的身体。

她和宫人说话，对宫人微笑，就是不看他一眼。

结绿把他拦在寒酥池外，神色有一丝愧疚：“殿下，公主要沐浴，您不能再进去了。”

秦曜渊停下脚步后，结绿欲言又止地看他一眼，迟疑道：“殿下……您为什么就是不肯按照公主的意思念书呢？”

少年披着夜色，眼眸深沉，一动不动地看着寒酥池大门。

结绿叹了口气，转身进了寒酥池。

等到第二十一声鸟鸣响起，她终于又走出寒酥池。秦曜渊幽魂般地跟着她走进寝殿，看着她和宫人说笑，看着她拿起书卷阅读，看着她喝药——最后，她终于要熄灯了。

于是，他被客气地请出了寝殿。

秦曜渊站在空无一人的院子里，深陷掌心的十指早已麻木。

夜星遍布苍穹，她始终没有看他一眼，对他说一句话。

熄了灯的寝殿里，秦秾华以手支头，随意靠在罗汉床上，她什么都没做，只是静静地坐着。她很少有什么都不做的时候，她是喝药时也要争分夺秒看一行字的人，可现在，她的确什么都没有做。

当殿外响起丑时的更声，她终于起身走到窗前。

推开木窗，少年站在挂满茂盛枝叶的泡桐树下，月光透过茂盛枝叶斑驳在他脸上，阴影中的乌黑眸子晦暗不明，执拗的目光和她径直对撞，躲也不躲，避也不避，如他一如既往的霸道风格，铺天盖地将她包围。

秦秾华无奈地笑了。

“你过来。”她轻声道。

前一刻有如石雕的少年，毫不犹豫朝她走来。

一个窗框，二人相对。

秦秾华伸出手，试了试他脸颊的温度。

还好，不是很凉。

她刚要收回手，一只瘦削而颀长的手将她捕获。

少年紧紧握着她的手，目光灼灼，紧锁着她。

“你为什么会不在？”他问。

他的提问在秦秾华意料之外。

她本以为，他会更想为她的故意冷待问一句为什么。

“成王败寇，你若输了，阿姊就会不在。”她说，“告诉阿姊，你为何不愿学经义军略？”

秦曜渊想起了藏在床底下的曹操和献帝。

想起了路人所说的那句“你聪明了，要权臣何用”。

他想起了许多，但无论哪一个理由，都说不出口。

他多想相信她。

他多么想相信她。

“不喜欢。”他终于开口，声音沙哑，“你也不吃韭菜。”

“第一，这不是一回事，第二，要叫阿姊——”

她伸出自由的一只手去弹他的额头，这次还未接近就被捉住了。她试着挣脱，两只手的禁锢都纹丝不动，她哑然失笑道：“渊儿——”

秦曜渊拿起她的右手，露出虎口上的淡淡疤痕，皎洁月色下，疤痕像一条浅粉色的月牙，也在为人指引方向。

像保证，像起誓——

少年抬起眼，直视她的眼睛，一字一板道：“只要你还在，我就不会输。”

“我会赢到天涯海角，你也要陪我到天涯海角。”

“答应我。”他顿了顿，低声说道，“阿姊。”

半晌的寂静。

秦秾华趁他松懈，抽出右手挠在少年下巴上。

明月高悬，夜风袅袅。

她温柔笑道：“我答应你，我会陪到你不需要我的那一天。”

女骗子说过很多谎话。

所有的话都可以是假的，他只希望，这句话是真的。

番外 伴月

十里红霞，万里红妆。

盛大的送亲队伍在气势恢宏的礼乐声中走入肃穆的元皇城，围观的大元百姓痴痴望着礼乐仪仗之中簇拥着的那辆黄色凤舆，想要一窥名扬天下的大朔长公主真容。

大漠寒风萧瑟，雪白绫罗如浪翻涌，金铜小铃如泉咏唱，金线绣着云凤的帘后，一抹正红倩影若隐若现。

车队缓缓地行进，铃声飞入萧瑟细雨，随风直上，飘入坡道尽头巍峨的朱红宫门。按照大婚之礼，帝王应在宫中等待，由百官至宫门奉迎即将入主中宫的一国之后，然而拖紫垂青的百官当中，还屹立着一个正红的身影，高大如山，风雨不动。

“公主……”车舆外随行的乌宝从微启的唇缝里挤出低若蚊蚋的声音，“元皇来了……”

礼乐声浩浩荡荡，绵延不绝。云凤展翅高飞的帘后，传来云淡风轻的回答：“嗯。”

舆车到了皇宫东门，一身大红嫁衣的秦秾华在陪嫁宫女的搀扶中走下车。透过金珠摇曳的龙凤盖头，一双赤舄走到她的面前停下。

时间仿佛凝滞，天地无声。

片刻后，宫女松开她的手臂，退后一步。她的手在落下之前，被一只陌生而有力的手扶住。同冠冕配套所穿的赤舄转了一个方向，和她鞋头一致，然后，沉稳地迈出脚步。

礼乐声再次响起，伴随着庄重的吟唱：“宣哲维公，就位肃庄。册宝具举，丕显其光。”

秦秾华在身旁人的扶持下，走上平整的汉白玉御道，一步一步，向着宫阙最高处走去。

寒风吹过雕龙刻凤的月台，绛纱袍和裙袂交叠拥抱，缠绵不休，盖头下的金珠摇来晃去。秦秾华低垂眼眸，踏过高高的门槛。那只骨节分明、瘦削有力的手稳稳握着她的左臂，秋风吹散袆衣下的温度，却吹不散隔着衣料传来的那只大手上的温暖。

吟唱继续："出于宸闱，鼓钟喤喤。母仪天下，万寿无疆。"

身旁人将她引到榻前而立，一宫人于门前跪奏："进馔。"

宫人鱼贯而入，上食进酒，两人各用三饭两酒，至第三饮，宫人进上红线相连的玉酒杯，他们各执一杯，交杯而饮。

秦秾华轻合双眼，仰头饮下杯中喜酒。

烈酒入喉，苦入心肺。

"礼毕——"

宫人撤走吃食喜酒，偌大的内室忽然安静下来。

覆在她面上的龙凤盖头缓缓被人掀起，绯红余晖从天而降，她低垂的长睫不自觉地颤了颤。

"看着我。"低沉的声音响起。

秦秾华慢慢地抬头，将传说中暴戾恣睢的暴君装入沉静的眼眸中。

他比她想象中年轻。

绛纱袍也暖不了的那张冷峻面容上，乌黑透紫的眼眸里锁着她的影子，瞳仁如晶石剔透，不见一丝杂质。他目不转睛地看着她，眼中欲望磅礴，身体却一动不动。

"皇后背井离乡，远道而来，今后大元就是你的家。"他缓缓地说，好像每个字都在心里斟酌许久，“我在元皇宫中，按皇后出阁前起居的梧桐宫、虹映宫规格，各仿建了一座宫殿。皇后若在中宫住不惯，可在后宫内自由择殿。”

“妾身谢过陛下……”

秦秾华起身，刚要跪地谢恩，那只扶着她走上御道的大手，再次握着她的手臂，将她弯曲的双腿拉了起来。

“在我面前，不必多礼。”

“谢陛下隆恩。”

他顿了顿，目光仍直直地望着她，语气却有一丝迟疑：“今后，我叫你秾华可好？”

秦秾华虽然一直在看他，但这时才真正认真地看了他一眼：“这是妾身的荣幸。”

“你在我面前，自称‘我’也无妨。”

“多谢陛下。”

“若有人在你身后说三道四，你告知于我，我会为你做主。”

“秾华铭记于心。”

相敬如宾，说的也许就是这场应答。

内室陷入缄默，年轻的帝王看了她一会儿，朝她的肩膀试探地伸出手。

尽管出嫁前秦秾华已反复提醒自己不可避免的洞房之夜，但在那一刻，她还是不自觉地绷紧了身体。

元皇的手像被看不见的烈焰烫了一样，飞快地缩了回去。

他垂下眼眸，她看不清他的表情。

元皇起身说："你先歇息吧。"

他步出内室，挥退震惊的内侍，在外间的罗汉床上坐了下来。珠帘摇晃，元皇的身影在百宝帘后影影绰绰，秦秾华听见他对躬身靠近的贴身总管低声说："拿折子来。"

半晌后，神色忐忑的陪嫁宫女从殿内趋步走入。她小心谨慎，跪于脚踏，压低声音道："陛下唤我进来伺候公主……皇后洗漱。"

看她神情，应是想问为何大婚之夜陛下却在外间批折子，但碍于陛下就在外面，她才竭力压下了疑问。

"这样也好。"秦秾华说。

对自己，也对陪嫁宫女。

陪嫁宫女青陆神情复杂，欲言又止。

青陆搀扶着秦秾华往妆镜前走去,她却在中途改变方向,走到一条长几前停下脚步。

厚重沉稳的紫檀木长几上放着一个朱漆金涂银装的盒子，盒盖上下各嵌一凤，首尾相衔，庄重华美。她打开盒盖，一枚纯金打造的"皇后之宝"静静地躺在其中。

皇后之宝，皇帝之宝。

差之毫厘，谬以千里。

她曾因这天下满怀壮志，又如何能够想到，若干年后，她能为这天下所做的最后一件事，就是远嫁他国，安分守己，做一个女子应做的事。

她关上盒子，吩咐道："放去我看不到的地方。"

青陆低声应下。

她忍下咳嗽的冲动，坐到妆镜前，看着青陆取下璀璨而沉重的头面。

镜中人消瘦苍白，就连胭脂也被脸上雪色浸透，像一朵覆着厚厚积雪的暗淡红梅。曾几何时，这张脸上也有如沐春风的微笑，如今却只剩心如死灰的漠然。

大婚当夜，秦秾华原以为是个无眠夜，然而，她睡得比旧都沦陷后的每一夜都要好。

梦里，没有处心积虑扳倒她的亲弟弟，没有痛斥她惑乱朝纲，没有牝鸡司晨的檄文，没有将旧都沦陷，国破家亡通通迁怒于她倒行逆施的百姓……

她为天下人呕心沥血，天下人不会懂；她为天下人奋不顾身，天下人也不会懂；她不忍伤天下人，天下人却忍将她践踏成泥。

让她失败的敌人不是口蜜腹剑的太子，不是心怀鬼胎的陆雍和，是天下人，是她燃烧自己也想拯救的天下人。

她所做一切，终究是螳臂当车。

一滴泪珠从鸦羽般浓密的睫毛下滚出，在它滴落玉枕前，一只骨节分明的大手将它接住。

伏罗坐在榻边，小心翼翼地抚平她眉心的纠结。

“昆汐奴……”

秦秾华醒来时，殿内已经没有元皇的身影。

她在青陆的服侍下沐浴更衣，梳洗打扮，听着少女在身后轻言细语：“公主……皇后好几年没睡过懒觉了，来了大元后，青陆原本担心娘娘夜不能寐，没想到娘娘今日竟然睡到日上三竿，看来娘娘来这大元，也是有些可取之处的。”

秦秾华说：“陛下走时，你该叫醒我的。”

“是陛下让我们别来打扰娘娘休息的。”

“陛下昨夜睡在哪儿？”

“不知道。”青陆摇了摇头，“娘娘睡下后，陛下就让所有宫人出去了，今早也是，陛下没让人服侍，自己穿好衣裳便离开了。”

秦秾华沉默不语，青陆继续说道：“娘娘今后可以想睡到什么时候就睡到什么时候，昨日我已问过了，这宫中并无嫔妃，娘娘不必待人晨昏定省，也不必去给人晨昏定省——这后宫中，除了宫女，就娘娘一个女人呢。我看这元皇啊，没有外边传的那么可怕，至少对娘娘来说，没什么可怕的。”

秦秾华看着镜中的她侃侃而谈，哑然失笑。

“娘娘，你笑什么？”

“我笑你叽叽喳喳，让我想起一个故人。她啊，也像你一样，说话直来直去。”秦秾华道，“如今我们来了大元，就不可像从前一样行事肆意了。元皇在外的传闻不会是空穴来风，你要谨慎为好。”

青陆面露愧疚：“还是娘娘想得周到，奴婢受教了……”

“元皇的求婚国书一年一封，本是为了挑衅大朔之举，如今大朔点头，他顺水推舟娶了我，还愿意让我坐上后位，心中定然还有什么企图。”秦秾华放轻声音，如喃喃自语，“你我，都需谨慎为上。”

青陆郑重地点头道：“奴婢一定小心谨慎，不给娘娘惹麻烦。”

秦秾华起身：“出去走走吧。”

青陆连忙扶住她：“娘娘要去哪儿？”

“梧桐宫已毁于大火，看看假的也好。”

秦秾华步出宸宫，拒绝了凤轿，却不能拒绝一定要跟随其后的诸多宫人。

“还请娘娘怜恤奴婢，陛下派我们来照顾娘娘，若娘娘在宫中少了根头发，我们都难逃一死啊。”

几十个宫人跪在地上一齐向她磕头，好像不让他们跟着，就是让他们送死。

秦秾华叹了口气：“罢了，你们要跟便跟吧。”

一个异国之人，在大元的心脏里走来走去的确让人放心不下，被监视亦在她意料之中，只是她没想到监视的方式会这么简单粗暴，毫不遮掩。

是他不屑，还是她不配？

元皇果然非常人。

烈日当空，昨日才下的雨早已消失无踪，空气中飘荡着干燥的灰尘，熟悉而陌生的梧桐宫出现在眼前时，就像一股绿洲清泉，涌入秦秾华干痒的喉咙，压下了她蠢蠢欲动的咳嗽之意。

梧桐宫，栖凤之地，她曾经生活了多年的地方，却和父皇、母妃、结绿、醴泉，还有许许多多人，一齐湮灭在叛乱的大火中。

她让宫人等在殿外，独自步入只有午夜梦回才会出现的梧桐宫，曾那么远，远到以为一生都不可能再度触及，今日却重新出现在她眼前。

眼前景象，渐渐与记忆中的梧桐宫重叠，若不用苛刻的目光细细考究，几乎可说如出一辙。

元皇是如何知道梧桐宫的模样，又为何要在距离真梧桐宫的千里之外，为她建造一座梦中宫殿？

宸宫，为她而建，梧桐宫、虹映宫，皆为她而建。

“皇后若在中宫住不惯，可在后宫内自由择殿。”

元皇，究竟所图为何？

帝后大婚翌日，原本应该百官休沐，首辅柳清泉却在一大早就蒙陛下召见，匆匆前往紫宸殿。

“皇后初来乍到，有诸多不适，如今闷闷不乐，该如何是好？”

元皇不辨喜怒的声音自头顶响起。

柳清泉跪在殿中，双目平视紫檀木书桌下的玄色衣袍，一字一句缓缓斟酌道：

“陛下不妨投其所好。”

“何为好？”

“皇后娘娘尚在朔国时，有乐善好施的美名，陛下不如仿照朔人习俗，以大婚为由，大赦天下，万民同庆。”

“可。交给你办。”

柳清泉得到鼓励，继续说道：“女子都爱可以赏玩的珍宝和瑰丽的首饰新衣，我大元虽不及朔土地肥沃，江河遍布，但我大元的奇珍异宝、绫罗绸缎也不遑多让。陛下可以检视内帑，找一些稀奇的文玩宝物送给皇后娘娘。”

“皇后岂能和一般女子相提并论？”

听出元皇话中不悦，柳清泉噤若寒蝉，好在元皇沉默半晌后并未发怒。

拂袖声音响起，元皇冷声说：“下去吧。”

柳清泉如释重负，轻手轻脚地退出大殿。

元皇看着摊在桌上许久，却一字都未看进的折子，心里想的是柳清泉先前所说的话。

昆汐奴怎会和民间女子一样，因几套头面，几件新衣就乐得合不拢嘴？他也未免太小看昆汐奴了。

元皇扔下折子，对柳清泉的建议不屑一顾。

愚蠢。

“公……皇后娘娘！”乌宝急急忙忙步入宸宫。

秦秾华刚从梧桐宫回来，倚在罗汉床上看着一本经书，听到乌宝的呼声，头也不抬道：“怎么了？”

“陛下……陛下送来了好多赏赐，都在外边候着呢……”

秦秾华放下经书起身，侍立一旁的青陆连忙上前搀扶。殿外，原本宽阔的庭院如今变得拥挤，数不清的宫人整齐排列，每人都端着一个红木托盘，托盘上盛放的东西各式各样，既有华丽衣装，也有精致玩物，琳琅满目的珍品各放光彩，让人移不开眼。

元皇身边的近侍站在众宝前面，见她出来，恭敬弯腰行礼。

“公公这是……”秦秾华说。

“皇后娘娘，这是陛下让奴婢送来的，都是些精巧玩意儿，供您打发时间。”

近侍一个眼神，手端托盘的侍人们接连走出，一个个地报出自己所呈宝物的名称。

“琥珀猴桃纹佩……”

“金绿猫眼东珠耳饰……”

“金镂空嵌珠石扁方……”

“胭红绸绣百蝶纹襦裙……”

“紫地缠枝牡丹氅衣……”

“张冕百花图卷……”

“姜邪兰亭修禊图卷……”

“傅玉之草书七绝诗轴……”

“青白玉十二生肖……”

御赐之物异彩纷呈，涵盖吃穿住行，光是宫人报名便用去两炷香的时间。

秦秾华带来的陪嫁宫人尽管已经看惯虹映宫中的奇珍异宝，到了异国他乡，受一国之主重赏，依然免不了面色潮红，然而当事人静静地站在檐下，始终平静如初。

近侍觑着她的脸色，神色中透着一丝忐忑。

“还请公公代我谢过陛下赏赐。”

“娘娘放心，奴婢一定把话带到。”

近侍走出宸宫，回头望向宸宫又高又深的屋檐，摇头叹气，焦头烂额地回到紫宸殿。

一跨入殿门，他就换上谨小慎微的表情，趋步走到帝王倚靠的罗汉床前，捡起了掉在地上的折子，小心翼翼地放回榻几。

杀伐果断的帝王闭着双眼，以手撑头，衣襟大敞，披散的黑发就势滑落，遮掩住胸前嶙峋的伤疤。

“如何？”元皇低沉的声音响起，近侍不敢直视天颜，躬身垂眸，望着榻边垂落的一片衣袂，低声道，“娘娘谢过陛下赏赐。”

“还有呢？”

近侍额头冷汗滴落，一动不动，如芒在背。

元皇语露不悦：“她可喜欢那些东西？”

“喜欢，喜欢……”近侍忙说，“娘娘很是高兴——”

“你敢骗我？”

近侍条件反射地抬眼看去，元皇冰冷的目光有如两把沾水磨过的新刀，轻而易举穿透了他的勇气。

近侍扑通一声跪了下来，冷汗如瀑，拼命地磕头：“奴婢看着娘娘很是高兴的样子，并非奴婢说谎，陛下明鉴啊……”

半晌后，头顶传来救命的声音：“她当真高兴？”

近侍硬着头皮说：“应……应是高兴的。能得陛下厚爱，天下哪个女子不会高兴呢？”

许久后，头上传来冷冰冰的一个字：“滚。”

近侍不知又哪里说错了话，但能捡回一条命是他求之不得的事，他连忙逃走了。

殿内只剩一人后，伏罗起身离开罗汉床，在殿中背手徘徊。

窗外的烈日高高挂着，离西斜还有好长一段时间。要是等到太阳落山再去宸宫，未免太久了，况且昆汐奴初来乍到，定然心中不安，他去晚了，说不定宫人会说闲话。

他自然不在意闲话，可昆汐奴一定在意。

昆汐奴在意，所以他该早些去宸宫的好。

伏罗刚往外边迈出一步，另一个念头就让他又停下了脚步。

他离开宸宫还不及两个时辰，现下回去，未免心思太过明显，他不想吓着昆汐奴。如今人已娶到了，自然不急那一时片刻。

可他还是忍不住将冰冷的目光投向窗外一动不动的太阳。

日光刺眼，他眯眼注视，一动不动，太阳也一动不动。

时间静静地流逝，他的双腿都要麻了，天上的那颗咸蛋黄还是一动不动。

不解风情的太阳，为何后羿没有十个全部射完。

就在这时，一名内侍慌慌张张地走入殿内，跪地奏报：“陛下，皇后娘娘在宸宫晕倒了！”

伏罗大步流星踏入宸宫。

沿路的宫人接连跪倒，近侍在身后一路追赶，他看也不看。

“陛下……”围在床边的太医院院使发现了他，颤巍巍地转身行了个礼。

秦秾华倚着两个重叠起来的枕头半坐，她的皮肤本就白皙，这一刻更是面无血色。伏罗的目光触及她发白的嘴唇，心头一痛，情不自禁地在床畔坐了下来，一把按回想要下床行礼的人。

“你怎么样了？”伏罗说。

“让陛下忧心了，是秾华的不是。”她低声道，“秾华本就体弱，今日去梧桐宫散心回来，忽感头晕乏力，一不留神便晕倒了片刻……这才惊动了陛下。”

“皇后的身体如何了？”伏罗转头看向侍立一旁的太医院众人。

院使揖手道：“回陛下，皇后娘娘初来乍到，有些水土不服，再加上身体孱弱，在烈日下走了一遭，这才突然晕厥。”

“可有大碍？”

院使一顿，脸上闪过犹疑：“还需静心调养，微臣会开几服药，娘娘近日也勿在外停留过久。大元虽已入秋，但气候和朔迥异，秋日的阳光也依然毒辣。娘娘需保重凤体才是。”

“本宫记住了。”秦秾华点头道。

太医院众人出言告退，鱼贯而出，殿内须臾间便只剩帝后二人。

伏罗想去握那只惨白的手，但最后忍住了。

沉默的空气在殿内蔓延，沉甸甸地压在他的头顶。在他绞尽脑汁想着适宜的话题时，秦秾华将他从尴尬中解救了出来。

“陛下可是从紫宸殿来的？”她开口问。

“你怎知道？”

一不留神，他问了傻问题，但他竭力维持脸上的冷静，维持着一个男人在心仪之人面前的尊严。

“这个时辰，陛下也该散朝了。”她的目光不露痕迹地扫过伏罗披散的黑发，柔声说，“陛下日理万机，还要为我费心，秾华心有不安。眼下秾华已是无事，陛下若还有公务处理，可放心离去。”

看着那双沉静幽深的眼眸，伏罗如何好说大元的“万机”大多被内阁料理去了？折子，他一月也理不了百张，更何况“万机”？

他不由自主地清了清嗓子，硬着头皮说：“无妨，我可以在这里看。南簇戈，把朕的奏章拿来。”

近侍蒙了：“陛……陛下，您的奏章，放在哪儿啊？”

“朕的奏章你不知道在哪儿？”和面对秦秾华时不同，对象一变，伏罗的声音也像丢进了冰窖，骤然冷下来，“朕要你何用？”

“奴婢知错，奴婢想起来了，这就去拿……”

近侍苦着脸，一路趋步走出宸宫。

殿内安静下来，伏罗沉默半晌，关切道：“你在宫中可还习惯？”

“陛下准备周到，秾华没有不习惯的地方。”

“若有什么需要，就告知于我。”

“是。”

空气又陷入寂静，伏罗为自己的笨口拙舌感到难堪。他起身，沉声说道：“我去看看奏章怎么还不来。”

“是。”

床上之人低眉敛目，如此温顺，又如此冷漠。

伏罗心情低沉，快步走出内殿，目光一抬，触及殿外站立的太医院院使。他脚步一顿，向着院使走了过去。

殿外烈阳高挂，院使已经满额细汗。伏罗制止他的大礼，问道：“何事在外？”

院使用衣袖按了按汗珠密布的额头，慢吞吞地说：“陛下，娘娘的身体……”

伏罗眼神一凝，冰冷的目光朝院使飞去。

院使把头垂得更低，胆战心惊地说道：“娘娘先天不足，本应精心调养，奈何其在大朔摄政时殚精竭虑，宵衣旰食……如今已经……已经十分虚弱……”

帝王还未发怒，但院使已经承受不起眼前之人越来越重的威压，双膝不由得往下跪倒：“陛下恕罪……”

“可有医治之法？”

院使汗如雨下：“微臣无能……回天乏术……娘娘的身体，能撑过这漫漫的和亲路，已是奇迹……”

“依你之见，皇后还有多少时间？”

“至多……”院使抬袖擦了擦顺着脸颊滑落的冷汗，“至多……半年。”

“皇后可知晓？”

“微臣虽未明言，但皇后……似是有所预料。”

“你不能救？”

“微臣无能。”

帝王的声音不辨喜怒：“天下谁人能救？”

“微臣听说……民间有一神医，名叫刘不，此人医术高超，但行踪飘忽不定。据说可使人起死回生，若天下还有人能救皇后娘娘，恐怕非此人莫属。但……此人生平有六不救，所以名为刘不。其中一条，便是不救朔人。”

“皇后已嫁到大元，便不是朔人。”

正好此时，总管南簇戈捧着奏章急急忙忙地走来。

伏罗唤：“南簇戈——”

南簇戈一路小跑，至帝王身前躬身候立，恭敬道：“奴婢在！”

“发皇榜，寻一名叫刘不的神医。找到此人者赏金千两，封侯赐宅。若人找到了，但不愿入宫，绑也要把人绑到朕面前来。”

“喏！”南簇戈应声。

“还有你——”伏罗的目光落到院使身上，院使忙不迭地低头避开帝王冷酷的视线，“若刘不入宫之前，皇后先走一步，朕便送你一家追随皇后。你可明白？”

院使磕头领命，汗津津的额头在干燥的地面上留下一抹水印。

“微臣明白。”

伏罗大步走回寝宫时，珠帘背后半坐在床榻上的人影让他不由放缓脚步。

秦秾华停下和青陆的交谈，在床上行了个半礼："陛下……"

"不必多礼。你感觉怎么样了？"

"秾华已好了许多，多谢陛下关心。"

"南簇戈，把奏章拿到里间来。"

南簇戈连忙拿起刚放在外间书桌上的奏章，一路小跑来到内殿，整整齐齐摆放在罗汉床的榻几上，一连几趟，分别拿来了笔墨纸砚备好。

这架势，是打算久留了。

"青陆，还不快给陛下上茶？"秦秾华说。

愣着的青陆回过神来，连忙行礼退去。

伏罗撩开袍子坐上罗汉床，刚要习以为常地躺下，想起秦秾华还在一旁，猛地停住，硬生生地又坐直了身体。

他清了清嗓子，打开折子，看似聚精会神，耳朵却不由自主地听着床那边的一举一动。

什么声音都没有。

他往床边偷瞥一眼，秦秾华已经睡下了。他心生失望，折子上的字变得更加枯燥。

过了一会儿，青陆用托盘端着两壶茶进来了，其中紫砂茶壶用来给他倒茶。他望着旁边的粉青釉茶壶，问道："皇后喝的什么茶？"

"和陛下的一样，只是加了枸杞。"青陆忙答道。

“朕试试。”

青陆神色惊讶，依言给他换上加了枸杞的大红袍。

伏罗端起茶盏，吹凉后抿了一口，滋味和他平时所饮有些微区别，他分不出好，也分不出不好，但既然是昆汐奴所饮……自然是好的。

青陆也倒了一杯，到床前喂给秦秾华。

伏罗用余光瞥着，恨不得顶替她的工作。批折子，批折子……折子有什么好批的，内阁养来吃白饭不成？倒是这皇宫里的宫人着实太多了——尤其是宸宫的宫人，多得碍眼，多得讨厌。

青陆忽然打了个哆嗦。

“怎么了？”秦秾华问。

青陆疑惑地看了一眼纹丝不动的窗纱，摇头道：“没事……刚刚好像有冷风吹过，娘娘盖好被子，免得着凉。”

伏罗百无聊赖地盯着折子，一个字也看不进去。

昆汐奴对他如此冷淡，可是出嫁前听多了世人对他的恶言？虽说其中有几分真实，但他再暴虐不堪，也不舍得动昆汐奴一根指头。

她知道吗？

她知道可以在他面前肆意妄为吗？她一定不知道，所以才会对他这般疏离冷漠。他该如何让她卸下心防？他该如何让她敞开心扉？他如果直抒心意，她会高兴？还是害怕？

他究竟该怎么做，才能离昆汐奴更近一些？

不知过了多久，乌宝端着药碗从外面走了进来，他刚要叫侍立床边的青陆，伏罗已经起身朝他走去。

“给我。”

乌宝机灵，连忙递上药碗，提醒道：“陛下，小心烫。”

伏罗端着药碗走到床边，自然而然地坐了下来。秦秾华听到动静，自己撑着身体从床上坐起。他用一只手扶在她肩后，护了一把。

“陛下，我自己来即可……”

“张嘴。”

秦秾华沉默片刻，顺从地张嘴。伏罗把碗送到她嘴边，看着她一点一点地喝完了整碗黑乎乎的药汤。

“蜜饯呢？”他说。

“陛下——”青陆忙站出来，“娘娘服用的药物不宜进甜。”

乌宝这时已端来一杯清水，秦秾华用它来漱口，吐在了乌宝递来的金盆里。

“还苦吗？”伏罗问。

“习惯了，不苦。”秦秾华唇边的笑意转瞬即逝，“陛下不必担忧。”

伏罗盯着她的脸：“你以前那么爱笑，为何来了大元却笑颜不展？”

秦秾华抬眼迎上他的视线：“陛下如何知道秾华的以前？”

“玉京长公主之名四海皆知，有所耳闻罢了。”

秦稌华收回目光，神色淡然：“误传而已，稌华天生性冷，怎会爱笑？”

药已喝完，伏罗便是想留在床边，也没有理由留下。他将药碗交给乌宝，重新回到罗汉床前，拿起枯燥的折子打发时间，余光却盯着窗外明晃晃的太阳，试图用充满杀气的念力将它快速扯落。

一国之君今日只有一个愿望：快些日落。

快些日落，这样就能和昆汐奴一起用午膳；快些日落，这样就能和昆汐奴一起用晚膳；快些日落，这样就能和昆汐奴同屋而眠……

“太阳下山了……”

“嗯。”

仅仅如此，他就感觉从未有过的幸福。

秦稌华这一病，便是一月。

眼见窗外的银杏从金黄到凋零，屋内火盆从一盆到三盆，她终于有了些精神。

这一月，于她而言风平浪静，于青陆和乌宝而言，便头昏脑涨了。听说大元宫中事务繁多，宫人又不足，青陆和乌宝时常被叫去帮工。

秦稌华曾问过：“宫中人手为何紧缺至此？”

“奴婢也不知怎的，南公公总有急事只能交给我们。”

和亲之路本就凶险，送亲的仪仗队早已返回大朔。秦稌华留下的陪嫁宫人只有寥寥数人，心腹更是只有青陆和乌宝二人。没了他们，身边便无人使唤——也不能这么说。

对面的人动了动，提起榻几上的茶壶，往她已经见底的茶盏里倒了大半杯枸杞茶。

宽敞的玄色大袖拖曳在榻几上，飞龙暗纹熠熠生辉。

“陛下不必如此，这是秾华应做的事。”

“无妨。”伏罗说，“你我夫妻一体，不用见外。”

元皇这一月来吃住都在宸宫，为她端药送茶，乐此不疲。若非秦秾华执意，他连早朝都想罢免。

秦秾华看着眼前散发敞襟的男子，他和她想象中的套马汉子太过不同。

在成亲之前，伏罗一名在她的认知里是鲜血和暴虐的象征，大婚之后，她亲眼见到的伏罗却是寡言温顺、平和慵懒的闲散公子。两者太过不同，唯一能让她联想起暴君伏罗的，是他敞开的衣襟里半掩的疤痕。

短而狭窄的是刺伤，长而浅淡的是砍伤，还有小而圆，边缘不平的，那是箭伤。

她的目光在可怖的伤痕上徘徊，通过结果，在想象中追寻激烈的过程。伏罗注意到她的视线，好像才想起胸前有疤一样，不自然地拉拢了衣襟。

“你别怕。”他对秦秾华说，目光却注视着罗汉床下的地砖。

“秾华只觉得英武。”

“当真？”

“自然是真的。”秦秾华说，“秾华也曾坐镇军中，对战士而言，伤疤是荣誉的象征。”

他看起来松了一口气，身体也放松下来。

南簇戈跨过内殿门槛，低头趋步走入：“陛下、皇后娘娘，该用午膳了。”

伏罗淡淡道：“上吧。”

南簇戈回头喊道：“进馔——”

不一会儿，宫人就摆好了方桌座椅，满桌色香味俱全的菜肴。秦秾华和伏罗先后落座，秦秾华刚拿起象牙箸，伏罗就端起了她面前的釉碗。

他亲自舀了一碗金丝鸡汤放到秦秾华面前。

“这是御医开的食补方子，你尝尝。”

“多谢陛下。”

秦秾华端起碗吹了吹，小口地喝了几口。

她抬起眼，见元皇正聚精会神地看着自己。

秦秾华开口：“御厨的手艺就是不凡，鸡的鲜美不说，草药之气也被融合进汤底，回味绵长，厚而不涩。再加上——”

顿了顿，她才继续说：“再加上，这是陛下亲手盛给我的，有这份情谊在，此汤更为醇厚味美。”

伏罗像是嗓子眼儿里发痒似的，干咳了一声，眼神飘向别处。

用完午膳，秦秾华坐着看了会儿书，被南簇戈叫走的青陆匆匆赶回，服侍她更衣午歇。伏罗则在里间的罗汉床上闭目小憩。

一开始，秦秾华请他上床歇息，他拒绝后，她便由他去了。她心无愧疚，只是偶尔翻身，见到罗汉床上蜷缩的帝王时会难以移开目光。

她见过很多人，他们的欲望无比复杂，无比好猜。可唯有他，因答案太过简单，所以她不断地否定，不肯相信。

秦秾华闭上眼，黑下来的眼前依然残留缩着手脚的玄色身影。

微风溜进虚掩的镂空木窗，室内珐琅盆里燃烧的火苗摇曳，安静的内殿不时响起一声噼啪，静谧而温暖的空气充斥宸宫。不知不觉，太阳已经西沉许多。

秦秾华醒来时，内室只有青陆一人。她一动弹，站在床边打瞌睡的青陆便醒了过来，扶着她从床上坐起。

秦秾华看了一眼空荡荡的罗汉床，问道："陛下呢？"

"陛下前往紫宸殿议事了。娘娘可要喝水？"

秦秾华点头后，青陆连忙倒了一杯水过来。她一边看着秦秾华喝下，一边抱怨："宸宫的宫人太少了，我向总管提了几次也不见派人过来，外间的粗使宫女倒是多，但南簇戈公公每次都是叫我办事，却对她们视若无睹。这究竟是什么道理？"

"上面人的道理。"

"啊？"

"不懂也没关系。"秦秾华将空杯子递给她，问道，"外面天气如何？"

"太阳要下山了，不冷不热，很是凉爽。"

"出去走走吧。"

秦秾华换上外出的衣裳，带着青陆走出宸宫，那些白日里见不到的粗使宫人一股脑儿冒了出来，哭着求着也要和她一路。

秦秾华任他们远远跟在身后，和青陆步行来到临近宸宫的鸳鸯池。

从架在鸳鸯池上的拱桥最高点往下望，清澈的水池就像两只依偎的鸳鸯，池中游荡的五彩锦鲤，便是鸳鸯绚丽的羽毛。

“可有鱼食？”秦秾华说。

青陆跑下拱桥，去和那群随行宫人说了什么。不一会儿，她提着裙子跑了回来，交给秦秾华一个巴掌大小的木盒，盒子里是一粒粒的干燥鱼食。

秦秾华拈起鱼食洒下，色彩缤纷的锦鲤便围了过来，翻涌不停，水波阵阵。

“公主……娘娘真好看。”青陆痴痴地看着。

秦秾华头也不抬，唇边漾起一丝微笑：“好看有什么用啊？”

“娘娘好看，陛下才会这么喜爱娘娘啊。”

“傻姑娘。”

青陆不服气地说道：“我虽然没有娘娘聪明，但我也不傻。”

秦秾华刚要说话，一抹金色从眼前飞快掉落，身旁的青陆“哎呀”一声，急忙伸手去抓，凤钗却已落进了池中。锦鲤甩尾，层层浪花将凤钗淹没，片刻便消失不见。

“这……”青陆面露急色，转身对桥下候立的宫人喊道，“你们快过来帮娘娘捞钗子！娘娘的凤钗落下去了！”

秦秾华欲言又止，最后还是没有制止。

一时间，池中闹开，锦鲤逃窜，接二连三的宫人跳下池塘，反复潜入水深过腰的池子，只为一只金色的凤钗。

“怎么办啊……那是娘娘的嫁妆，出嫁前，陛下亲自给娘娘插上的……”

凤钗始终找不到，青陆着急，她身旁的秦秾华却无动于衷。

太阳已经落下，天色转暗，想要找到凤钗更是难上加难。青陆大声催促宫人找寻时，秦秾华开口了：“都停下吧，找不到便算了。”

“公主——”青陆急道。

秦秾华率先走下了拱桥。

青陆没办法，只能看向底下待命的宫人们，无奈地说道：“算了，算了！娘娘心善，看不得你们受苦，算了！”

秦秾华走在御道上，踏着清冷月光，衣袂飘拂，所见之人无不向她屈膝行礼。云后将出未出的月亮就像她在大朔宫廷里最后一次见到的冷月。

那时，秦曜安亲自向她演示凤钗用法，演示如何用凤钗里藏起的毒药，一击致命。

和亲，并非和亲。

这是一场千里迢迢的刺杀。

她肩负的最后使命，是用自己残留无多的生命，为大朔清除一名未来劲敌。

秦曜安亲自为她戴上凤钗，在她面前双膝跪地，郑重地说道：“阿姊，大朔的国运，便交付给你了。”

回想起那一日，依然历历在目，但大朔的日月什么样，她竟然已经有些记不清了。

趁着无人在旁，她压抑地咳了咳，一股血腥之气往上翻涌，她竭力咽下。

这一生，太累，太长。螳臂无法当车，愚公也无法移山，若是重来一次，她定然不会再像今生一般急于求成。但事已至此，她已没有了重来的机会。

她停下脚步，看着尽头转出的龙舆。

龙舆很快停了下来，一身玄衣的帝王下舆，快步向她走来。

秦秾华屈膝行礼，轻声说道：“见过陛下。”

“你怎一个人在外？”伏罗声音急促，目光往她身后望去。

不远处，青陆提着裙子奋力地追来。

“陛下勿怪，是秾华叫青陆找钗子，这才费了些时间。”

“什么钗子？”

青陆这时赶到，连忙向伏罗行大礼请罪。得伏罗点头后，她站了起来，替秦秾华说：“是娘娘的陪嫁钗子。”

伏罗看向她的云鬓：“可是你一直戴在头上的那支凤钗？”

秦秾华有些意外，颔首道：“正是。”

伏罗没再说话。秦秾华向他再行一礼，说道：“秾华该回殿喝药了，外边风大，陛下也早些回屋吧。”

她低下头，和他擦身而过。

背上的目光如影随形，她没回头。

“陛下？”南簇戈低头说。

伏罗收回目光，问道：“皇后是在哪儿掉的钗子？”

夜色已深，秦秾华沐浴更衣后坐在罗汉床上，拿出一本从大朔带来的野史看了起来，榻几上放着一碗已经快凉掉的药。

青陆走进内殿，见到原样摆放的药碗，生气地说道：“娘娘，你又不按时吃药，非要奴婢盯着你才是。”

秦稂华的目光仍在手中书卷：“迟一会儿不妨事。”

“早一会儿也不妨事！娘娘快来，趁药没凉赶紧喝了，夜里才能睡得安稳。”

青陆收回碗边试温的手，连哄带劝地让她喝下。

秦稂华喝完一碗苦药，用清水漱口后，任青陆搀扶自己回到床上。

“今夜陛下怎么还不来……”青陆自言自语。

秦稂华说：“于皇后而言，独守空房才是常态。”

青陆看了她一眼：“娘娘不是一般的皇后，陛下要是娶了娘娘却不对娘娘好，那真是——”

“谨言慎行。”

青陆咽下后面的话，帮她除了外边的衣物，盖好被子，才又说：“既然陛下今夜不来，奴婢就在屋里守夜，娘娘有事叫我。”

“知道了。”

夜里还是两个人，秦稂华却辗转反侧。喉中不时有腥热的感觉涌上，她努力地咽下，不敢入眠。每次翻身，空无一人的罗汉床都会映入眼帘。

折腾许久后，仍无睡意。她起身下床，披上外衣，没有惊动熟睡的青陆，走出内殿，推门而出。

院外清静，月光清澈如洗。她站在檐下，同院中之人不期相遇。

伏罗没料到她会忽然开门，刹住徘徊的步伐，和她遥遥对望。

他的脚下，有一条蜿蜒的水迹。像他胸口起伏的伤疤一样，为她勾勒出没有亲眼所见的画面。

夜风起，他湿透的大袖发出沉重的风声。

在水的浸润下，玄色更深，金线更亮，他眼中晶石般剔透冷淡的光泽也在月色下更为醒目。

“陛下为何徘徊不入？”

“我……”他握紧了手中凤钗，斟词酌句，缓缓说道，“我以为你睡了。”

“我睡了，陛下也可长驱直入。”她说，“连天下都是陛下的，何况区区一座宫殿？”

他没说话，抬起垂在袖中的左手，向她慢慢摊开。

一抹金光在如水的月光下闪耀。

“我找到了。”他说。

秦秾华沉默许久。在漫长的沉默里，他安静地看着，等着，温顺的模样和传言说的人屠截然不同。

她终于开口：“陛下身为一国之君，龙体贵重，为何要做到此般地步？”

伏罗没回答。

“承蒙陛下厚爱，秾华无以为报，若陛下有何心意，秾华也想为其尽一份力。”

她耐心地诱导，温柔蛊惑，想要让他露出和他人无异的野心和欲望。

他的眼中果然动摇。

“陛下有何心愿，但说无妨。秾华必当竭尽全力。”

伏罗的目光对上她的双眼，坚定不移，一往无前。

他终于开口：“我想看你笑。”

“什么？”

“我想看你笑，对我笑。”他顿了顿，因她的惊愕而迟疑，“可以吗？”

“仅此而已？”

“今夜，仅此而已。”

她凝视他的双眼，确认其中的真意。

许久后，她扬起了嘴角。

夜风袅袅，风声潇潇，满院华光。

天地失色。

严冬已然来临，元宫中最好的炭流水般地送至宸宫。不论外面云散日出还是冷雨瓢泼，宸宫永远温暖如春。

秦秾华此次来元，别的没带什么，摄政时想看又没有时间看的闲书倒是带了不少。如今彻底闲了下来，她的生活便是吃药、读书，天气晴朗时外出散步。

曾经的刀光剑影和钩心斗角，像是上一辈子那么遥远。

她倚在罗汉床上，刚翻开手中书卷的下一页，乌宝就急急忙忙地从殿外跑了进来。

他跨过高高的门槛，见到床上倚靠的身影后放缓脚步，趋步来到秦秾华身前。

“娘娘……”乌宝吞吞吐吐地说道，“奴婢听说……听说一帮大臣去了紫宸殿，以娘娘凤体欠安为由，要陛下充盈后宫，开枝散叶呢……”

秦秾华头也不抬，平静地说道：“知道了。”

“奴婢还听说……”乌宝说，“陛下大怒，现下……那帮大臣在紫宸殿外挨板子呢……”

她终于抬起眼，说道：“陛下在紫宸殿外廷杖大臣，此事你可确认了？”

“确认了，是真的……紫宸殿那边来的灵鹊姑姑说，惨叫声隔着两座宫殿都能听见呢！”

秦秾华沉吟片刻，放下书卷，无奈道：“走吧。”

凤轿在紫宸殿前落下，乌宝掀开门帘，青陆则扶着轿中人走出。

惨叫和木板击打的声音接连蹿入灰蒙蒙的天空，月台上受刑的十几位士大夫有的涕泪横流，惨叫连连，有的却紧咬嘴唇，一声不吭，唯一相同的是，板子击打的地方露出被鲜血浸润的痕迹。

秦秾华一下轿，门前监刑的南簇戈就快步走了过来，向她行了一礼：“奴婢见过皇后娘娘。”

“陛下可在里面？请公公为我通传。”

“奴婢这就去。”

南簇戈行了一礼，转身走入殿内。半晌后，他从里打开了紫宸殿紧闭的大门，恭敬道：“皇后娘娘，请吧。”

秦秾华独自步入寂静的紫宸宫。

这是她第一次来到元皇寝宫。一国之君的起居之地，原本应奢贵至极，事实却连仿建的梧桐宫都不如。空荡荡的紫宸殿里坐着一个沉默的帝王，仿佛已料到她的到来，眼中不见一丝波澜。

她刚屈膝行礼，前方就传来他的声音："在我面前，不必行礼。"

秦秾华挺直双腿，抬眼与他直视。

"陛下廷杖外臣，此乃前朝之事，秾华本不该置喙，但此事毕竟和我有关，秾华无法置身事外。"

"你是来为他们求情的？"

"大臣的担心并非全无道理，秾华体弱多病，残喘尚难，更何况诞下皇子。秾华身为中宫皇后，本就该为龙嗣开枝散叶而费心，却叫大臣们提了出来，此是秾华的疏忽，陛下要责罚，也该责罚秾华的失职。"

秦秾华低头说完后，久久没有得到回答。她不由得抬头，撞入伏罗深沉的双眼。他定定地望着她，好似世界只她一人。

他有罄竹难书的恶名，偏偏有一双赤子般纯粹的眼眸。

片刻后，伏罗从桌前起身，走到秦秾华面前，左手向她伸来，视线锁着她面上的每一丝情绪变化。

秦秾华站着不动，任他试探的手握上她的手腕。

伏罗拉着她，走到窗前的一张红木雕龙床前，让她坐下。

“我不会开选秀的。”他说。

“陛下——”

“我和其他皇帝不一样。”伏罗打断她的话，看着她的眼睛，一字一句道，“大元是我一刀一枪打下来的，我能打下来一次，就能打下来两次、三次……他们不能独断专行的事，我可以。”

“可是……陛下身为皇帝，需要一名子嗣继承国祚。”

他在她身旁坐了下来，缓缓地说道：“我已打听到，有一叫刘不的神医能够使人起死回生，治你的先天之疾当然也不在话下。一个月前，我发下皇榜，想必不日便有回音了。”

“秾华在大朔时已经见过无数神医，但最后都是失望而归。”秦秾华说，“陛下可曾想过，如果这次依然如此呢？古往今来，没有后宫空置，膝下无子仍能善终的皇帝。与其日后补救，不如——”

“从前既然没有，我就来做这第一个。”

秦秾华一愣，怔怔地看着他。

“你我夫妻一体，已喝过交杯酒了。”

伏罗低下头，伸手覆住她交叠于腿上的双手。他温暖的体温源源不断地传来，和他冷峻锐利的面庞不同，他有着让人眷念的体温。

“如影随形，永结同心。”他慢慢地说道，“这是我对你的承诺，若有违背，天打雷劈，不得好死，永堕——”

“陛下！”秦稔华回过神来。

“于你而言，你我相识尚短，你不信我也是情理之中。”他抬头看她，目光坚定，毫不退缩，“但我会等你信我的那一天。”

南簇戈从殿外走进，躬身行礼：“陛下，太常寺卿快不行了。”

伏罗挥了挥手：“都放了吧，告诉他们，是皇后进言，才让他们留下一命。”

“喏。”南簇戈低头离去。

殿内再次只剩帝后二人，秦稔华心生一个自作多情到令人发笑的猜测：“陛下是为了给我拉拢人心，才在紫宸殿当众廷杖朝臣的吗？”

伏罗一言不发，沉沉的目光落在她的身上。

她难以置信地看着眼前喜怒难辨的帝王。

“陛下可知，此事百年后会留在史书，供后人置喙评判？”

“那又如何？”他说。

帝王坦荡的、直率的目光毫无畏惧地迎向她的视线。

无惧身前，无惧身后。

这一刻，她的眼前忽然浮现出人屠伏罗冲在众士之前，斩马杀将，浴血奋战的身影。那时，他的目光也定然像现在这般，一往无前，无所畏惧。

“陛下觉得……天下和我，孰轻孰重？”

“自然是你。”他毫不犹豫地回答。

他说的是真的。

至少在这一刻——秦秾华透过他真挚的双眼，相信他说的是真的。

秦秾华怔怔地看着他乌黑透紫的眼眸，一丝似曾相识的感觉涌上心头。

“我们……曾经见过吗？”

殿内鸦雀无声，他的眼中涌起种种，旋即便被压下。

他没回答她的问题。

秦秾华走出紫宸殿时，不禁回首相望。巍峨的宫殿耸立在苍白的天穹下，空旷的月台上只剩鲜血斑驳。敞开的门扉中，已不见他的身影。

“娘娘……”青陆上前扶住她，“我们走吧？”

秦秾华收回视线，走向备好的凤轿。

紫宸殿内，南簌戈来到伏罗跟前，躬身禀报：“陛下，娘娘已上轿离开了。”

伏罗不言不语，南簌戈知晓帝王心意，悄声离去。

殿内只余自己后，伏罗从衣襟里掏出一只淡紫色的旧香囊。经过十余年的时光洗刷，香囊已褪色发白，边角抽丝，尽管如此，仍被他贴身保管。

这只香囊伴他南征北战，数次死里逃生。他如何也不能忘，不会忘，忘不了。

有一个人，曾给黑暗中的他送来第一束光。

她同他说话，教他爬树，送他糕点，给他搽药……虽然这束光忘记了他们的约定，但他没忘，一直没忘。在那无数宫里宫外的守望里，他一直没忘，一直在等。

“小哑巴，我给你讲个故事吧。”

他已经知道了故事的结局。

猕猴捞到了月亮，他们会幸福地生活在一起。

“你忘了我也无妨。”伏罗望着香囊，喃喃自语，“我等了半生，还有半生能等。”

殿外嘈杂声不断，秦秾华放下茶盏，抬目远眺。半开的木窗外，隐约可见内殿大门外有人影走动。

“外边是在做什么？”

“是陛下送来的紫花泡桐。”青陆看也不看，神色了然，“陛下听说娘娘偏爱花树，已下令将元宫内种紫色花树，咱们宸宫种的和梧桐宫一样，都是紫花泡桐。”

秦秾华闻言不语，起身走到窗前，放眼远望。

一日之间，高耸的红墙内外已多了不少花树，有的只有光秃秃的树枝，有的却是一树碧绿。

刚巧进屋的乌宝听闻二人在谈论花树，笑着加入谈话：“奴婢刚从外面回来，听花房的管事公公说，这种什么花树，在哪儿种，都是有大讲究的——陛下专门交代过，要让元宫内四季花开。花树的单子交上去后，被打回来了三次，这才最后拍板的。娘娘以后就好了，一年四季都有花赏呢。”

“你说的是真的？”青陆满脸惊喜。

“千真万确！我敢骗你，难道还敢骗娘娘吗？”

青陆兴奋地拉住秦秾华的衣袖，满脸喜悦道：“这可太好了！陛下是真真把娘娘放在心上了呢——娘娘，你说是吗？”

两个旁观者都比她这个当事人高兴，她神色淡淡，望着宫墙上透出的花树枝丫的眼眸里，却有一抹迷惘。

“乌宝。”

“嗯？”

“你跟我最久，我想问你——”她说，“元皇和我，曾经见过吗？”

乌宝茫然地说道：“元皇是东胡草原之人，怎会同娘娘见过？”

秦秾华沉默不语。

“娘娘何出此言？”乌宝试探道。

“随口一问罢了。”

院外的紫花泡桐很快种好了，元宫中大大小小的花树也接连立起，不至半月，便有梅树率先开花，梅香飘至宸宫，染香清茶。

待院中的紫花泡桐开花时，发出的皇榜有了回音。神医刘不逃婚的女儿在大元境内被人发现，送至元宫后，几经折腾，总算答应为秦秾华诊治。

如何诊治，无人告知，只是秦秾华每每喝着她开的药，都能从中喝出一丝难以察觉的血腥味。与此同时，元皇伏罗并未出征，身上却不断地出现新伤。

她几次试探，都被他岔开了话题。他无意告诉她神药的成分，更无意挟恩图报。只有他每次疏忽大意露出的新伤，向她说明他默默地付出了什么。

他是铁血无情的帝王，是战无不胜的战神，是令敌人闻风丧胆的人屠，然而在她面前，却只是折腰的男人。

人血入药是无稽之谈，然而不等秦秾华拆穿，她的身体却真的开始好转。

紫藤花开的时候，她将从大朔带来的凤钗扔入了火盆中。

来年桂花香飘十里时，大朔亡，梁军长驱直入，玉京沦为火海。千里之外，秦秾华送御驾亲征的伏罗至皇城十里长亭。

他在她额上印下誓约之吻。

两年后，同一个地方，秦秾华接到凯旋的帝王。

“我答应过你，全须全尾地回来。”他将走至面前的秦秾华拥入怀中，在她耳旁低语，“我答应过你的话，就一定会履行。”

同年，秦秾华复辟大朔，登基为帝。两帝迁都，共住青州，育有一女。

至此，盛世始。

番外 捞月

夜雨滂沱，无边无际的黑暗中，她踉跄地行走。

时间仿佛静止了，她越是走，心里越是空落落，仿佛有一头看不见的怪兽，踩着她的步伐，悄悄地啃食她身体里的情感和记忆。

她停了下来，不肯走了。她怕忘记自己的名字。

大雨浸透她身上的中单大裘和玄衣纁裳，水珠淌过金线绘制的十二章，隐有摄人心魄的光泽流动。

这是一个男子帮她换上的，他摘下她的凤冠，褪去她的长裙霞帔，动作温柔，只是十指冰冷而颤抖。

偶有雨滴落在她的脸上，是热的。

让人无端地感到悲伤。

他用发颤的双手将她放入棺椁，哀乐四起，伴随着瓢泼大雨，陪她走过最后一程。

下葬前，他压抑地唤她的名字，字字发颤，声声泣血，一声一声隐藏在大雨中的恸哭，透过她头顶的棺椁传来。

大地震动，是万人下跪的声音。

他是谁？为何要在她的棺前泪流不止？

她多想睁眼看看他，看看他的模样。

大雨仍然不停。

黑暗更深处，仍是黑暗，月亮在哪儿，星星又在哪儿？

她伸出双手，看着雨滴打湿苍白的双手，再顺着袖口的金龙滚落下去，一阵茫然侵袭了她。

她叫什么名字？

她又为何在此，驻足不前？

一粒萤火之光在黑暗中闪了起来。她不由自主地迈腿走去，微弱的光芒似乎也被她吸引，向着她的方向坚定不移地飘来。

光芒逐渐露出全貌。

隐于黑暗的长河中，一盏接一盏的河灯飘了过来，光芒驱散黑暗，逼退大雨，喝退了藏身黑暗的魑魅魍魉。

她痴痴地看着，伸手捧起其中一盏，上面写着——魂兮归来。

“魂兮归来。”

又一次，陶土小人上什么都没发生。

一朵红色的小花，静静地开在陶土小人平滑的额头。

瞎眼的巫祝悄无声息地退下了，以免杀伐无度的帝王降下雷霆之怒。

黑发披散的年轻帝王静静地坐在榻前，抬起的左手握着面容温柔的陶土小人，搭在右膝的另一只手，鲜红的血线慢慢地流淌着。

滴答，滴答。

冰凉的黑砖上也开出了红色的小花。

一名瑟瑟发抖的近侍带着纱布和药酒走上前来，年轻的帝王起身掠过他，游魂般走下金碧辉煌的御道。

无人发声，近侍趋步追赶。

漫漫夜色，帝王孑然。

一道斜长的影子，拖行在惨淡的月色中。

整座元皇宫没有更名的宫殿只有梧桐宫。所有宫人都知道，梧桐宫不属于年轻的帝王，却是他唯一愿意夜里落脚的地方。

梧桐宫常年纤尘不染但空无一人，每到夜幕降临，就有一个心碎的灵魂悄悄地潜入。

陶土小人被帝王轻轻地放在床上，枕着她专用的迷你陶枕。

“睡吧。”他哑声说，“不要怕，伤害你的人……都不在了。”

月光如积水空明，尘埃在光带中飞舞，孤独又静谧。

巴掌大的陶土小人躺在宽敞的床上，小山般的帝王蜷缩在狭窄的脚踏上，不知不觉睡着了。

“小哑巴？小哑巴？你说说话呀。”

是谁在梦中笑言，又是谁在夜里眼睫湿润？

陶土小人用墨笔勾出的睫毛似乎颤了颤，寂寥月色中，只有尘埃看见。

元王伏罗用战火和鲜血统一天下，建立了用恐惧统治的辽阔帝国。元帝国的舆图每年都在更新，每年都在扩大，元王改“王”为“皇”，赫赫凶名能让海那边的金发碧眼也闻之腿软。

元皇伏罗坐拥江山美人，奇珍异宝，但元皇宫里只有冷冰冰的侍卫、内侍和少数宫女，没有嫔妃，没有舞姬，一个也没有。

宫中最有人气时，是鲜血铺满金色台阶那一刻。

年轻的帝王冰冷孤僻，暴戾恣睢，叛乱的烽火一簇簇燃起，又被他无情地碾灭。人们不服他，又不得不在他的威压下安分守己。他可以大修宫殿，广收美人，但他足不出宫，人不临朝，内政全然交给朔人首辅柳清泉。他将自己锁在一座坟墓般寂静的宫殿里，守着一个永远闭目微笑的陶土小人，登基以后最大的一笔个人花费，是听从巫祝所言，在宫中挖出一条犬牙交错的清澈河流。

每到夜间，一盏幽幽的河灯就会飘过河面，莲花造型的白色河灯上开着星星点点的红色花朵，那是帝王的心头血。

一日又一日，一盏又一盏。

从未断绝。

宫人们称那条河流为“冥河”。

传说中，若亡灵寻不到一盏明灯，便会永远迷失在黑暗中，无法转世投胎。年轻的帝王是在为一个年轻的亡灵引路，想要唤回一个不可能唤回的人。

宫人们都知道那个人是谁。

是她，让年轻的帝王后宫空置，深夜独眠。

惊才绝艳，剑胆琴心的前朔长公主。一生未婚，半生执笔书画，半生坐镇军帐。在二十八岁死去，在凋零的前一刻，留下最后的微笑，溘然长逝。

暴戾无道的帝王，冷血残酷的帝王，无数人恨之入骨却又见之颤抖的帝王，在名为梧桐宫的活人坟里，等着一个不可能回来的人。

压抑沉默的元皇宫里，埋了无数刺客枯骨，但只要暴君伏罗活着，刺杀就不会停止。

当又一次反叛被镇压时，殿外跪满合谋的罪人，刽子手就在众目睽睽下接二连三挥刀，一颗颗或流泪或咒骂的头颅滚落，刺目的鲜血飞溅到金色台阶，冰冷无言的帝王坐在龙椅上，眼中只有裂纹密布的陶土小人。

每个合格的刺客都知道能够靠近帝王的只有那个陶土小人，但不是每一个刺客都知道他会贴身放在心口的位置。

当匕首刺进时，微笑的陶土小人挡住了刀尖。

帝王最先召来的不是太医，而是瞎眼的巫祝。白发苍苍的老朽颤颤巍巍地跨过高大的门槛，走到染血的大殿中央行礼，接过近侍递来的陶土小人，细细地摩挲。

“陶人有了裂纹。”她摇了摇头，“即使转世重生，她也会带着死劫。”

“怎么消除？”

“裂纹已生，无法消除。”她说，“但你可以用帝王气运去填。”

“可。”

“你想好了？人皇皆有百世轮回，你若舍去帝王气运，也就连着这百世轮回也舍去了。”

萧萧哀风中，风铃声在响。

年轻的帝王低声说道：“她若不在，朕再有百世轮回，又有何用？”

巫祝离开了，留下的只有风铃声。

凝魂的风铃声，而非招魂。

只有年轻的帝王和巫祝知道，无论是风铃声，还是夜中河灯，皆为凝魂，而非招魂。他倾尽所有，不是为了留下，而是为了送走。

送一个没有过去，也没有未来，不属于这里的游魂转世重生。

春去秋来，梧桐宫中那人留下的书画和信件都开始斑驳，年轻的帝王也不再年轻，两鬓染上斑白，抽丝泛黄的香囊依然紧贴他的心口。

他在龙脉上修建了一座饱受风水之士批判的宫殿，宫殿修好后，他受到几次不太成功，也不算失败的刺杀。老人们都说，这是他破坏龙脉的报应，而年轻的人则说，他老了。

暴君老了。

他在年轻时，用铁血手腕镇压了一次又一次暴乱，到了年老的时候，国家反而安定下来。

不必举起反叛的旗帜，阎王便要将他赶下至高无上的龙椅了。所有人都在等待，等着最后一刻的到来，

一个电闪雷鸣的夜晚，适合暴君结束他罄竹难书的一生。但他走的时候，偏偏风和日丽，鸟儿衔来春天的气息。年老的帝王支开侍人，几停几歇，爬上了一座宫殿前院的焦黑枯树。

琉璃瓦连绵不绝，最大最辉煌的那座金銮殿背后，掩映着内廷的第一座宫殿紫宸殿。

在很多年前，它叫瑞曦宫，瑞曦宫和梧桐宫之间的那条宫道，他在树上看了许多年。

看凤轿摇摇晃晃地走出宫道，看一只苍白如雪的手伸出门帘，看一个单薄消瘦的身影走上瑞曦宫高高的台阶，看她步步沉稳，看她大袖飘动。

“小哑巴，我给你讲个故事吧。”

他在暖洋洋的春风中闭上眼，想要将她的声音听得更清楚。

“在很早很早以前，有一只无忧无虑的猕猴。

“它在树林里发现了一片湖。湖中有月亮倒影，猕猴害怕月亮淹死，长夜无尽，决心要将月亮从湖中捞起。猕猴看着大树，有了主意——只要尾巴挂在树枝上，就可以用手捞起月亮。

“后来……”

她眨了眨眼睛，笑道：“等你说话了，我再告诉你后来的事。”

后来，树枝折断，猕猴漂浮在湖面上，而月亮回到了天上。

猕猴用生命捞起了月亮。

暴戾恣睢的帝王，杀伐无度的帝王，手刃母亲的帝王，冷酷无情的帝王，一生都在捞月的帝王。

很多年前，在龙脉损毁以前，瞎眼的巫祝最后一次向仍年轻的帝王确认：“你用百世轮回换她一世重生，即使你们还是可能擦肩而过，你也愿意吗？”

“愿意。”

年老的帝王慢慢地歪头，右手落在风中，金子般的阳光吻过消瘦如柴的指尖。他的左手还放在胸口，握着陶土小人。

陶土小人仍闭着眼，长睫下却渐渐洇出晕染墨色的水珠。

风铃声又响了。皇城中的风铃声没有停止过，就如同沾着心头血的河灯没有熄灭过，一生一次，一次一生。

帝王仍在捞月。

日东升，长钟响，永恒的土地上又换了新的帝王。龙脉上的建筑被销毁，没有人知道那个瞎眼的巫祝去了哪里。

而她回到了黑暗之中，泪迹未干，手中捧着一盏染着猩红的河灯，右手虎口的月牙形疤痕在温柔的烛火下像一只笑眼。

他在阳光下意气风发的笑眼。

她的小狼，她的弟弟，她的爱人，她的心之所向。

她想起了自己的名字。

“你虽未登上帝位，你的仁帝庙却遍布大江南北。”黑暗中，响起威严苍老的声音，“你开创了千年一遇的盛世，使得薪尽火传，泽被后世。在你转世投胎之后，你将受惠于生前留下的功德，百世美满，万事如意。”

“我不要百世美满，万事如意。”她任泪水在黑暗中肆意流淌，“我只想要回我的小狼。”

“既如此，你便用帝王紫气与我交换。没了紫气庇佑，你转世之后或会颠沛流离。你可愿意？”

她的回答和他一样："愿意。"

那个故事，她还没有讲完。

猴子想要把月亮送回天上，月亮说："我不想回去，不想再孤零零地挂在天上。"

月亮想要留在地上，想要留在猴子身边，于是猴子用葫芦瓢舀起湖中的月亮带回了家。每到太阳落下，他们就会重逢。

她和她的小狼也即将重逢。

在阳光下，在月影上，在微风中。

他们终将重逢。

这一次，她希望是她来做那个先动心的人。